삼산재집

이 책은 2013~2014년도 정부(교육부)의 재원으로 한국고전번역원의 지원을 받아
수행된 '권역별거점연구소협동번역사업'의 결과물임.

This work was supported by Institute for the Translation of Korean Classics - Grant funded by
the Korean Government.

한국고전번역원 한국문집번역총서

삼산재집 1
三山齋集

김이안 지음
金履安

이상아 옮김

일러두기

1. 이 책의 번역 대본은 한국고전번역원에서 간행한 한국문집총간 238집 소재《삼산재집(三山齋集)》으로 하였다. 번역 대본의 원문 텍스트와 원문 이미지는 한국고전종합DB(http://db.itkc.or.kr)에서 확인할 수 있다.
2. 내용이 간단한 역주는 간주(間註)로, 긴 역주는 각주(脚註)로 처리하였다.
3. 한자는 필요한 경우 이해를 돕기 위하여 넣었으며, 운문(韻文)은 원문을 병기하였다.
4. 맞춤법과 띄어쓰기는 한글 맞춤법과 표준어 규정을 따랐다.
5. 이 책에서 사용한 부호는 다음과 같다.
   ( ) : 번역문과 음이 같은 한자를 묶는다.
   〔 〕 : 번역문과 뜻은 같으나 음이 다른 한자를 묶는다.
   " " : 대화 등의 인용문을 묶는다.
   ' ' : " " 안의 재인용 또는 강조 문구를 묶는다.
   「 」 : ' ' 안의 재인용을 묶는다.
   《 》 : 책명 및 각주의 전거(典據)를 묶는다.
   〈 〉 : 책의 편명 및 운문·산문의 제목을 묶는다.

삼산재집 제1권

시 詩

삼산재집

제1권

詩시

서울로 돌아가는 서사의[1] 형수 를 전송하며

送徐士毅 迥修 還京

봄바람이 부드럽게 불어오는데	東風吹習習
시냇물은 날마다 서쪽으로 흘러가네	溪水日西流
나그네가 먼 길 떠날 생각을 하니	行人懷遠途
떠날 말도 시름에 잠긴 듯 하누나	征馬亦悠悠
깊은 밤 잠을 이룰 수 없어	中夜不能寐
옷을 쥐고 고요한 뜨락을 거니네	攬衣步庭幽
평소에는 이별을 쉬이 했건만	平生易別離
어이해 나를 근심하게 하느뇨	云何使余憂
좋은 벗이 먼 곳에서 찾아왔기에	良友自遠方
길이 그대와 함께 하리라 여겼었네[2]	永託同聲求

---

1 서사의(徐士毅) : 서형수(徐迥修, 1725~1779)로, '사의'는 자이다. 호는 직재(直齋), 본관은 달성(達城)이며, 저자의 아버지 김원행(金元行)의 문인이다. 저자보다 3살 아래이며 첫째 누이동생의 남편이다. 1751년(영조27)에 별시 문과에 급제하였다. 1757년 사간원 정언(司諫院正言)으로서 윤시동(尹蓍東)의 신구(伸救)를 청했다가 흑산도로 유배되고, 10년 만인 1767년에 국가 경사로 인한 사면조치로 유배에서 풀려나 이듬해 사서(司書)로 서용(敍用)되었다. 1771년에는 벽파(僻派)를 탄핵하다 면직당하고 서인(庶人)으로 강등되어 쫓겨났다. 1773년 승지로 재기용된 뒤 대사간, 강원도 관찰사, 공조 참의, 좌부승지 등을 역임하였다.

2 길이……여겼었네 : 이와 관련하여 《주역》〈문언전(文言傳)〉에 "같은 소리는 서로 응하고 같은 기운은 서로 구하여, 물은 습한 곳으로 흐르고 불은 건조한 곳으로 나아가며, 구름은 용을 따르고 바람은 범을 따른다.〔同聲相應, 同氣相求, 水流濕, 火就燥, 雲從龍, 風從虎.〕"라는 내용이 보인다.

염옹의 〈태극도〉[3]에 숨은 이치며	太極濂翁圖
고정의 《소학》[4]에 담긴 가르침으로	小學考亭謨
비록 그대와 어울릴 덕은 없어도	雖無德與子
우리의 담론은 언제나 끊임없었지	言談每綢繆
오늘 아침 한 번 멀리 이별하면	今朝一遠別
누구와 궁벽한 이곳에서 짝할까	誰與窮居儔
새벽빛이 정원의 버들에 비쳐드니	晨光入園柳
남쪽 고을에 봄빛이 가득하구나	春色滿南州
부디 험난한 길 조심해 갈지니	努力愼跋涉
산천은 한결같이 어이 그리 먼지	山川一何脩

3　염옹(濂翁)의 태극도(太極圖) : '염옹'은 북송의 철학자 주돈이(周敦頤, 1017∼1073)
를 이른다. 주돈이의 자는 무숙(茂叔), 호는 염계(濂溪), 시호는 원공(元公)으로, 송대
이학(理學)의 개창자이다. '태극도'는 주돈이가 그린 것으로, 여기에 해설을 덧붙인
것이 〈태극도설(太極圖說)〉이다. 태극(太極)을 우주의 본원(本原)으로 상정하고, 사
람과 만물이 모두 음양오행의 상호작용을 통해 이루어진다고 보았다. 이에 대한 주희
(朱熹)의 상세한 해설이 있다.

4　고정(考亭)의 소학(小學) : '고정'은 남송의 철학자 주희(朱熹, 1130∼1200)의 호이
다. 원래는 지명으로 지금의 건양시(建陽市)이다. 주희가 63세 때인 1192년 6월에 이곳
에 고정서원(考定西院)을 짓고 강학하였기 때문에 주자를 고정선생이라고도 불렀다.
이를 기반으로 고정학파(考亭學派)가 형성되었는데, 뒤에 이를 존숭하여 '민학(閩學)'
으로 부르게 되었다. 《소학》은 주희가 54세 때인 1183년 7월에 처음으로 편찬하기 시작
하여 57세 때인 1186년 3월 1일에 완성한 책으로, 〈입교(立敎)〉·〈명륜(明倫)〉·〈경
신(敬身)〉·〈계고(稽古)〉의 내편(內篇)과 〈가언(嘉言)〉·〈선행(善行)〉의 외편(外
篇)으로 이루어져 있다. 주요 내용은 소자(小子)들이 익혀야 할 쇄소(灑掃)·응대(應
對)·진퇴(進退)의 범절과 수신(修身)·충신·효자에 대한 말과 사적이다. 《束景南,
朱熹年譜長編, 上海: 華東師範大學出版社, 2001, 773·860·1067쪽》

우두커니 서서 황혼 속에 슬퍼하노니   延佇悵日暮
새 매화 소식⁵ 멀리 이곳으로 보내주시길   新梅攬遠洲

---

5 새 매화 소식 : 매화는 반가운 소식을 뜻한다. 남조(南朝) 송(宋)나라의 육개(陸凱)
가 강남에 있을 때 교분이 두터웠던 범엽(范曄)에게 "역의 사신 만났기에 매화를 꺾어,
농두 사는 그대에게 부치오. 강남에는 아무것도 없으니, 애오라지 한 가지 봄을 보낸다
오.〔折梅逢驛使, 寄與隴頭人. 江南無所有, 聊贈一枝春.〕"라는 시와 함께 매화 한 가지
를 부쳤다는 일화가 있다. 《太平御覽 卷97 時序部4 春中》

저녁 풍경
夕景

높은 숲에 가득한 바람 저녁 기운 청량한데　　　風滿高林夕氣淸
고요한 시냇 마을에 둥지를 찾는 새가 우네　　　溪村寂歷棲禽鳴
오늘 밤 못 가에는 밝은 달이 떠오를 터이니　　　今宵池上應生月
앉아서 서쪽 봉우리 반쪽이 밝아오기 기다리네　　坐待西峰半郭明

가군을 모시고 응천사를 방문하여 삼가 석상의 시에 차운하다[6]
陪家君 訪應天寺 敬次席上韻

맑은 시냇가에 소 모는 소리 들리는데	叱牛淸溪聲
짙게 깔린 안개에 산길이 어두컴컴하네	深霧暗山路
가만히 앉았노라니 붉은 해가 기울며	坐來紅日轉
우뚝 솟은 오래된 나무를 비추누나	亭亭映古樹

---

6 가군(家君)을……차운하다 : 이 시는 저자의 아버지 김원행(金元行, 1702~1772)
의 시 중 〈절곡 종장과 응천사에서 만나기로 약조하여 달려가다 도중에 입으로 읊다[節
谷宗丈約會于應天寺赴之路中口占]〉라는 시에 차운한 것으로, 원운은 다음과 같다.

말 타고 청산을 보며	騎馬見靑山
산사로 길을 찾아가네	自尋山寺路
그대는 벌써 도착하여	知君應已來
뜰 앞 나무 아래 기다리시리라	待我庭前樹

'절곡'은 김상용(金尙容)의 현손(玄孫)으로, 김원행과 도의교(道義交)를 맺은 김시관
(金時觀, 1677~1740)의 호이다. '응천사'는 《신증동국여지승람》에 따르면 청주(淸州)
용자산(龍子山)에 있었다는 사찰 이름으로, 지금은 터만 남아있다. 용자산은 동림산
(東林山)의 옛 이름이다. 김시관의 〈기미년 10월 1일에 응천사에 포회를 마련하였다.
장난삼아 율시 한 수를 읊어 여러 벗들에게 화답을 요구하고 겸하여 여러 자질에게
보여주다[己未十月初一日 設泡應天寺 弄吟一律 要和諸友 兼示諸子姪]〉라는 시에 근거
하면 이 시는 저자(1722~1791)가 18세 때인 1739년(영조15)에 지은 것으로 추정된다.
《渼湖集 卷1 詩 節谷宗丈[時觀]約會于應天寺赴之路中口占》《節谷集 卷1 己未十月初
一日設泡應天寺弄吟一律要和諸友兼示諸子姪》《新增東國輿地勝覽 卷15 忠淸道 淸州牧
佛宇 應天寺》

대보름 밤에 사람들은 시냇가로 나가 거니는데 나는 병으로 따라가지 못하다

上元夜 諸人步出溪上 余病未從

이 밤에 청아한 즐거움을 함께 하지 못하여	淸歡未共此宵閒
깊이 누워 저 멀리 안개 너머 산을 바라보네	深臥遙看煙外山
밝은 달이 홀로 이 시인의 병을 가엾게 여겨	明月獨憐騷客病
맑은 그림자 나누어 울적한 얼굴을 비춰주네	分留淸影照愁顔

산양동의 작은 모임에서 '음' 자를 얻다[7]

山陽洞小集 得陰字

이런 말을 들었지 산양동은	聞說山陽洞
봄이 지나면 숲이 울창하다고	經春茂樹林
사람들 불러 골짝 햇빛 속에 만나	招邀逢谷日
분분히 소나무 그늘로 들어왔네	爛漫入松陰
가느다란 폭포엔 토사 여라 축축하고	細瀑絲蘿濕
푸르른 벼랑에는 금죽[8]이 빽빽하다	蒼厓錦竹深
술병이 비어 사람들 흩어지려니	壺傾人欲散
산새들이 지저귀며 전송을 해주네	相送囀山禽

---

7 산양동(山陽洞)의……얻다 : 이 시는 저자의 아버지 김원행(金元行)이 1740년(영조16)에서 1744년(영조20) 사이에 지은 것으로 추정되는 〈이웃의 벗들과 산양동을 유람하다가 '음' 자를 얻어 각자 읊다〔同隣友遊山陽洞得陰字各賦〕〉라는 시가 지어졌을 즈음에 지은 것으로 추정된다. 산양동은 지명이 여러 도에 보이는데, 여기에서는 청주(淸州)와 가까운 충남 연기군(燕岐郡)에 있는 것으로 추정된다. 52쪽 〈산양동에 다시 놀러가 석상의 시에 차운하다〔再遊山陽洞 次席上韻〕〉 참조.

8 금죽(錦竹) : 송(宋)나라 매요신(梅堯臣)의 〈금죽(錦竹)〉시 원주(原注)에 따르면 대나무와 비슷하게 생겼으며 반점 무늬가 있는 풀 이름이다.

운와엄에서 비를 만나다
雲臥广遇雨

우연히 그윽한 흥취에 끌려 나오니	偶牽幽興出
한낮에 푸른 봉우리가 보이누나	亭午見靑岑
계곡에 들어서니 구름이 발 아래 피어나고	入谷雲生屐
바위에 기대니 비가 옷깃을 흠뻑 적시네	憑巖雨滿襟
저녁 연기는 들판 송아지를 따라가고	暝煙隨野犢
아스라한 저편엔 산새가 사라지네	遠勢失山禽
돌아가는 길 전혀 보이지 않는데	渾欲迷歸路
저녁 종소리에 골이 더욱 깊어지네	聞鐘洞益深

송생 훤 을 증별하다

贈別宋生 烜

쓸쓸도 하여라 이별의 회포여	牢落懷離別
남쪽으로 온 지 다섯 해가 되었구나	南來歲五周
우연히 단협⁹에서 온 그대 만나	偶逢丹峽客
여강을 유람하자 한 번 말했네	一說驪江遊
말 타고 달리니 내와 들이 광활하고	鞍馬川原曠
갖옷 입으니 비와 눈이 스쳐 지나네	衣裘雨雪浮
오늘 아침 그대를 또 전송하게 되니	今朝君又送
계수나무 잡고서 어찌하면 만류할까¹⁰	攀桂若爲留

9 단협(丹峽) : 충북 단양(丹陽)에 있는 협곡을 이른다. 김일손(金馹孫, 1464~1498)이 가은암(可隱巖)의 절경(絶境)에 명칭이 없음을 안타깝게 여겨 처음으로 단구협(丹丘峽)이라는 이름을 붙였다고 한다. 《續東文選 卷14 二樂樓記》

10 계수나무……만류할까 : 저본의 '반계(攀桂)'는 은자가 사는 곳을 상징한다. 《초사(楚辭)》〈초은사(招隱士)〉에 "계수나무 가지 부여잡으며 애오라지 머무른다오.〔攀援桂枝兮聊淹留.〕"라고 한 데서 유래하였다.

승천점[11]으로 나와 송 참봉 숙[12] 약흠 을 기다렸으나 오지 않아 돌아오는 길에 읊다

出勝川店 候宋參奉叔 約欽 不至 歸路有賦

높은 다리에 말 세우자 산색이 노을졌는데	立馬危橋山色赤
떠나는 사람 보이지 않아 홀로 왔다 돌아가네	行人不見獨來還
어두운 천 마을에 풍연이 어지러운데	風煙撩亂千村暗
하얀 달만 푸른 산에서 나를 맞이해주네	皓月相迎碧嶂間

11 승천점(勝川店) : 충북 진천(鎭川)의 진천읍점(鎭川邑店)과 충주(忠州)의 금곡점(金谷店) 사이에 있었다. 《性潭集 卷12 雜著 東遊日記》

12 송 참봉 숙(宋參奉叔) : 송약흠(宋約欽, ?~1778)은 자세하지 않다. 《삼산재집》 권9에 〈현감 송공 제문[祭縣監宋公文]〉이 실려 있는데, 이에 따르면 송약흠의 고향은 회덕(懷德)이며 진안 현감(鎭安縣監)으로 부임한 지 3개월 만에 질병으로 임소(任所)에서 타계하였다.

9월 9일

九日

중양(重陽)이라 누대의 나무들 황량한데   九日荒臺樹

석양은 먼 곳의 시내를 비추누나   斜陽對遠川

외기러기 저 너머 하늘은 푸르고   天青孤鳥外

오래된 다리 옆엔 단풍잎이 붉도다   葉赤古橋邊

검은 머리는 길이 머물러두기 어렵건만   綠髮難長駐

차가운 국화는 예년과 똑같구나   寒花如去年

친한 벗들이 한수 북쪽에 있으니   親朋在漢北

술잔 잡고 못내 슬픔에 잠기네   把酒一怊然

사의[13]를 그리며

憶士毅

국화 핀 옛 낭주[14]에서 백주를 마시노라니 　黃花白酒古琅州

가을이라 한수 북쪽의 벗이 그리워지네 　親友相思漢北秋

서울에서 청운의 꿈이 한창 피어날텐데 　京闕靑雲方意氣

가련하다 오늘 홀로 언덕을 올라가누나[15] 　可憐今日獨登丘

13　사의(士毅) : 서형수(徐逈修, 1725~1779)이다. 자세한 것은 23쪽 주1 참조.

14　낭주(琅州) : 청주목(淸州牧)의 낭성군(琅城郡)을 가리킨다.

15　언덕을 올라가누나 : 음력으로 9월 9일 중양절에 붉은 주머니에 수유를 담아 높은 산에 올라가 국화주를 마시면 재액을 피할 수 있다고 한다.

국화를 마주하여
對菊

성근 줄기는 무서리를 전혀 두려워하지 않으니   疏枝渾不畏輕霜
백 송이 꽃이 일제히 피어 섬돌 가득 향기롭다   百朶齊開滿砌香
사랑스러운 이 그윽한 향기를 누구와 즐기리오   憐此幽芳誰與玩
벗들도 밝은 달도 모두 아득히 보이지 않네   故人明月共茫茫

즉흥으로 읊다

卽事

바람도 불지 않고 비도 오지 않건만	雖無風與雨
높다란 나무는 날로 앙상해지네	高樹日看零
사립문엔 석양빛이 비추는데	柴門明落照
하얀 새가 빈 뜨락에 내려 앉네	白鳥下空庭

김사신[16] 윤희 의 서재 벽에 쓰다

題金士信 允熙 齋壁

가을 하늘에 해 지자 외기러기 날아가고	霜天日落孤鴻去
고목에 연기 깔리자 나무꾼이 돌아오네	古木煙平樵客廻
난간에 기대 앉아 백사장 경치를 보노라니	憑欄坐見平沙色
어둠이 아득하게 십리 밖에서 밀려오네	暝意蒼然十里來

---

16 김사신(金士信) : 김윤희(金允熙)는 자세하지 않다. 1722년 신임사화 때 노론 사
대신이 화를 입자 이의 부당함을 적극 주장했던 충정공(忠靖公) 김우항(金宇杭, 1649~
1723)의 측실 소생으로 추정된다. 《陶菴集 卷38 右議政金公墓表》

멀리 산 아래 인가를 바라보며

望山下人家

푸른 소나무 저 아래 누구의 집이런가	誰人之宅靑松下
문 밖의 맑은 시내 먼 들판을 마주하였네	門出淸川對遠野
한낮에 한 줄기 연기 성근 울에 피어나는데	日午孤煙籬落疏
숲 너머 저 멀리 밭갈이 보는 이 보이누나	隔林遙見觀耕者

아우 경이[17]와 '홍안'[18] 연구를 짓다

與弟敬以鴻鴈聯句

가을 하늘 드높아 끝이 없는데 _정례(正禮)[19]	秋天高不極
큰 기러기 날마다 남으로 날아가네	鴻鴈日南征
푸득푸득 구름 속에서 날아가고[20] _경이(敬以)	蕭蕭雲中翼
사각사각 수풀 너머 들려오네	蕭蕭林外聲
서리가 차가우니 어느 곳에서 묵을까	霜寒何處宿
바람이 매서우니 절로 서로 놀라네	風急自相驚
강촌이라 주살이 많으니 _정례	水國多矰繳
날아오를 때 조심해야 하리 _경이	翺翔愼勿輕

---

17 경이(敬以) : 저자의 아우 김이직(金履直, 1728~1745)의 자이다. 18세에 병으로 죽었다. 비범했던 자질과 활달하고 인후한 성품 등에 대하여 《삼산재집》권9 〈가제유사 (家弟遺事)〉와 〈제망제문(祭亡弟文)〉, 《미호집(渼湖集)》권20 〈죽은 아들에 대한 제 문〔祭亡兒文〕〉에 자세히 보인다.

18 홍안(鴻雁) : 《예기》〈왕제(王制)〉에 "아버지 연치인 사람은 뒤에서 따라가고, 형의 연치인 사람은 옆에서 조금 물러나 따라간다.〔父之齒隨行, 兄之齒鴈行.〕"라는 내 용이 보이는데, 여기에서 유래하여 '형제'를 비유하는 말로 쓰인다.

19 정례(正禮) : 저자 김이안(金履安, 1722~1791)의 자이다.

20 푸득푸득……날아가고 : 이와 관련하여 《시경》〈소아(小雅) 홍안(鴻雁)〉에 "큰 기러기 날아가니, 푸득푸득 날개 짓 하네.〔鴻鴈于飛, 蕭蕭其羽.〕"라는 구절이 보인다.

16일 밤에 가군을 모시고 시냇가로 나왔는데 마을 사람들이 모두 왔다. '산'자를 부르다[21]

旣望夜 陪家君 出溪上 里中人皆至 呼山字

서리 내린 가을에 시냇물 깨끗한데	霜落溪流潔
줄줄이 와서 한 물굽이에 모였네	相隨集一灣
술동이 들고 하얀 바위에 모여 앉아	携樽坐白石
물 너머 푸른 산을 마주 대하네	隔水對靑山
기러기는 모래사장 밖에서 울고	鴈叫平沙外
달은 오래된 살구나무에 높아라	月高古杏間
은하수가 아직 옮겨가지도 않았으니	星河看未轉
돌아갈 길 재촉 말고 한껏 취해보세	取醉莫催還

---

21 16일……부르다 : 저자의 나이 23세 때인 1744년(영조20) 전후의 시로 보인다. 이와 관련하여 《미호집(渼湖集)》 권1 〈9월 16일에 몇 사람과 달빛 아래 앞내를 거닐며 〔九月旣望與數子步月前川〕〉라는 시에 "가을 하늘 만 리에 공활하고, 밝은 달빛 천 산에 가득하다.〔秋天空萬里, 明月滿千山.〕"라는 구절이 보인다.

콩 타작
穫豆

사립문에 해 지자 저녁 연기 피는데   日落柴門煙氣昏
농가에선 콩 타작에 밤늦도록 시끄럽네   田家穫豆夜喧喧
아이들이 웃으며 서쪽 봉우리 훤하다 하니   兒童笑報西峰白
먼 숲에서 달이 떠오른 것을 알겠도다   知是遙林月出痕

18일 밤에 달을 기다리며
十八夜候月

서쪽 누대에서 밝은 달을 기다리노라니	西臺候素月
숲에서 불어오는 저녁 바람이 청량하다	林樾夕風淸
무수한 별들은 나무 끝에 걸려있고	繁星麗樹杪
엷은 이내는 산과 나란히 깔려있네	淡靄與山平
나는 새도 이미 둥지에 깃들었는데	飛鳥亦已息
다듬이소리가 서로 화답하며 울리네	砧杵相和鳴
흡사 고인과 기약이라도 한 것처럼	似與故人期
괴로운 이내 심사 못내 서글퍼지네	悢悢多苦情

겨울밤에 회포를 써서 벗들에게 보이다

冬夜書懷 示諸友

아득한 하늘은 끊임없이 옮겨가고	玄天密轉移
해와 달은 번갈아 나왔다 들어가네	日月互出沒
사계절이 절로 절서를 이루니	四時自成序
초목이 피었다 지기를 반복하네	草木榮且歇
사람이 그 사이에 붙여 사니	人生寄其間
홀연 번개처럼 빠르게 지나가네	忽如流電掣
우인은 먹고사느라 괴로워하고	愚人苦營營
달사는 명예와 절조를 중히 여기네	達士重名節
살아있을 때 노력하지 않으면	生時不努力
하루살이처럼 죽어서 사라진다오	死與蜉蚊滅
늦겨울에 서리와 눈이 모이면	季冬集霜雪
밤낮으로 두꺼운 얼음이 언다오[22]	日夜玄冰結
아아, 우리네 공부하는 선비들은	嗟哉吾黨士
힘써 노력하고 소홀하지 말기를	勉之愼莫忽

---

22 늦겨울에……언다오 : 《주역》〈곤괘(坤卦) 초육(初六) 상(象)〉에 "서리를 밟으면
단단한 얼음이 이른다는 것은 음이 처음 응결한 것이니, 그 도를 점차 이루어서 단단한
얼음에 이른 것이다.〔履霜堅冰, 陰始凝也 ; 馴致其道, 至堅冰也.〕"라는 내용이 보인다.
작은 일이 점점 발전하여 나중에는 큰 일이 된다는 뜻으로, 여기에서는 일이 미약할
때부터 조심하고 경계해야 한다는 말이다.

달밤에 시냇가에서 사람을 전송하다

月夜送人溪上

맑은 시내 굽이에서 전송하노라니	相送淸溪曲
깊은 밤에 달이 밝은 빛을 토하네	深宵月吐光
은하수는 오래된 나무에 드리웠고	星河垂古木
천지에는 온통 된서리가 가득하다	天地有嚴霜
걸음 멈추니 은둔의 꿈 안타깝고	駐屐憐鷗夢
술잔 멈추니 떠나는 그대 애석하다	停杯惜鴈翔
겨울이라 쉬이 감회에 젖나니	玄冬易爲感
잠시의 이별에도 방황을 하네	少別亦彷徨

진천 길에

鎭川途中

진종일 황량한 들판을 달리노라니	盡日驅荒野
나그네 심정 쓰러질 듯 지쳤는데	頹然倦客情
홀연히 높이 솟은 관곽을 만나니	忽逢官閣聳
마치 말발굽이 가벼워진 듯 하네	如覺馬蹄輕
고을에는 바람과 연기가 뒤섞였고	邑底風煙合
봄이 돌아오자 버드나무 푸르도다	春還楡柳平
지난날에 원대한 계획 품었건만	往年懷遠略
끝없는 노정에 벌써 염증이 나네	已厭莽蒼程

초여름

首夏

초여름이라 홰나무 그늘 온 집안에 가득한데
발을 걷고 누우니 날아가는 제비 사랑스럽네
차 솥엔 연기 끊기고 솔 사립문 조용하니
맑은 샘물 길어와 섬돌 꽃에 물을 준다오

首夏槐陰滿一家
開簾臥愛鷰飛斜
茶鐺煙歇松扉靜
自酌淸泉澆砌花

저녁에 소사²³에 투숙하다

昏投素沙

이내 발길 해 질세라 바삐 재촉해	我行競落日
마을에 들어서니 밝은 달이 보이네	入村見華月
나그네들 저마다 쉴 곳을 정했으니	行人各自定
노랫소리 웃음소리 시끌벅적하네	歌笑紛已發
아아, 나는 하인을 기다리느라	嗟我候僕夫
우두커니 서서 쉴 겨를이 없구나	竚立不遑歇

---

23 소사(素沙) : 경기도 이천(利川)의 소사참(素沙站)이나 충남 노성(魯城), 즉 논산시(論山市)의 소사리(素沙里) 등으로 추정된다. 자세하지 않다.

천안으로 돌아오는 길에 용산의 두 아우를 그리며

天安歸路 憶龍山二弟

영귀정²⁴에 올라 그대는 누대에 기대고	詠歸亭上人倚樓
동작강²⁵ 가에서 나그네는 배를 부르리	銅雀江邊客喚舟
고개 돌려 바라보니 용산은 어드메뇨	回首龍山何處是
온 하늘 비바람 속에 환주²⁶로 내려가네	一天風雨下歡州

---

24 영귀정(詠歸亭) : 자세하지 않다.

25 동작강(銅雀江) : 서울 동작동 앞을 흐르는 한강을 일컫는다.

26 환주(歡州) : 충남 천안시(天安市)의 옛 이름이다.

이웃집에서 밤에 술을 마시며

隣舍夜酌

푸른 등 벽에 걸고 벗들과 함께 하는데   靑燈掛壁數朋同
가을 비 내리는 동산에 북풍이 불어오네   秋雨園林有北風
세밑이라 온갖 근심 가슴 가득 넘치는데   歲晏百憂頗涳洞
그대와 마시는 술로 흉중을 씻어내네   賴君樽酒洗胸中

보광사에서 설잠 상인에게 주다[27]

普光寺 贈雪岑上人

노스님은 맑은 밤에 좌선을 하고	老釋淸宵坐
선방에는 봄 눈이 깊이 쌓여가네	禪房春雪深
객이 찾아와도 말을 하지 않으니	客來亦不語
맑은 달이 못 가운데 이르렀도다[28]	澄月到池心

---

27 보광사에서⋯⋯주다 : 이 시는 저자가 23세 때인 1744년(영조20)에 친구들과 북한산(北漢山)의 보광사(普光寺)에 갔을 때 지은 것으로 추정된다. 《三山齋集 卷8 記游》

28 맑은⋯⋯이르렀도다 : 이 구절은 송(宋)나라 소옹(邵雍)의 〈청야음(淸夜吟)〉 중 "달이 하늘 중심에 이른 곳, 바람이 수면으로 불어오는 때. 이러한 청량한 의미를, 아는 이 많지 않으리.〔月到天心處, 風來水面時. 一般淸意味, 料得少人知.〕"라는 구절을 원용한 것이다.

산영루[29]에서 대보름 밤에

山映樓 上元夜

누대 끝에 달 걸린 좋은 밤에 앉아서   樓頭明月坐良宵

산 막걸리 애써 들고 적적함을 달래네   强把山醪慰寂寥

아득히 생각하면 오래된 홰나무 그림자 아래   遙想古槐疏影下

몇 사람과 함께 수촌의 다리를 밟았던고[30]   幾人同踏壽村橋

---

29 산영루(山映樓) : 북한산(北漢山)에 있었던 누각 이름으로 추정된다. 1902년에 화재로 소실되고 지금은 주춧돌만 남아있다.

30 수촌(壽村)의 다리를 밟았던고 : '수촌'은 충남 청주(淸州)에 있는 마을 이름이다. '다리를 밟는 것'은 음력 정월 보름에 다리를 밟으면 한 해 동안 무병(無病)하고 재액을 면한다는 답교(踏橋) 풍습을 이른다.

산양동에 다시 놀러가 석상의 시에 차운하다[31]

再遊山陽洞 次席上韻

남쪽 시내에 성근 비 지나가니	南礀經疏雨
서쪽 이웃에 좋은 벗들 있다오	西隣有好人
숲의 꽃들 벌써 골짝에 가득하니	林花已滿洞
다시 한 번 봄의 정취 찾아들 왔다오	我輩復尋春
우곡에는 문이 닫혀 있을 터인데[32]	盂谷門應閉
금지[33]에는 풀이 다시 새롭구나	金池草又新

---

31 산양동(山陽洞)에……차운하다 : 저자가 25세 되던 1746년(영조22) 이전에 지은
시로 추정된다. 원운은 《미호집(渼湖集)》 권1에 〈산양동. 한도원의 시에 차운하다〔山
陽洞次韓道源韻〕〉라는 제목으로 실려 있는데, 다음과 같다.

지난해 함께 노닐던 곳에	去歲同遊地
다시 찾아오니 몇이나 모였나	重來有幾人
쓸쓸해라 모두가 백발인데	蕭條俱白髮
화조는 또다시 청춘이로다	花鳥又靑春
푸른 이내는 술잔 속에 방울지고	嵐翠樽中滴
솔숲 바람은 자리 위로 새로워라	松風席上新
아름다운 방초는 쉬이 시드나니	芳菲易銷歇
이 좋은 때를 저버려선 안 되리	莫負此佳辰

저자가 예전에 산양동에 가서 지은 시는 29쪽 〈산양동의 작은 모임에서 '음' 자를 얻다
〔山陽洞小集 得陰字〕〉 참조.

32 우곡(盂谷)에는……터인데 : 저자의 외종조인 홍용조(洪龍祚, 1686~1741)가 이
미 별세한 것을 가리키는 듯하다. 《삼산재집》과 《미호집》에 각각 홍용조에 대한 제문
과 묘갈명이 실려 있다. 《三山齋集 卷9 祭外從祖盂谷洪公文》《渼湖集 卷17 監司洪公
墓碣銘》

그동안 세상에는 변고가 많았으니   從來多世故

한껏 취해 이 좋은 때를 보내야하리   沉醉度良辰

---

33 금지(金池) : 충남 연기군(燕岐郡) 전의면(全義面)의 옛 이름으로, 1741년(영조 17) 향년 56세로 사망한 홍용조의 산소가 있는 곳이다.

석림[34]에서 여름밤에 주인인 외종숙 홍공[35] 억 의 시에 차운하다

石林夏夜 次主人從舅洪公 檍 韻

비 지나자 초가 처마에 달 걸렸는데	過雨茅簷月
서늘한 바람이 고송에서 불어오네	凉風在古松
누구의 집에서 옥피리를 부는가	誰家吹玉簫
몇몇 선비들 속세의 모습이 없구나	數子少塵容
지팡이 의지해 맑은 못에 찾아가서	倚杖臨淸沼
술잔을 잡고 먼 봉우리 바라보네	持杯望遠峰
악공은 기다려도 오지 않으니	琴師候不到
서글퍼라 이경의 종소리만 들리누나	怊悵二更鐘

---

34 석림(石林) : 양주(楊州) 수락산(水落山)에 있는 석림암(石林庵)으로 추정된다.
일찍이 승려 석현(錫賢)과 치흠(致欽)이 짓고 박세당(朴世堂)이 이름을 지었다. 《西溪
集 卷8 石林庵記》

35 홍공(洪公) : 홍억(洪檍, 1722~1809)으로, 본관은 남양(南陽), 자는 유직(幼
直), 시호는 정간(貞簡)이다. 저자의 어머니 홍씨(洪氏)의 작은아버지인 홍용조(洪龍
祚, 1686~1741)의 차남으로, 홍대용(洪大容, 1731~1783)의 작은 아버지이자 저자와
는 5촌 동갑이다. 1753년(영조29) 알성문과에 장원으로 급제하였다.

다음날 밤에 다시 사람들의 시에 차운하다

翌夜 又次諸人韻

달은 전날 밤에 이어 여전히 좋고	月連前夜好
바람은 열린 작은 창문을 덜컹이네	風動小窓開
솔 그림자는 고요히 난간에 어리고	松影依欄靜
종소리는 멀리 골짝을 건너오네	鐘聲度壑來
여러 선비들 모두 흥에 겨워하니	諸君皆逸興
병든 나도 따라서 잔을 가득 채우네	病我亦深杯
속세의 자취가 멀어짐을 더욱 알겠으니	轉覺塵蹤遠
흰 구름이 오래된 누대에서 피어나네	白雲生古臺

단오날 양산³⁶ 길에

端午 楊山道中

오월 오일 도성문 밖을 나서니   午日都門外

붉은 먼지가 취한 얼굴로 달려드네   紅塵撲醉顔

우거진 방초 위로 길을 잡고서   取途芳草上

늘어진 버들 사이로 말을 달리네   驅馬垂楊間

맑은 시내 건너며 기쁨도 잠시   乍喜淸川渡

큰 고개 넘을 일 도리어 시름겹네   飜愁大嶺攀

마부가 머리를 긁적이며 하는 말   僕夫搔首語

구름 가 저 곳이 양산이라 하네   雲際是楊山

---

36 양산(楊山) : 황해도 안악군(安岳郡)의 다른 이름이다.

서울로 돌아가며
還京

서쪽 기슭 따라 난 오솔길 하나	有路邊西麓
숲 바람이 때때로 두건을 흔드네	林風時拂巾
흐드러진 들꽃 위로 햇살이 쏟아지고	野花紛照日
크게 자란 잡초는 사람 키를 넘어섰네	徑草長過人
저 멀리 강물 빛이 눈에 들어올 제	眼得江光逈
시가 이루어지니 새소리가 새롭구나	詩成鳥語新
까닭 없이 또 골짝 밖으로 나오니	無端又出谷
분주한 이내 생애 산신에게 부끄럽네[37]	奔走愧山神

---

37 산신에게 부끄럽네 : 이와 관련하여 남조 제(齊)나라의 문장가 공치규(孔稚圭, 447~501)의 〈북산이문(北山移文)〉이라는 글이 있다. 박학다식한 주옹(周顒)이란 사람이 북산(北山)에 은거하다가 조명(詔命)을 받고 해염 현령(海鹽縣令)이 되었는데, 뒤에 다시 북산으로 돌아오려 하자 공치규가 산신령의 뜻을 빌려 다시 오지 못하게 하였다는 내용이다. 여기에서는 저자 자신이 석화촌(石華村)에서 조용히 은거하지 못하고 부질없이 바깥세상에 다니는 것을 자조한 것이다.

성환[38]에서 새벽에 출발하다

成歡曉發

성환의 역사에서 닭이 세 번 울 제 　　　　　成歡驛舍鷄三鳴

부서지는 달빛 속에 말 타고 빙천을 건너네 　　馬渡氷川碎月明

너른 들판이라 나그네 만날 일 드무니 　　　　野濶稀逢行客度

텅 빈 하늘 아래 기러기와 짝할 뿐이네 　　　天空獨與旅鴻征

붉은 구름 일어나자 별이 스러지기 시작하고 　紅雲乍湧星初落

흰 구름 사라지자 해가 점점 돋아나네 　　　　白雪微消日漸生

새벽바람 차갑게 뼛속에 스미건 말건 　　　　遮莫曉風寒透骨

숲 너머 저 멀리 주막 깃발이 보이누나 　　　隔林遙辨酒旗橫

---

38 성환(成歡) : 충남 천안(天安) 부근에 있었던 역 이름이다.

집으로 돌아오다

還家

떠나던 날엔 꽃이 길에 가득하더니	別日花圍路
돌아오는 길엔 눈이 산에 덮였구나	歸程雪擁山
고향산천은 말 머리를 맞이하고	川原迎馬首
동복들은 숲 사이에서 절을 하누나	僮僕拜林間
세밑이라 헤진 옷[39]이 못내 부끄러운데	歲暮慚貂弊
긴 하늘 아래 돌아가는 기러기와 짝하네	天長伴鴈還
울 밖엔 흰 구름이 아득히 흘러가니	白雲籬外度
머무르며 너와 함께 한가로우리라	留與爾同閒

---

39 헤진 옷 : 저본의 '초폐(貂弊)'는 '다 헤진 담비 가죽 옷'이라는 뜻으로, 이와 관련하여 전국 시대 유세객(遊說客) 소진(蘇秦)의 일화가 전한다. 소진은 조(趙)나라에서 명월주(明月珠)와 화씨벽(和氏璧), 흑초구(黑貂裘)와 황금 100일(鎰)을 받아 가지고 진(秦)나라로 가서 열 차례나 글을 올려 진 혜왕(秦惠王)에게 유세하였으나 받아들여지지 않았는데, 시일이 흘러 흑초구는 낡고 가지고 갔던 황금도 바닥나서 어쩔 수 없이 초라한 모습으로 진나라를 떠나 돌아왔다고 한다. 여기에서는 초라한 모습으로 고향에 돌아온 것을 이른다. 《戰國策 趙策1》

천안을 출발하며
發天安

아득히 나그네 향수 가득했건만	悠悠抱旅思
꿈이 짧아 고향에 이르지 못하였네	夢短不到鄉
어슴푸레한 천안의 새벽녘에	蒼茫天安曉
가느다란 달빛을 따라 나섰네	趁此纖月光
장마가 걷힌 것은 기쁘다지만	雖喜積雨霽
험난한 길 갖가지로 괴롭네	險艱苦多方
비스듬한 절벽이라 진창길이 두렵고	崖傾畏泥滑
무너진 다리라 긴 내가 한스럽네	橋坼恨川長
말은 이 때문에 머리 돌려 울고	馬爲回首鳴
사람은 이 때문에 잠시 방황하네	人爲暫彷徨
같이 가는 길손에게 물어보았네	借問同征客
어이해 집안에 누워있지 않느냐고	何不臥君堂
가을 구름 저 멀리 높이 흐르는데	秋雲眺稜稜
힘찬 새매가 나란히 선회하누나	俊鶻參翶翔
덧없는 인생이 백년도 못되건만	浮生百年內
명리 쫓아 모두들 분주하구나	名利共奔忙

숙보[40] 서재종숙 필행 와 당나라 시인의 운을 뽑아 함께 읊다

與叔輔 庶再從叔弼行 拈唐人韻 共賦

부끄럽게도 한 통의 술도 없으니	慚愧無樽酒
적막하여라 온 방이 썰렁하구나	寥寥一室寒
이 속에서 그대가 흥취를 아니	此中君得趣
깊은 밤중에 편안히 앉았구나	深夜坐能安

---

40 숙보(叔輔): 김필행(金弼行, 1726~1786)이다. 저자의 종증조 김창업(金昌業, 1658~1721)의 측실 소생인 김비겸(金卑謙, 1698~1748)의 차남이다. 저자에게는 7촌 재종숙부가 된다.

또 당나라 시인의 운을 뽑아 화답을 요구하다

又拈唐人韻要和

숲 사이로 한 줄기 오솔길 나 있으니	穿林一徑在
포의(布衣)로 매번 한가로이 거닐었다오	巾袂每從容
많은 시간 맑은 못 가를 거닐었고	散步多澄沼
때로는 고송 아래서 읊기도 했다오	微吟或古松
외로운 기러기는 서리 넘어 날아가고	孤鴻霜外度
몇몇 집들은 달빛 속에 따뜻하다	數舍月中舂
이러한 밤 심사를 다하기 어려운데	此夜懷難極
다행히 그대 만나 청담을 나누네	清談賴子逢

회옹이 남헌과 작별할 때 지은 시[41]의 운을 써서 홍덕보[42]

41 회옹(晦翁)이……시 : '회옹'은 회암(晦庵) 주희(朱熹, 1130~1200)를 가리킨다. '남헌(南軒)'은 남송(南宋)의 저명한 성리학자인 장식(張栻, 1133~1180)의 호로, 자는 경부(敬夫)이다. 여기에서 차운한 주희의 시는 38세 때인 1167년 11월 23일에 지은 〈시 두 수로 경부의 작별시에 화답하고 아울러 이별을 노래하다[二詩奉酬敬夫贈言幷以爲別]〉 가운데 첫 번째 시로, 원운(原韻)은 다음과 같다.

이천 리 먼 길을 내가 찾아가	我行二千里
남산 북쪽 그대를 방문하였네	訪子南山陰
바람이 찬 것도 근심치 않았는데	不憂天風寒
상수가 깊음을 하물며 꺼렸겠나	況憚湘水深
팔월 아침에 집에서 떠나와	辭家仲秋旦
구월 초순에 멍에를 풀었다오	稅駕九月初
묻노니 지금이 어느 때인가	問此爲何時
한 해가 저물어 가는 엄동이라오	嚴冬歲云徂
그대가 수고롭게 옥 같은 걸음 떼어	勞君步玉趾
나를 전송하러 남산까지 올랐다네	送我登南山
남산은 높아서 끝이 없는데	南山高不極
눈이 깊어 길이 아득하다오	雪深路漫漫
진창길을 다시 얼마나 가야하나	泥行復幾程
오늘 밤에는 저주에서 묵는다네	今夕宿櫧洲
내일이면 헤어져 떠나야하니	明當分背去
만류할 수 없음이 서글프다오	惆悵不得留
그대가 내게 준 시 외노라니	誦君贈我詩
탄식만 쏟아지고 가슴만 더 답답해	三歎增綢繆
두터운 정을 감히 잊지 못하여	厚意不敢忘
그대를 위하여 서글피 노래하네	爲君商聲謳

주자는 이 이전 동년 9월 8일에 담주(潭州)에 이르러 장식과 함께 악록서원(嶽麓書院)에서 두 달 동안 강학을 한 뒤 형산(衡山) 등 각지를 유람하였는데, 동년 11월 22일 저주(櫧州)에 이르렀을 때 장식이 장사(長沙)로 돌아간다고 하며 시를 지어주자 그의

대용 를 증별하다

用晦翁別南軒韻 贈別洪德保 大容

평소에 깊은 시름 안고서	端居抱幽憂
쓸쓸히 세월을 보냈었네	瀟灑度光陰
아늑하고 조용한 석화촌[43]에서	窈窱石華村
우거진 솔밭 속에 문을 닫고 지냈지	閉戶松檜深
성궐에서 오는 이 있었으니	有來自城闕
교외 언덕에 첫눈 내린 때였네	雪落郊原初
말에서 내려 우리 집에 들어와	下馬入我室
함께 이 해를 보내었네	共此年華徂
정겨운 말이 옛 유람에 이르자	情言到舊遊

시에 화답하여 지은 것이다. 장식이 이때 지은 시는 《장남헌선생문집(張南軒先生文集)》 권1에 〈시를 지어 주원회 존형을 전송하다[詩送朱元晦尊兄]〉라는 제목으로 실려 있다. 《朱子大全 卷5 二詩奉酬敬夫贈言幷以爲別》《束景南, 朱熹年譜長編, 上海: 華東師範大學出版社, 2001, 372~382쪽》

42　홍덕보(洪德保) : 홍대용(洪大容, 1731~1783)으로, '덕보'는 자이다. 본관은 남양(南陽), 호는 홍지(弘之)·담헌(湛軒)이다. 저자의 아버지 김원행(金元行, 1702~1772)의 문인이자, 저자의 외종조(外從祖)인 홍용조(洪龍祚, 1686~1741)의 손자로, 저자에게는 6촌 외재종형제(外再從兄弟)이다. 저자보다 9세 어리다. 홍대용은 여러 번 과거에 실패한 뒤 1774년(영조50)에 음보(蔭補)로 세손익위사 시직(世孫翊衛司侍直)이 되었으며, 이후 선공감 감역(繕工監役), 사헌부 감찰, 태인 현감(泰仁縣監), 영천 군수(榮川郡守)를 역임하였다. 저서에 《담헌서 湛軒書》, 《의산문답 醫山問答》, 《주해수용 籌解需用》 등이 있다.

43　석화촌(石華村) : 충남 청주(淸州)에 있는 마을 이름으로, 홍대용의 고향이다.

청산을 바라보며 눈물 뿌리네	揮淚向靑山
책 상자 열고 경전을 꺼내	開箱出典謨
강설하던 때가 어찌 그리 아득한지	誦說何漫漫
타고난 자질은 선기옥형 엿보았고[44]	天機闚玉衡
시사의 담론은 유주를 감동시켰네[45]	時事感幽州
이곳이 매우 좋다 말만 하니	謂此甚適耳
어이하여 더 머무르지 않는지	云胡不遲留
예부터 벗들과 헤어짐 아쉬웠으나	自古惜離群
그대처럼 정이 얽힌 것은 아니었다오	匪伊情綢繆
황혼 속에 우두커니 서있노라니	佇立以黃昏
황량한 길에 나무꾼 노래 들려오네	荒途來樵謳

---

44 타고난……엿보았고 : 홍대용(洪大容)이 천문에 달통했다는 말로, 선기옥형(璇璣玉衡)은 천상(天象)을 관측하는 기구이다. 홍대용은 일찍이 3년에 걸쳐 혼천의(渾天儀)를 만들기도 하였다.

45 시사(時事)의……감동시켰네 : '유주(幽州)'는 중국의 하북(河北)을 가리키는데, 여기에서는 청나라의 수도인 연경(燕京)을 가리킨다. 홍대용은 1765년(영조41) 35세 되던 해 11월에 동지사(冬至使) 서장관(書狀官)이 된 숙부 홍억(洪檍)의 수행 군관(軍官)으로 연경에 가 60여 일 동안 머물면서 그곳의 학자들, 즉 항주(杭州) 사람 엄성(嚴誠), 반정균(潘庭筠), 육비(陸飛) 등을 만나 형제의 의(義)를 맺었다. 홍대용은 이듬해 귀국하자 이들과 주고받은 필담과 왕복 서찰 등을 엮어 《건정동회우록(乾淨衕會友錄)》 3권을 남겼으며 이외에 이와 관련된 글을 다수 지었다. 《湛軒書外集 卷1 杭傳尺牘 與潘秋庭筠書, 卷2 杭傳尺牘 乾淨衕筆談, 卷3 杭傳尺牘 乾淨錄後語》

초초헌에서 사의 · 존오 종제 이헌 와 함께 연구를 짓다[46]
楚楚軒與士毅存吾 從弟履獻 聯句

점점이 흩어진 뒤로 벗들을 그리워했으니	落落懷交友
궁벽한 시골이라 찾아오는 이 드물어서라오 _정례(正禮)	窮巷寡參尋
이렇게 만난 것도 이미 기이한데	邂逅已云奇
하물며 지금처럼 난만히 토론함에랴 _사의(士毅)	爛漫況如今
눈 내린 창가에서 길이 책상을 마주했고	雪窓長對榻
차가운 구들에서 매번 이불을 함께 했네 _존오(存吾)	寒堗每聯衾
즐거웠던 한 달의 우리들 모임	懽然一月會
웃고 놀면서도 권면하였다오 _정례	詼笑間規箴
도를 배우자던 초년의 바램	初年學道願
지금도 그 마음 남아있다오 _사의	至今有餘心
허송세월로 이룬 것 하나 없는데	蹉跎無所成

---

46 초초헌(楚楚軒)에서……짓다 : 이 시는 1745년(영조21) 11월 저자 나이 24세 때 지은 것으로, 저자가 있는 청주(淸州)의 석화촌(石華村)으로 서형수(徐逈修, 1725~1779)와 김이헌(金履獻, 1725~1760)이 동년 10월에 찾아와 한 달 동안 함께 독서하다가 이들이 돌아갈 때가 되자 연구(聯句) 30운(韻)을 지어 기념한 것이다. 밤이 깊어지자 김이헌은 잠이 들고, 30운 중 나머지 12운을 저자와 서형수가 마저 완성하였다. 자세한 정황은 《삼산재집》 권8 〈초초헌 연구 발문〔楚楚軒聯句跋〕〉 참조. '사의(士毅)'는 서형수의 자이다. 23쪽 주1 참조. '존오(存吾)'는 김이헌의 자(字)로, 초명은 이순(履順)이다. 저자의 아버지 김원행(金元行, 1702~1772)의 생부 김제겸(金濟謙, 1680~1722)의 차남인 김준행(金峻行, 1701~1743)의 차남으로, 저자와는 사촌 사이이다. '정례(正禮)'는 저자의 자이다.

백발을 장차 금할 수 없다오 _존오	皓髮行不禁
한밤중에 일어나 베개를 어루만지노라니	中宵起撫枕
북받치는 감회에 눈물이 옷깃을 적시네 _정례	感激淚橫襟
천고에 전하는 심법을 남겼으니	千古遺心法
전전긍긍 깊은 못에 임하듯 했네[47] _사의	兢兢深淵臨
새벽부터 밤까지 감히 이를 잊으랴	昕夕敢忘玆
귀신도 옆에서 엄숙히 지켜본다네 _존오	鬼神旁森森
의관 갖추고 서적을 마주하니	冠紳對黃卷
하나의 글자가 천금에 해당한다오 _정례	隻字抵千金
〈반경〉은 그 의미가 난삽하고[48]	殷盤響聱牙
《예기》[49]는 그 이치가 심오하다오 _사의	戴經理深沉

---

47 전전긍긍……했네 : 《시경》〈소아(小雅) 소민(小旻)〉에 "두려워하고 삼가서 깊은 못에 임한 듯이 하고 엷은 얼음을 밟듯이 하라.〔戰戰兢兢, 如臨深淵, 如履薄冰.〕"라는 구절이 보인다.

48 반경(盤庚)은……난삽하고 : 《서경》〈상서(商書) 반경(盤庚)〉의 글을 가리킨다. 이와 관련하여 당(唐)나라 한유(韓愈)의 〈진학해(進學解)〉에 "〈주고(周誥)〉와 〈은반(殷盤)〉의 글은 난삽하여 이해하기 어렵다.〔周誥殷盤, 佶屈聱牙.〕"라는 내용이 보인다. '주고'는 《서경》〈주서(周書)〉 중의 〈대고(大誥)〉·〈강고(康誥)〉·〈주고(酒誥)〉·〈소고(召誥)〉·〈낙고(洛誥)〉 등 편을 이른다.

49 예기(禮記) : 저본의 '대경(戴經)'은 '대씨(戴氏)의 경전'이라는 뜻으로, 현재 전하는 《예기》 49편을 이른다. 전한(前漢)의 대성(戴聖)이 당시 유전(流轉)되던 예(禮)에 관한 각종 기록들을 수집한 뒤 산삭하고 정리하여 전했다고 해서, 대성의 숙부인 대덕(戴德)이 전했다는 《대대례기(大戴禮記)》와 구별하여 《소대례기(小戴禮記)》라고도 부른다. 대성이 처음 전했을 때부터 49편이었는지에 대해서는 아직까지 정설이 없다. 송(宋)나라 때 주희(朱熹)가 처음으로 이 가운데 〈대학(大學)〉과 〈중용(中庸)〉 편을 끄집어내어 《논어》·《맹자》와 함께 사서(四書)의 하나로 만들었는데, 그 뒤에 나온

근심이라면 애초의 뜻 퇴보하는 것이니	所憂志則退
그 누가 힘이 없어 못한다 하리오[50] _존오	誰言力不任
고상한 담론이 치란에 이르자	高談及理亂
비분과 강개가 갑자기 끓어올랐다오 _정례	憤慨倏交侵
결연했던 형가를 따르고 싶었는데[51]	思從擊筑飲
숨죽이고 사는 세월 선비 옷에 부끄럽구나 _사의	踽踽羞青衿
우리 유자들 올바른 갈 길이 있지만	吾儒有正路
이 마음은 때때로 걷잡을 수 없다오 _존오	是心或浸淫
옷깃 가다듬고 벗들에게 이르노니	斂衽謂吾友

《예기》의 주석서나 연구서들이 〈대학〉과 〈중용〉을 아예 수록하지 않은 것이 대부분이어서 실제로는 47편이라 할 수 있다. 《예기》는 처음에는 《의례(儀禮)》의 주석서 정도로 여겨졌으나, 당(唐)나라 때 《오경정의(五經正義)》에 실림으로써 처음으로 조정에서 공식적으로 인정하는 경(經)의 지위를 부여받게 되었다.

50 그……하리오 : 이와 관련하여 《논어》〈이인(里人)〉에 "하루라도 그 힘을 인(仁)에 쓴 자가 있는가. 나는 힘이 부족한 자를 아직 보지 못하였노라.〔有能一日用其力於仁矣乎? 我未見力不足者.〕"라는 공자의 말과, 《논어》〈옹야(雍也)〉에 염구(冉求)가 공자의 도를 좋아하지 않는 것은 아니지만 힘이 부족하다고 하자, "힘이 부족한 자는 중도에 그만둔다. 지금 너는 스스로 한계를 긋는 것이다.〔力不足者, 中道而廢, 今女畫.〕"라고 대답한 공자의 말이 보인다.

51 결연했던……싶었는데 : 뜻을 이루기 위해 목숨도 돌아보지 않은 굳은 의지를 이른다. 전국 시대 형가(荊軻)가 연(燕)나라 태자 단(丹)의 부탁을 받고 진(秦)나라에 들어가 진왕(秦王)을 암살하기 위해 떠날 때 태자와 친구들이 역수(易水)에서 송별하였는데, 고점리(高漸離)가 축(筑)을 연주하자 형가는 "소슬한 바람 불고 역수의 물 차가운데, 장사가 한 번 떠나면 다시 돌아오지 못하리.〔風蕭蕭兮易水寒, 壯士一去兮不復還.〕"라는 노래를 부른 뒤에 수레에 올라 뒤도 돌아보지 않고 떠났다고 한다. 《史記 卷86 刺客列傳 荊軻》

이 말이 참으로 정문일침[52]이라오 _정례   此言眞頂鍼

속인들 천박하고 비루한 이 많으니   俗物多齷齪

티끌이 아름다운 옥돌을 가리누나 _사의   塵土翳球琳

푸른 구름[53]은 궁궐을 두르고 있는데   靑雲繞京闕

우리의 도는 산림에서 바르다오 _존오   吾道正山林

안자의 즐거움[54]을 어찌 감히 잊으랴   敢忘顔氏樂

제갈량의 노래[55]를 다시 생각한다오 _정례   復懷諸葛吟

---

52 정문일침(頂門一鍼) : 침구법(鍼灸法)에서 뇌문(腦門)으로부터 놓는 침을 말한다. 핵심을 찔러 사람들을 일깨우는 말이나 행동을 비유한다.

53 푸른 구름 : 여기에서는 높은 벼슬을 쫓는 무리를 비유한다.

54 안자(顔子)의 즐거움 : 안빈낙도(安貧樂道)를 이른다. 《논어》〈옹야(雍也)〉에 "어질다, 안회(顔回)여! 한 그릇의 밥과 한 표주박의 물로 누추한 시골에 사는 것을 사람들은 그 근심을 견뎌내지 못하는데, 안회는 그 즐거움을 변치 않으니, 어질다, 안회(顔回)여![賢哉回也! 一簞食, 一瓢飮, 在陋巷, 人不堪其憂, 回也不改其樂, 賢哉回也!]"라는 공자의 말이 보인다.

55 제갈량(諸葛亮)의 노래 : 삼국시대 때 제갈량이 농사지으며 은거할 때 즐겨 불렀다는 〈양보음(梁甫吟)〉이라는 노래를 이른다. 춘추시대 제(齊)나라 재상 안영(晏嬰)이 복숭아 2개로 공을 세운 세 무사를 죽인 일을 읊은 것으로, 현재 전하는 가사는 다음과 같다. "걸어서 제나라 도성 문을 나오니, 저 멀리 탕음 마을 보이네. 마을 안에 세 개의 무덤, 줄줄이 많이도 닮았구나. 어느 집 무덤이냐 물으니, 전개강(田開疆)과 고야자(古冶子)의 무덤이라 하네. 힘은 남산을 밀어낼 수 있었고, 문장은 지리를 다할 수 있었네. 하루아침에 참소를 당하니, 복숭아 두 개로 세 무사를 죽였네. 이런 모의 누가 하였나? 바로 제나라 재상인 안자라오.[步出齊城門, 遙望蕩陰里. 里中有三墳, 纍纍正相似. 問是誰家塚? 田疆古冶氏. 力能排南山, 文能絶地理. 一朝被讒言, 二桃殺三士. 誰能爲此謀? 相國齊晏子.]" 공을 세운 공손첩(公孫捷)·전개강·고야자가 안영이 지나가는데도 일어나지 않자, 안영은 이들을 제거할 목적으로 제 경공(齊景公)에게 청하여 세 사람에게 복숭아 2개를 내려주며 전공에 따라 먹도록 하였다. 공손첩과 전개강이 먼저

장대한 포부 얘기할 곳 없으니	輪囷說無處
이제 그만 백아의 금[56] 감추리라 _사의	已矣藏牙琴
엄동이라 눈과 서리가 쌓이니	玄冬積霜雪
만 골짝에 날아가는 새 하나 없구나 _정례	萬壑絶飛禽
새벽달이 서재의 휘장을 비출 제	晨月照書帷
찬 등잔 너머로 닭 울음 들려오네 _사의	寒燈度鷄音
천기가 성쇠와 소장[57]을 주관하니	天機撫剝復
책을 덮으매 뜻이 자못 깊도다 _정례	掩卷意何深
궁함과 통달은 참으로 까닭 없지만	窮通故無端
천리가 어찌 끝내 궁하기만 하겠나 _사의	天理豈終陰
울적하게 우리의 이별을 생각하며	沉吟念聚散
쓸쓸히 상성과 삼성[58]을 보네 _정례	牢落看商參

자신의 공을 자부하며 복숭아를 들고 일어났으나, 고야자가 자신의 공을 말하자 공손첩과 전개강은 자신들의 탐욕을 부끄러워하며 복숭아를 돌려주고서 자살하였으며, 고야자 역시 두 사람이 죽은 것을 보고 복숭아를 돌려주고서 자살하였다. 《古今事文類聚 別集 卷21 性行部 讒毀 梁甫吟》《晏子春秋 內篇 諫下》

56 백아(伯牙)의 금(琴) : 춘추시대 때 백아는 금(琴)을 잘 탔는데, 오직 종자기(鍾子期)만이 그 음악을 이해할 수 있었다. 종자기가 죽자 백아는 금의 줄을 끊고서 다시는 금을 연주하지 않았다고 한다. 여기에서는 자신의 포부를 이른다. 《列子 湯問》

57 성쇠(盛衰)와 소장(消長) : 저본의 '박복(剝復)'은 《주역》의 〈박괘(剝卦)〉(☷)와 〈복괘(復卦)〉(☳)를 가리키는데, 〈박괘〉는 음(陰)이 성하여 양(陽)이 쇠한 것을 의미하고, 〈복괘〉는 음이 극에 이르러 다시 양이 회복한 것을 의미한다.

58 상성(商星)과 삼성(參星) : 28수(宿) 중의 두 별자리 이름으로, 상성은 동쪽에 있고 삼성은 서쪽에 있어 한 쪽이 뜨면 다른 한쪽이 진다. 여기에서는 서로 헤어져 만나지 못함을 이른다.

종남산⁵⁹과 팔각정⁶⁰에   終南與八角

돌아갈 뜻 푸른 산보다 높아라 _사의   歸意浮靑岑

아득한 이별 차마 말하랴   可道莽蒼別

한 해가 어느덧 저물어가네 _정례   歲律忽駸駸

돌아갈 사람은 먼 종소리 기다리고   歸人候遠鐘

남은 사람은 다듬이 소리에 앉아있네 _사의   滯客坐淸砧

어떻게 그대의 발걸음을 늦추리오   何以緩君驅

술잔 가득 푸른 막걸리를 따르네 _정례   樽醪綠可斟

지나치게 슬퍼할 필요 없으니   不須多惆悵

봄이 오면 우리들 다시 모일 것을⁶¹ _사의   春來更盍簪

---

59 종남산(終南山) : 원래는 장안(長安)의 남쪽에 있는 산 이름으로, 일반적으로 은거하는 곳이라는 의미로 쓰인다. 우리나라에서는 서울의 목멱산(木覓山), 즉 남산을 가리키나 여기에서는 어느 곳을 가리키는지 자세하지 않다.

60 팔각정 : 자세하지 않다.

61 모일 것을 : 저본의 '합잠(盍簪)'은 선비들이 모이는 것을 이른다. 《주역》〈예괘(豫卦) 구사(九四)〉에 "의심하지 않으면 벗들이 모여들리라.〔勿疑, 朋盍簪.〕"라는 내용이 보인다.

정관 이선생 단상 연시 연회에서 주인의 시에 차운하다[62]
다른 사람을 대신하여 짓다
靜觀李先生 端相 延諡 次主人韻 代人作

대궐에서 내려온 조서[63] 참으로 덕을 드날리니　　九天華誥闡揚眞

62 정관(靜觀)……차운하다 : 이 시는 1747년(영조23)에 지은 것으로 추정된다. 영의정 김재로(金在魯)의 계청으로 1743년(영조19) 2월 22일에 이단상(李端相, 1628~1669)에게 문정(文貞)이라는 시호가 내려졌는데, 연시(延諡)의식은 이단상의 장남인 이희조(李喜朝, 1655~1724)가 일찍이 수령으로 있었던 강원도 평강현(平康縣) 관아에서 설행되었으며, 주관자는 이단상의 증손 이민보(李敏輔, 1720~1799)였다. 이때의 연시를 경축하는 시로 저자의 시 외에, 신(新)・신(紳)・인(人)・신(臣)자 운을 쓴 남한기(南漢紀)・송문흠(宋文欽)・조영석(趙榮祏)・송명흠(宋明欽) 등의 시와, 시(時)・사(思)・지(池)・지(枝)자 운을 쓴 김진상(金鎭商)・조영석(趙榮祏) 등의 시가 전한다. 이단상은 본관은 연안(延安), 자는 유능(幼能), 호는 정관재(靜觀齋)로, 저자의 증조인 김창협(金昌協, 1653~1722)의 스승이다. 저서에 《대학집람(大學集覽)》・《사례비요(四禮備要)》・《성현통기(聖賢通紀)》・《정관재집(靜觀齋集)》 등이 있다. '연시(延諡)'는 '시호를 맞이하다'라는 뜻이다. 당시 풍속에 정경(正卿) 이상에게만 시호가 내려졌는데, 이조 낭관(吏曹郎官)이 시전(諡典)을 가지고 오면 시호를 맞이하는 집에서는 시호를 받은 분의 신주를 모시고 나와 의식을 행하고 보통 연회를 베풀었다. 《英祖實錄 19年 2月 22日》《星湖僿說 卷14 人事門 延諡》《寄翁集 卷3 靜觀齋李文貞公延諡之宴設行於平康縣衙其曾孫敏輔來求一詩謹用近體詩一首追寓敬慕之忱》《閒靜堂集 卷1 靜觀齋李先生延諡之日李伯訥有感懷詩求和謹次》《觀我齋稿 卷1 次靜觀齋延諡韻》《退漁堂遺稿 卷3 靜觀齋李先生延諡宴先生曾孫伯訥有詩索和和之》《櫟泉先生文集 卷3 李伯訥寄示其先曾祖文貞先生延諡時感懷之作要余附和余自以事契之厚景慕之深不敢以不能辭謹續貂如左》

63 대궐에서 내려온 조서 : 저본의 '화고(華誥)'는 화고(花誥)로도 쓴다. 오화관고(五花官誥)의 준말이다. 옛날 증직(贈職)에 봉하는 조서를 오색의 금화(金花) 무늬가 있는

백년 만에 아름다운 광화가 새로이 빛나누나	百載休光煥若新
높은 이름 태산북두보다 더하다 말하기 전에	未說高名增嶽斗
휘전을 보니 우리 사대부 진작케 하네	卽看徽典聳簪紳
여사인 문장도 오히려 세상에 전하는데	文章餘事猶傳世
초야의 맑은 의표 어찌 전하지 않으리오	丘壑淸標豈少人
우리 유림들 그 중에도 가장 공경한 뜻은[64]	最是儒林加額意
성상께서 독서 신하를 생각하신 거라오	重宸緬憶讀書臣

비단으로 쌌다고 하여 붙여진 이름이다.

64 공경한 뜻은 : 저본의 '가액(加額)'은 백성들이 이마에 손을 대고 멀리서 바라보는
것으로, 인망(人望)이 높은 재상을 공경하는 것을 이른다. 송(宋)나라 사마광(司馬光)
이 낙양(洛陽)에 15년 간 살았는데, 천하 사람들이 모두 참된 재상이라고 생각하여
농부와 촌 늙은이도 모두 사마 상공(司馬相公)이라 부르고 부인과 어린아이도 그가
사마군실(司馬君實)임을 알았다고 한다. 신종(神宗)이 죽어 사마광이 대궐에 갔을 때
그를 본 위사(衛士)들이 모두 두 손을 이마에 대고 "이분이 사마 상공(司馬相公)이시
다.[此司馬相公也.]"라고 했다는 일화가 전한다. 《宋史 卷336 司馬光列傳》

두 번째
其二

말로에 갈 곳 몰라 흘린 눈물 얼마였던가	末路迷方涕幾滋
쓸쓸해라 공이 계실 때 태어나지 못하였네	蕭條吾不及公時
선인께서 길이 금란의 우정 의탁했으니[65]	先人永託金蘭好
만학이 강한의 생각[66]을 어찌 잊으랴	晚學能忘江漢思
풍도가 부질없이 안개 낀 고을에 남았으니	風躅空餘煙鎖洞
흉회를 오히려 달 잠긴 못에 보낸다오	襟期猶遣月涵池
법도 간직한 자손 있음이 유독 기쁘나니	典刑獨喜阿孫在
세모에 푸르디 푸른 솔가지를 보낸다오[67]	寄與青青歲晏枝

---

65 선인(先人)께서……의탁했으니 : 이와 관련하여 《주역》〈계사전 상(繫辭傳上)〉에 "두 사람이 마음을 함께 하니 그 날카로움이 금을 끊는다. 마음을 함께 하는 말은 그 향기로움이 난초와 같다.〔二人同心, 其利斷金. 同心之言, 其臭如蘭.〕"라는 내용이 보인다.

66 강한(江漢)의 생각 : 스승을 높이는 생각을 이른다. 《맹자》〈등문공 상(滕文公上)〉에 증자(曾子)가 공자를 찬미하여 "선생님의 덕은 강수(江水)와 한수(漢水)로 씻는 것과 같고 가을볕으로 쪼이는 것과 같아서 깨끗하고 깨끗하여 더할 수 없다.〔江漢以濯之, 秋陽以暴之, 皜皜乎不可尚已.〕"라고 한 내용이 보인다.

67 세모에……보낸다오 : 이와 관련하여 주희(朱熹)의 〈서암산으로 들어가는 길에 절구 네 수를 얻어 언집과 충보 두 형에게 드림〔入瑞巖道間得四絶句呈彦集充父二兄〕〉이라는 시 가운데 "세한의 심사 서로 어기지 않네.〔歲寒心事不相違.〕"라는 구절이 있다. 두 사람의 우정이 변치 않을 것임을 다짐하는 것으로, 여기에서도 이런 뜻으로 쓰였다.

사의[68]에게 화답하여 부치다

和寄士毅

솔바람 속에 달이 처마 끝에 떨어지니　　松風吹月落簷端
긴긴 밤 차가운 서재에서 잠들기 어려워라　永夜寒齋着睡難
어느 날에야 친한 벗들 만날 수 있으리오　何日親朋相見否
남은 책만 등불 앞에서 홀로 넘기노라　　殘書獨自就燈看

68　사의(士毅) : 서형수(徐逈修, 1725~1779)이다. 자세한 것은 23쪽 주1 참조.

두 번째
其二

그리운 이가 홀연히 구름 너머 막힌 듯한데	相思忽若隔雲端
눈보라 치는 황량한 들판 가는 길 험난해라	風雪荒郊道路難
헤어진 뒤 차가운 매화가 움트려 하는데	別後寒梅花欲動
몇 가지를 어떻게 그대 보시게 부칠까[69]	數枝那得寄君看

---

69 몇……부칠까 : 자세한 것은 25쪽 주5 참조.

세 번째

其三

아득한 세상 길 온갖 일들이 일어나니　　　世路蒼茫有百端
술동이 앞 좋은 만남도 기약하기 어려워라　一樽佳會也知難
안개 낀 솔 길에 석양이 비껴 있으니　　　煙松小逕橫殘照
그대 오시면 그림 속 풍경을 보시리라　　　爾到應成畫裏看

가구당에서 섣달그믐에 《삼연집》의 시에 차운하다[70]
可久堂除夕 次三淵集中韻

웃음 거두고 술잔 멈추고 새벽까지 앉았다가	斂笑停杯坐曉天
희끗희끗 변하는 머리에 다 같이 놀라네	共驚鬢髮欲蒼然
서로 보며 쏜살같은 세월 아쉽다 말하지만	相看盡道流光惜
다시 또 내년 지나면 지난해와 같으리라	又度來年如去年

---

70 가구당(可久堂)에서……차운하다 : 이 시는 저자가 24세 되던 1745년(영조21) 11
월에 지은 것이다. '가구당'은 저자의 종증조(從曾祖) 김창업(金昌業, 1658~1721)의
아들인 김언겸(金彦謙, 1693~1738)의 서당 이름으로, 삼각산(三角山) 석교(石郊)에
있었다. 김언겸은 저자에게 6촌 재종조(再從祖)이다. 《삼연집(三淵集)》은 저자의 종
증조 김창흡(金昌翕, 1653~1722)의 문집으로, 1732년(영조8)에 문인 유척기(兪拓基,
1691~1767)에 의해 간행되었다. 이 시는 김창흡의 〈석실에서 섣달그믐에 중유의 시에
차운하다〔石室除夕次仲裕韻〕〉라는 시에 차운한 것으로, 원운은 다음과 같다.

눈 쌓인 지붕에 한기 돋는 깊은 밤중에	雪屋寒生午夜天
벽에 비친 등 그림자 쓸쓸도 하여라	風燈倚壁影蕭然
벗들과의 만남이 금년에 드물었으니	同人會面今年少
회포를 풀려는데 벌써 한 해가 지나가네	及欲論懷已別年

'중유'는 김창흡의 종제(從弟)이자 송시열(宋時烈)의 문인인 김성후(金聖後,
1659~1713)이다. 《三淵集 卷6 石室除夕次仲裕-族弟盛後-韻》

두 번째
其二

자지 않고 밤새 읊으며 찬 하늘 마주하여   長吟不睡對寒天

무수히 채운 술잔 도리어 서글퍼지네   無數深杯轉愴然

차마 생각나네 눈 쌓였을 양주(楊州)의 산소[71]   忍想維楊雪裏塚

내일 아침엔 떡과 과일로 새해인사 드리리라   明朝餠果作新年

71 양주(楊州)의 산소 : 저자의 아버지 김원행(金元行, 1702~1772)을 비롯하여 양주에 있는 저자의 선조들과 아우 김이직(金履直, 1728~1745)의 산소가 있는 선산을 이른다.

세 번째
其三

짧은 검도 오히려 변방에서 기댈 만하니	短劍猶堪倚塞天
서생의 당초 뜻은 무공을 세우는 것이었네[72]	書生初意勒燕然
이제 와 동문 밖 집에 흙덩이처럼 엎드려	卽今塊伏靑門舍
항우가 서쪽 간 나이[73] 헛되이 보냈구나	虛度重瞳西渡年

72 무공을 세우는 것이었네 : 저본의 '연연(燕然)'은 산 이름으로, 지금의 몽고인민공화국(蒙古人民共和國) 경내에 있는 항애산(杭愛山)이다. 동한 화제(和帝) 영원(永元) 원년(89)에 거기장군(車騎將軍) 두헌(竇憲)이 북흉노(北匈奴)를 격파하고 연연산에 올라 비석에 공적을 새겨 한(漢)나라의 위엄을 드높인 것을 이른다. 《後漢書 卷23 竇憲列傳》

73 항우(項羽)……나이 : 저본의 '중동(重瞳)'은 눈동자가 둘이 있다는 뜻으로, 여기에서는 항우(기원전 232~기원전 202)를 가리킨다. 《사기(史記)》 권7 〈항우본기(項羽本紀)〉에 "내가 주생(周生)에게 들으니 순 임금이 중동이었다고 한다. 또 들으니 항우도 중동이었다고 한다.〔吾聞之周生曰: 舜目蓋重瞳子. 又聞項羽亦重瞳子.〕"라는 내용이 보인다. 항우는 24세 때인 기원전 209년 9월에 진(秦)나라에 반기를 들고 숙부 항량(項梁)을 따라 처음 기병하여 오강(烏江)을 건너 서쪽으로 진격하였다.

네 번째
其四

세상만사 끝끝내 저 하늘을 어이하랴   萬事終無奈彼天

차라리 웃으며 기쁘게 보냄이 나으리라   不如談笑且歡然

조금 취해 일어나 은하수 빛을 보노라니   微醺起看星河色

종소리에 닭 울음소리 한 해가 또 시작됐네   鐘動鷄鳴又一年

사의[74]가 도성으로 들어갈 제 《간이집》의 시[75]에 차운하다
士毅入城 次簡易集韻

봄이 와도 괴로이 즐거울 일 없음은　　　　　　　春至苦無樂

그리운 사람이 한성에 있어서였네　　　　　　　所思在漢城

나귀 타고 어느 날 밤 찾아오니　　　　　　　　騎驢一夕到

밤낮으로[76] 작은 서재 청량하여라　　　　　　　卜夜小齋清

언뜻 취하니 부드러운 바람이 들어오고　　　　　乍醉微風入

74　사의(士毅) : 서형수(徐逈修, 1725~1779)이다. 23쪽 주1 참조.

75　간이집(簡易集)의 시 : 최립(崔岦, 1539~1612)의 〈두보(杜甫)의 「독좌」 시에 차
운하여 시대의 감회를 읊다〔感時次杜獨坐韻〕〉라는 시로, 원운은 다음과 같다.

올해는 왜적이 전함을 약탈해가고　　　　　　今年蠻奪艦

작년엔 오랑캐가 도성을 도륙했건만　　　　　去歲虜屠城

무사들은 초선 쓰고 활보를 하고　　　　　　　武士貂蟬盛

모신들은 좋은 집에서 한가로우네　　　　　　謀臣甲第清

국가 안위는 임금만이 근심할 뿐　　　　　　　安危君自主

꾀와 힘 다하여 저마다 살길을 찾네　　　　　智力各爲生

나 역시 농사꾼이 되고 싶으나　　　　　　　　我欲從農圃

군신 대의 가벼워질까 걱정이 되네　　　　　　飜虞大義輕

《簡易集 卷6 分津錄 感時次杜獨坐韻》

76　밤낮으로 : 저본의 '복야(卜夜)'는 복주복야(卜晝卜夜)의 줄임말로, 춘추 시대 제
(齊)나라 진경중(陳敬仲)의 말에서 유래하였다. 공자(公子) 진경중이 제 환공(齊桓公)
에게 주연을 베풀어 주었는데, 환공이 몹시 기뻐 불을 밝히고 계속 마시자고 하자,
진경중은 사양하며 "신은 낮에 모시는 일에 대해서만 점을 쳤고 밤에 모실 것에 대해서
는 점을 치지 않았으니, 감히 명을 받들 수 없습니다.〔臣卜其晝, 未卜其夜, 不敢.〕"라고
하였다. 《左傳 莊公 22年》

고상히 읊조리니 멀리 달이 나오누나　　　　高吟遠月生

알겠구나 그대가 이별을 쉽게 말하니　　　　知君易話別

좋은 시절 가벼이 보낼 수 없어서라오　　　　佳節未能輕

박사혼[77] 달원 이 작별하고 청주로 돌아갈 때 입으로 읊어서 주다

朴士混 達源 別歸淸州 口號以贈

먼 산굴에 구름 그림자 변하니	遙岫雲陰變
망연히 작별의 시름 일어나네	惘然起別愁
뉘라서 길손의 말 매 둘 수 있나	誰能繫客馬
부질없이 서재 문을 닫으려 하네	空欲掩書樓
역로엔 봄 돌아온 나무 서있고	驛路春還樹
동작강엔 눈 속의 배가 떠있네	銅江雪裏舟
가는 길 부디 조심해 가시게	君行須自愛
사흘 간의 여정도 길고 기나니	三日路猶脩

---

77 박사혼(朴士混) : 박달원(朴達源)은 김원행의 문인으로 추정된다. 《미호집(渼湖集)》에 저자의 아버지인 김원행(金元行)과 주고받은 편지가 3통 실려 있는데, 《자치통감강목(資治通鑑綱目)》을 공부한다는 내용이나 김원행이 그에게 《소학(小學)》 공부에 매진하라고 권면하는 내용, 김원행에게 예(禮)에 대해 묻는 내용 등이다.

《간이집》의 시[78]에 차운하여 권 척장[79] 진응 을 봉별하다

次簡易集韻 奉別權戚丈 震應

들자하니 공께서 내일 떠나셔야 한다기에	聞說君須明發去
술 들고 달려와서 긴 봄밤을 지샙니다	徑來把酒永春宵
창가에서 《주역》 강하니 화로 연기 모이고	晴窓講易爐煙合

---

78 간이집(簡易集)의 시 : 최립(崔岦, 1539~1612)의 〈밤에 앉아서 두보(杜甫)의 「각야」 시에 차운하다〔夜坐次杜閣夜韻〕〉라는 시로, 원운은 다음과 같다.

백 리 밖 나그네 심정 천리처럼 아득한데	百里客懷千里遠
셋으로 나눈 가을 그 중에도 중추의 밤이로다	三分秋日二分宵
적막한 마을엔 달 지고 다듬이 소리 들리는데	疏村月落砧猶響
가까운 포구에 밀물 드니 노도 따라 흔들리네	近浦潮生櫓又搖
병 때문에 보내온 옷은 모두가 솜옷뿐이요	緣病進衣渾見絮
흉년에 먹을 것도 없으니 나무일도 쉬려네	遇荒無食欲休樵
반벽에는 희미한 등불 창문 열고 바라보니	殘燈半壁推窓看
새벽빛이 먼 하늘에 희부옇게 밝아오누나	曙色蒼茫在沈寥

《簡易集 卷6 分津錄 夜坐次杜閣夜韻》

79 권 척장(權戚丈) : 권진응(權震應, 1711~1775)으로, 본관은 안동(安東), 자는 형숙(亨叔), 호는 산수헌(山水軒)이다. 권상하(權尙夏, 1641~1721)의 증손이며 한원진(韓元震, 1682~1751)의 문인이다. 학문에만 전념하고 과거 시험을 보지 않았으나 의정대신과 이조 당상이 모여서 경연관이나 특정 벼슬의 적임자를 뽑던 초선(抄選)에 뽑혀 시강원(侍講院)의 정7품 자의(諮議)가 되었다. 뒤에 권상하의 일로 《유곤록(裕昆錄)》을 상소로 논한 것이 문제가 되어 1771년(영조47)에 제주(濟州)에 귀양 갔다가 이듬해 나이가 예순이 넘었다고 하여 특별 사면되었고, 1775년(영조51)에 병으로 죽었다. 예(禮)에 밝았으며, 저자보다 12세가 많다. 권진응의 고모가 저자의 종증조(從曾祖) 김창업(金昌業, 1658~1721)의 손자인 김양행(金亮行, 1715~1779)에게 시집갔다. 김양행은 저자에게 7촌 재종숙부이다.

편지지에 시를 쓰니 촛불 그림자 흔들립니다 　　　　華簡題詩燭影搖
예로부터 인생사 만남과 헤어짐 많거니와 　　　　從古人生多聚散
지금은 우리 도가 산림의 은거에 있습니다 　　　　秪今吾道在漁樵
어이 견딜까 말 타고 서쪽으로 돌아가신 뒤 　　　　可堪匹馬西歸後
문정의 버들과 솔만 대낮에도 쓸쓸할 것을 　　　　門柳庭松晝寂寥

밤에 바람이 심할 제 삼가 《삼연집》의 시[80]에 차운하다

夜風甚 敬次三淵集韻

밤새도록 바람 몰아쳐 해문을 뒤흔드니	達夜風濤撼海門
이 몸이 원림에 있는 줄도 알지 못하겠네	不知身在此林園
봄 일이 이로 인해 쓸쓸해지면 안 되련만	未應春事仍蕭索
어이해 천심은 이리도 몹시 고뇌하는지	何乃天心太惱煩
세찬 눈보라 휘장까지 스미니 서책이 차갑고	急雪侵帷書帙冷
어지러운 구름 문에 들어오니 촛불이 흔들리네	亂雲透戶燭花飜
기특해라 한매 한 그루 아무 탈이 없으니	寒梅一樹憐無恙
쓸데없는 시름 떨치려 푸른 술잔 기울이네	且撥閒愁倒綠樽

---

80 삼연집(三淵集)의 시 : 저자의 종증조인 김창흡(金昌翕, 1653~1722)의 〈추흥잡
영(秋興雜詠)〉 12수 중 11번째 시로, 원운은 다음과 같다.

맹동이라 초하루 강어귀에 서있노라니	孟冬初吉立江門
문득 앵두꽃 활짝 핀 정원이 생각나네	忽憶櫻桃開滿園
사물을 보고 천지의 절기를 알겠으니	卽物吾知天地節
태어나면 그 누가 오가는 번뇌를 면하랴	有生誰免去來煩
나무 싣고 돌아오는 배를 고운이 따라오고	樵歸小舸孤雲逐
수확한 뒤 쓸쓸한 밭에 낙조가 반짝이누나	穫後寒田落照翻
어제는 시름 깊어 누대에서 일어나지 않았으니	昨日深愁樓不起
누대 높아 금과 술을 함께 할 이 없어서라오	樓高無與共琴樽

《三淵集 卷3 秋興雜詠》

이튿날 맑고 따뜻하여 다시 앞 시의 운으로 읊다
翌日 天氣晴暄 又疊前韻

눈보라 사나울 땐 문 닫고만 있었는데	風雪多時只掩門
오늘 아침 따사로워 황량한 정원을 거니네	今朝愛暖涉荒園
우연히 이웃 사람 만나 담소를 나누고	偶逢隣子成談笑
한가로이 봄 산을 바라보며 울적함을 달래네	閒眺春岑散鬱煩
먼 나무와 한 줄기 연기 혼연히 담박하고	遠樹孤煙渾澹泊
노는 고기 멱 감는 새 모두들 뛰어노누나[81]	游鱗浴羽共飛翻
어이하면 앉아서 숲속 꽃이 피기를 기다릴까	那能坐待林花發
자리 깔고 우선 한 동이 술에 취해야 하리	卽席先宜醉一樽

---

81 노는……뛰어노누나 : 이와 관련하여 《시경》〈대아(大雅) 한록(旱麓)〉에 "솔개는 날아 하늘에 이르고, 물고기는 연못에서 뛰노누나.〔鳶飛戾天, 魚躍於淵.〕"라는 구절이 있다. 《중용》제12장에도 이 구절이 인용되어 있는데, 상하에 이치가 분명하게 드러나 만물이 각각 제자리를 얻음을 이른다. 연비어약(鳶飛魚躍)이라는 성어가 있다.

덕보[82]에게 부치다

寄德保

오늘 밤 처마 끝에 빗소리 울리는데	今夜鳴簷雨
그대를 그리며 오두막에 누워있다오	懷君臥小廬
단지에는 전송하던 술이 남아있고	樽餘相送酒
상자에는 토론 못한 서책이 있다오	篋有未論書
솔 내음은 서늘히 벽에 스미고	松氣涼侵壁
안개는 축축히 섬돌에 가득하다	煙光濕滿除
푸른 등불 마주하여 잠을 이루지 못해	靑燈對不睡
늙은 중처럼 고요히 앉아 있다오	冥坐老僧如

---

82 덕보(德保) : 홍대용(洪大容, 1731~1783)의 자이다. 본관은 남양(南陽), 호는 홍지(弘之)·담헌(湛軒)이다. 자세한 것은 64쪽 주42 참조.

두 번째
其二

벗님께선 날 버리고 서울로 떠나시고   故人棄我洛城去
한생[83]도 내일이면 남쪽으로 돌아간다오   韓子南歸更隔宵
하나 둘 친한 벗들 별처럼 흩어지니   漸覺親朋星落落
어이하리오 그리움에 날로 휘청인다오   無如病思日搖搖
갠 봉우리 기운 변하니 아침에 안석에 기대고   晴峰氣變朝憑几
눈 쌓인 지붕 한기 드니 대낮에 군불을 땐다오   雪屋寒開午爇樵
어이하면 진옹[84]이 찾아와 걸상을 짝할까   豈有珍翁來伴榻
지금 나는 빈 골짝에 쓸쓸히 누워 있다오   吾今空谷臥寥寥

---

83 한생(韓生) : 다음 시에 보이는 한성로(韓聖路)를 가리키는 듯하다.

84 진옹(珍翁) : 자세하지 않다.

차운하여 한생[85] 성로 을 증별하다

次韻 贈別韓生 聖路

무성도 하지 사립문 앞 버드나무여   藹藹門前柳

수많은 가지 비 지난 뒤 싱그럽구나   千枝過雨新

떠나는 길손 말 매어둔 적 있었나   何曾繫客馬

날마다 돌아가는 이 보내기만 하네   日日度歸人

---

85 한생(韓生) : 자세하지 않다.

두 번째
其二

침침한 소나무 숲에 새벽 빛 희미한데　　　　松檜沉沉曉色微
오두막에서 등불 켜고 돌아가는 이 전송하네　小齋燈燭送將歸
오늘밤 달이 뜨면 어느 마을에서 묵을까　　　今宵月出何村宿
베개 맡에서 응당 기러기 소리를 들으리라　　枕上應聞旅鴈飛

세 번째
其三

이별 길 버들가지 부드럽게 휘늘어지니　　　　　別路楊枝嫩欲低
남으로 돌아가면 방초가 필시 무성하리라　　　　南歸芳草定萋萋
두 해 걸쳐 내린 눈은 동문 밖에 쌓여있고　　　　二年積雪靑門外
천리 너머 봄바람은 창해 서에서 불어오네　　　　千里春風滄海西
떠나는 말을 어찌 밤새 붙들 수 있으랴　　　　　征馬那能終夕駐
그윽한 산새만 부질없이 정을 다해 우누나　　　　幽禽空自盡情啼
이별 앞두고 기쁜 것은 만날 기약 가까운 것　　　臨歧且喜前期近
동산에 꽃이 피면 다시 손잡고 즐기리라　　　　　花發林園好更携

우연히 읊조리다. 당시에 차운하다
偶吟 次唐詩韻

잠에서 깨어 그대로 누워있노라니	睡覺仍成臥
푸른 산이 문 앞에 다가오누나	靑山當戶前
텅 빈 연못엔 새가 한 차례 날아가고	池虛鳥一度
고요한 소나무엔 해가 높이 걸렸는데	松靜日高懸
응달진 오솔길엔 봄 겨울 눈이 남았고	陰徑春冬雪
맑게 갠 숲엔 아침저녁 아지랑이 끼어있네	晴林朝暮煙
성시가 가까운 것 무엇이 해로우랴	何妨城市近
구름이 호천86을 숨겨주고 있으니	雲物秘壺天

---

86 호천(壺天) : 선경(仙境) 또는 승경(勝境)을 이른다. 동한(東漢) 사람 비장방(費
長房)이 시장의 관리로 있을 때, 시장에서 약을 팔던 어떤 노인이 시장이 파하자 가게
맡에 매달아둔 병 속으로 뛰어 들어가는 것을 우연히 보고 노인을 찾아가 노인과 함께
그 병 속에 들어갔는데, 그 속에는 장엄하고 화려한 옥당(玉堂)에 맛좋은 술과 안주가
차고 넘쳐 실컷 즐긴 뒤에 나왔다는 고사에서 유래하였다. 《後漢書 卷112下 方術列傳
費長房傳》

밤에 숙보[87]를 방문하다

夜訪叔輔

공은 와서 날마다 시름 찬 얼굴 펴주었는데	君來日能開愁顔
게으른 나는 보답 못해 무심함에 부끄러웠지요	我慵不報懃慢頑
오늘 밤 달이 나와 푸른 봉우리 바라보며	今宵月出看靑峰
발길 따라 우연히 그대 문 두드렸지요	信步偶得扣君關
주인은 식사 후 늦은 시간에 신 끌고 나와	主人飯後曳履出
웃으며 저 멀리 쌍송 사이에서 읍을 하네	一笑遙揖雙松間
쌍송은 울창하고 달은 아득히 높은데	雙松鬱鬱月迢迢
솔에 기대 봉우리 보니 마음 더욱 한가롭네	倚松看峰心更閒
서재로 나를 맞아 등불 환히 밝히시니	延入書齋燈燭光
그윽한 서재 창에 향로 연기 에워싸네	文窓窈窕爐煙環
공을 위해 소리 높여 책상의 시도 읽고	爲君高讀案頭詩
술이 취하자 의기 높아 태산도 뒤엎을 듯	酒酣意氣傾嵩山
불현듯 생각나네 지난날 남쪽 고을에 살 때	忽憶昔居南州時
산천이 막혀서 소식 전하기도 어려웠지요	山川間之音書艱
남쪽 고을 사람들과 이웃해 살았다지만	縱有土人與結隣
어찌 오늘처럼 함께 어울려 즐겼으리오	豈得如今共追攀

---

87 숙보(叔輔): 김필행(金弼行, 1726~1786)이다. 저자의 종증조 김창업(金昌業, 1658~1721)의 측실 소생인 김비겸(金卑謙, 1698~1748)의 차남이다. 저자에게는 7촌 재종숙부가 된다.

달 높은 밤 뉘 집에서 다듬이를 두드리나 　　　誰家搗練月輪高

서로 손잡고 문 나서니 서리꽃이 희끗희끗 　　　相携出門霜花斑

밤 깊으니 어찌 멀리 전송할 필요 있으실까 　　　夜深何須遠來送

들어가시라 인사하고 조용히 읊으며 돌아왔네 　　謝君入宿微吟還

도성에 들어가며

入城

필마로 가니 내 무슨 일인가	匹馬吾何事
차가운 산 위로 해가 떠오르네	寒山日上時
끝내 성시에 들어가게 되었으니	終成入市去
꽃구경할 시기를 저버렸도다	定負看花期
새벽 기운은 언덕의 솔이 알고	曉氣陵松得
봄 마음은 동산의 버들이 아네	春心苑柳知
가만히 읊노라니 감회가 일어가	沉吟有所感
십리 길에도 시 한 수를 못 이루네	十里未圓詩

민대지 백겸 에 대한 만사[88]

閔大之 百兼 挽

지금 시대 명현의 후손들 가운데	今代名賢後
어느 누가 가장 모범이 되는가	何人最範型
높은 가문에 준수한 후손 당연하니	高門宜俊嗣
어릴 때부터 뛰어난 재주 지녔다오	妙藝自髫齡
풍채는 대에 깃든 난새[89] 같았고	儀采鸞停竹
문장은 숫돌에 간 칼[90]과 같았네	詞鋒劍發硎

---

88 민대지(閔大之)에 대한 만사 : 이 시는 1747년에 지은 것이다. 민대지는 민백겸(閔百兼, 1719~1747)으로, 대지는 자이다. 본관은 여흥(驪興)이다. 저자의 증조 김창협(金昌協, 1653~1722)의 문인인 민우수(閔遇洙, 1694~1756)의 차남이며 저자보다 3세 어리다. 할아버지 민진후(閔鎭厚, 1659~1720)의 누이는 숙종의 정비 인현왕후(仁顯王后, 1667~1701)로, 민백겸에게는 4촌 대고모가 된다. 1744년(영조20) 진사시(進士試)에 장원하였으나, 이듬해 중병에 걸린 쌍둥이 형 민백첨(閔百瞻, 1719~1750)을 밤낮으로 간호하다 과로로 해수증(咳嗽證)을 얻어 29세 되던 1747년 1월 11일에 요절하였다. 묘소는 원주(原州)의 서쪽 이암동(梨巖洞)에 있다. 《貞菴集 卷10 次子進士墓誌》

89 대에 깃든 난새 : 저본의 '난정죽(鸞停竹)'은 '난정곡치(鸞停鵠峙)'의 준말로, 자손이 어질고 뛰어난 것을 비유한다. 당(唐)나라 한유(韓愈)의 〈전중소감 마군 묘지(殿中少監馬君墓志)〉의 "물러나 소부(少傅)를 보았는데, 푸른 대 푸른 오동에 난새와 고니가 우뚝 선 듯 하였으니, 능히 그 가업을 지킬 만한 이였다.〔退見少傅, 翠竹碧梧, 鸞鵠停峙, 能守其業者也.〕"라는 구절에서 유래하였다. 여기에서는 뛰어난 풍채를 이른다.

90 숫돌에 간 칼 : 문장의 기세가 예리한 것을 이른다. 《장자(莊子)》〈양생주(養生主)〉의 "지금 제가 칼을 잡은 지 19년이나 되었고 잡은 소도 수천 마리를 헤아리지만, 칼날은 숫돌에서 방금 꺼낸 것처럼 시퍼렇기만 합니다.〔今臣之刀十九年矣, 所解數千牛矣, 而刀刃若新發於硎.〕"라는 구절에서 유래하였다.

타고난 정기는 원래부터 옥이요	禀精元玉石
이어받은 가르침은 또 집안에서라오	襲訓又家庭
보무는 자로 잰 듯 똑발랐고	步武規繩正
의관은 향초 찬 듯 향기로웠으니	衣冠蕙茝馨
뜻밖에도 이처럼 쇠퇴한 말세에	居然衰末俗
덕망 높은 군자의 법도를 보았다오	得見老成刑
상서로운 동물로 기린과 봉황 꼽으니	瑞物歸麟鳳
빛나는 그 이름 형제가 나란했다오[91]	華譽並鶺鴒
기와 운[92]처럼 시 짓기를 부끄러워하고	機雲羞作賦
정과 묵[93]처럼 경전 전수를 기뻐했으니	靜嘿喜傳經
태평한 세상은 문관 자리를 비워두고	昭代虛文館
유림들은 덕성[94]을 보리라 기대했다오	儒林視德星

---

91 빛나는……나란했다오 : 민백겸(閔百兼, 1719~1747)과 쌍둥이 형 민백첨(閔百瞻, 1719~1750)이 각각 1744년(영조20) 진사시(進士試)와 1741년(영조17)의 생원시(生員試)에 합격한 것을 이른다. '척령(鶺鴒)'은 할미새이다. 《시경》〈소아(小雅)〉 상체(常棣)〉에 "할미새가 언덕에 있으니, 형제가 위난을 구원하도다.〔脊令在原, 兄弟急難.〕"라는 구절에서 유래하여 형제를 비유하게 되었다.

92 기(機)와 운(雲) : 서진(西晉)의 저명한 시인인 육기(陸機, 261~303)와 육운(陸雲, 262~303) 형제를 이른다. 이륙(二陸)이라고도 한다. 모두 팔왕(八王)의 난에 연루되어 피살되었다.

93 정(靜)과 묵(嘿) : 저자의 아버지 김원행(金元行)의 문인인 이정연(李靜淵)과 이묵연(李嘿淵) 형제로 추정된다. 《미호전집》에 두 사람이 예물을 들고 찾아와 제자의 예를 갖추자 김원행이 《격몽요결(擊蒙要訣)》의 〈입지(立志)〉장과 〈혁구습(革舊習)〉장에 대해 강론한 내용이 보인다. 《渼湖全集 渼湖先生言行錄》

94 덕성(德星) : 경성(景星)과 세성(歲星) 등으로, 나라에 도가 있거나 현인(賢人)이 출현하면 나타난다고 한다. 이와 관련하여 후한(後漢) 때 덕행으로 유명한 진식(陳寔)

이 분이 도리어 덧없이 세상 떠나니 　　　斯人還草草

이러한 이치를 참으로 알 수 없도다[95] 　　　此理信冥冥

두성에 검광 쏘던 용천검[96]은 감춰졌고 　　　射斗龍泉秘

가을도 되기 전에 금수[97] 되어 떨어졌네 　　　先秋錦樹零

빛나는 이름은 백패[98]에 남아있건만 　　　聲華餘白牓

장한 포부는 무덤에 덮이고 말았구나 　　　志業翳玄扃

이 아들과 손자들을 데리고 순숙(荀淑)을 방문하자 순숙 역시 아들들과 함께 진식 일행을 맞이하였는데, 그때 하늘에 덕성(德星)이 모여들자 천문을 관장하는 태사(太史)가 임금에게 "500리 안에 현인이 모여들었다.〔五百里賢人聚.〕"라고 아뢰었다는 일화가 있다. 《世說新語 德行 劉孝標注》

95 이러한……없도다 : 《논어》〈옹야(雍也)〉에 "염백우(冉伯牛)가 병을 앓자 공자가 문병할 때 남쪽 창문으로 그의 손을 잡고 말하였다. '이런 병에 걸릴 리가 없는데, 천명인가보다. 이런 사람이 이런 병에 걸리다니! 이런 사람이 이런 병에 걸리다니!'〔伯牛有疾, 子問之, 自牖執其手曰: 亡之, 命矣夫! 斯人也而有斯疾也, 斯人也而有斯疾也!〕"라는 내용이 보인다.

96 두성(斗星)에……용천검(龍泉劍) : 훌륭한 인재를 이른다. 이와 관련하여 진(晉)나라 무제(武帝) 때의 문장가로 천문(天文)과 방기(方技)에도 정통했던 장화(張華)가 일찍이 두수(斗宿)와 우수(牛宿) 사이에 자기(紫氣)가 뻗치는 것을 보고, 뇌환(雷煥)을 그 서기(瑞氣)의 출처인 예장(豫章)의 풍성현(豐城縣)으로 보내 풍성현의 옛 옥사(獄舍) 터를 발굴해서 용천(龍泉)과 태아(太阿)의 두 명검(名劍)을 얻었다는 고사가 전한다. 《晉書 卷36 張華列傳》

97 금수(錦樹) : 서리를 맞아 비단처럼 색깔이 알록달록한 나무를 가리킨다. 이와 관련하여 당(唐)나라 두보(杜甫)의 〈금수행(錦樹行)〉에 "푸른 나무는 서리 맞아 시들어 금수가 되고, 만 골짝은 동으로 가서 쉼 없이 흐르네.〔霜凋碧樹作錦樹, 萬壑東逝無停留.〕"라는 구절이 보인다.

98 백패(白牌) : 생원진사시인 소과(小科) 합격 증표를 이른다. 대과 합격자에게는 증표로 홍패(紅牌)를 준다. 여기에서는 민백겸이 1744년(영조20) 진사시(進士試)에 합격한 것을 이른다.

봄 호반에서 술 마시던 일 생각하노라니　　　　憶把春湖酒

봄버들 같던 그대 모습[99] 못내 그립다오　　　　猶懷月柳形

금란 같은 우정[100] 두터운 정의 다짐하고　　　　蘭金申契好

빙옥 같은 인품[101] 심금을 환히 비추는데　　　　氷玉洞襟靈

늙도록 그 마음 변치 말자 기약했건만　　　　　晚暮期情素

표표히 떨어져 그리운 이 가로막누나　　　　　飄搖阻眼青

천시는 얼어붙어 사람을 놀래키는데　　　　　天時驚涸沍

우리의 도는 슬프게도 외롭기만 하다　　　　　吾道畫伶仃

영인의 도끼를 누구에게 휘두르며[102]　　　　　郢斧揮無質

백아의 금을 누구에게 들려주리오[103]　　　　　牙琴拊孰聽

---

99 봄버들……모습 : 부드럽고 아름다운 의용(儀容)을 이른다. 이와 관련하여 진(晉)나라 왕공(王恭)의 고사가 전한다. 왕공은 매우 아름다웠는데, 어떤 사람이 왕공을 가리켜 "봄의 버들처럼 맑고 깨끗하다.〔濯濯如春月柳.〕"라고 말하기도 했다고 한다. 《晉書 卷84 王恭列傳》

100 금란(金蘭) 같은 우정 : 두터운 우정을 이른다. 《주역》〈계사전 상(繫辭傳上)〉의 "두 사람이 마음을 함께 하니, 그 날카로움이 금을 절단한다. 마음을 함께 하는 말은 그 향기로움이 난초와 같다.〔二人同心, 其利斷金; 同心之言, 其臭如蘭.〕"라는 구절에서 유래하였다.

101 빙옥(氷玉) 같은 인품 : 인품이 얼음처럼 옥처럼 고상하고 깨끗함을 이른다.

102 영인(郢人)의……휘두르며 : 자신을 알아주는 벗이 없으면 자신의 재주를 모두 펼 수 없음을 이른다. 옛날에 장석(匠石)이라는 유명한 장인이 영인(郢人)의 코 끝에 백토를 파리 날개처럼 얇게 바르고 바람소리가 나도록 도끼를 휘둘렀는데, 백토만 떨어지고 영인의 코는 전혀 다치지 않았으며, 영인은 그대로 서서 조금도 두려워하지 않았다고 한다. 장석과 영인이 같이 있어야 이러한 절세의 기예를 발휘할 수 있다고 하여, 서로를 알아주는 사람을 비유하게 되었다. 《莊子 徐無鬼》

103 백아(伯牙)의……들려주리오 : 지음(知音)이 죽은 것을 애통해하는 말이다. 춘

긴 문장은 부질없이 복[104]을 말하고 　　　　　　修文空說卜

짧은 글은 끝내 형[105]이 가엾구나 　　　　　　短簡竟憐邢

이미 말하길 깊은 땅에 묻혔다 하니 　　　　　　已報埋深土

먼 곳에서 가지 못하고 긴 탄식만 하네 　　　　長嗟滯遠坰

먼 훗날 산양의 슬픈 감회[106] 일어날 제 　　　　山陽他日淚

차마 물가 정자에 눈물을 어찌 뿌리랴 　　　　　忍灑水邊亭

추시대 때 백아는 금(琴)을 잘 타기로 유명했는데, 오직 종자기(鍾子期)만이 그 음을
알아들었다고 한다. 종자기가 죽자 백아는 금을 부수고 종신토록 다시는 금을 연주하지
않았다는 고사를 원용한 것이다. 《呂氏春秋 本味》

104　복(卜) : 복상(卜商, 기원전 507~?)을 말하는 듯하다. 자는 자하(子夏)로, 춘추
시대 진(晉)나라 사람이다. 공문십철(孔門十哲) 중의 한 사람으로 문학에 뛰어났다.
죽어서 글을 관장하는 벼슬인 수문랑(脩文郎)이 되었다는 전설이 있다. 《古今事文類聚
前 集卷51 喪事部 死 問地下事》

105　형(邢) : 형거실(邢居實, 1068~1087)을 말하는 듯하다. 북송 때의 유명한 시인
으로, 정주(鄭州) 양무(陽武) 사람이다. 자는 돈부(惇夫), 정호(程顥)의 문인인 형서
(邢恕)의 아들이다. 어렸을 때부터 신동으로 알려졌다. 8세 때 지은 〈명비인(明妃引)〉
으로 세상에 이름이 알려졌다. 16, 7세 때 문장으로 이름이 나서 소식(蘇軾)·황정견
(黃庭堅)·장뢰(張耒)·진관(秦觀)·조보지(晁補之) 등과 망년(忘年)의 교유를 나
누었다. 20세를 일기로 타계하였다. 저서에 《신음집(呻吟集)》이 있으나 일실되었다.

106　산양(山陽)의 슬픈 감회 : 옛 벗을 그리며 흘리는 눈물을 이른다. 진(晉)나라의
상수(向秀)가 산양(山陽)의 옛 집을 지나다가 이웃 사람이 부는 피리소리를 듣고 이미
죽은 절친한 벗 혜강(嵇康)과 여안(呂安) 생각에 눈물을 흘리며 〈사구부(思舊賦)〉를
지었다는 고사를 원용한 것이다. '산양'은 현(縣) 이름으로, 지금의 하남성(河南省)에
있었다. 《晉書 卷49 向秀列傳》

유계방 의양 대부인에 대한 만사[107] 다른 사람을 대신하여 짓다
柳季方 義養 大夫人挽 代人作

정숙한 명성은 가문이 모두 그러하였고	淑聞惟聯閥
아름다운 모습도 당에 올라 뵈었다오	徽容亦上堂
여기에 좋은 벗과 친한 교분도 있어	重因朋好密
대부인의 빛나는 의용 더욱 앙모했다오	益仰母儀光
신후의 일은 지극히 슬프고 처량하니[108]	後事悲涼絶
중년의 나이에 눈물이 그치지 않네	中年涕淚長
황천에도 친애할 이 가득할 것이니	泉臺親愛滿
이를 믿고서 깊이 상심하지 마오	持此莫深傷

---

107 유계방(柳季方)……만사(挽詞) : 이 시는 1748년 저자가 27세 때 지은 것으로 추정된다. '계방'은 유의양(柳義養, 1718~?)의 자로, 본관은 전주(全州), 호는 후송(後松), 아버지는 유무(柳懋, 1698~1734)이다. 저서에 《춘방지(春坊志)》·《춘관통고(春官通考)》가 있다. '대부인'은 유의양의 어머니 청주 한씨(淸州韓氏, 1695~1748)로, 한씨의 증조는 증(贈) 승정원 좌승지 유석준(柳碩俊), 할아버지는 증 이조 참판 유빈(柳彬), 아버지는 강원도 관찰사 한중희(韓重熙, 1661~1723), 어머니는 연안 김씨(延安金氏) 한성 부윤 김횡(金澋)의 딸이다. 1748년(영조24) 7월 17일 향년 54세로 별세하였다. 처음에는 양주(楊州) 송산(松山)에 장례했다가 1767년(영조43) 9월에 유무의 묘소를 횡성(橫城) 화곡(禾谷) 기산(歧山)으로 옮기면서 이곳에 합장하였다. 저자의 숙부 김탄행(金坦行, 1714~1774)의 처인 청주 한씨(1713~1767)는 바로 한중희의 손녀이다. 《江漢集 卷18 贈貞夫人韓氏墓誌銘》

108 신후(身後)의……처량하니 : 청주 한씨의 큰아들 유경양(柳敬養)이 1734년에 타계한 남편 유무(柳懋)의 삼년상을 마치기 전에 지나친 슬픔으로 요절한 것을 이른다. 유경양에게 자식이 없어 유의양의 큰아들 유영(柳詠)을 후사로 들였다. 《江漢集 卷18 贈貞夫人韓氏墓誌銘, 卷19 贈嘉善大夫吏曹參判兼同知義禁府事五衛都摠府副摠管柳公墓碣銘》

즉흥으로 읊다. 삼가 가군의 시[109]에 차운하다
卽事 敬次家君韻

무성한 나무에 맑은 바람 많으니	繁木多淸風
한가로이 거닐며 졸음을 흩노라	逍遙散午睡
맑게 갠 봉우리 한없이 아름다워	晴峰無限佳
가는 곳마다 완연히 절경이로다	隨處宛相値

109 가군(家君)의 시 : 저자의 아버지 김원행(金元行)의 〈즉흥으로 읊다[卽事]〉라
는 시로, 원운은 다음과 같다.

한가로이 솔 그늘 찾아가서	閒尋松下去
바위 쓸고 누워 잠이 들었네	還掃石上睡
석양에 꾀꼬리 소리 가득하니	鶯啼滿落日
다시금 맑은 바람을 쐰다오	復與淸風値

《渼湖集 卷1 卽事》

가구당[110]에서 밤에 술을 마시다. 사람들 시에 차운하다

可久堂夜酌 次諸人韻

한적한 연못 가 누각 하나	蕭然池上閣
우리 숙부[111] 언제나 청한하시네	吾叔每淸幽
국화를 사랑해 이웃에 보내주고	愛菊隣家送
손님을 초대해 밤새도록 잡아두네	邀賓永夜留
벌레소리 차가운 벽 아래 구슬프고	蟲哀寒壁底
달은 오래된 누각 위에 떠있구나	月正古樓頭
새벽길엔 범을 조심해야 하니	曉徑須防虎
돌아갈 생각에 비로소 근심스럽네	言歸始欲愁

---

110 가구당(可久堂) : 삼각산(三角山) 석교(石郊)에 있었다. 78쪽 주70 참조.

111 우리 숙부 : 여기에서는 김언겸의 양자 김제행(金悌行, 1724~1787)을 이르는
것으로 보인다. 김제행은 자는 유인(幼仁), 호는 자락헌(自樂軒), 생부는 김시간(金時
侃)이다. 1724년(경종4)에 문과에 급제하였다. 홍문관 수찬, 교리, 승정원 우승지 등을
역임하였다.

두 번째
其二

연못 가까이 발길 따라 거닐다가　　　　　　　信展荷池近
국화 핀 그윽한 뜰에 등을 밝혔도다　　　　　張燈菊院幽
성근 소나무 바람이 쏴아 불어오고　　　　　松疏風淅瀝
텅 빈 뜨락엔 달빛이 가득 쏟아지네　　　　　庭曠月遲留
뜻하지 않던 만남 모두가 반가우니　　　　　邂逅皆靑眼
기뻐하며 즐거워함은 또 젊은 것이라오　　　驩娛且黑頭
이웃이라 부지런히 만나야 할지니　　　　　隣居勤會合
가난과 질병은 근심할 것이 없다오　　　　貧病不須愁

세 번째

其三

일어나 보니 찬별도 자리 옮기고	起視寒星轉
못과 정원에 밤빛이 고요하다	池園夜色幽
우연히 이웃 따라 이르러서	偶從隣子至
흠뻑 국화에 취해 앉았도다	漫被菊花留
흥건히 취해 술잔을 훔쳐보고	爛醉窺杯面
높이 읊조리며 난간에 기대네	高哦倚檻頭
제공들 빨리도 붓을 휘두르니	諸公揮翰疾
다급한 마음에 시름이 생기누나	催迫欲生愁

네 번째
其四

상로가 쌓이는 가을 끝자락	杪秋霜露積
고요한 작은 서재 싫지 않구나	不厭小齋幽
책을 짝하여 등불 아래 잠들고	伴卷淸燈宿
상을 나누어 늙은 국화 두었도다	分牀老菊留
교외의 생활 그런대로 재미있으니	郊居聊得趣
세상사엔 그저 머리만 긁적일 뿐	世事只搔頭
맛없는 술에도 얼큰히 취기가 올라	薄酒能醺客
서로 보노라니 근심이 사라지네	相看無一愁

성상께서 예조의 관원을 보내 현절사에 제사를 내려주셔서
사람들과 가서 참배하였다. 돌아온 뒤 사람들이 시를
짓기에 차운하다[112] 다른 사람을 대신하여 짓다

上遣官 賜祭于顯節祠 同諸人往參 歸後諸人有詩 次韻 代人作

근신이 성상의 윤음을 받들고 오니	近侍齎恩綍
여러 공들이 옛 사당에 계시다오	諸公有古祠
산하에는 공들의 의열이 남아있고	山河留義烈
성곽은 아직도 위난을 기억하네	城郭憶艱危
오랑캐의 국운이 아직도 왕성하니	胡運今猶旺
인륜의 기강을 다시 누가 붙들까	人綱更孰持
성상께서 풍천의 감개[113]에 젖으시니	風泉紆聖感
옛 신하들로 하여금 알게 하셨다오	要遣舊臣知

112 성상께서……차운하다 : 이 시는《승정원일기》에 따르면 저자가 28세 때인 1749
년(영조25) 4월 20일에 지은 것으로 추정된다. 제문은 예문관에서 지어 보내고, 제물
(祭物)과 집사관(執事官)은 경기도에서 차정(差定)하였다. '현절사(顯節祠)'는 1636
년(인조14)에 일어난 병자호란 때 척화(斥和)한 홍익한(洪翼漢, 1586~1637), 오달제
(吳達濟, 1609~1637), 윤집(尹集, 1606~1637) 등 삼학사(三學士)를 향사하는 사우
(祠宇)로, 경기도 광주(廣州) 남한산성(南漢山城)에 있다. 1688년(숙종14) 봄에 숙종
의 명으로 건립되었으며, 1693년에 사액(賜額)되었다. 1699(숙종25)년에는 삼학사와
같이 청나라에 항복하기를 반대했던 김상헌(金尙憲)과 정온(鄭蘊)도 함께 배향되었다.
《承政院日記 英祖 25年 4月 3日》

113 풍천(風泉)의 감개 :《시경》의 〈회풍(檜風) 비풍(匪風)〉과 〈조풍(曹風) 하천
(下泉)〉을 지칭한다. 모두 제후의 대부가 주(周)나라 왕실이 쇠미해진 것을 보고 서글
퍼하며 문왕(文王)·무왕(武王)·주공(周公) 때의 태평성세를 그리워하는 시이다. 여
기에서는 명(明)나라의 멸망에 대해 서글퍼하는 것을 가리킨다.

일본에 사신 가는 통신사를 전송하며 다른 사람을 대신하여 짓다

送通信使之日本 代人作

상사(上使)가 윤음 받들고 대양을 건너가니	上价承綸泛大瀛
추운 날씨에 용절[114] 들고 왕성을 뒤로 하네	天寒龍節背王城
양후[115]가 노를 피해 놀란 물결 잠잠하고	陽侯避檝驚濤晏
희중[116]이 돛을 맞아 밝은 태양 나오리라	義仲迎帆出日明
사신 가서[117] 성상의 발탁에 보답하리니	專對端應酬聖簡

---

114 용절(龍節) : 용 모양의 부절(符節)로, 사신이 왕명을 받들고 외국으로 사신 갈 때 가지고 가는 부절을 이른다. 《주례(周禮)》〈지관(地官) 장절(掌節)〉에 " 경대부가 천자국이나 제후국에 사신 갈 때 가지고 가는 부절은, 산이 많은 나라에 갈 때는 호절(虎節)을 들고, 평지가 많은 나라에 갈 때는 인절(人節)을 들고, 못이 많은 나라에 갈 때는 용절(龍節)을 든다.〔凡邦國之使節, 山國用虎節, 土國用人節, 澤國用龍節.〕"라는 내용이 보인다.

115 양후(陽侯) : 물결의 신(神)으로, 여기에서는 물결을 가리킨다. 원래 능양국(陵陽國)의 왕이었는데 물에 빠져 죽은 뒤 큰 물결을 일으켜서 해를 입힐 수 있었기 때문에 물결을 '양후의 물결〔陽侯之波〕'이라고 일컫게 되었다고 한다. 《淮南子 覽冥訓 高誘注》

116 희중(羲仲) : 태양을 실은 수레를 모는 신으로, 여기에서는 태양을 가리킨다. 《서경》〈우서(虞書) 요전(堯典)〉에 "요(堯)임금이 희중(羲仲)에게 나누어 명하여 양곡(暘谷)이라는 우이(嵎夷)에 머물게 하시니, 희중은 나오는 해를 공경히 맞이하여 봄의 농사를 책력의 절기와 잘 맞도록 고르게 차례하였다.〔分命羲仲, 宅嵎夷, 曰暘谷, 寅賓出日, 平秩東作.〕"라는 내용이 보인다.

117 사신 가서 : 저본의 '전대(專對)'는 외국에 사신 가서 상황에 따라 독자적으로 외교 임무를 수행하는 것을 이른다. 이와 관련하여 《논어》〈자로(子路)〉에 "《시경》 3백 편을 외우면서도 정사를 맡겼을 때 제대로 처리하지 못하고 사방에 사신 가서 독자

장쾌한 유람 더더구나 평소의 뜻임에랴 　　　壯遊況復答平生
상봉호시의 바램[118] 아, 헛되이 저버렸으니 　　蓬桑有願嗟虛負
꿈에라도 선사[119] 쫓아 태청[120]에 노니리라 　　夢逐仙槎繞太淸

적으로 외교 임무를 수행하지 못한다면 아무리 시를 많이 외운들 어디에 쓰겠는가.〔誦詩三百, 授之以政, 不達; 使於四方, 不能專對; 雖多, 亦奚以爲?〕라는 내용이 보인다.

118 상봉호시(桑蓬弧矢)의 바램 : 옛날에 남자아이가 태어나면 뽕나무로 활을 만들고 쑥으로 화살을 만들어 천지 사방에 쏨으로써 남자는 사방을 경영하는데 뜻을 두어야 한다는 것을 상징하였는데, 여기에서는 외국에 사신가는 것을 이른다. 이와 관련하여 《예기(禮記)》〈내칙(內則)〉에 "제후국 임금의 세자가 태어나면 임금에게 고하고 태뢰(太牢)의 희생으로 아이를 맞이하는데, 재부(宰夫)가 음식과 찬구(饌具)를 관장한다. 3일이 지나면 점을 쳐서 길한 점이 나온 사(士)가 아이를 안는데, 이 사(士)는 하루 전날 재계를 하고 이날 조복(朝服)을 입고서 침문(寢門) 밖에서 아이를 받아 안는다. 사인(射人)이 뽕나무로 만든 활과 쑥으로 만든 화살을 천지와 사방에 6발 쏜다.〔國君世子生, 告于君, 接以大牢, 宰掌具. 三日, 卜士負之, 吉者宿齊, 朝服寢門外, 詩負之. 射人以桑弧蓬矢六, 射天地四方.〕"라는 내용이 보인다.

119 선사(仙槎) : 바다와 은하수를 오간다는 신화 속 대나무 뗏목으로, 여기에서는 사신 가는 통신사의 배를 가리킨다. 이와 관련하여 진(晉)나라 장화(張華)의 《박물지(博物志)》에, 바닷가에 사는 어떤 사람이 해마다 8월이면 어김없이 뗏목이 떠오르는 것을 보고, 그 뗏목에 양식을 가득 싣고 가서 10여일 만에 은하수에 당도해 견우와 직녀를 보았다는 내용이 실려 있다.

120 태청(太淸) : 도가에서 말하는 신선이 산다는 세계로, 옥청(玉淸)·상청(上淸)과 함께 삼청(三淸)이라고 한다.

9월 9일 석뢰정[121] 옛 터에 올라 제군과 술을 마시다. 소릉의 시[122]에 차운하다

九日 登釋耒亭舊址 同諸君飮酒 次少陵韻

벼 수확한 교외 들녘에 가을 빛 완연하니	穫稻郊原秋色寬
가절에 올라와 바라보며 한껏 즐기누나	佳辰登眺一爲歡
서리 머금은 뭇 봉우리 푸르게 자리 둘렀고	含霜列峀靑圍席
해를 향한 높은 단풍 붉게 관을 비추누나	向日高楓赤映冠
머리 가득한 들국화에 한바탕 웃음 짓고	野菊盈頭聊供笑

---

121 석뢰정(釋耒亭) : 삼각산(三角山) 석교(石郊)에 있었던 작은 정자로 추정된다. 석교에는 저자의 종증조(從曾祖) 김창업(金昌業, 1658~1721)의 아들 김언겸(金彦謙, 1693~1738)의 서당인 가구당(可久堂)이 있다. 가구당은 78쪽 주70 참조. 《夢窩集 卷2 石郊十六詠 釋耒亭》《三淵集拾遺 卷11 石郊》

122 소릉(少陵)의 시 : '소릉'은 당(唐)나라 두보(杜甫, 712~770)의 호이다. '소릉의 시'는 두보의 나이 47세 때인 758년 9월 9일에 지은 〈구월 구일 남전에 있는 최씨의 초당에서[九日藍田崔氏莊]〉라는 시이다. 두보가 장안(長安) 동남쪽에 있던 벗 최계중(崔季重)의 동산초당(東山草堂)에 가서 함께 즐기며 지은 유명한 칠언율시로, 원운은 다음과 같다.

늙어가며 가을이 슬퍼 억지로 자위하노니	老去悲秋强自寬
흥이 일어 오늘만큼은 그대와 맘껏 즐기네	興來今日盡君歡
성글어진 짧은 머리 부끄러운데 바람이 불어오니	羞將短髮還吹帽
웃으면서 옆 사람 손을 빌려 관을 바로 하였네	笑倩傍人爲正冠
남수는 저 멀리 천 골짝을 따라 떨어지고	藍水遠從千澗落
옥산은 저 높이 두 봉우리 병립해 서늘하다	玉山高竝兩峰寒
내년 중양절 모임엔 어느 누가 건장할까	明年此會知誰健
취기 올라 수유 잡고서 자세히 보노라	醉把茱萸仔細看

촌 막걸리에 취기 올라 추위도 모르겠네　　　　村醪上面不知寒

가만히 읊을 제 소나무에 마침 달이 떠올라　　微吟政値松間月

웃으며 제군을 끌어 앉히고 함께 바라보노라　　笑挽諸君坐共看

병중에 다시 앞의 운을 써서 짓다

病裏又疊

병중 회포 심난하여 항상 편치 않으니　病思搖搖常未寬

오두막에 가을 깊자 더욱더 기쁠 일 없네　窮廬秋老轉無歡

야윈 몸에 설핏 취해 거울에 한 번 기대니　癯容薄醉聊憑鏡

헝클어진 머리 빗질해도 관을 이기지 못하누나　亂髮新梳不耐冠

안개 깔린 너른 들판엔 서리 기운 무겁고　廣陌煙沉霜氣重

잎새 다 진 높은 오동엔 둥근달이 차가운데　高梧葉盡月輪寒

아득한 내와 들로 친한 벗들 막혀 있으니　川原杳杳親朋隔

옛 책을 우선 잡고서 홀로 누워 보노라　且把殘書臥獨看

홍문재[123]운 에게 부쳐 보내다

寄贈洪文哉 樜

청주에 위치한 장명촌은	淸州長命村
서울과 삼백 리 거리라오[124]	去京三百里
토양은 뽕과 삼이 풍부하고	其土饒桑麻
풍속은 선비를 천시한다오[125]	其俗賤人士
두세 칸 작은 초가집이	茅屋二三椽
암석 사이에 보일 듯 말 듯	翳然巖石裏
문 앞에는 늙은 버들 그늘지고	門前陰朽柳
울 밑에는 도랑이 가로 흐르네	籬下橫溝水
우리 벗님 그 속에 살고 있으니	吾友居其間
깨끗한 자태 옛 군자의 모습이로다	瀟灑古冠履
이웃사람 혹 옆에서 보노라면	隣人或傍伺
밥 짓는 연기 늦도록 나지 않네	炊煙晩不起
그런데도 능히 유학을 행하여	而能爲儒業
입만 열면 공자를 얘기한다오	開口談孔子

---

123 홍문재(洪文哉) : 자세하지 않다.

124 서울과……거리라오 : 《동국여지승람》에 따르면 서울까지의 거리는 2백 93리이다. 《新增東國輿地勝覽 卷15 忠淸道 淸州牧》

125 토양은……천시한다오 : 《동국여지승람》에서는 고려 태조의 말을 인용하여, 청주는 땅이 기름지고 사람 중에 호걸이 많다고 기록하고 있다. 《新增東國輿地勝覽 卷15 忠淸道 淸州牧 風俗》

다른 서적은 아예 보려고도 않으니	絶意窺群書
부정한 학설 시비를 어지럽혀서라오[126]	邪說混朱紫
천성이 글짓기를 좋아하지 않으니	性不喜詞章
문장을 꾸밈은 말단의 기예여서라오	雕蟲乃末技
오로지 사서삼경을 소임으로 삼으니	惟此屬己事
어찌 감히 생사를 맹세치 않았으랴[127]	敢不誓生死
삼경과 사서 유가 경전 그 안에	三經及四子
성인의 길 숫돌처럼 평탄하다오[128]	聖路坦如砥
상아 찌가 정연히 책상에 가득하니	牙籤儼滿丌
새벽부터 날이 저물도록 읽는구나	曉讀窮昏晷
마치 가을벌레가 우는 듯하니	有如秋蟲吟
천기처럼 그칠 줄을 모르고	天機不知止

---

126 부정한……어지럽혀서라오 : 이와 관련하여 《논어》〈양화(陽貨)〉에 "나는 자색 (紫色)이 주색(朱色)을 빼앗는 것을 미워하며, 정(鄭)나라의 음악이 아악(雅樂)을 어 지럽히는 것을 미워하며, 말 잘하는 입이 나라를 전복시키는 것을 미워한다.〔惡紫之奪 朱也, 惡鄭聲之亂雅樂也, 惡利口之覆邦家者.〕"라는 내용이 보인다. 자색은 간색(間色) 이며 주색(朱色)은 정색(正色)으로, 여기에서는 정사(正邪)·시비(是非)·선악(善 惡)을 비유한다.

127 어찌……않았으랴 : 죽으나 사나 유도(儒道)를 소임으로 삼는다는 말이다. 이와 관련하여 당(唐)나라 한유(韓愈)의 〈유자후묘지명(柳子厚墓志銘)〉에 "하늘의 태양을 가리키고 눈물을 흘리면서 죽으나 사나 서로 저버리지 말자고 맹세한다.〔指天日涕泣, 誓生死不相背負.〕"라는 내용이 보인다.

128 성인의……평탄하다오 : 이와 관련하여 《시경》〈소아(小雅) 대동(大東)〉에 "주 나라 길 숫돌처럼 판판하니, 곧기는 또 화살과 같도다. 군자가 밟는 바요 소인이 보는 바로다.〔周道如砥, 其直如矢. 君子所履, 小人所視.〕"라는 내용이 보인다.

마치 소호[129]를 연주하는 듯하니　　　　　　又如韶護奏

오성이 가락에 잘도 맞는구나　　　　　　五聲諧宮徵

사십 팔 권 성현의 글[130]을　　　　　　四十八卷文

다 읽으면 도로 다시 시작하네　　　　　　旣周還復始

초가집을 빙 둘러 논밭이 많아　　　　　　繞屋多田疇

벼와 기장 가을이라 무성도 한데　　　　　　禾黍秋薿薿

수확하여 부잣집 마당에 들어가면　　　　　　輸入富家場

즐거운 웃음이 노복까지 미치네　　　　　　歡笑及僕婢

그대 집을 찾아가 위로하였나니　　　　　　過門爲相勞

어찌 홀로 이처럼 고생하느냐고　　　　　　奚獨苦如此

그대 처음엔 묵묵히 대답 않더니　　　　　　君始漠不應

잠시 후에 빙그레 웃기만 했네　　　　　　有頃但莞爾

그대와 처음으로 알게 된 것은　　　　　　與子初相知

태세가 정사에 있던 해[131]였다오　　　　　　太歲在丁巳

창연히 질박하고 후중한 모습　　　　　　蒼然樸茂態

그다지 기쁠만한 점을 보지 못했네　　　　　　未甚見可喜

그 후로 십년 동안 이웃이 되어　　　　　　十載爲隣曲

차츰차츰 마음을 터놓을 수 있었네　　　　　　漸能心腹披

---

129 소호(韶護) : 상(商)나라 탕왕(湯王)의 음악 이름이다. 두예(杜預)에 따르면 '소'
는 하(夏)나라 우왕(禹王)을 잘 계승하였다는 뜻이며, '호'는 백성들을 잘 방호했다는
뜻이다. 여기에서는 아정(雅正)한 고악(古樂)을 이른다. 《左傳 襄公 29年 杜預注》

130 사십……글 : 사서삼경(四書三經)을 이른다. 《중용》과 《대학》이 각 1권, 《논어》
와 《맹자》가 각 7권, 《시경》과 《서경》이 각 10권, 《주역》이 12권이다.

131 태세(太歲)가……해 : 1737년(영조13) 저자가 18세 되던 해이다.

눈 내리면 집에서 푸른 등 내걸었고	雪屋靑燈懸
봄날이면 시내에서 흰 바위를 노래했네	春溪白石齒
낚시하고 술 마시는 그 새에도	投綸命觴間
그대는 늘 서적을 끼고 있었네	子必携書史
잠우[132]같은 심오한 의리를 분석하고	奧義析蠶牛
해시[133]같은 의심난 문장을 설파했네	疑文破亥豕
이럴 때면 얼굴에 기쁜 기색 넘쳤고	斯時色敷腴
이렇게 일생을 마치기를 원하였네	意欲窮年紀
언젠가 조용히 이런 말 했었지	從容嘗爲言
빈천은 부끄러워하는 바는 아니나	貧賤非所恥
영영 걸리는 건 연로하신 부모님	永懷親年老

---

132 잠우(蠶牛) : 미세한 것을 이른다. 이와 관련하여 원(元)나라 조맹부(趙孟頫)의 〈제경직도(題耕織圖)〉에 "삼월이라 누에가 처음 나오니, 실의 가늘기가 소의 털과 같구나.〔三月蠶始生, 纖細如牛毛.〕"라는 구절이 있고, 송시열(宋時烈)의 〈택당집서(澤堂集序)〉에 "정자(程子)와 주자(朱子) 이후 의리가 크게 밝아져서 크게는 하늘과 땅처럼 높고 깊은 것부터 작게는 누에고치 실이나 쇠털처럼 미세한 것까지 모두 드러내 밝혀지지 않은 것이 없으니, 올바르지 않은 이단의 설이 또한 그칠 수 있게 되었다.〔程朱以後, 義理大明, 大而天地高深, 微而蠶牛絲毛, 無不闡發, 則詖辭異說, 亦可以止矣.〕"라는 내용이 보인다. 《宋子大全 卷138 澤堂集序》

133 해시(亥豕) : '해'와 '시'는 전문(篆文)이 비슷하여 잘못 전사(轉寫)된 글자를 이른다. 《여씨춘추(呂氏春秋)》〈찰전(察傳)〉에 어떤 사람이 사서(史書)를 읽으면서 "진(晉)나라 군대의 돼지 세 마리가 강을 건넜다.〔晉師三豕涉河〕"라고 읽자, 우연히 이를 들은 자하(子夏)가 "틀렸다. 삼시(三豕)는 기해(己亥)이다. 기(己)와 삼(三)이 비슷하고 시(豕)와 해(亥)가 유사하여 생긴 오류이다.〔非也, 己亥也. 夫己與三相近, 豕與亥相似.〕"라고 하였다는 데서 유래하였다. 노어해시(魯魚亥豕), 해시상망(亥豕相望), 노어제호(魯魚帝虎) 등의 성어가 있다.

아들 하나 의지해 살아가시니 一子以爲倚

필요한 건 미관말직 하나 얻어서 所須寄微官

걱정 없이 맛난 음식 드리는 거라오 無憂供甘旨

가만히 들으니 옛날의 현자들은 仄聞古先正

경학에 밝아 벼슬한 이 많았으니 多由明經仕

공부하면 봉록도 그 안에 있는 법[134] 學也祿在中

이 의리가 생각하면 어떠하냐고 此義云何似

우선은 내가 좋아하는 것을 하여도[135] 且以從吾好

쟁기를 잡는 것보단 낫다 하였지 猶勝負耒耜

그대의 이런 말에 감탄했으니 聞之爲感歎

말 속에는 일리가 또 크게 있었네 言亦大有理

그러나 근세에 경학하는 이들은 近世業經人

지난날에 비해 크게 떨어지니 大不與前比

단지 글 몇 줄만 쓸 수 있으면 祗能數行墨

한 번의 급제는 할 수 있지만 一第斯可矣

그 의미를 더불어 논할라 치면 欲與論其趣

---

134 공부하면……법 : 《논어》〈위령공(衛靈公)〉에 "군자는 도(道)를 도모하고 밥을 도모하지 않는다. 밭을 갊에 굶주림이 그 가운데 있고, 학문을 함에 녹이 그 가운데 있는 것이니, 군자는 도를 걱정하고 가난함을 걱정하지 않는다.〔君子謀道, 不謀食. 耕也, 餒在其中矣 ; 學也, 祿在其中矣. 君子憂道, 不憂貧.〕"라는 내용이 보인다.

135 우선은……하여도 : 《논어》〈술이(述而)〉에 "부(富)를 구해서 될 수 있는 것이라면 말채찍을 잡는 자라도 내가 또한 하겠다. 그러나 구하여 될 수 없는 것이라면 내가 좋아하는 바를 따르겠다.〔富而可求也, 雖執鞭之士, 吾亦爲之, 如不可求, 從吾所好.〕"라는 내용이 보인다.

까맣게 더 이상 알지 못한다오 　　　　　　憒不復省視
성조에서 과거를 설행한 본뜻이 　　　　　　聖朝設科意
틀림없이 이와 같지는 않을 텐데 　　　　　　斷知不如彼
그대 다시 크게 웃으며 말했네 　　　　　　　君復囅然笑
내가 어찌 이런 짓을 하겠느냐고 　　　　　　而我豈爲是
그러나 선왕의 덕교가 멀어져서 　　　　　　先王德敎遠
선비들 습속 나날이 비루해가니 　　　　　　士習日以鄙
명예의 관문과 이익의 마당에 　　　　　　　名關與利場
만 수레가 궤를 같이해 달린다오 　　　　　　萬車同一軌
조금이라도 두각을 보일라치면 　　　　　　稍欲見頭角
조롱과 비난이 벌써부터 들끓으니 　　　　　　譏嘲已成市
더구나 그대는 궁벽한 촌사람이라 　　　　　　況子窮鄕人
마침내 그들에게 옮겨가지 않겠는가 　　　　乃不爲所徙
그대의 계행 깊음을 어찌 논하리오 　　　　奚論戒業深
귀한 것은 아름다움 숭상한 뜻이라오 　　　所貴志尙美
부디 그대 성현 군자 되어서 　　　　　　　祈君爲聖賢
늠름히 무너진 습속을 일으키고 　　　　　　凜然起頹靡
붙좇아 뒤따르는 이[136]들에게도 　　　　　　遂令附驥者
헤매는 길에 나침반이 되어주시길 　　　　　迷塗得南指

---

136 붙좇아 뒤따르는 이 : 파리가 천리마의 꼬리에 붙으면 천리를 갈 수 있다는 뜻으
로, 훌륭한 사람에 의지하여 이름을 이루는 것을 이른다. 《사기(史記)》 권61 〈백이열전
(伯夷列傳)〉에 "안연은 비록 학문에 독실했으나 공자라는 천리마의 꼬리에 붙어서 가는
바람에 더욱 이름이 드러났다.〔顔淵雖篤學, 附驥尾而行益顯.〕"라는 내용이 보인다.

혹자는 말하네 그대가 근년 들어   或云比年來
아내와 아이에 매우 얽매인다고   頗爲妻兒累
이는 실로 원대한 공부에 방해되니   是實妨遠業
전해들은 말은 아마도 거짓이리라   傳言殆妄耳
이별한 뒤로 얼마나 지났는지   別來曾幾時
세월이 마치 쏜살과도 같도다   流光如激矢
성현의 길로 어찌 빨리 달리지 않나   奈何不疾驅
갈 길이 참으로 가깝지 않다오[137]   前路故匪邇
나의 이 시는 거칠고 누추하지만   矢詩雖樸陋
군자는 의당 세심히 살펴야하리   君子宜細揆

---

137 갈⋯⋯않다오:《논어》〈태백(泰伯)〉에 "선비는 도량이 넓고 뜻이 굳세지 않으면
안 된다. 책임이 무겁고 길이 멀기 때문이다. 군자는 인(仁)으로 자신의 소임을 삼으니
중하지 않은가. 죽은 뒤에야 끝나니 멀지 않은가.〔士不可以不弘毅, 任重而道遠. 仁以爲
己任, 不亦重乎? 死而後已, 不亦遠乎?〕"라는 증자(曾子)의 말이 보인다.

석실[138]에서 섣달그믐에 《삼연집》의 시에 차운하다[139]
石室除夕 次三淵集韻

쓸쓸한 나그네 심사 앉았노라니 밤이 짧아 　　　　　寥落羈懷坐短更

138 석실(石室) : 경기도 양주(楊州)에 있었던 마을 이름으로, 저자의 6대조인 청음
(淸陰) 김상헌(金尙憲, 1570~1652)의 호이기도 하다. 김상헌이 청나라에 볼모로 잡혀
갔다 돌아온 후 은거한 곳으로, 이곳에는 18세기 중후반 노론의 교육 거점이자 저자의
아버지 김원행(金元行)이 문인을 양성했던 석실서원(石室書院)이 있다. 김상헌이 경기
도 양주(楊州)의 석실에서 사망한 것을 계기로 1656년(효종7)에 창건하여 김상용(金尙
容, 1561~1637)을 배향하고, 1663년(현종4)에 사액 받았다. 이후 김수항(金壽恒)・
민정중(閔鼎重)・이단상(李端相)・김창협(金昌協) 등을 추가 배향하여 선현 배향과 지
방 교육의 일익을 담당했으나, 대원군의 서원철폐령으로 1868년(고종5)에 훼철되었다.
139 석실(石室)에서……차운하다 : 이 시는 저자가 25세 때인 1746년(영조22) 12월
그믐에 지은 것으로 추정된다. 원운은 저자의 종증조인 김창흡(金昌翕, 1653~1722)이
진여의(陳與義, 1090~1139)의 시에 차운한 것으로, 〈섣달그믐에 청헌에서 섬의 등불
을 생각하며 처연히 떨어지는 눈물 금치 못하고 마침내 간재의 「악주」 시에 차운하여
멀리 부치기를 기다리다〔除夕在靑軒念島中燈火不禁悽然隕涕遂次簡齋岳州韻以俟遙
寄〕〉라는 시이다. 원운은 다음과 같다.
창상같은 세월 속에 한 해가 바뀌려는데 　　　　　驟幻滄桑歲且更
저 하늘은 무슨 뜻으로 태평을 싫어하는지 　　　　　彼蒼何意厭昇平
가슴 가득한 충정을 쏟아낼 길 없으니 　　　　　　　一腔寸血無由瀝
천리 밖에서 외로운 등불 함께 밝히리라 　　　　　　千里孤燈與共明
역귀가 사람을 엿보고 이매도 옆에 있는데 　　　　　儺鬼窺人魍魅竝
고래 같은 파도가 집 흔들어 수마가 놀라리라 　　　鯨濤撼屋睡魔驚
가련히 여기리라 병든 아우 청헌의 저녁에 　　　　　應憐病弟靑軒夕
홀로 잔형을 대하여 반은 죽은 것을 　　　　　　　　獨對殘荊半死生
《三淵集 卷16 除夕在靑軒念島中燈火不禁悽然隕涕遂次簡齋岳州韻以俟遙寄》

취하도록 마셔도 이 마음 달래기 어렵도다 　　　縱令沉醉也難平

우연히 원객을 만나 맞이해 베개를 나란히 하고 　偶逢遠客邀聯枕

함께 찬 등불 돋우며 두런두런 날을 새웠네 　　共剪寒燈話到明

뿔뿔이 흩어진 골육들 누가 가장 건장할까 　　骨肉分離誰最健

희끗희끗 변한 살쩍에 서로들 보며 놀라리라 　　鬢毛蒼老各相驚

아침이 와 헤어지면 어느 해나 다시 볼까 　　朝來解手何年見

이별의 설움이 봄기운보다 짙게 밀려드네 　　別恨稠於春意生

두 번째
其二

오호라 빠른 세월 어느덧 또 바뀌니	嗚呼歲律又看更
아우[140]의 새 무덤엔 묵은 풀이 덮였으리라	舍弟新墳宿莽平
올 때마다 부질없이 방불한 모습 보려하지만	每到空成瞻髴髴
한 잔 술로 어떻게 유명의 정을 풀 수 있으랴	一尊那得敍幽明
촛불 잡은 봄밤의 잔치 누구와 즐기리오[141]	宵筵秉燭懽誰與
뜰 가득한 저녁 이슬 밟고서 새삼 놀라네[142]	夕露滋庭履若驚

---

140 아우 : 저자의 아우 김이직(金履直, 1728~1745)을 이른다. 자는 경이(敬以)이다. 1745년(영조21) 4월 24일에 18세의 나이로 죽었다. 처는 함평(咸平) 이씨(李氏) 이경갑(李慶甲)의 딸이다. 사후에 이조 판서에 증직되었으며, 저자의 사촌형 김이장(金履長, 1718~1774)의 셋째 아들인 김인순(金麟淳, 1764~1811)을 양자로 들여 후사를 잇게 하였다. 《安東金氏大同譜刊行委員會, 安東金氏世譜, 安東金氏中央花樹會, 1982》

141 촛불……즐기리오 : 이와 관련하여 당(唐)나라 이백(李白)의 〈봄밤에 도리원에서 잔치하며 지은 시 서문[春夜宴桃李園序]〉에 "옛 사람이 촛불 잡고 밤에 논 것은 참으로 이유가 있었도다.[古人秉燭夜遊, 良有以也.]"라는 구절이 있다. 이백이 복사꽃 오얏꽃 핀 봄밤에 아우들과 잔치하며 시를 짓고 즐겁게 노니는 내용으로, 사람의 삶은 덧없고 꿈같으니 제 때에 형제 간의 즐거움을 다해야 한다는 것이다.

142 저녁……놀라네 : 부모나 조상에 대한 그리움을 가리키는 말로, 여기에서는 아우에 대한 그리움을 이른다. 《예기》〈제의(祭義)〉에 "가을에 서리와 이슬이 내리면 군자가 밟고서 반드시 슬픈 마음이 생기니 이는 날이 추워서 그런 것이 아니며, 봄에 비와 이슬이 내려 땅이 축축해지면 군자가 밟고서 돌아가신 분을 곧 뵐 수 있을 듯 반드시 섬뜩한 마음이 들게 된다.[霜露旣降, 君子履之, 必有悽愴之心, 非其寒之謂也. 春雨露旣濡, 君子履之, 必有怵惕之心, 如將見之.]"라는 내용이 보인다.

꼬끼오 때 없는 닭소리 뭐가 그리 급한가   膈膊荒鷄何苦急
머리 떨군 나는 지금 온갖 슬픔 샘솟는데   人今垂首百哀生

세 번째
其三

그동안 세고를 얼마나 많이 겪었는지	伊來世故飽曾更
이날 밤을 만날 때마다 마음이 괴롭도다	每遇玆宵輒不平
십년 동안 익힌 서검[143]에 뜻만 유독 장대하고	書劍十年心獨壯
숱하게 변한 세상 부질없이 똑똑히 보았네	滄桑百變眼空明
울창한 송추[144]에는 서리가 짙게 쌓였고	松楸鬱鬱氷霜積
드리워진 은하수에 기러기 소리 들리네	星漢垂垂鴈騖驚
괴이해라 아이들은 즐거울 일 많으니	却怪村童多樂事
새벽빛 밝을 때까지 시끌벅적 노는구나	喧呼直到曙光生

---

143 서검(書劍) : 서적과 검이라는 뜻이다. 이 두 가지는 학자나 문인이 늘 지니고
다니는 것으로, 여기에서는 유자(儒者)의 학업을 익혔다는 말이다.
144 송추(松楸) : 소나무와 가래나무라는 뜻으로, 묘지에 많이 심기 때문에 분묘를
일컫게 되었다. 특히 부모나 선조의 묘소를 이른다.

네 번째
其四

우스워라 호방한 뜻 세월 따라 변하니	自笑豪情逐歲更
끝내는 무슨 일로 일평생을 계획할까	竟將何事擬生平
선현의 풍도는 가문에 길이 부쳐 있고	前人永有門楣托
성인의 도는 서책에 밝게 드리워 있다오	聖道昭垂簡策明
글 짓는 재주 없으니 스스로 애쓸 것 없고	詞翰才低休自苦
궁달은 때가 되면 이르니 놀랄 것 없다네	窮通時至莫須驚
새벽닭이 문득 영대의 주인[145]을 환기시키니	鷄鳴却喚靈臺主
맑고 텅 비어 밝은 해와 같은지 징험하노라	嘿驗澄空皦日生

---

145 영대(靈臺)의 주인 : 마음을 이른다. 《장자(莊子)》〈경상초(庚桑楚)〉곽상(郭象)의 주에 "영대는 마음이다.〔靈臺者, 心也.〕"라는 내용이 보인다.

다섯 번째
其五

작년에는 어디에서 이 밤을 보냈던가   去年何地此宵更
생각하면 한가한 누대에 밤안개가 자욱했지   回首閒樓宿霧平
작은 방 화로 위엔 봄 술이 따뜻하고   曲室薰爐春酒暖
모임 내내 시 짓느라 새벽 등이 밝았다오   終筵授簡曉燈明
함께 빗속에 앉았던 이 누가 있는가   同時坐雨人誰在
산골짝 닭 울음에 꿈에서 놀라 깨어났네   荒峽聞鷄夢自驚
계속되는 슬픔과 기쁨 만남과 헤어짐 속에   滾滾悲懽兼聚散
소년의 머리 위에 하얀 가닥이 생겼다오   少年頭上雪莖生

반가운 비가 내리다. 소릉의 시[146]에 차운하다

喜雨 次少陵韻

기승을 부리던 한발[147]은 어디 있나	旱魃驕何在
하늘이 뭇 생명에 은혜를 베푸시네	皇天惠衆生
후둑후둑 밤새도록 비가 내리더니	泠泠一夜雨
도랑이며 시내에 물소리 새롭도다	渠磵有新聲
남은 구름 나무와 어우러져 침침하고	餘雲和樹暗
빈 물은 두둑까지 올라와 환하도다	空水上畦明

---

146 소릉(少陵)의 시 : '소릉'은 당(唐)나라 두보(杜甫, 712~770)의 호이다. '소릉의 시'는 두보가 761년 봄 50세 때 지은 〈봄밤에 반가운 비가 내리다〔春夜喜雨〕〉라는 시로, 원운은 다음과 같다.

좋은 비가 시절을 아니	好雨知時節
봄을 맞아 때맞추어 내리네	當春乃發生
바람을 따라 가만히 밤에 들어와	隨風潛入夜
만물 적시는데 가늘어 소리가 없구나	潤物細無聲
들의 오솔길은 구름 끼어 컴컴하고	野徑雲俱黑
강가의 배엔 등불이 홀로 밝도다	江船火獨明
새벽에 붉게 젖은 땅을 보니	曉看紅濕處
금관성에 꽃이 다시 피었도다	花重錦官城

147 한발(旱魃) : 가뭄을 일으키는 전설상의 괴물로, 여기에서는 가뭄을 이른다. 《시경》〈대아(大雅) 운한(雲漢)〉에 "한발이 사나워, 속이 타는 듯 불을 놓은 듯 하도다.〔旱魃爲虐, 如惔如焚.〕"라는 구절이 있다. 이에 대한 공영달(孔穎達)의 소(疏)에 따르면 남쪽에 '발(魃)'이라는 이름을 가진 사람은 키 2, 3척(尺)에 웃통을 벗고 있으며 눈은 머리 위에 있고 맨발로 바람처럼 천 리를 달리는데, 그를 본 나라는 가뭄이 든다고 한다.

곧장 사흘이 되기를 기다려서　　　　　　　　直待傾三日

여울물 구경하러 북성에 이르렀네　　　　　　觀瀾到北城

조계[148]를 찾아가다

訪曹溪

죽장에 짚신 신고 호리병 하나 차고서	竹杖芒鞋匏子壺
봄바람 속에 객과 함께 명승지를 찾아왔다오	春風携客訪名區
연화봉의 성첩은 날이 개어 자세히 보이고	蓮峰粉堞晴委曲
유점의 화장은 저 멀리 보일 듯 말 듯 하도다	柳店花庄遠有無
맑은 시내 한참 앉았노라니 사람이 건너가고	坐久淸川人或渡
빽빽한 숲으로 걸어드니 산새들이 지저귀네	行穿密樹鳥相呼
가는 곳마다 암천의 절경을 말하기도 전에	到頭未說巖泉勝
한 주위가 그림에 들어온 듯 먼저 의심스럽네	一路先疑入畫圖

148　조계(曹溪) : 삼각산(三角山) 부근에 있는 계곡으로, 당시 문인들이 즐겨 찾던 명승지였다.

조계[149]
曹溪

한낮이라 텅 빈 산에 패옥 소리 울리며	日午空山殷珮聲
숲속 길 다 지나자 돌사다리 비껴있네	林蹊渡盡石梯橫
옷깃 앞에 떨어지는 흰 물방울에 깜짝 놀라고	飜驚雪瀨襟前落
발 아래 청량한 봄 못이 더욱 기쁘도다	更喜春潭屐底淸
절벽 쓸고 누가 능히 채필[150]을 휘두를고	掃壁誰能揮彩筆
물가에서 내 장차 찌든 갓끈 씻으리라[151]	臨流吾且濯塵纓
창태 덮인 옛 초석은 언제의 자취런가	蒼苔古礎何年跡
속세 벗어난 전인의 뜻 부질없이 보노라	空見前人出世情

---

149 조계(曹溪) : 131쪽 주148 참조.

150 채필(彩筆) : 화려하고 아름다운 문장을 이른다. 남조(南朝)의 저명한 문장가인 강엄(江淹, 444~505)이 어렸을 때 어떤 사람이 오색 붓을 주는 꿈을 꾼 뒤로 문사(文思)가 크게 진보했는데, 10여년 뒤에 자칭 곽박(郭璞)이라고 하는 사람이 그 붓을 다시 받아가는 꿈을 꾼 뒤로는 더 이상 좋은 시구를 짓지 못했다는 일화가 전한다. 강엄필(江淹筆), 강엄몽필(江淹夢筆)이라는 성어가 있다. 《南史 卷59 江淹列傳》《太平御覽 卷398 人事部39 吉夢下》

151 물가에서……씻으리라 : 세속을 벗어나 고상함을 지킨다는 말이다. 이와 관련하여 《맹자》〈이루 상(離婁上)〉에 "창랑(滄浪)의 물이 맑으면 나의 갓끈을 씻고, 창랑의 물이 흐리면 나의 발을 씻으리라.〔滄浪之水淸兮, 可以濯我纓. 滄浪之水濁兮, 可以濯我足.〕"라는 내용이 보인다.

두 번째
其二

벼랑 위의 봄 소나무 백운 속에 울창한데	崖上春松蔭白雲
산새 소리 가까운 곳에서 술잔을 기울이네	幽禽啼近傍花樽
빈 못에 햇빛 쏟아지니 고기가 어른거리고	潭虛日寫魚鰕影
맑은 여울에 바람 부니 비단 물결 일렁이네	湍潔風舒繡縠文
예로부터 푸른 산은 성시와 연접해 있고	從古靑山連市郭
백년의 덧없는 세상은 조석으로 바뀐다오	百年浮世易朝昏
알겠도다 객이 떠나면 신선들 돌아오리니	懸知客散廻仙侶
천상의 음악 어렴풋이 골짝 넘어 들리는 듯	天樂依俙出洞聞

서평군[152] 정자
西平君亭子

서평의 정자가 맑고 그윽한 곳에 잠겼는데	西平亭子鎖清幽
담장 속 날리는 꽃잎이 물을 따라 흘러오네	墻裏飛花逐水流
몇 번이나 돌아가려다 걸음을 다시 멈추었나	幾度欲歸還更駐
저물녘 봉우리에 산새들 우는 소리 들리누나	數禽聲在晚峰頭

---

152 서평군(西平君) : 선조의 왕자 인성군(仁城君) 이공(李珙)의 증손인 이요(李橈, 1724~1776)를 가리키는 것으로 추정되나 자세하지 않다. 이요는 영조의 신임을 받아 여러 번 사은사와 동지사로 청나라에 갔으며 영조의 탕평책에도 크게 기여하였다. '서평'은 청주(淸州)의 고호(古號)이다.

옛 사찰

古寺

옛 사찰에 봄 깊어 푸른 버들 짙은데   古寺春深碧柳陰

나 홀로 저물녘에 멀리서 찾아왔네   獨將斜日遠來尋

산승의 나그네 공양 매우 담박하니   山人供客無餘味

바위 아래 맑은 샘도 부처의 마음이로다   巖下淸泉見佛心

옥류동에서 삼가 가재 종증조의 시에 차운하다[153]
玉流洞 敬次稼齋從曾祖韻

말 멈추고 깊은 골에 들어오니	歇馬來深洞
숲과 골짝 사이가 깨끗하구나	蕭然林壑間
샘물 소리 큰 바위에 가득하고	泉聲徹穹石
나무 빛은 맑은 산을 둘렀도다	樹色帶晴山

153 옥류동(玉流洞)에서……차운하다 : 이 시는 저자가 25세 되던 1746년(영조22)
4월 7일에 저자의 아버지 김원행(金元行)과 외삼촌 홍자(洪梓)를 모시고 양주(楊州)
수락산(水落山)에 있는 금류(金流)·옥류(玉流)·문암(門巖)을 유람할 때 지은 시이
다. 일행은 첫째날 금류동에 있는 성전(聖殿)에서 묵고 이튿날 종숙부 김양행(金亮行,
1715~1779), 재종숙부 김필행(金弼行, 1726~1786), 김원행의 문인이자 저자의 처남
인 서형수(徐逈修, 1725~1779), 김원행의 문인 박달원(朴達源)이 합류하여 수락산
유람을 계속하였다. '가재(稼齋)'는 저자의 종증조인 김창업(金昌業, 1658~1721)의
호로, 자는 대유(大有)이다. 이 시는 김창업의 〈경명·양겸·제겸·언겸·명행·춘
행·비겸과 수락산에서 노닐다[與敬明養謙濟謙彦謙明行春行卑謙遊水落]〉라는 시를
차운한 것으로, 원운은 다음과 같다.

옥류동이 승지임은 오래 전에 알았지만	久識玉流勝
이렇게나 가까이 십 리도 안 되었나	曾無十里間
편지를 보내 병든 아우 일으켜 세워	貽書起病弟
함께 말 달려 차가운 산에 들어 왔네	幷馬入寒山
들어갈수록 소나무며 덩굴이 빽빽한데	轉轉松蘿密
가는 길 내내 담소는 한가롭기만 하다오	行行笑語閒
저녁 늦도록 조금 더 머물렀다가	留連應到夜
달빛 아래 선문에서 하룻밤 묵어가야지	乘月宿禪關

《老稼齋集 卷4 與敬明養謙濟謙彦謙明行春行卑謙遊水落》《三山齋集 卷8 門巖游記》
《安東金氏大同譜刊行委員會, 安東金氏世譜, 安東金氏中央花樹會, 1982》

선배들 어느 해에 다녀가셨나   先輩何年度

승경에서 반나절을 한가로와라   靈區半日閒

남쪽 벼랑 아름다워 쉴 만하나니   南崖美可憩

나는야 사립문을 세우고 싶다오   吾欲樹荊關

금류동에서 '천'자를 얻다[154]

金流洞 得天字

옥류동 유람은 이미 다했거니와	玉洞事已窮
흥국사의 성전[155]은 어디에 있는가	聖殿安在焉
고개 들어 곧장 서쪽을 바라보니	仰面直西視
지는 햇살이 숲 안개를 꿰뚫누나	斜日透林煙
가파른 돌비탈 산허리를 안았는데	危磴抱山腰
걸어서 들어가니 하늘이 둥글도다	走入團團天
장엄도 하다 금류동의 절벽이여	壯哉金流壁
높은 기세가 글자 새김을 거부하네	一勢謝雕鐫
폭포수가 끝없이 쏟아져 내리니	飛泉出無際
성난 물이 내 앞에서 떨어지누나	奮怒落我前
비단 무늬가 찬란히 펼쳐지고	燦開綺縠文
금축의 현이 상쾌히 터지누나	爽撥琴筑絃
중이 하는 말 여름에 큰 비 오면	僧言夏大雨

---

154 금류동(金流洞)에서 천(天) 자를 얻다 : 이 시는 저자가 25세 되던 1746년(영조 22) 4월에 수락산(水落山)을 유람할 때 지은 것이다. 자세한 것은 136쪽 주153 참조.
155 성전(聖殿) : 수락산 흥국사(興國寺)에 있었던 불전(佛殿)이다. 원광법사(圓光 法師)가 599년(신라 진평왕21)에 창건한 사찰로, 창건 당시의 이름은 수락사(水落寺) 였다. 1568년(선조1)에 선조가 생부인 덕흥대원군(德興大院君)을 위해 수락사를 중수 한 뒤 덕흥대원군의 원찰로 삼으면서 이름도 흥덕사(興德寺)로 고쳤다가 1626년(인조 4)에 현재의 이름인 흥국사로 고쳤다. 저자 일행은 이때 날이 저물자 금류동에 있는 이 불전에서 묵었다. 《三山齋集 卷8 門巖游記》

흘러 넘쳐서 큰 내가 된다 하네	橫亘爲長川
이러한 장관을 안 볼 수 있겠는가	此觀可不謀
상상만 해도 씻긴 듯 시원해지네	懸想猶灑然
붉은 용마루가 숲 너머 희미한데	朱甍隱林表
새삼과 담쟁이가 서로 엉켜있구나	蔓蔦互蔽穿
내가 온 것이 마침 깜깜해진 때라	我來適昏黑
등 그림자 참선하는 중을 비추누나	燈影照參禪
찬란한 그림은 장엄도 하고	莊嚴畫圖絢
선명한 창문은 깨끗도 하여라	瀟灑窓牖鮮
남은 터에서 동림[156]을 슬퍼하노니	遺墟吊東林
온조가 내려온 해 아득도 하구나[157]	蒼茫溫祚年
그 옛날 열경[158]이 은거하던 곳이니	悅卿棲隱處

---

156 동림(東林) : 지금의 강서성(江西省) 여산(廬山)에 있는 사찰 이름이다. 동진(東晉) 태원(太元, 376~396) 연간에 혜원법사(慧遠法師)가 건립하였으며, 송(宋)나라 때 태평흥국사(太平興國寺)로 이름을 바꾸었다. 여기에서는 수락산에 있는 흥국사를 가리킨다.

157 온조(溫祚)가……하구나 : 백제의 시조 온조가 한 성제(漢成帝) 홍가(鴻嘉) 3년 (기원전 18)에 졸본부여(卒本夫餘)를 떠나 남쪽으로 와서 위례성(慰禮城)에 도읍을 정하고 온조 13년(6) 7월에 한산(漢山)으로 와서 14년 정월에 광주부(廣州府) 북쪽의 한수(漢水) 남쪽으로 천도하고 하남위례성(河南慰禮城)으로 불렀다고 한다. 위례성은 옛 터가 지금의 혜화문(惠化門) 밖에 있으며, 한산은 경기도 광주(廣州) 고읍(古邑)으로 검단산(黔丹山)이라고도 한다. 《三國史記 卷23 百濟本紀1 始祖溫祚王》《大東地誌 卷1 京都 漢城府, 卷2 京畿道 廣州府》

158 열경(悅卿) : 김시습(金時習, 1435~1493)의 자이다. 본관은 강릉(江陵), 호는 매월당(梅月堂)·청한자(淸寒子)·동봉(東峰)·벽산청은(碧山淸隱)·췌세옹(贅世翁)·설잠(雪岑), 시호는 청간(淸簡)이다. 일찍이 수락산에서 은거하였는데, 매월당

기이한 구름이 산마루를 감싸도다	奇雲護絶巓
옛 사람 흘러가는 물처럼 지나갔는데	古人如流水
우리도 소매를 나란히 하고 왔도다	吾曹且聯翩
은하수는 한밤이라 밝게 빛나는데	星河夜磊落
초승달이 단풍나무 위로 떨어지네	纖月墮楓栴
높이 앉아 휘파람을 길게 부노라니	高踞劃長嘯
마치 신선들을 부르기라도 하려는 듯	意欲招群仙
시원한 바람이 홀연 조금 성을 내니	泠風忽微怒
수많은 구멍에서 소리를 전하누나	竅穴聲相傳
차가운 물은 이 때문에 울부짖고	寒溜以叫號
둥지의 새도 일어나 옮겨 다니네	棲鳥起屢遷
서늘하니 천상 궁궐 가까움을 알겠고	涼知天闕近
고요하니 인간 세상 먼 것을 깨닫겠네	靜覺人境懸
송연히 이내 정신 다독여 위로하고	懍然撫魂神
취해 돌아와 선방에서 잠든다오	醉歸禪房眠

은 바로 김시습이 거처하던 곳이며, 동봉이란 호도 김시습이 수락산을 좋아하여 스스로
붙인 자호이다.

다시 옥류동에 이르러 사의의 시에 차운하다[159]

還至玉流洞 次士毅韻

담소하는 소리 은은히 들리는데　　　　笑談隱隱聞

아침 햇살이 푸른 산에 흩어지네　　　　初日散靑山

층층의 덩굴 밖으로 돌아 나와　　　　　轉出層蘿外

어지러운 돌밭 사이에서 놀라누나　　　相驚亂石間

병을 눕혀서 물을 한가득 채우는데　　臥壺添水滿

말이 울면서 사람을 기다려 한가롭네　嘶馬待人閒

함께 물었네 선암[160]으로 가는 길은　　共問仙巖路

운하를 다시 몇 번이나 지나느냐고　　雲霞更幾關

159　다시……차운하다 : 이 시는 저자가 25세 되던 1746년(영조22) 4월에 수락산(水
落山)을 유람할 때 지은 것이다. 자세한 것은 136쪽 주153 참조. 사의(士毅)는 서형수
(徐迥修, 1725~1779)이다. 자세한 것은 23쪽 주1 참조.

160　선암(仙巖) : 여기에서는 수락산에 있는 문암(門巖)을 가리킨다.

추후에 사의[161]의 〈성사〉[162] 시에 차운하다

追次士毅聖寺韻

만 봉우리 꼭대기에 은하수가 아스라한데	迢迢星漢萬峰巓
누워서 깨닫겠네 산사가 구천에 가까움을	臥覺招提近九天
성난 폭포는 밝은 달빛 속에 스스로 날고	怒瀑自飛明月裏
외론 구름은 푸른 솔 앞에 돌아와 자누나	孤雲還宿碧松前
고승은 행이 이루어져 마장이 굴복하고	高僧行滿魔能伏
먼 길손은 정신이 맑아 꿈을 이루지 못하네	遠客神淸夢未圓
승지에서 하룻밤 묵는 것도 신선의 연분 있으니	勝地一宵仙分在
산중에서 일 년도 보내지 않을 것을 어찌 알리오	焉知山外不經年

---

161 사의(士毅) : 서형수(徐逈修, 1725~1779)이다. 자세한 것은 23쪽 주1 참조.

162 성사(聖寺) : 수락산 내원암(內院菴)의 이칭으로, 금류(金流) 폭포 위쪽에 있다. 통일신라 시대 때 창건되었다고 하나 건립자는 전하지 않는다.

그림 부채에 쓰다

題畵扇

산 위의 차가운 성에 해가 지는데 　　　山上寒城落日

나루엔 안개 낀 나무에 인가가 있도다 　　津頭煙樹人家

나무 실은 배 불러 급히 건너는데 　　　欲喚樵船急渡

강물 가득 끝없이 풍랑이 일어나네 　　　滿江無限風波

불어난 앞 강물을 구경하며 유계적[163] 언수 · 윤백상[164]
시동 · 홍백능[165] 낙순 과 함께 각각 운자 하나씩을 뽑아서
돌아가며 차운하다[166]

163 유계적(兪季積) : 유언수(兪彦鍸)로, '계적'은 자이다. 저자의 종증조(從曾祖)
김창업(金昌業, 1658~1721)의 증손자인 김이구(金履九, 1760~1794)의 장인이다.

164 윤백상(尹伯常) : 윤시동(尹蓍東, 1729~1797)으로, '백상'은 자이다. 본관은 해
평(海平), 호는 방한(方閒)으로, 예조판서 세기(世紀)의 증손이다. 1754년(영조30)
25세로 증광시 문과에 병과로 급제한 뒤 시작한 벼슬에 부침이 많았다. 김종수(金鍾
秀) · 심환지(沈煥之) 등 시파와 함께 벽파 공격에 앞장섰고, 김한구(金漢耇) · 홍인한
(洪麟漢) 등 척신의 축재를 규탄하였다. 1795년 이조 판서를 거쳐 우의정이 되었다.
편저로는 《향례합편(鄕禮合編)》이 있다. 시호는 문익(文翼)이다.

165 홍백능(洪伯能) : 홍낙순(洪樂舜, 1732~1795)으로, '백능'은 자이다. 풍산(豐
山) 홍씨 17세(世)이다. 저자의 둘째 누이동생의 남편이자 아버지 김원행(金元行)의
문인으로, 저자보다 10세 많다. 평소 사서(史書) 읽기를 좋아하였는데, 저자에게서
저자의 증조인 김창협(金昌協, 1653~1708)이 《자치통감강목(資治通鑑綱目)》의 방대
함을 꺼려 그 강(綱)만을 뽑고자 했다는 말을 듣고서 기꺼이 그 뜻을 이어 《자양곤월(紫
陽袞鉞)》을 편찬하였다. 《三山齋集 卷8 題紫陽袞鉞後》《洪象漢, 豐山洪氏族譜, 木版,
英祖44(1768)》《豐山洪氏大同譜 卷4 文敬公系 秋巒公門中 17世》

166 불어난……차운하다 : 이 시는 저자가 30세 되는 1751년(영조27) 가을 저녁에
지은 것으로 추정된다. 저자 미상의 《십우헌집초(十友軒集抄)》(奎7747, 필사본)에
〈신미년 가을 밤에 미호에서 뱃놀이를 하며 김정례 · 윤백상 · 홍홍지 · 홍백능과 함께
운을 뽑아 함께 읊다[辛未秋夜舟遊渼陰與金正禮尹伯常洪弘之洪伯能拈韻同賦]〉라는
시가 실려 있다. 신미년은 1751년이며, '정례'는 저자의 자이고 '홍지'는 홍대용(洪大容)
의 호이다. 이 두 시를 볼 때 〈신미년…〉은 유언수의 시로 추정된다. 시는 다음과 같다.

비온 뒤라 앞 강물이 드넓은데	雨後前江濶
어촌에는 저녁 안개가 걷히누나	漁村斂夕煙
조는 백구는 백사장 가에 서 있고	眠鷗沙際立
돌아오는 배는 버들 옆에서 도네	歸帆柳邊旋
산은 용문을 위해 갈라지고	山爲龍門坼

前江觀漲 同兪季積 彥銖 尹伯常 蓍東 洪伯能 樂舜 各拈一韻 輪次

호호탕탕 강물이 끝도 없이 몰려오니	浩浩來無盡
높은 누대라 더욱 아득하게 보이누나	危樓望轉迷
평평히 묻어버려 둔지섬이 작아졌고	平埋屯地小
드넓게 밀려들어 광나루가 낮아졌네	濶入廣津低
돛단배가 나무꾼의 길 위에 떠다니고	帆檣乘樵路
어룡이 채마밭 위에서 춤을 추네	魚龍舞菜畦
뭇 신선들 멀지 않음을 알겠나니	群仙知不遠
푸른 시내에 한 번 묻고 싶노라	因欲問青溪

구름은 월협을 따라 이어졌네	雲將月峽連
긴 노래에 사람은 이미 취했는데	長歌人已醉
별들은 높은 하늘에 가득하구나	星斗滿高天

백상[167]의 시에 차운하다

次伯常韻

큰비가 세차게 쏟아져 밤 누대를 울리지만　　　劇雨垂垂響夜樓

나란히 누운 돌아갈 손은 근심할 것 없다오　　　聯床歸客莫須愁

아침이 오면 우리들 은하수 위에 있으리니　　　朝來身在天河上

눈 가득 은빛 물결이 문으로 흘러들리라　　　極目銀濤入戶流

계적[168]의 시에 차운하다

次季積韻

가벼운 배가 쏜살같이 지나가니	輕舟過超忽
버들 끝이 드넓은 물을 마주하네	柳末對平流
뜸을 걷은 배 안의 나그네들이	褰篷多少客
높은 누대에 앉은 나를 바라보네	看我坐高樓

168 계적(季積) : 144쪽 주163 참조.

백능[169]의 시에 차운하다
次伯能韻

어촌에서 탁주를 사가지고 와 마시는데　　　　賖取漁村濁酒杯
돛단배 하나가 달이 밝기를 기다리네　　　　　孤帆待向月明開
지금처럼 물이 넘치고 어룡이 사나우면　　　　如今水潤魚龍惡
저편 언덕 친한 벗들이 올 수 있을런지　　　　隔岸親朋可得來

169　백능(伯能) : 144쪽 주165 참조.

백상[170]의 시에 차운하다

次伯常韻

거침없이 흐르는 물 몇 개의 내가 모였나	浩浩奔流集幾川
높은 누대 마치 여섯 자라[171]에 의탁한 듯	危樓如托六鰲然
대지를 고르게 나눈다면 분명 물이 많으리니	平分大地多應水
푸른 바다도 옛날에는 밭이었음을 알겠도다	遙識滄溟舊是田
물새들은 둥지 옮겨 오래된 나무에 깃들고	鷗鷺移棲依古木
교룡은 수세 따라 푸른 하늘에 오르누나	蛟螭逐勢上靑天
남쪽 이웃에 객이 있어 시를 다툴만하니	南隣有客詩爭敵
호방한 기세 그야말로 소년시절과 같다오	可是麤豪屬少年

---

170 백상(伯常) : 144쪽 주164 참조.

171 여섯 자라 : 저본의 '육오(六鰲)'는 다섯 선산(仙山)을 등에 지고 있다는 여섯 마리의 자라를 이른다. 발해(渤海) 동쪽에 깊은 골짝이 있고 그 안에는 대여(岱興)·원교(員嶠)·방호(方壺)·영주(瀛洲)·봉래(蓬萊) 등 다섯 선산이 있는데, 이 다섯 산은 모두 바다에 떠 있어서 조류를 따라 흘러 다녔기 때문에 신선들이 살 곳을 잃을까 염려한 상제(上帝)가 자라 15마리에게 명을 내려 6만년에 한 번씩 3교대로 이 산들을 떠받치도록 하였다. 그런데 용백국(龍伯國)의 한 거인이 이 중 6마리의 자라를 낚시로 잡아간 뒤로 대여산과 원교산 두 산이 북극으로 흘러가 바다 속으로 가라앉게 되어 이 산에 살던 신선들이 다른 곳으로 옮겨갔다고 한다. 《列子 湯問》

두 번째
其二

낙숫물 소리와 우는 내 소리 분간되지 않더니	不分簷霤學鳴川
서남쪽을 한 번 보니 비로소 환히 트였도다	一望西南始豁然
푸른 풀은 산 아래 언덕을 저 멀리 밀어냈고	靑草遙排山下岸
누런 구름은 두렁 머리 밭을 비스듬히 빼앗았네	黃雲斜奪陌頭田
떠내려온 목석은 강물을 가득 메우고	漂連木石塡窮渤
불어난 은하수는 하늘에 쏟아 붓네	漲合星河灌大天
강가 노인 도리어 온갖 근심 잠겼으니	江上老人還百慮
무신년[172] 뒤로 큰물을 또 보아서라오	洪流又見戊申年

---

172 무신년 : 1728년(영조4) 여름 새벽에 영조가 빗소리에 잠을 깨어 자신이 등극한 뒤 4년 동안 홍수와 가뭄이 빈번했다고 탄식하는 내용이 있는데, 실제로 《실록》 등에는 당시 홍수와 가뭄에 대한 기록이 자주 보인다. 뿐만 아니라 이 해에는 소론을 중심으로 소현세자(昭顯世子, 1612~1645)의 증손인 밀풍군(密豐君) 이탄(李坦, 1698~1729)을 왕으로 추대하려는 이인좌(李麟佐, ?~1728)의 난이 일어났는데, 이 규모가 삼남을 아울렀을 뿐 아니라 참가한 사람도 20만 명에 이르렀다. 《英祖實錄 4年 7月 27日》

15일 밤에 덕보[173]와 이경지[174] 익천 가 석실에서 조각배를 노 저어 왔다. '천'자를 부르다

十五夜 德保李敬之 翼天 自石室棹小舟而來 呼天字

사람들은 도대체 어디에 있나	所謂人何在
안개 낀 물결만 망망하도다	煙波正淼然
조각배가 밤중에 이르러 오니	扁舟當夜至
맑은 달도 때를 맞춰 둥글도다	晴月趁期圓
뜸 밖에는 은하수가 가득하고	星漢襄篷外
붓 앞에는 어룡이 뛰어노누나	魚龍灑墨前
흥이 다한 뒤에 흩어져야 할지니	應須興盡散
오경이 되었다고 알리지 마시길	休報五更天

---

173 덕보(德保) : 홍대용(洪大容, 1731~1783)의 자이다. 자세한 것은 64쪽 주42 참조.

174 이경지(李敬之) : 이익천(李翼天)으로, '경지'는 자이다. 본관은 완산(完山)이다.

송도[175]
松都

사백년 전 이곳은 한창 번성할 때였으니	四百年前是盛時
이름난 도읍지 아직도 옛 고려를 말한다오	名都尙說舊高麗
지금은 이와같이 산하가 다 쓸쓸하여	山河寥落今如許
사녀들은 노닐며 이미 슬퍼하지도 않네	士女嬉游已不悲
만월대[176] 주변엔 오래된 나무가 없고	滿月臺邊無古木
숭양묘[177] 아래엔 무너진 비[178]가 있네	崧陽廟下有荒碑
초루엔 석양빛이 다 저물어 가는데	譙樓日色垂垂盡
화각 소리만 관리사에서 크게 들려오네	畫角聲酣管理司

175 송도(松都) : 이 시는 저자 나이 31세 되던 1752년(영조28) 10월 일이 있어 개성 (開城)에 갔을 때 지은 것이다. 《三山齋集 卷8 記游》

176 만월대(滿月臺) : 개성 송악산(松嶽山)에 있는 고려 시대의 궁궐터이다. 160쪽 주193 참조.

177 숭양묘(崧陽廟) : 1573년(선조6)에 정몽주(鄭夢周)를 향사(享祀)하기 위해 개 성(開城) 선죽교(善竹橋) 위쪽 정몽주의 집터에 세운 숭양서원(崧陽書院)을 이른다. 처음의 이름은 정몽주의 시호를 따라 문충당(文忠堂)이라고 하였는데, 1575년(선조8) 에 사액을 받아 서원으로 승격하였다. 정몽주의 화상(畫像)과 묘정비(廟庭碑)가 있다. 대원군의 서원철폐령 때 훼철되지 않고 존속한 47개 서원 중의 하나로, 개성 지역을 대표하는 서원이다.

178 무너진 비 : 숭양서원 동쪽으로 10보쯤 간 곳에 있는 작은 비석으로, '고려 충신 정몽주의 마을〔高麗忠臣鄭某之閭〕'이라고 쓰여 있다. 여기에서 동쪽으로 수백 보 간 곳에 선죽교(善竹橋)가 있다. 《農巖集 卷23 游松京記》

청향각[179]

清香閣

이름난 도읍 저자거리엔 먼지로 가득한데	名都塡咽市塵埃
홀연히 맑은 못에 가득 핀 꽃을 얻었도다	忽得淸塘滿地開
다시금 붉은 정자 낚시 드리우기 좋으니	更有紅亭供下釣
어여뻐라 푸른 산 머금은 잔을 대하였네	可憐靑嶽對含杯
노는 고기는 절로 부평초를 뚫고 나오고	游魚自破浮萍出
지친 새는 도로 버드나무로 돌아가누나	倦鳥還從垂柳廻
좋을시고 물가에서 달리는 그림자 바라보니	好是臨流看走影
바삐 오가는 행인들 시샘할 것 없다오	行人來去莫須猜

---

179 청향각(淸香閣) : 이 시는 저자 나이 31세 되던 1752년(영조28) 10월에 일이 있어 개성(開城)에 갔을 때 지은 것이다. 청향각은 박세채(朴世采, 1631~1695)의 족부(族父) 박해(朴垓)가 송도(松都)에 지은 작은 누각이다. 《三山齋集 卷8 記游》《南溪集 卷1 族父永春公經歷松都時……》

숭양서원[180]

崧陽書院

차가운 물과 앙상한 나무 바위 언덕에 있는데　　泉寒木瘦共巖阿
사당이 지금까지 전해오니 바로 옛 집터라오　　祠廟仍傳是故家
시대를 근심하여 홀로 서있던 적 많았다 하니　　聞說憂時多獨立
황폐한 뜰엔 어디에도 이름 있는 꽃이 없구나　　荒庭無處覓名花

180　숭양서원(崧陽書院) : 이 시는 저자 나이 31세 되던 1752년(영조28) 10월 일이
있어 개성(開城)에 갔을 때 지은 것이다. 숭양서원은 152쪽 주177 참조. 《三山齋集
卷8 記游》

두 번째
其二

고려 시대 의관을 한 삼대[181]의 인물이니	麗代衣冠三代人
오랜 세월에도 단청이 늠름히 새롭구나	丹靑歲久凜猶新
섬돌 앞의 측백이 정신을 가장 잘 전하니	傳神最是階前栢
서리 뒤 높은 가지에 진정을 더욱 안다오[182]	霜後高枝轉見眞

---

181 삼대(三代) : 하(夏)・은(殷)・주(周) 삼대로, 여기에서는 태평성대를 이른다.

182 섬돌……안다오 : 위급했을 때 절개를 지킨 것을 이른다. 《논어》〈자한(子罕)〉
에 "날씨가 추워진 뒤에야 소나무와 측백나무가 늦게 시듦을 안다.〔歲寒然後知松柏之後
彫也.〕"라는 내용이 보인다.

세 번째
其三

동토가 천년에 오랑캐 됨을 면했으니   東土千年免作夷
그 연원 깨끗하여 은사[183]에 접했다오   淵源灑落接殷師
그런데 어이하여 《주역》[184] 속에는   如何一部羲經裏
고금에 똑같이 지화의 말[185]이 슬픈지   今古同悲地火辭

---

183 은사(殷師) : 은(殷)나라의 태사(太師)였던 기자(箕子)를 이른다. 상나라의 마지막 임금인 주왕(紂王)의 숙부 또는 서형(庶兄)이라고 하며, 기자조선(箕子朝鮮)의 시조이다. 《서경》〈홍범(洪範)〉은 주 무왕(周武王)이 기자를 방문했을 때 기자가 준 가르침이라고 한다.

184 주역(周易) : 저본의 '희경(羲經)'은 복희(伏羲)가 처음 팔괘(八卦)를 그렸다고 하여 붙여진 이칭이다.

185 지화(地火)의 말 : 《주역》〈명이(明夷)〉의 괘사(卦辭)에 "명이는 어려울 때 정(貞)함이 이롭다.〔明夷, 利艱貞.〕"라는 구절이 있는데, 단전(彖傳)에 따르면 '명이'는 혼암(昏暗)한 군주가 위에 있어 밝은 자가 상해를 입는 때로, 은(殷)나라 때 문왕(文王)이 주왕(紂王)에 의해 유리(羑里)의 감옥에 갇힌 것과 같은 것을 이른다. 여기에서는 고려 말의 충신 정몽주(鄭夢周)를 아울러 가리킨다.

선죽교[186]

善竹橋

콸콸 흐르는 밭머리의 물소리	決決田頭水
백 보 밖에서 서글피 오열하누나	百步聞嗚咽
황폐한 다리는 다시 어디에 있는가	荒橋復何有
옛 길에는 수레 자욱 하나 없구나	古道無車轍
어이해 나로 하여금 오게 하였나	云何使余來
시중의 피[187]를 소중히 여겨서라오	重是侍中血
사방을 돌아보며 발걸음 머뭇거리고	四顧爲踟躕
가다가 다시 작은 비석[188]을 읽네	行復讀短碣

---

186 선죽교(善竹橋) : 이 시는 저자 나이 31세 되던 1752년(영조28) 10월에 일이 있어 개성(開城)에 갔을 때 지은 것이다. 《三山齋集 卷8 記游》

187 시중(侍中)의 피 : '시중'은 고려시대 최고 정무기관인 중서문하성의 수상직으로, 종1품이다. 정몽주(鄭夢周, 1337~1392)는 1390년(공양왕2)에 수문하시중(守門下侍中)에 제수되었으며, 1392년 사냥하다가 말에서 떨어진 이성계(李成桂)를 살피고 돌아가는 길에 선죽교에서 이방원(李芳遠)의 수하인 조영규(趙英珪) 등에게 격살되었다. 《高麗史 卷117 列傳30 鄭夢周》

188 작은 비석 : 선죽교 동쪽으로 두 개의 비가 있는데, 하나는 다리 이름을 새긴 비이고, 다른 하나는 개성 유수(開城留守) 김육(金堉)이 세운 성인비(成仁碑)로, 1649년(인조27) 3월에 '고려 시중 정 선생 성인비(高麗侍中鄭先生成仁碑)'라는 글자와 그 아래에 '일대충의만고강상(一代忠義萬古綱常)' 8자를 새겨넣었다. 그 옆에는 또 속칭 읍비(泣碑)라고도 하는 비가 있는데, 정몽주의 녹사였던 김경조(金慶祚)를 위한 녹사비(錄事碑)이다. 이밖에 또 선죽교 서쪽에 영조의 명으로 세운 비각(碑閣)이 있는데, 1740년(영조16) 9월 3일에 영조는 '도덕과 충정이 만고에 이르니 포은공의 곧은 절개는

고려의 정사 옛날에 강기 잃으니	麗政昔失紀
천명과 민심이 끊긴 지 오래라오	天人久所絶
시운이 참된 임금에게 있었으니	乘運在眞主
태조를 도운 이들 모두가 영걸였다오	翊戴皆英傑
선생은 홀로 어떤 사람이기에	先生獨何者
구구히 찢어진 하늘을 기우려 했나[189]	區區補天裂
눈물을 흘리며 게송을 사절하고	揮涕謝禪偈
소리 높여 노래해 절개를 맹세했다오[190]	抗歌矢臣節
나라의 흥망은 참으로 천명이 있거니와	廢興亮有命
의리와 분수는 스스로 다할 뿐이라오	義分所自竭
형형히 이 마음 밝고 또 밝으니	炯炯此心明

태산처럼 높도다.〔道德精忠亘萬古, 泰山高節圃隱公.〕'라는 어제시(御製詩)를 비석에 새겨 세우게 하고 대제학 오원(吳瑗)에게 명하여 사적을 기술하여 비석의 뒷면에 새기게 하였다. 《大東地誌 卷2 開城府 橋梁 善竹橋》《英祖實錄 16年 9月 3日》《潛谷遺稿 潛谷年譜》《農巖集 卷23 游松京記》《淵齋集 卷19 雜著 西遊記》《研經齋全集 續集 冊12 記圃隱錄事》

189 구구히……했나 : 《열자(列子)》〈탕문(湯問)〉에 "옛날에 여와씨(女媧氏)가 오색(五色)의 돌을 구워 찢어진 하늘을 기우고 자라의 발을 잘라 사방의 기둥으로 받쳐 세웠다.〔昔者女媧氏煉五色石以補其闕, 斷鼇之足以立四極.〕"라는 내용이 보이는데, 여기에서는 정몽주가 망하는 나라를 부질없이 지키려 했다는 말이다.

190 눈물을……맹세했다오 : 게송은 이방원(李芳遠)이 정몽주(鄭夢周)의 속마음을 떠보기 위해 불렀다는 "이런들 어떠하리 저런들 어떠하리. 성황당 뒷담이 다 무너진들 어떠하리. 우리도 이같이 하여 아니 죽으면 또 어떠리."라는 〈하여가(何如歌)〉를 이른다. 정몽주는 이에 답하여 "이 몸이 죽고 죽어 일백 번 고쳐 죽어, 백골이 진토 되어 넋이라도 있고 없고. 님 향한 일편단심이야 가실 줄이 있으랴."라는 〈단심가(丹心歌)〉를 지어 고려 왕조에 대한 일편단심을 노래하였다. 《海東樂府》

목숨 버림은 순간의 울분 아니었다오	捐生非決烈
길이 생각컨대 공의 요순군민지학[191]	永惟君民學
옛날에 비하면 기와 설[192]에 짝한다오	在古儷夔卨
애석하다 때가 좋지 않았으니	惜哉時不祥
이를 어찌 정사에 펼 수 있었으랴	何由見施設
예로부터 나라가 망하는 때엔	自昔喪亂際
화는 언제나 성철이 당했다오	遭罹必聖哲
멸망을 당함이 한 몸에 있어서	湛夷在一身
인륜이 이에 사라지지 않았다오	人綱寄不滅
천의는 참으로 여기에 있나니	天意信在玆
지사들은 굳이 원통해하지 마오	志士莫冤結

---

191 요순군민지학(堯舜君民之學) : 자신의 임금을 요순(堯舜)과 같은 임금으로 만들고 백성을 요순의 백성으로 만드는 학문을 이른다. 은(殷)나라의 탕왕(湯王)이 사람을 보내 이윤(伊尹)을 부르자 이윤은 처음에는 거절했으나, 탕이 다시 세 번이나 사람을 보내 부르자 "내가 초야에 묻혀 이대로 요순의 도를 즐기는 것보다 내 차라리 이 임금을 요순과 같은 임금으로 만드는 편이 낫지 않겠으며, 내 차라리 이 백성을 요순의 백성으로 만드는 편이 낫지 않겠으며, 내 자신이 직접 그러한 치세(治世)를 보는 편이 낫지 않겠는가.〔與我處畎畝之中, 由是以樂堯舜之道, 吾豈若使是君爲堯舜之君哉? 吾豈若使是民爲堯舜之民哉? 吾豈若於吾身親見之哉?〕"라고 하였다 한다.《孟子 萬章上》

192 기(夔)와 설(卨) : 순(舜)임금 때의 현신(賢臣)이다. 기는 전악(典樂)으로 오성(五聲)·육률(六律)·팔음(八音)을 바르게 하였다. 설은 사도(司徒)가 되어 교육을 담당하였으며, 우(禹)의 치수(治水)를 돕기도 하였다. 설은 상(商)나라의 시조이다.

만월대[193]

滿月臺

시든 풀 속에서 말이 우는데	馬嘶衰草裏
옛 도읍 찾아와 층대에 올랐다오	訪古上層臺
층층의 대는 올라가선 안 되니	層臺不可上
한 번 오르면 돌아가기 어렵다오	一上復難廻
관목과 풀들이 긴 언덕을 덮었는데	灌莽被脩阪
빠른 바람이 표표히 불어오누나	飄飄疾風來
구릉과 골짝도 바뀐 지 오래인데[194]	陵谷久已遷
연못과 관사야 말해 무엇하리오	何況池館哉
옛 것이라곤 주춧돌만 남았는데	舊物獨石礎
매몰되어 태반은 쑥대가 뒤덮였네	埋沒半蒿萊
종횡으로 그 위치를 알 수 있으니	橫縱識位置
웅려함은 백성 재물 허비했도다	雄麗費民財
궁문은 평평하고 곧게 서있고	皐門抗平直

---

193 만월대(滿月臺) : 이 시는 저자 나이 31세 되던 1752년(영조28) 10월에 일이 있어 개성(開城)에 갔을 때 지은 것이다. 만월대는 개성 송악산(松嶽山)에 있는 고려 시대의 궁궐터이다. 919년(태조2) 정월 고려 태조가 송악산 남쪽 기슭에 도읍을 정하고 궁궐을 창건한 이래 1316년(공민왕10) 홍건적의 침입으로 소실될 때까지 고려왕의 주된 거처였다. 《三山齋集 卷8 記游》

194 구릉과……오래인데 : 《시경》〈소아(小雅) 시월지교(十月之交)〉에 "높은 언덕이 골짝 되고 깊은 골짝이 구릉 되었네.[高岸爲谷, 深谷爲陵.]"라는 구절이 보인다.

궁궐은 우뚝하게 높이 솟았으리　　　　　華闕標崔嵬

진실로 제왕의 거처로구나　　　　　　　信哉帝王居

강과 산이 울창하게 서려있도다　　　　河嶽鬱盤回

고려 태조 실로 위대한 영웅이니　　　　麗祖實英偉

삼한을 통일하여 빛나는 기업 열었다오　統三赫業開

대대로 아름다운 덕 가진 이 많았고　　　歷世多令德

시운 타고 훌륭한 인재들이 나왔다오　　乘運出儁材

그토록 성대했던 만년의 기업이　　　　堂堂萬年基

이제와 무너질 줄 누가 알았으랴　　　孰云今可頹

단지 성인[195]이 나왔을 뿐 아니라　　　非惟聖人出

후왕[196]도 본대 용렬해서였다오　　　　後王自庸才

예로부터 흥망이 있던 도읍지는　　　　古來興廢地

나그네를 길이 슬프게 한다오　　　　　長使過客哀

---

195 성인(聖人) : 조선 태조를 이른다.

196 후왕(後王) : 고려 말의 왕들을 이른다.

폭포를 찾아가는 길에[197]
訪瀑路中

새벽이라 나막신 끌고 산문을 나서니	理屐山門曉
아침 햇살 골짝의 이내를 흩는구나	新曦散谷嵐
황량한 길엔 아름드리 바위가 많고	荒蹊多抱石
고인 물은 모두 다 이름난 못이라오	窪水盡名潭
물방아 소리 들으려 성근 나무에 기대고	聽碓依疏木
비석을 보려고 가파른 바위를 오른다오	看碑上絶巖
박연이야 가다보면 절로 이를 터이니	朴淵行自到
곳에 따라 잠시 쉬어가도 무방하리라	隨處不妨淹

197 폭포를 찾아가는 길에 : 이 시는 저자 나이 31세 되던 1752년(영조28) 10월에 일이 있어 개성(開城)에 갔을 때 지은 것이다. '폭포'는 송도삼절(松都三絶)의 하나인 박연폭포(朴淵瀑布)를 이른다. 금강산의 구룡폭포(九龍瀑布), 설악산의 대승폭포(大勝瀑布)와 더불어 3대 폭포의 하나로, 송악산(松岳山) 북쪽에 있는 천마산(天摩山) 북쪽에 있다. 폭포의 높이는 37m이며, 폭포 위에는 너럭바위가 바가지 모양으로 패어 이루어진 박연(朴淵)이라는 연못이 있고, 폭포 밑에는 폭포수에 의해 파인 고모담(姑母潭)이 있다. 고모담 기슭에는 물에 잠겨 윗부분만 보이는 용바위가 있다. 《三山齋集 卷8 記游》

폭포[198]

瀑布

우뚝한 절벽 하늘에 닿아 하늘이 낮은데	傑壁參天天爲低
거침없이 쌓인 물이 끝없이 쏟아지누나	公然積水墮無倪
시원한 바람은 산 가득한 안개를 걷어 올리고	泠風倒捲彌山霧
저녁 햇살은 바다 마시는 무지개를 비추누나[199]	晩日斜明飲海蜺
소의 용은 웅크렸으니 어찌 잠을 이루리오	潭龍瑟縮那成睡
벼랑의 학은 빙빙 돌며 깃들 곳을 못 정하네	崖鶴廻翔未擬棲
실컷 마시고 그저 취한 몸 끌고 갈지니	痛飲只須扶醉去
서툰 시 가지고 멋대로 품평하지 말고	休將拙語妄評題

---

198 폭포 : 이 시는 저자 나이 31세 되던 1752년(영조28) 10월에 일이 있어 개성(開城)에 갔을 때 지은 것이다. '폭포'는 박연폭포(朴淵瀑布)를 이른다. 자세한 것은 162쪽 주197 참조.《三山齋集 卷8 記游》

199 저녁……비추누나 : 송(宋)나라 소과(蘇過)의 〈구풍부(颶風賦)〉에 "끊어진 무지개는 바다를 마시며 북쪽으로 가고, 붉은 구름은 해를 끼고 남쪽으로 난다.〔斷蜺飲海而北指, 赤雲夾日而南翔.〕"라는 구절이 있다.

두 번째
其二

일백 굽이 근원으로 거슬러 돌아와보니	百曲靈源泝已廻
나는 물결 푸른 허공에서 쏟아지는 듯하누나	飛流終訝碧虛來
자욱한 골짝 어귀엔 천년의 눈 날리고	冥濛洞口千年雪
들끓는 소의 중심엔 시월의 우레가 울리네	噴薄潭心十月雷
나그네 중 몇 명이 뛰어난 시구 남겼는가	過客幾人留傑句
조화옹이 이곳에다 모든 재주를 쏟았도다	化翁此地費全才
간곡히 우선 산신령과 약속을 하였나니	慇懃且共山靈約
더운 여름 장마가 걷히면 다시 오겠다고	更待炎天積雨開

만경대 정상을 바라보며 날이 저물어 올라가지 못하다[200]
望萬景臺絶頂 日暮未上

층층바위 드높이 푸른 허공에 솟았는데	積石岹嶢倚碧空
이곳에 올라오니 눈길을 멈출 수 없네	登臨此地眼何窮
외론 구름 저녁 햇빛이 흐릿하게 가까우니	孤雲晩照依依近
어이하면 옷 걷고 골 바람 탈 수 있을까	那得褰衣馭谷風

---

200 만경대(萬景臺)……못하다 : 이 시는 저자 나이 31세 되던 1752년(영조28) 10월
에 일이 있어 개성(開城)에 갔을 때 지은 것이다. '만경대'는 개성(開城) 천마산(天摩
山)의 최고봉으로, 높이 762m이다. 이 산 북쪽에 박연폭포(朴淵瀑布)가 있다. 《三山齋
集 卷8 記游》

적조암 옛 터[201]
寂照菴遺墟

적조암은 오래 전에 그 이름 알았으니	寂照舊知名
중을 데리고 옛 터를 찾아왔다오	携僧訪遺址
성의 서쪽 문에 말을 매어두고	繫馬城西門
지팡이로 여기서부터 걸어서 올랐다오	笻屐自茲始
가파른 돌길이 산허리를 안고서	危磴抱山腰
구불구불 대나무 숲속에 나있도다	盤紆脩竹裏
나무꾼도 오래 전에 이미 자취 끊겼으니	樵蘇久已斷
더구나 깊은 산을 찾는 선비 있겠는가	何況幽討士
우거진 잡목에 때때로 두건 걸리고	叢榛或胃幘
깎아지른 바위에 신발 떨어질까 두렵네	斷石恐墜履
올라가는 수고를 들이지 않는다면	不有游歷勞
올라가 바라보는 아름다움 어찌 얻으랴	焉得登望美
황량한 대에 올라 휘파람을 부노라니	荒臺一舒嘯
좋은 경치가 참으로 이곳에 있도다	佳境信在此
뭇 봉우린 엄숙하여 시립한 듯하고	羣峰儼列侍
일만 골은 또렷하여 가리킬 수 있다오	萬壑瞭可指

---

201 적조암(寂照菴) 옛 터 : 이 시는 저자 나이 31세 되던 1752년(영조28) 10월에 일이 있어 개성(開城)에 갔을 때 지은 것이다. '적조암'은 개성(開城)의 천마산(天摩山) 에 있었다고 한다. 《三山齋集 卷8 記游》

우뚝히 하늘 높이 솟아 오른 만경대는　　巍峨萬景臺

지고 있는 형세가 특별히 웅장하도다　　負勢特雄峙

날씨가 차가우니 온갖 나무 앙상하고　　天寒萬木疏

바위 모서리도 삐죽삐죽 보이누나　　石角露齒齒

단풍이며 등나무 서리 맞아 붉은데　　楓藤耐霜紅

어우러져 비단 같은 무늬를 이루었네　　點綴成文綺

서남으로 멀리 큰 바다를 바라보니　　西南眺大海

시야가 천리나 멀리 트이누나　　眼力窮千里

지는 해가 남은 빛을 반짝이니　　落日閃餘照

하늘과 물이 한 색으로 붉도다　　天水一色紫

옷깃 헤치고 풀에 앉아 마시노라니　　披襟藉草飮

노래 소리 절로 높이 나오누나　　浩歌爲之起

퇴락한 비석은 읽을 수가 없으니　　頹碑不堪讀

암자가 없어진 지 오래 되었다오　　廢興多歲紀

본래 고요히 초월한 사람 아니라면　　自非冥寂人

그 누가 오랫동안 머물 수 있으랴　　誰能久居止

비루하구나 이 산의 중이여　　陋哉此山僧

생계 도모가 속인보다 심하도다　　營生甚俗子

마침내 그윽한 이곳으로 하여금　　遂令幽絶界

사찰 하나 보전하지 못하게 하였도다　　未保一蘭寺

배회를 해보지만 머물 수가 없는데　　徘徊不可駐

짙은 어둠이 가시덤불에서 생겨나네　　暝色生荊杞

백화담에서 잠시 쉬다[202]
百花潭少憩

단풍 벼랑에 말 세우고 시내 따라 걷노라니	歇馬楓厓逐磵行
맑은 소와 흰 바위 몇 굽이나 돌고 돌았는지	澄潭白石幾廻縈
사람을 만나면 깨끗한 모습에 응당 놀라리니	逢人應怪淸眉髮
아침 내내 실컷 물가에 누워 있어서라오	贏得終朝臥水聲

---

202 백화담(百花潭)에서 잠시 쉬다 : 이 시는 저자 나이 31세 되던 1752년(영조28)
10월에 일이 있어 개성(開城)에 갔을 때 지은 것이다. '백화담'은 개성의 오관산(五冠
山)에 있다. 《三山齋集 卷8 記游》

서사정²⁰³

逝斯亭

오래된 한 굽이 푸른 절벽에	一曲蒼崖老
한 줄기 폭포 쉼 없이 쏟아지네	飛泉不自休
옛 사람 어찌하면 다시 볼까나	古人那復見
석양 속 텅 빈 누대에 기대었네	落日倚虛樓

203 서사정(逝斯亭) : 이 시는 저자 나이 31세 되던 1752년(영조28) 10월에 일이 있어 개성(開城)에 갔을 때 지은 것이다. '서사정'은 서경덕(徐敬德)이 은거했다는 개성(開城) 오관산(五冠山) 화담(花潭) 부근에 있다. 그 옆에는 수십 명이 앉을 수 있는 바위가 있다. 정자의 이름과 관련하여 《논어》〈자한(子罕)〉에 공자가 시냇가에서 "가는 것이 이 물과 같구나. 밤낮을 그치지 않는구나.〔逝者如斯夫! 不舍晝夜.〕"라고 했다는 내용이 보인다.

홍생[204] 근 과 함께 산중을 노닌 뒤 작별에 즈음하여 입으로 읊다
洪生 僅 同遊山中 臨別口號

그대 남쪽을 그릴 제 내가 먼저 동으로 오니	君思南土我先東
총총한 만남과 헤어짐 모두가 객지였다오	逢別忽忽盡客中
사흘간의 신선 유람 꿈속에 들어올 터이니	三日仙游應入夢
달빛 속에 다시 함께 사찰에서 만나리라	更携明月會禪宮

---

204 홍생(洪生) : 홍근(洪僅)은 본관은 남양(南陽), 아버지는 홍유봉(洪游鳳)으로, 1750년(영조26) 생원시에 합격하였다. 거주지는 청주(淸州)이다. 《崇禎三庚午式年司馬榜目》

계진옹[205]을 이별하고

別季珍翁

만월대[206] 앞에서 총총히 이별의 술을 마시니 　滿月臺前草草杯
추운 날 나그네 회포 참으로 풀기 어려워라 　天寒旅思苦難開
돌아가 아버지께 소식을 전할 터이니 　歸對阿郞傳信息
시름겨운 고향 편지 쓸 것이 없다오 　鄕書愁絶不須裁

---

205 계진옹(季珍翁) : 자세하지 않다.

206 만월대(滿月臺) : 개성 송악산(松嶽山)에 있는 고려 시대의 궁궐터이다. 160쪽
주193 참조.

임진강 배 안에서
臨津舟中

어제는 천마산 봉우리 위에 노닐었는데	昨日天磨峰上遊
푸른 물이 구름으로 흘러듦을 멀리 보았다오	遙看碧水入雲流
푸른 봉우리 맑은 이내 저 멀리 아련한데	晴嵐疊翠依依是
다시 임진강에서 조각배에 기대었다오	還向臨津倚小舟

윤 수원[207] 흡에 대한 만사

尹水原 潝 挽

오음[208]의 오대 손 참된 전형 남았으니	梧陰五世範型眞
호방한 풍류는 본래가 거인이었다오	魁傑風流自巨人
고고히 재물 경시해 박한 풍속 놀래키고	落落疏財驚薄俗
넉넉한 솜씨로 곤궁한 백성 살리셨도다	恢恢試手活窮民
통달한 재능 당상관이 귀하다 할 수 있으랴	通才可道緋衣貴
만년의 계합 붉은 교지를 새로이 받았다오	晚契方紆紫綍新
조정이 복이 없어 방악[209]을 잃었으니	無祿王廷方岳失
슬퍼함은 친밀한 정 때문만이 아니라오	相悲不獨在朋親

---

207 윤 수원(尹水原) : 1689~1753. 이름은 흡(潝), 자는 화숙(和叔), 본관은 해평(海平)이다. 윤두수(尹斗壽, 1533~1601)의 5세손이자, 저자의 종증조인 김창흡(金昌翕, 1653~1722)의 문인이다. 1726년(영조2)에 생원시에 합격하였으며, 1748년(영조24) 60세 때 통정대부(通政大夫)에 제배되었다. 1749년(영조25)년 8월 6일 61세 때 수원 부사(水原府使) 겸 경기 좌방어사(兼京畿左防禦使)에 임명되었다. 1753년(영조29) 1월 21일에 담병(痰病)이 심해져 향년 65세로 명례방(明禮坊) 정침(正寢)에서 졸하였다. 《承政院日記 英祖 25年 8月 6日》《豊墅集 卷15 判決事尹公行》

208 오음(梧陰) : 윤두수(尹斗壽, 1533~1601)의 호이다.

209 방악(方岳) : 방백(方伯)과 같은 말로, 관찰사를 이른다. 여기에서는 수원 부사(水原府使) 윤흡을 가리킨다.

두 번째
其二

늙도록 사문에 대한 강한의 생각[210]이 나니	抵老師門江漢思
나를 고가의 아이라 하여 간곡하게 대했다오	懃懃爲我故家兒
잔 멈추자 온갖 변고 겪은 뒤라 눈물이 나니	停杯淚入滄桑盡
촛불이 다 타도록 설악에서 담소가 더뎠다오	跋燭談從雪嶽遲
옥주미[211]와 추자나무 바둑판은 어제와 같고	玉塵楸枰如昨日
화분의 꽃과 연못의 풀도 한창 향기로운데	盆花塘草又芳時
쓸쓸한 문정에 고손이 아직 어리니[212]	門庭寥落孤孫少
괴당[213]앞을 지날 때면 이 슬픔을 말하리라	應過槐堂話此悲

---

210 강한(江漢)의 생각 : 스승을 높이는 생각을 이른다. 《맹자》〈등문공 상(滕文公上)〉에 증자(曾子)가 공자를 찬미하여 "선생님의 덕은 강수(江水)와 한수(漢水)로 씻는 것과 같고 가을볕으로 쪼이는 것과 같아서 깨끗하고 깨끗하여 더할 수 없다.〔江漢以濯之, 秋陽以暴之, 皜皜乎不可尙已.〕"라고 한 내용이 보인다.

211 옥주미(玉塵尾) : 자루가 옥으로 된 주미(塵尾)로, 동진(東晉)의 사대부들이 항상 이것을 들고 청담(淸談)을 했다고 한다. 당(唐)나라 이백(李白)의 〈승 애공에게 주다(贈僧崖公)〉라는 시에 "손에 옥주미를 드니 백루정에 오르는 듯.〔手秉玉塵尾, 如登白樓亭.〕"이라는 구절이 있다. 여기에서는 윤흡과 청담을 나눈 것을 이른다.

212 고손(孤孫)이 아직 어리니 : '고손'은 할아버지의 상(喪)에 승중(承重)한 적손자(適孫子)를 이른다. 윤흡(尹滄)은 아들을 둘을 두었으나 모두 요절하여 큰형 윤식(尹湜)의 막내아들 윤득서(尹得叙)를 양자로 들였다. 그러나 윤득서 역시 딸만 하나 남기고 일찍 죽어, 이에 큰형 윤식의 둘째아들 윤득민(尹得敏)의 막내 윤의동(尹儀東)을 양자로 들여 아들 윤경증(尹慶曾)을 낳았다. 《豐墅集 卷15 判決事尹公行》

213 괴당(槐堂) : 삼공(三公)의 높은 관직을 이른다. 송(宋)나라 때 왕호(王祜)가

자기 마당에 손수 홰나무 세 그루를 심고 말하기를 "내 자손 중에 반드시 삼공이 될 자가 있을 것이다.〔吾子孫必有爲三公者.〕"라고 하였는데, 뒤에 과연 그의 둘째 아들 단(旦)이 재상에 올랐다고 한다. 여기에서는 영의정 윤두수가 윤흡의 5대조임을 가리킨 것으로, 윤흡의 집을 이른다. 《蘇東坡集 三槐堂銘》

도곡²¹⁴의 묘소에 배알하다

陶谷拜墓

서글픈 기운이 공의 묘소에 감도니	悽愴丘原氣
어젯밤 서리 내림을 깊이 알겠도다²¹⁵	深知昨夜霜
송추에서 이제 이별하게 되었으니	松楸此爲別
강한의 생각²¹⁶으로 길이 바라보리라	江漢永相望
길쌈 등불에 친히 글을 가르쳐주고	績火親教讀
소반 물고기 매번 맛보라 주셨다오	盤魚每賜嘗
공의 자손들 지금은 모두 장성하여	兒孫今老大
이리저리 옮겨다니며 타향에 있다오	流轉在他鄉

---

214 도곡(陶谷) : 이의현(李宜顯, 1669~1745)의 호이다. 본관은 용인(龍仁), 자는 덕재(德哉), 시호는 문간(文簡)으로, 저자의 증조인 김창협(金昌協, 1653~1708)의 문인이다. 1745년(영조21) 4월에 남부(南部) 명례방(明禮坊)에서 졸하여 양주(楊州) 금촌(金村) 마산리(馬山里)에 예장(禮葬)되었다. 김창협의 묘소는 양주(楊州)의 석실(石室) 선영에 있다. 《陶谷集 卷32 紀年錄》

215 서글픈……알겠도다 : 원문의 '처창(悽愴)'은 돌아가신 조상에 대해 자손들이 숙연히 추모하는 마음을 일으키는 것으로, 여기에서는 이의현에 대한 추모의 마음을 가리킨다. 이와 관련하여 《예기(禮記)》〈제의(祭義)〉에 "가을에 서리와 이슬이 내리면 군자가 이를 밟고 반드시 슬픈 마음이 생기나니, 이는 날이 추워서가 아니다.〔霜露既降, 君子履之, 必有悽愴之心, 非其寒之謂也.〕"라는 내용이 보인다.

216 강한(江漢)의 생각 : 스승을 높이는 생각을 이른다. 174쪽 주210 참조.

남한산성[217]
南漢山城

우뚝 솟아 벽공까지 닿는다고만 여겼는데	直謂崚嶒到碧空
오랑캐 말발굽에 길 뚫릴 줄 어찌 알았으랴	那知驅馬路仍通
백년의 성첩은 뜬 구름 위로 높이 솟았고	百年雉堞浮雲上
구월이라 인가는 붉은 단풍 속에 있도다	九月人家紅樹中
일은 글렀는데 금성탕지[218] 여전히 험고하고	事去金湯還有險
세상은 좋아져도 고각 소리 못내 웅장하다	時淸鼓角不勝雄
침과정[219] 속에 가벼운 갖옷 입은 장수는	枕戈亭裏輕裘將
참으로 위급할 때 충정을 바칠 수 있는가	倘許臨危効赤忠

---

217 남한산성(南漢山城) : 이 시는 저자 나이 31세인 1752년(영조28) 9월에 유한정 (兪漢禎, 1723∼1782)과 남한산성에 유람갔을 때 지은 것이다. 1636년(인조14) 12월 에 후금(後金)이 침입하자 인조가 남한산성으로 피난하여 45일을 버티다가 이듬해 1월 성을 나가 삼전도(三田渡)에서 굴욕적으로 항복한 병자호란(丙子胡亂)을 배경으로 읊 고 있다. 남한산성은 신라 문무왕(文武王) 12년(672) 8월에 축조되어 주장성(晝長城) 이라고 불렀다. 조선 인조 4년(1626)에 완풍부원군(完豐府院君) 이서(李曙)에게 명하 여 개축하였다. 《三山齋集 卷8 記游》《三國史記 卷7 新羅本紀 文武王下 12年》《大東地 誌 卷2 京畿道 廣州府 城池 南漢山城》

218 금성탕지(金城湯池) : 무쇠로 만든 성과 끓는 물로 이루어진 해자라는 뜻으로, 험고한 성을 이른다. 여기에서는 남한산성을 가리킨다.

219 침과정(枕戈亭) : 남한산성 안에 있는 정자로, 원래는 백제의 고찰(古刹)이었는 데 이서(李曙)가 성을 쌓다가 숲 속에서 발견하였다. 1751년(영조27)에 광주 유수(廣州 留守) 이기진(李箕鎭)이 중수하고 이와 같이 이름을 지었다. '침과'는 창을 베고 잔다는 뜻으로, 원수를 잊지 않겠다는 말이다.

서장대. 유흥지 한정 의 시에 차운하다[220]

西將臺 次兪興之 漢禎 韻

이웃의 벗을 불러 국화 술잔 들고서	隣朋相召菊花杯
장검에 의지해 이내 몸 장대에 올랐다오	長劍扶吾上帥臺
이곳은 지금 사람 승경 찾아서 오지만	此地今人探勝至
옛날엔 오랑캐들 개선가 부르며 돌아갔다오	往時胡騎唱歌廻
하늘이 옛 보루에 낮으니 푸른 구름 엉겼고	天低古壘蒼雲結
햇살이 차가운 성 비추니 붉은 나무[221] 눈부시네	日射寒城錦樹開
어찌하면 창해의 역사 같은 이 데리고 가서	安得携如滄海士
철퇴 한 번 내리쳐 한봉을 꺾을 수 있을까[222]	金椎一擊汗峰摧

---

220 서장대(西將臺)……차운하다 : 이 시는 저자 나이 31세인 1752년(영조28) 9월에 유한정(兪漢禎, 1723~1782)과 남한산성에 유람갔을 때 지은 것이다. 이 당시 저자는 저물녘에 서장대에 올라 강을 굽어보고 술을 마시며 시사를 논하다가 3경(更)에야 강가에 내려와 배를 타고 돌아왔다. '서장대'는 남한산성 안에 있는 수어장대(守禦將臺)를 이른다. 1624년(인조2)에 남한산성을 쌓을 때 만들어진 4개의 장대 중 하나이다. 처음에는 1층 누각으로 짓고 서장대라 불렀으나 1751년(영조27)에 유수 이기진(李箕鎭)이 왕명을 받고 서장대 위에 2층 누각을 지었다. 건물의 바깥쪽에는 '수어장대'라는 현판이, 안쪽에는 '무망루(無忘樓)'라는 현판이 걸려있는데, 무망루는 병자호란 때 겪은 인조의 굴욕과 북벌을 이루지 못하고 죽은 효종의 비통함을 잊지 말자는 뜻에서 붙인 이름이다. 유한정은 본관은 기계(杞溪), 자는 흥지(興之), 호는 이안당(易安堂)으로, 저자의 아버지 김원행(金元行)의 문인이다. 《삼산재집》 권9에 〈유흥지에 대한 애사[兪興之哀辭]〉가 실려 있다. 《三山齋集 卷8 記游》

221 붉은 나무 : 저본의 '금수(錦樹)'는 서리를 맞아 비단처럼 색깔이 알록달록한 나무를 가리킨다. 100쪽 주97 참조.

222 창해(滄海)의……있을까 : '창해(滄海)'의 창(滄)은 창(倉)으로도 쓴다. 창해군
(倉海君)을 이르는데, 은자라고도 하고 동이(東夷)의 군장(君長)이라고도 한다. 진시
황(秦始皇)이 한(韓)나라를 멸망시키자 장량(張良)은 조국의 복수를 위해 동쪽으로
창해군에게 가서 역사(力士)를 얻어 120근 나가는 철퇴를 만들어 주고 진시황이 동쪽으
로 출행하였을 때 박랑사(博浪沙)라는 곳에서 내리치도록 하였으나 부거(副車)를 맞추
는 바람에 실패한 일이 있다. '한봉(汗峰)'은 남한산성 동쪽에 있는 봉우리로, 병자호란
때 칸(汗)이 이 봉우리에 올라가 남한산성을 굽어보고 성 안의 허실을 알아 동문(東門)
의 식량 보급로를 끊기도 하고 대포를 쏘아서 행궁의 전주(殿柱)를 맞추었다고도 한다.
한봉성(汗峰城)이 있다. 여기에서는 청나라를 비유한다. 《史記 卷55 留侯世家》《日省
錄 正祖 3年 8月 7日》

두 번째
其二

사방을 돌아보고 망연하여 술잔을 잊으니	四顧茫然失酒杯
온 하늘 가을빛 속에 높은 누대에 올랐네	一天秋色赴危臺
산은 험준한 성첩 휘감고 드높이 솟아 있고	山縈峻堞嶄嶄出
강은 평평한 땅 가르며 세차게 휘도누나	江劃平圻滾滾廻
우리나라 관방은 이와 같이 험고한데	東土關防如此險
서쪽 관문 빗장은 지금까지 열려있다오[223]	西門鎖鑰至今開
영릉[224]에 소나무가 천 자나 자랐다고 하니	寧陵見說松千尺
고개 돌려 찬 구름에 간장이 무너지는 듯	回首寒雲膽欲摧

---

223 서쪽……열려있다오 : 당시에도 여전히 방비가 허술한 것을 이른다.

224 영릉(寧陵) : 북벌을 준비하며 복수를 꿈꾸다 이루지 못하고 죽은 효종(孝宗)과 비 인선왕후(仁宣王后) 장씨(張氏)의 능으로, 경기도 여주군(驪州郡) 능서면(陵西面) 왕대리(旺垈里)에 있다.

현절사[225]

顯節祠

남한산성 포위된 그날 일 창망했으니	圍城當日事蒼黃
우리 선조 도당에서 통곡을 하였다오[226]	吾祖痛哭於都堂
천년토록 망하지 않는 나라 없으니	未有千年國不破
그 누가 만력제를 잊을 수 있다 말하랴	誰言萬曆帝能忘
귀신은 응당 간신의 살점을 먹을 것이니	鬼神應食奸臣肉
시문[227]에 길이 열사의 심장 찢어진다오	篇翰長摧烈士腸

---

225 현절사(顯節祠) : 이 시는 저자 나이 31세인 1752년(영조28) 9월에 유한정(兪漢禎, 1723~1782)과 남한산성에 유람갔을 때 지은 것이다. 현절사는 1636년(인조14) 병자호란 때 적에게 항복하기를 끝까지 반대하다가 청나라에 끌려가 갖은 곤욕을 치르고 참형을 당한 홍익한(洪翼漢, 1586~1637)·윤집(尹集, 1606~1637)·오달제(吳達濟, 1609~1637) 등 삼학사(三學士)의 넋을 위로하고 충절을 기리기 위하여 남한산성 기슭에 세운 사당이다. 1688년(숙종14)에 숙종의 명으로 건립하였으며, 1693년(숙종19)에는 현절사라는 현판을 내렸다. 1711년(숙종37)에 김상헌(金尙憲, 1570~1652)과 정온(鄭蘊, 1569~1641)을 함께 배향하면서 지금의 장소로 옮겨지었다.

226 우리……하였다오 : 저자의 6대조인 청음(淸陰) 김상헌(金尙憲, 1570~1652)이 병자호란 때 예조 판서로서 끝까지 주전론(主戰論)을 편 일을 이른다. 김상헌은 항복 문서를 보고는 통곡하면서 찢어 버리고 관(冠)을 벗고 대궐 문 밖에 엎드려 적진에 나아가 죽게 해 줄 것을 청하였다. 그 뒤 인조가 항복하자 안동(安東)으로 은퇴하였으며, 1639년에는 청나라가 명나라를 공격하기 위해 요구한 출병에 반대하는 소를 올렸다가 청나라에 압송되어 6년 후 풀려 귀국하기도 하였다. 《仁祖實錄 15年 1月 18日·23日》

227 시문 : 이조 참판 정온(鄭蘊)이 입으로 읊은 절구(絶句)와 의대(衣帶)에 쓴 맹세를 이른다. 정온은 의대에 맹세를 쓴 뒤 차고 있던 칼을 빼어 자결하려 하였으나 중상만 입고 죽지는 않았다. 예조 판서 김상헌도 여러 날 동안 음식을 끊고 있다가 이때에

묻노니 조정은 설비를 더하였는가   爲問儲胥增設備

오현의 사우가 태반은 황량하다오   五賢祠宇半荒涼

이르러 목을 매었는데 자손들이 구조하여 죽지 않았다. 《仁祖實錄 15年 1月 28日》

두보의 시 〈추흥 8수〉[228]에 차운하다
次杜詩秋興八首韻

저물녘 구슬픈 노래 북쪽 숲에서 들려오고 　　向晚商歌在北林
강호는 가을이 다 지나 스산하기만 한데 　　江湖秋盡見蕭森
슬피 우는 기러기 행렬 구름 사이로 들어가고 　　哀鴻一道投雲際
단풍 속에 집들이 저물녘 어둔 빛 띠었도다 　　紅葉千家帶夕陰
우연히 벗이 와 내친김에 실컷 구경하노라니 　　偶得朋來仍縱目
참으로 선정에 들어 한참동안 마음을 잊었네 　　眞成禪定久忘心
세월은 거침없이 흘러 이내 몸 병이 많으니 　　年華滾滾身多病
한참을 지팡이 짚는데 먼 다듬이소리 들리네[229] 　　拄杖移時聽遠砧

서장대[230]에 오르니 한양의 해 기우는데 　　西將臺臨漢日斜

---

228 두보(杜甫)의……8수 : 당 대종(唐代宗) 대력(大曆) 1년(766) 가을에 두보(712~
770)가 성도(成都)의 초당(草堂)을 떠난 뒤 1년 3개월 동안 이리저리 떠돌 때 기주(夔
州)에서 지은 시이다.

229 저물녘……들리네 : 원운은 다음과 같다.

옥 같은 이슬에 단풍 숲의 잎도 시들고 　　玉露凋傷楓樹林
무산과 무협엔 기운이 스산하기만 하다 　　巫山巫峽氣蕭森
강의 물결은 하늘까지 닿도록 솟아오르고 　　江間波浪兼天湧
변방의 바람과 구름 땅을 덮어 음산하다 　　塞上風雲接地陰
국화 떨기 두 번 피니 예전에도 눈물 흘렸는데 　　叢菊兩開他日淚
외로운 배 고향을 그리는 마음과 함께 묶여 있구나 　　孤舟一繫故園心
겨울옷 준비에 곳곳에서 가위질 자질을 서두르니 　　寒衣處處催刀尺
백제성 높은 곳에서 저물녘 다듬이소리 바쁘다오 　　白帝城高急暮砧

청명한 가을 이곳에서 중화를 바라보네	淸秋於此望中華
서생은 부질없이 이오의 검231 두드리는데	書生謾擊伊吾劍
사신은 다시 박망의 뗏목에 오르는구나232	使者還乘博望槎
들 나루 구슬픈 바람에 비석이 높고233	風悲野渡高碑碣
관하의 장엄한 달빛에 북소리 고요하네	月壯關河靜鼓笳
가까운 곳에 선공을 모신 사우234가 있으니	隣近先公祠廟在

230 서장대(西將臺) : 남한산성 안에 있는 수어장대(守禦將臺)를 이른다. 178쪽 주 220 참조.

231 이오(伊吾)의 검 : '이오'는 지금의 신강성(新疆省) 합밀현(哈密縣)으로, 여기에서는 변경을 뜻한다. '이오의 검'은 북벌에 참여하여 무공을 세우고 싶다는 말이다.

232 사신은……오르는구나 : '박망(博望)'은 한(漢)나라 때 박망후에 봉작된 장건(張騫)을 이른다. 전설에 따르면 장건은 한 무제(漢武帝)의 명으로 황하의 근원을 찾아 떠난 적이 있는데, 뗏목을 타고 한 달을 가다가 성곽이 관부(官府)와 같은 곳에 이르게 되었다. 그곳에서 베를 짜는 여자와 소를 끌고 강물을 먹이는 남자를 보고 여기가 어디냐고 묻자, 엄군평(嚴君平)에게 물어보라며 '베틀을 괴는 돌〔搘機石〕'을 장건에게 주었다. 장건이 이것을 가지고 돌아와 성도(成都)의 엄군평에게 묻자, 직녀(織女)의 베틀을 괴던 돌로, 예전에 객성(客星)이 견우직녀성을 침범한 적이 있는데 그때가 바로 장건이 은하에 도달했던 때라고 하였다 한다. 여기에서는 왕명을 받고 청나라로 가는 사신 행렬을 이른다. 《茗溪漁隱叢話前集 杜少陵六》

233 들……높고 : 송파구 잠실에 있는 삼전도비(三田渡碑)를 이른다. 원래 이름은 대청황제공덕비(大淸皇帝功德碑)이다. 1637년(인조15) 1월 30일, 인조는 남색 융복(戎服)을 입고 청 태종(淸太宗)의 지휘본부가 있던 삼전도로 가서 삼궤구고례(三跪九叩禮)를 행하고 굴욕적인 항복을 하였는데, 이를 기념하기 위해 청 태종의 요구로 1639년(인조17)에 세워졌다. 청나라가 조선에 출병한 이유, 조선이 항복한 사실, 청 태종이 피해를 끼치지 않고 회군했다는 등의 내용이 기록되어 있다. 앞면은 만주어와 몽골어로, 뒷면은 한자로 되어 있으며, 이경석(李景奭, 1595~1671)이 비문을 짓고 오준(吳竣, 1587~1666)이 글씨를 썼다.

234 선공을 모신 사우(祠宇) : 오현(五賢)을 모신 현절사(顯節祠)를 이른다. 181쪽

백년의 심사를 중양절에 부쳐 제사드리네[235]	百年心事祭黃花

한양의 성곽에 아침 햇살 찬란하니	洛陽城郭麗朝暉
수많은 관원들이 높은 대궐을 향하누나	濟濟仙官拱紫微
가을빛에 누대는 서로 함께 솟아 있고	秋色樓臺相與起
퇴청하는 말은 모두 나는 듯 하도다	朝回鞍馬摠如飛
양홍의 한나라 궁궐 슬픈 노래 울리고[236]	梁鴻漢闕哀歌動
영척의 제나라 수레 평소 뜻에 어긋난다오[237]	甯戚齊車素志違

주225 참조.

235 서장대(西將臺)에……제사드리네 : 원운은 다음과 같다.

기주부 외로운 성에 지는 해 기우는데	蘷府孤城落日斜
매번 북두성에 의지해 장안(長安)을 바라보네	每依北斗望京華
원숭이 울음소리 세 번에 눈물이 떨어지니	聽猿實下三聲淚
엄무(嚴武) 따라 돌아갈 기약 헛된 바램 되었구나	奉使虛隨八月槎
향로 받드는 상서성 직분 병으로 수행하지 못하는데	畫省香爐違伏枕
백제성 성첩에서 구슬픈 피리 소리 희미하게 들리네	山樓粉堞隱悲笳
한 번 보시게 돌 위의 등나무 덩굴 비추던 달빛	請看石上藤蘿月
이미 섬 앞의 억새꽃으로 옮겨가 비추고 있다오	已映洲前蘆荻花

236 양홍(梁鴻)의……울리고 : 동한(東漢) 초기 은자 양홍이 처 맹광(孟光)과 패릉산(霸陵山)에 은거하다가 사람들에게 알려져 찾는 사람들이 많아지자 은거지를 옮기려고 낙양(洛陽)을 지나면서 낙양의 드높은 궁궐과 고생하는 백성들을 보고 탄식하며 불렀다는 〈오희가(五噫歌)〉를 이른다. 모두 다섯 구로 이루어졌는데, 구마다 끝에 모두 '희(噫)' 자가 있어서 이런 이름이 붙었다. 내용은 다음과 같다. "높고 높은 저 북망산을 오르니, 슬프도다! 화려한 제왕의 서울 돌아보니, 슬프도다! 궁실들 하늘 높이 솟았으니, 슬프도다! 백성들 수고롭고 수고로우니, 슬프도다! 궁궐들 아득히 끝도 없으니, 슬프도다![陟彼北芒兮, 噫! 顧覽帝京兮, 噫! 宮室崔嵬兮, 噫! 人之劬勞兮, 噫! 遼遼未央兮, 噫!]"《後漢書 卷113 逸民傳 梁鴻》

늙은 어부와의 귀중한 언약 남아 있으니　　　　珍重漁翁佳約在
갈대꽃은 하얗게 피고 쏘가리는 살졌도다[238]　　蘆花初白鱖魚肥

늙어가며 친한 벗들 바둑알처럼 흩어졌는데　　老大朋親似散碁
지금 산 자와 죽은 자 있어 더욱 슬퍼지누나　　眼前存沒更堪悲
영결한 자태 태반은 황천의 밤중에 막혔고　　英姿半隔丘原夜

---

237 영척(甯戚)의……어긋난다오 : 춘추 시대 위(衛)나라 사람 영척이 미천했을 때
제나라에 들어가 남의 소를 먹이면서 살았는데, 제 환공의 행차를 보게 되자 제 환공(齊
桓公)에게 등용되기를 바라는 뜻에서 쇠뿔을 두드리며 〈백석가(白石歌)〉를 불러 마침
내 등용되었다고 한다. 〈백석가〉는 다음과 같다. "남산은 빛나고, 백석은 깨끗하도다.
태어나 선위하던 요순 시대 못 만나, 짧은 베 홑옷은 정강이만 가릴 뿐이네. 새벽부터
밤중까지 소를 먹이니, 기나긴 밤 지루해라 언제나 아침 올까.〔南山矸, 白石爛. 生不逢
堯與舜禪, 短布單衣適至骭. 從昏飯牛薄夜半, 長夜漫漫何時旦?〕" 여기에서는 영척의
고사가 저자의 평소 은거하려는 뜻과는 다르다는 것을 말한 것이다. 《呂氏春秋 離俗覽
擧難》《藝文類聚 獸部中 牛》

238 한양(漢陽)의……살졌도다 : 원운은 다음과 같다.
일천 가옥 산성에 아침 햇빛이 고요하니　　　　千家山郭靜朝暉
날마다 강가 누대 앉아서 푸른 산 마주하네　　日日江樓坐翠微
이틀 묵은 어부는 도로 배 띄워 고기 잡고　　信宿漁人還汎汎
맑은 가을 제비 새끼는 부러 날아다니누나　　清秋燕子故飛飛
광형처럼 간언 상소 올렸으나 공명은 그만 못하고　　匡衡抗疏功名薄
유향처럼 경전 익혔으나 마음같이 되지 않았네　　劉向傳經心事違
함께 공부했던 소년들 대부분 귀한 신분 되었으니　　同學少年多不賤
장안에서 살며 옷과 말이 절로 가볍고 살졌으리　　五陵衣馬自輕肥
저본 마지막 구의 '궐어비(鱖魚肥)'와 관련하여 당(唐)나라 은자(隱者) 장지화(張志和)
의 〈어부가(漁父歌)〉 칠언절구 5수 중 첫 번째 시에 "서새산 앞에는 백로가 날고, 복사
꽃 떠가는 물에는 쏘가리가 살졌도다.〔西塞山前白鷺飛, 桃花流水鱖魚肥.〕"라는 구절이
있다. 《全唐詩 張志和 漁父歌》

후한 녹봉은 도리어 시골에 있을 때 부끄럽네 　　　　厚祿還慙里巷時

세월이 사람을 놀래키니 단정이 늦어서이고[239] 　　　　日月驚人丹鼎晚

강물이 땅에 가득하니 편지가 더디 오는구나 　　　　江湖滿地素書遲

오직 하나 좋은 건 성 서쪽의 병든 조관이 　　　　獨憐城西病朝士

수레 타고 왕림하여 그리움을 나누는 거라오[240] 　　　　肯枉車騎話相思

우리나라에도 설악산과 풍악산이 있나니 　　　　東韓雪嶽及楓山

중국의 여산[241]과 백중 간임을 알겠도다 　　　　知與匡廬伯仲間

---

239 세월이……늦어서이고 : 단정(丹鼎)이 있었으면 늙지 않았을 터이나 지금 자신의 늙은 모습을 보고 놀란다는 말이다. '단정'은 도가(道家)에서 불로장생하는 단약(丹藥)을 고는 정(鼎)이다.

240 늙어가며……거라오 : 원운은 다음과 같다.

장안의 정국 바둑처럼 변화 많다 하니 　　　　聞道長安似奕碁

백년의 세상사 서글픔을 이길 수 없네 　　　　百年世事不勝悲

왕후의 저택엔 모두가 새로운 주인이요 　　　　王侯第宅皆新主

문무 관원의 의관은 옛 시절과 다르도다 　　　　文武衣冠異昔時

바로 북녘 관산엔 징과 북소리 요란하고 　　　　直北關山金鼓振

서쪽으로 정벌 가는 거마는 격서가 더디네 　　　　征西車馬羽書遲

어룡이 고요하고 가을 강물이 서늘하니 　　　　魚龍寂寞秋江冷

고국에 평소 살던 땅이 못내 그립구나 　　　　故國平居有所思

241 여산(廬山) : 중국 강서성(江西省) 구강시(九江市) 남쪽에 있는 산으로, 광려산(匡廬山)이라고도 한다. 삼면이 강으로 둘러있으며 풍광이 아름답기로 유명하다. 주무왕(周武王) 때 광속(匡俗) 형제 7명이 모두 도술이 있었는데, 이곳에 오두막을 짓고 은거하다가 신선이 되어 떠나고 빈 오두막만 남았다 하여 광려라는 이름이 생겼다고 한다. 여산의 아름다움을 읊은 것으로, 당(唐)나라 이백(李白)의 〈여산의 폭포를 바라보며〔望廬山瀑布〕〉에 "나는 물결이 곧장 삼천 척을 떨어지니, 마치 은하수가 하늘에서 떨어지는 듯.〔飛流直下三千尺, 疑是銀河落九天.〕", 북송(北宋) 소식(蘇軾)의 〈서림의

조화옹이 계획하여 한창 솜씨 부릴 때 造化經營方試手
신선들이 들고 나며 관문으로 삼았다오 神仙出入此爲關
가을이라 침석에서 부질없이 꿈을 깨니 秋來枕席空回夢
세모라 단약인들 어찌 홍안을 잡아두리오 歲暮金丹豈駐顔
술랑[242]이 오래도록 기다려줌이 고마우니 寄謝述郞相待久
훗날 난학 타고 함께 노님을 허락할런지[243] 他時鸞鶴許同班

아무 일 없이 새벽에 일어나 난간에 기대니 無事晨興倚檻頭
시든 갈대 성근 버들 가을이 더욱 깊어가네 敗葭疏柳轉窮秋

벽에 제하다[題西林壁]〉에 "가로로 보면 고개요 옆으로 보면 봉우리, 멀리 가까이 높은
데 낮은 데 보는 곳 따라 다르네. 참으로 여산의 진면목을 알 수 없으니, 단지 내가
이 산 속에 있기 때문이라오.[橫看成嶺側成峰, 遠近高低各不同. 不識廬山眞面目, 只緣
身在此山中.]"라는 구절이 있다. 《太平御覽 卷181 居處部9 廬》

242 술랑(述郞) : 신라 효소왕(孝昭王) 때의 화랑으로, 영랑(永郞)·남랑(南郞)·
안상랑(安詳郞)과 함께 신라의 사선(四仙) 중 한 사람이다. 금강산 일대를 유람하며
심신을 수련하고 도의(道義)를 닦았다고 한다. 삼일포(三日浦)에 유적이 남아 있다.
329쪽 주518 참조.

243 우리나라에도……허락할런지 : 원운은 다음과 같다.
봉래 궁궐이 남산을 마주 대하고 있으니 蓬萊宮闕對南山
이슬 받는 구리 기둥이 하늘을 떠받치누나 承露金莖霄漢間
서쪽으로 요지를 보니 서왕모가 내려오고 西望瑤池降王母
동에서 오는 붉은 기운 함곡관에 가득하다 東來紫氣滿函關
구름이 꿩 꼬리에 옮겨가니 궁선이 열리고 雲移雉尾開宮扇
해가 용의 비늘 감싸니 용안을 알겠도다 日繞龍鱗識聖顔
창강에 누워 해가 저물어 감에 놀라노니 一臥滄江驚歲晚
몇 번을 청쇄문에서 조반을 헤아렸던가 幾迴靑瑣點朝班

안개 낀 물결 한 번 가면 끝내 어디 이를까   煙濤一瀉終何極
구름 속 기러기 떼로 우니 무엇을 시름하나   雲鴈群號彼底愁
빈 섬돌을 내려와 쓰러진 국화 일으키고   却下空陛扶臥菊
모래섬을 지나가니 잠든 갈매기 일어나네   轉過沙渚起眠鷗
문득 생각하노니 봄에 단양의 물 불어나면   忽思春漲丹丘水
가벼운 배 마련하여 협주를 거슬러 오르리라²⁴⁴   料理輕帆泝峽州

올 가을엔 큰 가뭄 들어 농사를 망쳤으니   今秋亢旱失田功
시월에도 농부들이 여전히 들녘에 있도다   十月農夫尙野中
근일에 조정에서 은택을 두루 베푸시니   近日朝廷推德澤
선왕의 백성들 인자한 정사에 감읍하네   先王民庶泣仁風
밭의 채소 이슬 터니 아침 소반이 푸르고   畦蔬拂露朝盤碧
동산의 밤 재에 묻으니 밤 화로가 붉도다   園栗封灰夜銼紅
못난 나도 분수 따라 입에 풀칠을 하니   隨分迂儒糊口足
추운 겨울 생계를 이웃 노인에게 자랑하네²⁴⁵   天寒生事詫隣翁

244 아무……오르리라 : 원운은 다음과 같다.
구당협 입구와 곡강의 머리에   瞿塘峽口曲江頭
만 리의 바람과 안개 가을과 이어졌도다   萬里風煙接素秋
화악 협성에 임금의 기상이 통하더니   花萼夾城通御氣
연꽃 작은 정원이 변경의 시름에 들어오네   芙蓉小苑入邊愁
구슬 발과 수놓은 기둥엔 누런 학이 둘러있고   朱簾繡柱圍黃鵠
비단 밧줄 상아 돛대엔 흰 갈매기 날아오르네   錦纜牙檣起白鷗
슬픈 노래 부르며 춤추던 곳 바라보니   迴首可憐歌舞地
관중은 예로부터 제왕이 살던 고을이라오   秦中自古帝王州
245 올……자랑하네 : 원운은 다음과 같다.

차가운 산 문에 들어와 구불구불 고요하고 　　　寒山入戶靜逶迤
어두운 밤 은하수가 미호[246] 언덕 둘렀도다 　　　玄夜星河繞渼陂
삼주[247]는 물이 줄어드니 어룡의 소굴이요 　　　三洲水落魚龍窟
만 나무는 하늘이 흐리니 새들의 둥지로다 　　　萬木天陰鳥雀枝
사는 집은 우연히 강호의 즐거움에 맞거니와 　　　卜居偶愜江湖樂
늙어가며 유달리 절후가 바뀌어감에 놀란다오 　　　投老偏驚節候移
남아로 태어나 천하의 일 어찌 한이 있으리오 　　　何限男兒天下事
종이창 등불 앞에 양쪽 귀밑머리 드리웠네[248] 　　　紙窓燈火鬢雙垂

곤명 못의 물은 한나라 때의 공이니 　　　昆明池水漢時功
무제의 정기가 눈 안에 들어오누나 　　　武帝旌旗在眼中
직녀의 베틀 실은 달밤에 희부엿고 　　　織女機絲虛夜月
돌고래의 비늘은 가을바람에 움직이네 　　　石鯨鱗甲動秋風
물결에 고미 떠있으니 검은 구름이 잠긴 듯 　　　波漂菰米沈雲黑
이슬이 연꽃에 서늘하니 분홍이 떨어지네 　　　露冷蓮房墜粉紅
관새 하늘 끝자락엔 오직 새 다니는 길뿐 　　　關塞極天唯鳥道
강물 가득한 땅엔 고기 잡는 늙은이로다 　　　江湖滿地一漁翁

246 미호(渼湖) : 경기도 양주(楊州)의 석실서원(石室書院) 부근에 있다.

247 삼주(三洲) : 석실서원 부근에 있는 세 개의 모래톱을 이른다. 1697년(숙종23)에 저자의 증조 김창협(金昌協, 1651~1708)이 지었다는 삼산각(三山閣)이라는 사랑채가 있다.

248 차가운……드리웠네 : 원운은 다음과 같다.

곤오와 어숙 땅 절로 구불구불한데 　　　昆吾御宿自逶迤
자각봉 그늘이 미파호에 들어오네 　　　紫閣峰陰入渼陂
향그런 벼는 앵무새 쪼던 낟알이 남아있고 　　　香稻啄殘鸚鵡粒
푸른 오동은 봉황이 깃들던 가지 늙었도다 　　　碧梧棲老鳳凰枝
고운 사람은 푸른 깃털 주워서 봄에 서로 주고 　　　佳人拾翠春相問
신선 같은 벗은 한 배 타고 저녁에 다시 가네 　　　仙侶同舟晚更移

아름다운 문장으로 예전에 기상을 범했으니   綵筆昔曾干氣象
흰머리로 읊으며 바라보니 매우 낮게 드리웠네   白頭吟望苦低垂

9월에 크게 천둥 벼락이 치고 비가 내리다
九月 大雷電以雨

단곤이야 의당 흠 없으실 터인데[249]	丹袞宜無闕
관상감이 매년 재앙을 고하누나	靑臺每告災
어찌 알았으랴 구월의 달에	那知歲九月
갑자기 천둥 벼락 함께 칠 줄을	忽以電兼雷
옥녀는 어찌하여 그렇게 웃는가[250]	玉女胡然笑
재상들[251]은 감히 재주를 자부하네	阿衡敢自才

---

249 단곤(丹袞)이야……터인데 : '단곤'은 붉은 곤복(袞服)이라는 뜻으로, 왕을 뜻한다. 가을에 천둥 치고 비가 오는 재앙은 하늘이 왕이나 재상의 잘못을 견책하는 것으로 생각하였다. 《서경》〈주서(周書) 금등(金縢)〉에 "가을에 곡식이 무르익어 아직 수확하지 않았는데 하늘이 크게 천둥 번개를 치고 바람을 불게 하니, 벼가 모두 쓰러지고 큰 나무가 뽑히므로 나라 사람들이 크게 두려워하였다.〔秋大熟未穫, 天大雷電以風, 禾盡偃, 大木斯拔, 邦人大恐.〕"라는 내용이 보인다.

250 옥녀(玉女)는……웃는가 : 전설에 따르면 동황산(東荒山)에 사는 동왕공(東王公)이 늘 한 옥녀와 투호(投壺) 놀이를 했는데, 화살이 항아리에 들어가지 않으면 하늘이 웃으며 번개를 쳤다고 한다. 여기에서 유래하여 옥녀투호(玉女投壺)・투호기전(投壺起電)・소전(笑電)・천소(天笑) 등은 모두 비는 오지 않고 천둥 번개만 치는 것을 비유하며, 옥녀는 득세한 소인이나 함께 노는 여자를 가리키게 되었다. 이백(李白)의 〈양보음(梁甫吟)〉에 "내가 용을 타고 밝은 임금 만나려 하였더니, 뇌공이 크게 벼락 치며 하늘을 울리누나. 상제 곁에 투호하는 옥녀들이 많아, 온종일 웃음 터뜨리자 번개가 일어나니, 어둠 속에 번쩍번쩍 비바람이 몰아치네.〔我欲攀龍見明主, 雷公砰訇震天鼓. 帝旁投壺多玉女, 三時大笑開電光, 倏爍晦冥起風雨.〕"라는 구절이 보인다. 《神異經 東荒經》

251 재상들 : 저본의 '아형(阿衡)'은 상(商)나라 때의 사보(師保) 벼슬이었다. 이윤

여러 공들 응당 상소문 초안하여　　　　　　　　諸公應草疏

앉아서 오문252 열리기 기다려야 하리　　　　　　坐待午門開

두 번째
其二

번쩍번쩍 천둥 벼락[253] 도리어 여름인듯	震燁飜疑夏
주룩주룩 비 내리더니 마침내 어두워지네	淋浪遂入昏
벽력같은 소리로 강물이 언덕을 휩쓰니	同聲江捲岸
성난 형세가 범이 집의 담장 엿보는 듯	得勢虎窺垣
베개 만지니 눈물이 없을 수 있으랴	撫枕能無淚
향을 사르니 비로소 정신이 돌아오네	焚香始有魂
위태로운 때 일개 병든 선비일 뿐이니	時危一病士
세상만사는 모두 천지에 맡겨야 하리	萬事信乾坤

---

253 번쩍번쩍 천둥 벼락 : 《시경》〈소아(小雅) 시월지교(十月之交)〉에 "번쩍번쩍 천둥 벼락, 편안하지 못하며 좋지 못하도다.〔燁燁震電, 不寧不令.〕"라는 구절이 보인다.

사의[254]가 찾아왔기에 운을 뽑아 함께 읊다

士毅來訪 拈韻共賦

교외의 집 궁벽함을 싫어하지 않으시니	郊扉不厭僻
아름다운 손을 또한 기쁘게 맞이하네	佳客亦欣迎
손의 말 들어오니 성근 울이 멀어지고	馬入疏籬逈
손이 기대니 작은 난간이 맑아지도다	人憑小檻清
저녁 소반에 산색이 물드는데	晚盤當嶽色
어둑한 촛불에 여울물 소리 들려오네	暝燭入灘聲
박주라지만 머물러 취해야 할지니	薄酒應留醉
시골 벗의 정을 뿌리칠 수 있겠는가	能辭野友情

254 사의(士毅) : 서형수(徐逈修, 1725~1779)이다. 자세한 것은 23쪽 주1 참조.

두 번째
其二

그대 아낌은 졸렬함으로 도를 보존해서니[255]	愛君存拙道
성시에선 전송하고 맞는 일 드물었다오	城市罕將迎
서책을 흩어놓으니 상과 휘장이 좁고	散帙床帷窄
관직 버리니 노복과 말이 한가롭구나	休官僕馬淸
손바닥 뒤집듯 변하는 세태를 바라보니[256]	雲飜看世態
고요한 연못이 뇌성을 간직한 듯 하도다[257]	淵嘿抱雷聲
진솔한 만남이야말로 시골 사는 재미이니	眞率江湖趣
자주 와서 옛 정을 이야기 나누었으면	頻來話舊情

---

255 졸렬함으로 도를 보존해서니 : 두보(杜甫)의 〈병적(屛跡)〉 두 번째 수에 "졸렬함
으로 우리의 도를 보존하노니, 깊은 곳에 거처함에 물정에 가까워지네.〔用拙存吾道,
幽居近物情.〕"라는 구절이 보인다.

256 손바닥……바라보니 : 저본의 '운번(雲飜)'은 당(唐)나라 두보(杜甫)의 〈빈교행
(貧交行)〉에 "손을 뒤집어 구름 짓고 손을 엎어 비 내리니, 분분히 경박한 세태 어찌
따질 것 있으랴.〔翻手作雲覆手雨, 紛紛輕薄何須數?〕"라는 구절에서 유래하여, 인정세
태가 반복무상(反覆無常)한 것을 비유한다.

257 고요한……하도다 : 《장자(莊子)》〈재유(在宥)〉에 "시동처럼 가만히 있다가 용
처럼 나타나며, 못처럼 고요히 있다가 우레처럼 큰 소리를 낸다.〔尸居而龍見, 淵默而雷
聲.〕"라는 내용이 보인다.

세 번째
其三

문 닫고 사흘 밤을 이야기 하니	閉戶三宵話
문에는 맞이한 손 한 사람 없었네	門無一客迎
정담은 아련[258]과 함께 한 듯 즐겁고	談並阿連劇
시는 노두[259]를 이은 듯 맑고 맑도다	詩賡老杜淸
급히 돌리는 술잔에 달빛을 삼키고	急觴吞月魄
터지는 웃음소리에 강물 소리 흩어지네	哄笑破江聲
내일 아침이면 이별할 것 두려우니	秖恐明朝別
남은 밤에 심정을 가누기 어려워라	難爲後夜情

---

258 아련(阿連) : 남조(南朝) 송(宋)나라의 시인 사영운(謝靈運, 385~433)의 종제(從弟) 사혜련(謝惠連, 407~433)을 이른다. 사영운과 사혜련·하장유(何長瑜)·순옹(荀雍)·양준지(羊璿之)가 늘 함께 어울리며 문장을 품평하고 명산대천을 유람하였기 때문에 당시에 사우(四友)라고 칭하였다.

259 노두(老杜) : 당(唐)나라의 시인 두목(杜牧)을 소두(小杜)라고 부르는 것에 상대하여 두보(杜甫)를 이른다.

엄현[260]의 객점에서

崦峴店舍

푸른 산이 마치 옷깃을 여민 듯한데	靑山如斂衽
울창한 숲속 연기가 몇 집에서 피어나네	蒙密數家煙
낡은 지붕 아래엔 서리 맞은 박 있고	老屋霜匏下
낮은 울타리 앞으로 논이 펼쳐져 있네	矮籬水稻前
손님을 맞이하여 바쁘게 자리 펴더니	迎人忙展席
말을 먹이면서 한사코 돈을 사양하네	秣馬苦辭錢
단지 농사만 언제나 풍년 든다면	但使年常熟
백성의 풍속 본래 이것이 자연스럽네	民風本自然

---

260 엄현(崦峴) : 경기도 광주(廣州)에 있는 고개 이름이다. 고지도에는 '엄현(奄峴)'
으로 되어 있다.

즉흥으로 읊다

卽事

높다란 누대에서 저녁 내내 바라보니	危樓通夕望
모래섬이 저 멀리 아득히 푸르도다	洲渚逈蒼蒼
먼 성첩에는 나는 노을이 붉고	遠堞飛霞赤
높다란 돛엔 지는 해가 누렇도다	高帆落日黃
친한 벗 멀리 있어 그리워하노니	有懷親友遠
병이 많아 벗들 편지 황량하구나	多病舊書荒
조용히 앉았노라니 들려오는 나무꾼 노래	暝坐樵謳度
멀리서 〈벌목〉²⁶¹장으로 화답을 하노라	遙和伐木章

---

261 벌목(伐木): 《시경》〈소아(小雅)〉의 편명이다. 시 가운데 "쩡쩡 나무를 찍거늘 앵앵히 새가 울도다. 우는 새가 그윽한 골에서 나와 높은 나무로 옮겨가누나. 앵앵히 옮이여, 벗을 찾는 소리로다. 저 새를 보아도 벗 찾는 소리를 내니, 하물며 사람이 벗을 찾지 않겠는가.〔伐木丁丁, 鳥鳴嚶嚶. 出自幽谷, 遷于喬木. 嚶其鳴矣, 求其友聲. 相彼鳥矣, 猶求友聲. 矧伊人矣, 不求友生?〕"라는 구절이 보인다. 주희(朱熹)의 주에 따르면 이 구절은 새가 벗을 찾는 것을 말하여 사람도 벗이 없어서는 안 됨을 비유한 것이다.

눈이 내리다

雪

처량도 하여라 초겨울의 이 시간	慘慄初冬候
숲의 바람소리 밤낮으로 들려오네	林風日夜聞
온 하늘에 처음으로 눈이 내리니	一天初下雪
만 골짝이 다 한 색의 먹구름이로다[262]	萬壑盡同雲
강물이 모여 푸른 운무로 변했으니	漲合蒼煙化
맑은 달빛이 푸른 물에 분명하도다	空明碧水分
차가운 매화가지 들고서 방에 들어와	寒梅携入戶
술 마시노라니 은은히 취기가 올라오네	小酌發微醺

---

262 한 색의 먹구름이로다 : 저본의 '동운(同雲)'은 눈이 내리려고 할 때 구름이 한 가지 색이 된다는 뜻으로, 여기에서는 눈이 내림을 이른다. 《시경》 〈소아(小雅) 신남산 (信南山)〉에 "하늘이 한 색으로 먹구름 끼더니, 함박눈이 펄펄 내리도다.〔上天同雲, 雨雪雰雰.〕"라는 구절이 보인다.

두 번째

其二

높다란 누각에서 풍광을 바라보고	高閣臨風色
호쾌히 읊으며 술 단지에 기대노라	豪吟倚酒缸
산산이 부서진 구름 큰 들에 낮게 깔리고	崩雲低大野
분분히 내리는 눈 긴 강에 떨어지누나	繁雪落長江
추위는 매화가 핀 방으로 들어오고	寒入藏梅室
명월은 《주역》 보는 창으로 넘어가네	明歸點易窓
아침이 와 유숙한 나그네 전송한 뒤엔	朝來送宿客
온 종일 발자국 소리 들리지 않으리라	盡日不聞跫

벗들을 그리며 3수

有懷諸友 三首

내가 신선 홍애자[263]를 사랑하노니	吾愛洪厓子
시끄러운 속세 누항에 누워있다오[264]	囂塵臥巷深
서책 빌려 서가엔 서책이 늘 가득하고	借書常滿架
나그네 머물러 두어 이불을 함께 하네	留客共分衾
시대를 근심하는 말 격절하였고	激切憂時語
벗을 향한 마음 참된 정성이라오	眞誠向友心
오랜 고질병에 약효가 없으니	沈痾藥效未
사흘간 소식도 전하지 못하누나	三日不通音

이상은 홍백능(洪伯能)[265]에게 부치다

추운 날 병든 아우에게 묻노니	天寒問病弟
잠자리며 음식은 요즈음 어떠한가	眠食近如何

---

263 홍애자(洪厓子) : 신선의 이름으로, 홍애(洪崖)라고도 한다. 여기에서는 홍낙순(洪樂舜)을 비유한 것이다.

264 누항(陋巷)에 누워있다오 : 안빈낙도(安貧樂道)를 이른다. 《논어》〈옹야(雍也)〉에 "어질다, 안회(顏回)여! 한 그릇의 밥과 한 표주박의 음료로 누추한 시골에 있는 것을 다른 사람들은 그 근심을 견뎌내지 못하는데, 안회는 그 즐거움을 변치 않으니, 어질다, 안회여![賢哉回也! 一簞食, 一瓢飲, 在陋巷, 人不堪其憂, 回也不改其樂. 賢哉回也!]"라는 내용이 보인다.

265 홍백능(洪伯能) : 홍낙순(洪樂舜, 1732~1795)으로, '백능'은 자이다. 144쪽 주165 참조.

이웃하는 벗 중 자주 찾는 이 누구인가	隣友誰頻見
책상의 서책 응당 홀로 읊조리리라	床書應獨哦
문 닫고 병 요양을 잘 마칠지니	杜門終養疾
약 복용은 화기를 상하기 쉽다오[266]	服藥易傷和
부디 한 번 말을 타고 이곳에 와서	努力跨鞍馬
따뜻한 날 강가 서재 들러주시길	江軒暖日過

이상은 이존오(李存吾)[267]에게 부치다

늦가을이라 우리 윤부자께서	杪秋尹夫子
나를 불러 그 집에서 취하게 하시네	呼我醉其家
주필 평점 세 과장[268]의 초고가 있고	朱筆三場草
질항아리엔 몇 송이 꽃이 피었도다	陶盆數朵花
곤궁해도 마음은 홀로 씩씩하고	蹭蹬心獨壯
진실 되어 그 말에 꾸밈이 없네	悃愊語無華
멀리 사랑하노니 태학의 새벽에	遙憐泮水曉
아득했던 눈과 구름 기억나네	相憶雪雲賒

---

266 약……쉽다오 : 《주역》〈무망괘(无妄卦) 구오(九五)〉에 "잘못한 일이 없이 생긴 병은 약을 쓰지 않으면 기쁜 일이 있을 것이다.〔无妄之疾, 勿藥有喜.〕"라는 내용이 보인다. 잘못한 일이 없이 생긴 병은 약석(藥石)으로 다스리면 오히려 정기(正氣)를 해치기 때문에 약을 쓰지 않아야 병이 저절로 없어진다는 말이다.

267 이존오(李存吾) : '존오'는 김이헌(金履獻, 1725~1760)의 자로, 초명은 이순(履順)이다. 저자의 아버지 김원행(金元行, 1702~1772)의 생부 김제겸(金濟謙, 1680~1722)의 차남인 김준행(金峻行, 1701~1743)의 차남으로, 저자와는 사촌 사이이다.

268 세 과장 : 저본의 '삼장(三場)'은 초시(初試)·복시(覆試)·전시(殿試)를 이른다.

이상은 체건(體健)²⁶⁹ 윤면승(尹勉升)에게 부치다

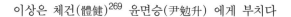

269 체건(體健) : 윤면승(尹勉升, 1720~?)의 자로, 또 다른 자는 순지(順之)이며,
본관은 파평(坡平)이다. 1759년(영조35) 사마시에 합격하였고, 1768년(영조44) 문과
에 급제하였다. 승정원 승지, 사간원 대사간, 예조 참의 등을 역임하였다.

감회가 있어

有感

가을이라 구름은 한결같이 성해지고	秋陰一以盛
정원의 아름다운 나무는 다 말랐도다	滌滌嘉木園
나무의 진기가 뿌리로 돌아가 길러주니	榮華滋其根
천지자연의 덕은 샘의 근원에 있다오	盛德在泉源
거두고 기름을 두텁게 하지 않는다면	不有斂養厚
무성하게 싹 트고 자람을 어찌 이루리오	奚致發育繁
그대는 방 안의 매화를 한 번 보라	君看閤中梅
봄이 올 때까지 더는 꽃피우지 않는다오	春至不再芬
그래서 군자의 덕을 가진 이들	所以君子德
처세는 마치 어리석은 것 같다오	處世若愚昏
그러나 시대 만나 한 번 날아오르면	逢時一奮飛
그 사업 천지를 밝게 비춘다오	事業照乾坤

두 번째

其二

새벽에 일어나 옷을 끌어 쥐고	晨興攬余衣
저 공활한 하늘을 올려 보노라	仰視天宇廓
뭇 별들이 어찌 빛이 나겠는가	衆星何睒睒
태백성[270]이 광망으로 가득하니	太白盛芒角
오호라, 너 태백성아	吁嗟爾太白
짝 없이 혼자서 가는구나	無伴獨自行
부디 그 광채를 아껴서	努力愛光輝
어두운 이 하토 불쌍히 여겨주길[271]	哀此下土冥
하늘이 높아 나의 소리 듣지 못하니	天高莫余聽
세 번 탄식에 눈물이 갓끈을 적시네	三歎涕沾纓

---

270 태백성(太白星) : 저녁에 서쪽에 뜨는 금성(金星)으로 장경성(長庚星)이라고도 하며, 또 새벽에는 동쪽에서 나온다고 하여 계명성(啓明星)이라고도 한다. 방위는 서방을 주관하며, 사계 중에 가을을, 오행 중에 금(金)을, 오상(五常) 중에 의(義)를, 오사(五事) 중에 언(言)을 상징한다. 옛날에는 태백성이 살벌(殺伐)을 주관한다고 생각하였기 때문에 군대나 전쟁을 비유하는 경우가 많다. 《전한서》에 "태백성이 낮에 하늘을 지나가면 천하에 혁명이 일어나서 백성이 왕을 바꾼다. 이에 강기(綱紀)가 어지럽게 되고 백성들이 흩어져 유랑한다.〔太白經天, 天下革, 民更王. 是爲亂紀, 人民流亡.〕"라는 내용이 보인다. 《前漢書 卷26 天文志》

271 부디……여겨주길 : 태백성이 낮에 나타나면 전란이 일어난다고 하여 이를 재앙으로 여겼기 때문에 낮에 나타나지 말아달라는 말이다.

세 번째
其三

날 저무니 스산한 바람도 잦아들고	日暮凄風定
강의 물은 푸른색이 한창 어려있네	江水正凝綠
참으로 알겠도다 한 겨울 닥쳐와서	深知大冬逼
밤낮으로 두껍게 얼어 천지가 폐색됨을	日夜玄氷塞
너 용궁이여 추워질 것 애처롭구나	哀爾水府寒
교룡과 이무기는 어디에 의탁할고	蛟螭焉所托
문을 나갔다 어부를 만났는데	出門逢漁父
예리한 도끼가 손에 들려 있었네	利斧携在握
이것으로 장차 빛나는 잉어를 찍어서	行將斫文鯉
피가 낭자한 것을 불에 굽고 지지리라	狼藉充炮炙
하늘의 뜻은 본래 똑같이 사랑하거늘	天意本同仁
네가 그 뜻 거슬리는 것은 아닌지	無乃爾忤逆

네 번째
其四

내가 사랑함은 차가운 매화나무가	吾愛寒梅樹
한 겨울에 청고한 향기를 뿜는 것	凌冬發孤芳
된서리가 내리던 시월 어느 날	嚴霜十月中
들어다가 내 방으로 들여왔네	採取入我房
질그릇 화분에 좋은 물을 주니	陶盆灌華液
질화로에 맑은 향기 퍼지누나	土爐扇清香
참으로 정성껏 아끼고 보호했건만	護惜良已勤
꽃 소식은 어찌 그리 내내 적막한지	花心一寥落
첫 추위가 주렴 안으로 들어오니	初寒入簾帷
묵묵히 흰 봉오리 맺혀있을 뿐이네	脉脉封素萼
많은 기대에 보답은 이미 적지만	望厚報已眇
모습 꾸미면 실로 참 모습 아니라오[272]	貌冶實非眞
복사꽃 오야 꽃에 비웃음 당하리니	行被桃李笑
베어서 땔나무로 씀만 못하다 하리[273]	不如斫爲薪

---

272 모습……아니라오 : 《주역》〈계사전 상(繫辭傳上)〉에 "보관을 허술하게 하는 것이 도적을 가르치는 것이며, 모양을 치장하는 것이 간음을 가르치는 것이다.〔慢藏誨盜, 冶容誨淫.〕"라는 내용이 보인다.

273 복사꽃……하리 : 저본의 '도리(桃李)'는 《시경》〈소남(召南) 하피농의(何彼襛矣)〉에 "어쩌면 저리도 성한가? 꽃이 도리와 같도다.〔何彼襛矣? 華如桃李.〕"라는 구절에서 유래하여 모습이 아름다운 것을 이른다. 당(唐)나라 왕적(王績)의 〈춘계문답 2수

〈春桂問答二首〉에 "봄 계수나무에 물었네. 도리는 한창 피어 봄볕 속에 곳마다 가득한데, 어찌하여 혼자서만 꽃을 피우지 않는가?〔問春桂, 桃李正芬華, 年光隨處滿, 何事獨無花?〕", "봄 계수나무가 대답했네. 봄꽃이 어찌 오래갈 수 있겠는가. 바람과 서리 맞아 떨어질 때 나 홀로 피는 것을 그대는 아는가?〔春桂答, 春華詎能久? 風霜搖落時, 獨秀君知不?〕"라는 내용이 보인다.

남산을 유람하다

遊南山

천천히 가을 빛 따라가노라니	步屧隨秋色
시내 길 험한 줄을 모르겠네	不知磵路深
날 듯한 누대는 절벽에 우뚝하고	飛樓聳絶壁
돌다리는 높은 숲에 통해 있네	石梁通喬林
해가 기우니 붉은 잎 선명한데	日斜赤葉明
무성한 단풍나무 어여쁘기도 하다	愛此楓樹陰
만난 이들 뜻을 같이하는 벗들이니	邂逅卽同志
기쁘게도 좋은 경치 함께 찾아왔네	幽事欣共尋
난간에 기대 외로이 휘파람 부는데	憑欄孤嘯發
흰 구름이 먼 산머리에 어렸도다	白雲凝遠岑
스산한 바람 홀연히 마구 불더니	悽飇忽橫集
수석이 격렬하게 맑은 소리 내누나	水石激淸音
내 마음 여기에 감동하는 바 있어	余情有所觸
옷깃 여미고 한참을 고요히 앉았네	悄坐久整襟
그 누가 절경이 아니라고 말하랴	誰云非絶境
우선 산중의 마음을 얻었도다	且得丘中心

이공보 양천 에 대한 만사[274]

李功甫 亮天 挽

유배로 세상에 내려와 별자리에 응하니[275]	謫降應星宿
태어나면서부터 속세의 기운 아니었다오	生來不世气
심간은 원래부터 흰 눈처럼 고결하였고	心肝元玉雪
골수는 그야말로 삼황의 후예[276]였다오	骨髓是皇墳

274 이공보(李功甫)에 대한 만사(挽詞) : 이 시는 1755년(영조31) 저자 나이 34세에 지은 것으로 추정된다. '공보'는 이양천(李亮天, 1716~1755)의 자이다. 본관은 전주(全州), 호는 영목당(榮木堂)이다. 저자의 장인 이찬화(李贊華)의 형인 이계화(李繼華)의 둘째 아들로, 저자보다 6세 위이다. 1749년(영조25) 문과에 급제하였다. 사간원 정언(司諫院正言), 홍문관 부수찬(弘文館副修撰), 세손강서원 우찬독(世孫講書院右贊讀), 세자시강원 필선(世子侍講院弼善), 사간원 헌납(司諫院獻納) 등을 역임하였다. 1752년(영조28) 영조의 노기로 관료들을 사방으로 찬배한 것에 대해 상소를 올렸다 하여 흑산도에 유배되었다가 이듬해 6월 육지로 옮겨졌으며, 1755년(영조31)에 해배(解配)되어 다시 세자시강원 필선에 제수되었다. 《승정원일기》에 따르면 1755년 9월에서 11월 사이에 벼슬을 그만둔 상태에서 향년 40세로 별세하였다. 《承政院日記 英祖 31年 8月 30日, 英祖 31年 11月 10日》

275 유배로……응하니 : 신선이 천계(天界)에서 죄를 얻어 인간 세상에 내려왔다는 뜻으로, 여기에서는 재능과 학식이 뛰어난 이양천을 신선에 비유한 것이다. 당(唐)나라의 시인 하지장(賀知章)이 이백(李白)의 〈촉도난(蜀道難)〉을 보고 이백을 '적선(謫仙)'으로 지칭하기도 하였다. '별자리에 응한다'는 것은 고대에 점성가들이 사람은 모두 상응하는 하늘의 별이 있어 사람이 죽으면 그에 상응하는 별도 떨어진다고 본 것을 이른다.

276 삼황(三皇)의 후예 : 저본의 '황분(皇墳)'은 삼황의 분서(墳書)라는 뜻으로, 복희(伏羲)·신농(神農)·황제(黃帝) 시대의 전적을 말한다. 여기에서는 이양천이 조선

학사란 글자는 명정에 쓰인 글자요[277]　　　　　學士旌前字

친한 벗들 상자엔 글이 남아 있다오　　　　　親朋篋裏文

이 모두가 유희의 자취가 되버렸으니　　　　　摠爲游戲跡

훌훌 털고서 인간 세상 작별하였도다　　　　　超灑謝人群

왕과 본관이 같은 왕족임을 이른다.

277　학사(學士)란……글자요 : '학사'는 이양천이 홍문관 부수찬(弘文館副修撰)의
관직을 지냈기 때문에 중국 한림원 학사(翰林院學士)에 비유한 것이다. '명정(銘旌)'은
대렴(大斂)을 한 뒤에 사자(死者)의 관직과 성명을 붉은 비단에 적어 대나무 깃대에
매달아서 영구 앞에 세워두는 깃발을 이른다. 장례 때 깃발 부분만 떼어서 널 위에
덮는다. 왕은 9척 비단에 '대행왕재궁(大行王梓宮)'이라 쓰고, 품관(品官)은 4품 이상
은 8척, 5품 이하는 7척 비단에 '모관모공지구(某官某公之柩)'라고 쓴다. 《國朝五禮儀
卷8 凶禮 大夫士庶人喪 銘旌》《國朝五禮儀序例 卷5 凶禮 斂殯圖說 銘旌》

두 번째
其二

세상 벼슬 경박한 이들이 얻었으니	供世佻兒得
몸가짐을 정숙한 아가씨처럼 했다오	持身靜女爲
빈 배임에도 도리어 노여움을 만났으니[278]	虛舟還遇怒
밝은 달이 어찌 알아주기를 바랐으랴	明月豈沽知
생전의 교제는 고관대작[279]들 끊겼고	交際朱輪絶
평소의 읊조림은 서책만이 따랐다오	呻吟素竹隨
예로부터 덕망 높은 이들 보면	古來觀長者
비방 당한 이치가 이와 같았다오	居謗理如斯

---

278 빈……만났으니 : 잘못이 없었던 이양천이 상소로 인해 흑산도로 유배된 것을 이른다. 이와 관련하여 《장자(莊子)》〈산목(山木)〉에 "배를 나란히 하여 하수를 건널 때 다른 빈 배가 와서 나의 배에 부딪치면 아무리 속 좁은 사람이라 할지라도 성을 내지 않는다.〔方舟而濟於河, 有虛船來觸舟, 雖有惼心之人, 不怒.〕"라는 내용이 보인다.

279 고관대작 : 저본의 '주륜(朱輪)'은 바퀴에 붉은 칠을 한 수레라는 뜻으로, 옛날에 왕후(王侯)나 고관(高官)이 탔기 때문에 고관대작을 비유하게 되었다.

세 번째
其三

높은 벼슬[280] 오는 것을 더럽힐 듯 여겼고[281]	緋玉來如浼
우레 같은 위엄으로 눌러도 더욱 강직했다오[282]	勻雷壓愈伸
얼굴엔 응당 고기 먹은 기색 없을 것이나	面應無食肉
충심은 이미 일신을 생각하지 않았다오	忠已不謀身
흑수에서 해배되어 제수의 명 새로웠으니[283]	黑水新經出

---

280 높은 벼슬 : 저본의 '비옥(緋玉)'은 비단옷과 옥관자(玉貫子)라는 뜻으로, 당상관의 관복을 말한다.

281 더럽힐 듯 여겼고 : 《맹자》〈공손추 상(公孫丑上)〉에 "백이(伯夷)는 악을 미워하는 마음을 미루어서, 시골 사람과 함께 서 있을 때 그 사람의 관(冠)이 바르지 않으면 뒤도 안 돌아보고 떠나서 마치 자기까지 더럽혀질 것처럼 여겼다.〔推惡惡之心, 思與鄕人立, 其冠不正, 望望然去之, 若將浼焉.〕"라는 내용이 보인다.

282 우레……강직했다오 : 저본의 '균뢰(勻雷)'는 천제(天帝)가 산다는 균천(鈞天)과 우레라는 뜻으로, 임금의 위엄을 뜻한다. 이 구절은 아무리 높은 위세로 눌러도 자신의 소신을 꿋꿋하게 지킨다는 뜻으로, 여기에서는 이양천이 영조의 노여움을 무릅쓰고 상소를 올렸다가 흑산도로 유배된 것을 이른다.《한서(漢書)》권51〈가산전(賈山傳)〉에 "벼락이 치는 곳에 꺾이지 않은 것이 없고, 만 균이 누르는 곳에 부서지지 않는 것이 없다.〔雷霆之所擊, 無不摧折者 ; 萬鈞之所壓, 無不糜滅者.〕"라는 내용이 보인다.

283 흑수(黑水)에서……새로웠으니 : '흑수'는 흑산도를 이른다. 송원(宋元) 이래로 중국에서는 우리나라의 황해를 물 색깔에 따라 황수양(黃水洋)·백수양(白水洋)·흑수양(黑水洋)으로 구분하여 불렀는데, 흑산도 부근은 수심이 깊어 물 색깔이 검은색을 띠기 때문에 흑수양이라고 불렀다. 여기에서는 이양천이 상소를 올렸다가 영조의 노여움을 사 흑산도에 유배 되었다가 3년 만에 다시 세자시강원 필선(世子侍講院弼善)에 제수된 것을 이른다.《宣和奉使高麗圖經 卷34 海道1 黑水洋》

조정에서 진언했던 자취 오래 되었도다   丹霄舊跡陳
시대를 슬퍼함은 오히려 성정이었으니   傷時猶性氣
친한 벗들 눈물 흘리는 공을 보았다오   密友見沾巾

네 번째
其四

옛날 종유하던 일 아직도 또렷한데	歷歷從遊舊
글 짓던 곳엔 세월만 깊어 가누나	文園歲月深
봄날의 서암에선 함께 유람하였고	西巖春試屐
비오는 남곽에선 이불을 같이 했다오	南郭雨連衾
도가 졸렬하니 어찌 궁달을 논하리오	道拙何窮達
마음은 유장하여 고금을 다 통했다오	心長極古今
회포를 논함에 백씨[284]가 살아계시지만	論懷阿伯在
망금[285]의 슬픔을 위로할 겨를이 없네	無暇慰亡琴

---

284 백씨(伯氏) : 이양천의 형 이보천(李輔天)을 이른다.

285 망금(亡琴) : 진(晉)나라 왕헌지(王獻之)가 죽자 형 황휘지(王徽之)가 왕헌지의
금(琴)을 가져다 연주하였는데, 한참을 연주해도 소리가 조화를 이루지 못하자 "아아,
자경아, 사람과 금이 모두 사라졌구나.〔嗚呼子敬, 人琴俱亡.〕"라고 탄식했다고 한 데서
유래하여, 죽은 아우를 애도하는 것을 이른다. '자경(子敬)'은 왕헌지의 자(字)이다.
《晉書 卷80 王羲之列傳 徽之》

김중우[286] 상익 댁의 작은 모임에서 '추' 자를 얻다

金仲佑 相翊 宅小集 得秋字

고요한 선비 금과 서책 있는 곳	靜士琴書地
글 읽던 원림엔 비가 가을을 전송하네	林園雨送秋
하늘의 운행은 언제나 빠르기만 하니	天時一以驟
우리 벗들 서로 자주 찾을 수 있으랴	我輩數相求
술자리에선 일 년 넘은 이별을 애석해하고	酒惜踰年別
눈 내리도록 꽃이 남아있음을 어여삐 여기네	花憐抵雪留
말 타고 돌아갈 때 촛불을 잡아야 할지니	歸鞍應秉燭
해가 떨어진다고 근심스레 말하지 마오	落日未言愁

---

286 김중우(金仲佑) : 김상익(金相翊, 1721~1781)으로, '중우'는 자이다. 본관은 광산(光山)이다. 저자의 아버지 김원행(金元行)의 문인으로, 저자보다 한 살 많다. 1759년(영조35)에 급제하였다. 1765년(영조41) 윤2월 2일에 아들 김두성(金斗性)이 정조의 친누이인 청연군주(淸衍郡主)와 혼인하여 척신이 되었다. 이후 사헌부·홍문관의 청요직(淸要職)을 두루 거쳐 1763년에는 통신사(通信使)의 종사관에 발탁되어 정사(正使) 조엄(趙曮)을 따라 일본에 다녀왔으며, 곧 당상관에 올라 대사성·부제학·도승지 등을 역임하였다. 1777년(정조1) 4월 16일에 홍인한(洪麟漢)·정후겸(鄭厚謙) 등의 역모에 가담하였다 하여 전남 지도(智島)에 유배되어 그곳에서 죽었다. 김상익의 사촌인 김상정(金相定, 1727~1788)이 이때 지은 오언율시가 《석당유고(石堂遺稿)》 권5에 〈가을날 청야장·송오이·김정례 이안과 순자의 남쪽 정원에 모여 '추' 자를 얻다〔秋日同靑墅丈宋五以金正禮履安會舜咨南園得秋字〕〉라는 제목으로 실려 있어 모인 사람들을 대략 알 수 있다. '청야장'은 김광태(金光泰, 1702~1760)이며, '오이'는 송환성(宋煥星, 1722~?)의 자, '순자'는 김상익의 친동생인 김상악(金相岳, 1724~1815)의 자이다.

이 침랑 경갑 이 고기 잡는 모임을 만들고 시를 지어서 화답을 요구하다[287]

李寢郎 慶甲 作打魚之會 有詩索和

맑은 유람 다시 있단 말 들었으니	聞說淸遊再
벼슬살이 가벼이 여김 훌륭하도다	多君宦累輕
읊은 시는 들의 정취가 물씬 풍겨나고	詩篇渾野趣
술잔의 술은 벗과의 정을 지극히 하누나	樽酒極朋情
못가에 아직 오지 않은 벗이 있으니	未枉池邊騎
부질없이 골의 꾀꼬리 시름겹게 하네[288]	空愁谷裏鸎
〈양춘〉[289]에 가까스로 화답하지만	陽春雖强和

---

287 이 침랑(李寢郎)이……요구하다 : 이 시는 저자가 24세 되던 1755년(영조31)에 지은 것으로 추정된다. '침랑'은 종묘·능·원(園)의 영(令)과 참봉(參奉)으로, 여기에서는 이경갑(李慶甲, 1701~?)을 이른다. 이경갑은 자는 선원(善元)으로, 저자의 아우 김이직(金履直)의 장인이다. 1727년(영조3) 진사시에 합격하여 1753년 4월 28일 종9품 건원릉 참봉(健元陵參奉)에 제수되었으며, 1755년 7월 11일에는 종8품 의영 봉사(義盈奉事)에 제수되었다. 《承政院日記 英祖 29年 4月 28日, 31年 7月 11日》

288 부질없이……하네 : '꾀꼬리'는 저자 자신을 비유한 것으로, 이 구절은 친구 중에 한 사람이 아직 말을 타고 오지 않은 것이 시름겹다는 말이다. 《시경》〈벌목(伐木)〉에 "꾀꿀꾀꿀 우는 소리, 그 벗을 찾는 소리로다. 저 새를 보아도 오히려 벗을 찾는 소리를 하는데, 하물며 사람이 벗을 찾지 않는단 말인가?〔嚶其鳴矣, 求其友聲. 相彼鳥矣, 猶求友聲, 矧伊人矣, 不求友生?〕"라는 내용이 보인다.

289 양춘(陽春) : 전국시대 초(楚)나라의 가곡 이름으로, 민간의 통속적인 가곡인 〈하리(下里)〉와 짝하여 고아한 가곡을 이른다. 송옥(宋玉)의 〈대초왕문(對楚王問)〉에 "서울에서 노래하는 나그네가 먼저 〈하리〉와 〈파인〉을 노래했을 때는 국중에서 이에

고아한 시에 맞추기 끝내 어렵다오   調古竟難成

화답하는 자가 수천 명이었는데, 〈양아〉와 〈해로〉를 노래하자 화답하는 사람이 수백 명으로 줄었고, 〈양춘〉과 〈백설〉을 노래하자 화답하는 자가 수십 명에 불과했다.〔客有 歌於郢中者, 其始曰《下里》、《巴人》, 國中屬而和者數千人; 其爲《陽阿》、《薤露》, 國中 屬而和者數百人; 其爲《陽春》、《白雪》, 國中屬而和者不過數十人.〕"라는 내용이 보인 다. 여기에서는 이경갑의 격조 높은 시를 이른다. 《文選 對問 卷45 對楚王問 宋玉》

김 무관[290] 필공 과 의릉[291] 못가에서 노닐다

與金弁 必恭 遊懿陵池上

가는 길 내내 어여쁜 꾀꼬리 소리	一路嬌鸎並
산길 가며 푸른 가지에 고개 숙이네	山行俛翠柯
지팡이 옮겨가며 푸른 산을 돌고	移筇廻碧嶂
잠시 쉬며 드넓은 물결 바라보네	息屨面洪波
벼랑의 버들 바람 부니 오래 하늘거리고	岸柳風牽久
모래섬의 꽃 비온 뒤 물에 많이 떠있네	洲花雨泛多
시대가 청명하여 장사들 한가로우니	時淸閒壯士
한가로이 다 같이 길게 읊조린다오	蕭散共長哦

---

290 김 무관〔金弁〕: 자세하지 않다.

291 의릉(懿陵): 경종(景宗)과 계비 선의왕후(宣懿王后) 어씨(魚氏)의 능으로, 양주(楊州)에 있다. 지금은 서울시 성북구 석관동(石串洞)으로 행정명이 바뀌었다.

석실서원[292] 연구
石室書院聯句

푸른 강 구비에 아름다운 모습	有美滄江曲
우뚝한 유궁[293]이 장엄하구나 _정례(正禮)	儒宮特壯夸
두 고을[294]의 경계가 맞닿은 이곳에	二州連壤界
세 봉우리가 하늘 끝에서 떨어졌네 _사의(士毅)	三峀落天涯
크고 넓으니 내와 들 광활하고	軒豁川原曠
높고 깊으니 토목공사 호사로웠네 _정례	崇深土木奢
눈 안에는 뛰어난 경치 넉넉하고	眼中饒勝槩
세상 밖이라 속세의 번잡함 끊겼도다 _사의	世外絶塵譁
주렴에는 남한산성이 한강에 높고	簾箔城浮漢
뜰에는 물이 파곶으로 흘러가네 _정례	堦庭水迸巴
배는 남과 북으로 모두 통하고	船通南與北
객은 멀리서 가까이서 모여드네 _사의	客湊近兼遐
우리나라와 중국에서 사당을 존숭하니	夷夏尊祠廟
봄가을로 올리는 제물[295] 정결하도다 _정례	春秋潔荔芭

---

292 석실서원(石室書院) : 122쪽 주138 참조.

293 유궁(儒宮) : 학교라는 뜻으로, 여기에서는 석실서원을 가리킨다.

294 두 고을 : 경기도 광주(廣州)와 양주(楊州)를 이른다.

295 제물(祭物) : 저본의 '여파(荔芭)'는 여지와 파초라는 뜻으로, 여기에서는 제사에 올리는 음식을 이른다. 한유(韓愈)의 〈유주나지묘비(柳州羅池廟碑)〉에 "여지는 붉고 파초는 누르니, 안주와 채소들 분분히 후의 당에 올리노라.[荔子丹兮蕉黃, 雜肴蔬兮進

사람의 명성은 이미 아득하지만 　　　　　　　　風聲人已邈

선비의 예모는 여전히 아름답다오 _사의 　　　禮貌士猶嘉

글 읽는 소리²⁹⁶ 오랫동안 가득하고 　　　　絃誦長時滿

찾아오는 선비들 해마다 더욱 많다오 _정례 　衿紳逐歲加

지난 겨울 일찍이 책을 지고 왔으니 　　　　經冬曾負笈

익숙한 길에 어찌 수레가 필요하리오 _사의 　慣路豈須車

거침없이 눈과 얼음 헤치고 와서 　　　　　率爾衝氷雪

편편히 수많은 선비들 모여 있네 _정례 　　　翩然會弁丫

큰 물결은 아득히 광활하게 흐르고 　　　　洪濤沿浩渺

옛 골짝은 입을 활짝 벌리고 있네 _사의 　　古壑越嵖岈

소나무 길 뚫고서 처음 나오니 　　　　　松逕穿初出

높은 용마루에 이미 입이 벌어지네 _정례 　翬甍望已呀

마을 연기가 가는 곳에서 멀리 보이고 　　村煙行處遠

산의 해가 앉았노라니 서로 기우누나 _사의 　山日坐來斜

걸음을 쉬고 차가운 못가에 기대고 　　　息屨依寒沼

난간에 기대 이슬과 꽃²⁹⁷을 생각하네 _정례 　凭軒想露葩

侯堂.〕"라는 내용이 보인다. '나지묘(羅池廟)'는 유주 자사(柳州刺史)로 부임하여 그곳
에서 죽은 유종원(柳宗元)의 사당이다.

296 글 읽는 소리 : 저본의 '현송(絃誦)'은 원래 현악(絃樂)에 맞추어 시를 노래했던
것을 현가(絃歌)와 현악 없이 시만 읊조린다는 말이다. 뒤에 '수업을 받다', '글을 읽다'
라는 뜻으로 쓰이게 되었다. 《논어》〈양화(陽貨)〉에 "공자가 무성에 가서 현악에 맞추
어 부르는 노랫소리를 들었다. 공자가 빙그레 웃고 말하였다. '닭을 잡는 데 어찌 소
잡는 칼을 쓰는가?'〔子之武城, 聞絃歌之聲, 夫子莞爾而笑曰 : 割雞焉用牛刀?〕"라는 내
용이 보인다.

숲이 에워싸니 절인가 의심스럽고	林廻疑佛宇
문을 여니 관아처럼 엄숙하도다 _사의	門闢儼公衙
그림 벽엔 구름과 물이 가득하고	畫壁塡雲水
깊은 처마엔 새들이 앉지 못하네 _정례	幽簷禁雀鴉
중당298에 옷소매 나란히 하여 나아가고	中唐聯袂進
지난 자취에 비를 어루만지며 탄식하네 _사의	往躅撫碑嗟
정삭을 바꾼 지 얼마나 오래 되었나299	鳳曆多年紀
규룡 문양300에 이끼가 반이로구나 _정례	虯文半土花
훌륭한 공의 모습 어럼풋이 우러르니	典刑瞻髣髴

---

297 이슬과 꽃 : 저본의 '노파(露葩)'는 꽃을 먹고 이슬을 마신다는 '찬파음로(餐葩飲露)'의 준말로, 속세를 벗어난 신선 생활을 뜻한다. 한(漢)나라 유향(劉向)의 《열선전(列仙傳)》〈적장자여(赤將子輿)〉에 "자여(子輿)는 세속을 벗어나 꽃을 먹고 이슬을 마셨네.〔子輿拔俗, 餐葩飲露.〕"라는 구절이 보인다.

298 중당(中唐) : 대문에서 당까지 이르는 길로, '당(唐)'은 당도(堂塗)를 이른다. 《시경》〈진풍(陳風) 방유작소(防有鵲巢)〉에 "사당의 당도엔 벽돌이 있고, 언덕에 맛있는 칠면초 있도다.〔中唐有甓, 邛有旨鷊.〕"라는 구절이 있다. 여기에서는 사당을 가리킨다.

299 정삭(正朔)을……되었나 : 저본의 '봉력(鳳曆)'은 《춘추좌씨전》 소공(昭公) 17년 조에 "나의 고조인 소호 지가 즉위할 때 마침 봉황새가 날아왔습니다. 그러므로 새로써 일을 기록하고 백관의 장(長)을 모두 조(鳥)로 명명하였으니, 봉조씨는 역정입니다.〔我高祖少皞摯之立也, 鳳鳥適至, 故紀於鳥, 爲鳥師而鳥名, 鳳鳥氏, 曆正也.〕"라는 담(郯)나라 임금의 말에서 유래하여 '책력' 또는 역수(歷數)의 정삭을 뜻하게 되었다. 여기에서는 1636년(인조14) 12월부터 이듬해 1월 사이에 일어난 병자호란 결과 조선이 명(明)나라와 국교를 단절하고 청(淸)나라의 제후국이 되어 청나라의 정삭을 따른 것을 이른다.

300 규룡 문양 : 저본의 '규문(虯文)'은 비석의 이수(螭首) 부분을 가리키는 것으로, 여기에서는 비석을 이른다.

인색하고 고집스러운 마음 싹트지 않네 _사의   吝澁絶萌芽

먼지 쌓인 문을 엄숙히 처음 여니   塵戶嚴初啓

신을 모신 자리가 정연히 차례 있네 _정례   神筵秩有差

천추토록 제사 음식 함께 받으리니   千秋同血食

한 장막에 오사모 모습 늠름하도다 _사의   一帷凜烏紗

적염 이기고 영령께서 돌아오시니   赤焰英靈返

중국에서 군센 절의 아름다웠다오[301] _정례   黃圖毅節姱

남쪽 조정엔 오직 이자[302]가 있고   南朝唯李子

북쪽 감옥엔 또 문야[303]가 있다오 _사의   北獄又文爺

---

301 적염(赤焰)……아름다웠다오 : 병자호란 때 척화(斥和)를 주장했던 저자의 6대
조 청음(淸陰) 김상헌(金尙憲, 1570~1652)이 청나라의 관작도 받지 않고 청나라의
연호도 쓰지 않는다고 하여 1640년(인조18) 11월에 심양(瀋陽)으로 압송되었다가 이듬
해 2월에 소현세자(昭顯世子)를 모시고 귀국한 것을 이른다. 김상헌이 심양에 억류되어
있을 때 주화론(主和論)을 주장했던 최명길(崔鳴吉, 1586~1647)도 잡혀와 있었는데,
최명길이 "끓는 물도 얼음물도 모두가 물이요, 가죽 옷도 갈옷도 모두가 옷이라네.[湯氷
俱是水, 裘葛莫非衣.]"라고 읊자, 김상헌은 이에 화답하여 "성패는 천운에 달려 있는
것, 의리에 맞는가를 보아야 하리. 아침과 저녁 뒤바뀐다 해도, 치마와 웃옷을 거꾸로
입을 수 있으랴. 권도(權道)는 현자도 그르칠 수 있지만, 정도(正道)는 많은 사람들
어기지 못하리. 이치에 밝은 선비께 말하노니, 급한 때도 저울질 신중히 하시기를.[成敗
關天運, 須看義與歸. 雖然反夙暮, 詎可倒裳衣? 權或賢猶誤, 經應衆莫違. 寄言明理士,
造次愼衡機.]"이라고 읊었다고 한다. 《遲川集 卷3 北扉酬唱錄 用前韻講經權》《淸陰集
卷12 雪窖後集 次講經權有感韻》

302 이자(李子) : 자세하지 않다.

303 문야(文爺) : 남송(南宋) 말기의 충신 문천상(文天祥, 1236~1283)을 이른다.
1276년 수도 임안(臨安)이 함락되자 단종(端宗, 재위 1276~1277)을 받들고 근왕군(勤
王軍)을 편성하여 원에 대항하였다. 그러나 실패하고 포로가 되어 대도(大都)의 토굴에
3년 동안 갇혔다가 원나라 세조의 회유를 거절하여 참수되었다. 옥중에서 충렬을 노래

진나라 땅에 푸른 바다처럼 컸고	秦地滄溟大
주나라 하늘에 일월처럼 빛났네 _정례	周天日月華
형제의 덕 이웃되니 함께 배향함 마땅하고[304]	德隣宜配位
학문이 깊으니 더구나 집안을 이어감에랴[305] _사의	學邃況承家
백관들은 허리띠의 홀[306]을 올려보고	百揆瞻紳笏
여러 경전은 공의 빗질을 기다리네[307] _정례	群經待櫛爬
급류에 용퇴하니[308] 신선이 멀지 않고	急流仙不遠

한 〈정기가(正氣歌)〉를 지었으며, 저서에 《문산집(文山集)》이 있다.

304 형제의……마땅하고 : 저본의 '덕린(德隣)'은 《논어》〈이인(里仁)〉의 "덕은 외롭지 않으니, 반드시 이웃이 있다.〔德不孤, 必有鄰.〕"라는 구절에서 유래하여, 덕 있는 사람이 서로 함께 모이는 것을 뜻한다. 여기에서는 병자호란 때 남한산성이 함락되자 성의 남문루(南門樓)에 있던 화약에 불을 지르고 순절한 김상헌의 맏형 김상용(金尙容, 1561~1637)을 1654년에 김상헌과 함께 석실서원에 배향한 것을 이른다.

305 학문이……이어감에랴 : 김상헌 이후 저자의 증조 김창협(金昌協, 1653~1708)을 위시하여 6창(昌)이라고 일컫는 김창집(金昌集)·김창흡(金昌翕)·김창업(金昌業)·김창집(金昌緝)·김창립(金昌立) 여섯 형제가 모두 유명한 문인임을 이른다. 이 시를 지을 당시 석실서원에는 김창협도 배향되어 있었다.

306 허리띠의 홀 : 저본의 '신홀(紳笏)'은 허리띠와 홀이라는 뜻으로, 관복을 이른다. 여기에서는 김상헌과 김상용의 관복 입은 모습을 가리킨다.

307 여러……기다리네 : 빗질을 하여 머리의 때를 빼듯이 김창협(金昌協) 등이 경서를 꼼꼼히 정리한 것을 이른다.

308 급류에 용퇴하니 : 저본의 '급류(急流)'는 '급류용퇴(急流勇退)'의 준말로, 벼슬에서 일찌감치 물러난 것을 이른다. 송(宋)나라 때 한 노승이 전약수(錢若水)를 보고 '주불득(做不得)' 3글자를 부젓가락으로 쓰고서는 "급류 속에서 용감하게 물러날 수 있는 사람이다.〔是急流中勇退人也.〕"라고 말했다는 데서 유래하였다. 전약수가 신선이 될 수도 없지만 벼슬살이에도 오래 미련을 갖지 않을 것이라는 뜻으로, 뒤에 전약수는 벼슬이 추밀부사(樞密副使)에 이르렀을 때 40세의 나이로 벼슬에서 물러났다고 한다.

왕실 외척이나 흠 없는 옥이로다 _사의	戚畹玉無瑕
오래된 사당은 높이 나는 새와 같고	舊社猶雲鳥
높은 행적은 이슬 머금은 갈대였다오[309] _정례	高蹤宛露葭
풍도 들으니 마음이 취하기라도 한 듯[310]	聞風心幾醉
공경을 표하여 자주 두 손을 모으네 _사의	展敬手頻叉
제전엔 지금 오랑캐가 한창 성하건만	帝甸時胡羯
유림은 날로 시끄러운 싸움 소리뿐 _정례	儒林日黽蛙
전란의 먼지 병자년에 겪었고[311]	刦灰經丙子
당고의 화 기사년[312] 부터였네 _사의	黨錮自黃蛇

여기에서는 김창협과 김창흡 형제가 1689년(숙종15) 기사환국(己巳換局)으로 아버지 김수항(金壽恒)이 진도(珍島)에서 사사(賜死)되자, 사직하고 지금의 경기도 포천(抱川)인 영평(永平)에 은거한 것을 이른다. 이들은 1694년(숙종20) 갑술옥사(甲戌獄事) 이후 아버지가 신원되면서 여러 벼슬에 임명되었으나 모두 사직하고 문장과 학문에만 전념하였다. 《古今事文類聚 前集 卷39 技藝部 說相者 急流勇退》

309 이슬 머금은 갈대였다오 : 《시경》〈진풍(秦風) 겸가(蒹葭)〉에 "갈대가 무성하니, 흰 이슬이 서리가 되었도다.〔蒹葭蒼蒼, 白露爲霜.〕"라는 구절이 보인다.

310 마음이……듯 : 깊은 존경심에 경도된다는 뜻이다. 《장자(莊子)》〈응제왕(應帝王)〉에 "열자(列子)가 신무(神巫) 계함(季咸)을 만나보고 경도되어서 돌아오자 스승 호자(壺子)에게 고하였다. '처음에 저는 선생님의 도가 지극하다고 생각하였습니다. 그런데 또 선생님보다 더한 사람이 있었습니다.'〔列子見之而心醉, 歸以告壺子, 曰: 始吾以夫子之道爲至矣, 則又有至焉者矣.〕"라는 내용이 보인다.

311 전란의……겪었고 : 1636년(인조14) 12월부터 이듬해 1월까지 지속되었던 병자호란을 가리킨다.

312 기사년 : 저본의 '황사(黃蛇)'는 기사년이라는 뜻으로, 여기에서는 소의(昭儀) 장씨(張氏) 소생 원자(元子)의 정호(定號)를 계기로 인현왕후(仁顯王后) 민씨(閔氏)가 폐출되고 남인이 서인을 몰아낸 1689년(숙종15)의 기사환국(己巳換局)을 이른다.

글 상자엔 방형의 척화 상소[313] 있건만　　　　　　箱篋邦衡草

금과 비단으로 박망후의 뗏목[314] 오가네 _정례　　　金繪博望槎

가만히 읊조리니 뜰에 나무가 있고　　　　　　　　微吟庭有樹

멀리 바라보니 물이 모래와 연해 있네 _사의　　　遐矚水連沙

달빛 비치는 골짝은 봄 물결 일어나고　　　　　　月峽春生浪

구름 인 봉우리는 저녁노을 전송하네 _정례　　　雲岑晚送霞

이름난 곳에서 우연히 만나게 되니　　　　　　　名區成邂逅

어지러운 진세의 생각 잃어버렸네 _사의　　　　塵慮失紛挐

저물도록 읽노라니 닭 울음소리 들리고　　　　暮讀聞咿喔

추운 집엔 깊숙한 아랫목이 기쁘다오 _정례　　寒棲喜奧窪

촌의 벗들 내가 온 것에 놀라　　　　　　　　村朋驚我至

한 말 술을 사서 보내왔네 _사의　　　　　　斗酒送人賒

창의 햇빛은 책을 뽑아보기에 좋고　　　　窓昳容抽帙

화로의 향기는 끓는 차를 감싸네 _정례　　爐薰繞煎茶

독실한 공부 참으로 공경스러우나　　　　篤工誠可敬

---

313 방형(邦衡)의 척화 상소 : '방형'은 남송(南宋) 호전(胡銓, 1102~1180)의 자이
다. 길주(吉州) 여릉(廬陵) 사람으로, 호는 담암(澹庵), 시호는 충간(忠簡)이다. 소흥
(紹興) 8년(1138) 8월, 진회(秦檜)가 왕륜(王倫)을 금(金)나라에 보내 칭신(稱臣)하
며 화친을 청했다는 말을 듣고 유명한 〈무오상고종봉사(戊午上高宗封事)〉라는 글을
올려 고종에게 진회·왕륜·손근(孫近)의 목을 벨 것을 청하였다. 여기에서는 청음(淸
陰) 김상헌(金尙憲)의 척화 글을 가리킨다. 《청음집(淸陰集)》 권21에 훗날 심양 구류
의 발단이 된 〈심양에 조력 군대를 파견하지 말 것을 청하는 소[請勿助兵瀋陽疏]〉
가 실려 있다.

314 박망후(博望侯)의 뗏목 : '박망후'는 한(漢)나라 장건(張騫)을 가리킨다. '박망후
의 뗏목'은 여기에서는 청나라에 오가는 사신을 이른다. 자세한 것은 184쪽 주232 참조.

낮은 벼슬을 어찌 감히 자랑하랴 _사의	薄宦豈敢誇
학문의 바다에선 뗏목을 보고315	學海觀桴筏
문단에선 북과 피리 소리316 듣네 _정례	詞壇閱鼓笳
마음에 새길 것은 서책의 말씀이요	服膺須簡策
덕을 진전시킴은 좋은 벗317에 있도다 _사의	進德在蓬麻
훌륭한 조상의 풍열이 남아 있으니	名祖餘風烈
어린 후손 게으르고 못남이 부끄럽네 _정례	童孫愧惰窳
시강원의 강설이 이제 시작되었으니	講筵方始爾
우리의 도가 다시 행해질 수 있을까 _사의	吾道復行耶
물 뿌리고 청소함에 집이 가깝고	灑掃家仍近
오고 감에 길이 막히지 않았네 _정례	游洄路不遮
세상에 나갈 마음 여기서부터 엷어지니	世情從此薄
물고기 새우를 짝하리라318 길이 맹세하네 _사의	永矢侶魚鰕

---

315 뗏목을 보고 : 학문의 요점을 안다는 뜻이다.

316 북과 피리 소리 : 문단에서 글 솜씨 자랑하는 것을 이른다.

317 좋은 벗 : 저본의 '봉마(蓬麻)'는 봉생마중(蓬生麻中)의 준말로, 《순자(荀子)》 〈권학(勸學)〉의 "쑥이 삼밭에서 자라면 붙들어주지 않아도 곧게 자란다.〔蓬生麻中, 不扶而直.〕"라는 구절에서 유래하였다. 여기에서는 좋은 벗들 도움으로 덕을 진전시킨 다는 말이다.

318 물고기 새우를 짝하리라 : 은둔한다는 말이다. 소식(蘇軾)의 〈전적벽부(前赤壁 賦)〉에 "강가에서 고기 잡고 나무하며 물고기 새우와 짝하고 고라니 사슴과 벗한다.〔漁 樵於江渚之上, 侶魚鰕而友糜鹿.〕"라는 내용이 보인다.

윤 학사[319] 집 에게 정려할 때의 시축 속 시에 차운하다
次尹學士 集 旌閭時軸中韻

연가[320]를 노래함에 검에서 파도가 이는데	燕歌欲放劍生濤
천지는 아직도 오랑캐 누린내 용납하누나	天地還容羯虜臊
홀로 여러 현자들 세교를 붙들게 하고	獨使諸賢扶世教
부질없이 죽어서 성상의 장려 넓혔도다	空將萬死博宸褒
수양성엔 여귀 있어 원통함 서렸는데[321]	睢城有厲玄寃結

---

319 윤 학사(尹學士) : 윤집(尹集, 1606~1637)으로, 오달제(吳達濟, 1609~1637)·홍익한(洪翼漢, 1586~1637)과 더불어 삼학사(三學士) 가운데 한 사람이다. 본관은 남원(南原), 자는 성백(成伯), 호는 임계(林溪)·고산(高山), 시호는 충정(忠貞)이다. 1631년 문과에 급제하였으며, 1636년 이조 정랑·부교리를 거쳐 교리로 있을 때 병자호란이 일어났다. 인조와 조정 대신들이 남한산성으로 피난했을 때 최명길(崔鳴吉) 등이 화의론을 주장하자 오달제 등과 함께 최명길의 목을 벨 것을 청하였다. 화의가 성립된 뒤 청나라에 끌려가 고문과 회유에 굴하지 않아 사형 당하였다. 1657년(효종8) 6월 7일 대사헌 민응형(閔應亨)의 상소로 김상헌(金尚憲)·정온(鄭蘊)·홍익한·오달제 등과 함께 정려(旌閭)되었다. 송시열(宋時烈)의 문인이자 김창협(金昌協)과 교유하였던 김진규(金鎮圭, 1658~1716)의 《죽천집(竹泉集)》 권32에 묘표(墓表)가 낙장(落張)으로 실려 있으며, 정려시는 수록되어 있지 않다. 《미호집(渼湖集)》 권1에 〈죽천이 읊은 윤 학사 정려시에 뒤이어 차운하다[追次竹泉所賦尹學士旌閭韻]〉, 《삼연집(三淵集)》 권8에 〈김달포가 읊은 윤 학사 정려시에 차운하다[次金達甫所詠尹學士旌閭韻]〉라는 제목의 차운시가 실려 있다. 《孝宗實錄 8年 6月 7日》

320 연가(燕歌) : 전국 시대 때 연(燕)나라 태자 단(丹)의 명을 받고 진왕(秦王)을 암살하기 위해 진(秦)나라에 들어갈 때 역수(易水)에서 이별하며 불렀다는 자객 형가(荊軻)의 비장한 노래를 이른다. 68쪽 주51 참조. 《史記 卷86 刺客列傳 荊軻》

321 수양성(睢陽城)엔……서렸는데 : 지금의 중국 하남성(河南省) 상구시(商邱市)

창해 역사는 없고[322] 푸른 물결만 높도다　　　　滄海無人碧浪高

청사에다 응당 충렬의 전기 기록하여　　　　　　青史應編忠烈傳

길이 지사들이 본받고 싶도록 해야 하리　　　　　長令志士願同袍

남쪽에 있던 당(唐)나라 때의 성이다. 안녹산(安祿山)의 난 때 수양 태수 장순(張巡)이 소수의 병사로 윤자기(尹子奇)가 이끄는 적군에 포위된 채 10개월 동안 저항하다 장렬히 전사하였는데, 당 숙종(唐肅宗) 지덕(至德) 2년(757) 10월 9일 성이 함락되기 직전에 장순은 서쪽을 향해 재배하고 "신의 힘이 다하여 성을 온전히 지키지 못하였습니다. 살아서 폐하에게 보답하지 못하였으니 죽어서 여귀가 되어 적을 죽이겠습니다.[臣力竭矣, 不能全城, 生旣無以報陛下, 死當爲厲鬼以殺賊.]"라고 말하였다고 한다. 한유(韓愈)의 〈장 중승전에 쓰다[書張中丞傳]〉참조. 수양성은 여기에서는 병자호란 때 마지막까지 저항했던 남한산성을 가리킨다. 《舊唐書 卷187 忠義下 張巡列傳》《資治通鑑 卷220 唐紀36 肅宗 中之下 至德 2載》

322 창해(滄海) 역사(力士)는 없고 : 진 시황(秦始皇)을 살해하기 위해 장량(張良)이 고용했다는 창해의 역사 같은 이가 없음을 탄식하는 말이다. 자세한 것은 179쪽 주222 참조.

인원왕후[323]에 대한 만사 다른 사람을 대신하여 짓다
仁元王后挽詞 代人作

몰세토록 백성들 주왕[324]을 사모했으니	沒世周王慕
오히려 성사[325]가 높은 것을 보았다오	猶瞻聖姒尊
온유함과 공손함으로 대덕[326]을 받드시니	柔恭承大德
정숙한 모습 명문가에서 나오셨도다	窈窕出名門
해와 짝 되니[327] 백성들 다투어 보았는데	儷日民爭覩

323 인원왕후(仁元王后) : 1687(숙종13)~1757(영조33). 숙종(1661~1720)의 계비 (繼妃)이다. 본관은 경주(慶州), 경은부원군(慶恩府院君) 김주신(金柱臣)의 딸이다. 1701년(숙종27)에 인현왕후(仁顯王后) 민씨(閔氏)가 죽은 뒤 이듬해에 왕비로 책봉되 었다. 소생은 없다. 1757년 3월 26일 사시(巳時)에 창덕궁(昌德宮) 경복전(景福殿) 서쪽 영모당(永慕堂)에서 향년 71세로 승하하였다. 휘호(徽號)는 정의장목(定懿章 穆), 시호는 혜순자경헌렬광선현익강성정덕수창영복융화정의장목인원왕후(惠順慈敬 獻烈光宣顯翼康聖貞德壽昌永福隆化定懿章穆仁元王后)이고, 능호는 명릉(明陵)으로 경기도 고양시(高陽市) 서오릉(西五陵) 묘역 내에 있다. 《영조실록》에 영조가 직접 지은 행록(行錄)이 실려 있다. 《英祖實錄 33年 3月 26日》

324 주왕(周王) : 주(周)나라 무왕(武王)의 아버지 문왕(文王)으로, 여기에서는 숙 종을 가리킨다. 《시경》〈주송(周頌) 열문(烈文)〉에 "아, 전왕을 잊지 못하리로다.〔於 乎前王不忘.〕"라는 구절이 보인다.

325 성사(聖姒) : 주 무왕(周武王)의 어머니 태사(太姒)라는 뜻으로, 현숙한 후비(后 妃)를 의미한다. 여기에서는 인원왕후를 가리킨다.

326 대덕(大德) : 숙종을 가리킨다. 《서경》〈중훼지고(仲虺之誥)〉에 "왕께서는 힘써 큰 덕을 밝히시어 백성들에게 중도를 세우소서.〔王懋昭大德, 建中于民.〕"라는 내용이 보인다.

327 해와 짝 되니 : 해는 임금을 비유하는 말로, 해와 짝이 되었다는 것은 인원왕후가

하늘이 무너지니[328] 차마 말하랴	崩天事忍言
원자[329] 위해 근심하며 애쓰셨건만[330]	閔勤爲元子
즉위하던 초부터 몹시 어지러웠네	泮渙屬初元
종묘[331]가 매우 외롭고 위태로웠으니	五廟孤危甚
여러 흉적들 빈번히 흔들어대었네	群兇震撼繁
한밤중에 왕후의 애찰[332]이 내려오니	中宵哀札降
온 나라가 기쁜 소리로 들썩였네	匝域喜聲喧
그날에 나라의 후사[333]가 정해졌으니	當日元良得

숙종의 계비(繼妃)가 된 것을 이른다.

328 하늘이 무너지니 : 저본의 '붕천(崩天)'은 임금의 죽음을 뜻하는 말로, 여기에서는 숙종의 승하를 이른다. 숙종은 1720년(숙종46) 6월 8일에 승하하였다.

329 원자(元子) : 희빈(禧嬪) 장씨(張氏) 소생인 훗날의 경종(1688~1724)을 가리킨다.

330 근심하며 애쓰셨건만 : 저본의 '민근(閔勤)'은 《시경》〈빈풍(豳風) 치효(鴟鴞)〉의 "사랑하고 독실히 하여 자식을 기르느라 매우 근심하였노라.〔恩斯勤斯, 鬻子之閔斯.〕"라는 구절에서 유래하여, 부모의 자식에 대한 사랑과 노고를 의미하게 되었다.

331 종묘(宗廟) : 저본의 '오묘(五廟)'는 제후국의 종묘로, 아버지 묘〔考廟〕, 할아버지 묘〔王考廟〕, 증조할아버지 묘〔皇考廟〕, 고조할아버지 묘〔顯考廟〕와, 시조할아버지 묘〔祖考廟〕를 이른다. 천자는 7묘(廟)이다. 《예기》〈왕제(王制)〉에 "제후는 5묘이다. 2소 2목으로, 태조의 묘와 함께 5묘이다.〔諸侯五廟, 二昭二穆與大祖之廟而五.〕"라는 내용이 보인다.

332 왕후의 애찰(哀札) : 훗날의 영조인 연잉군(延礽君)을 세제(世弟)로 책봉한다는 인원왕후의 언문 교서(諺文教書)를 이른다. 《景宗實錄 1年 8月 20日》

333 나라의 후사 : 저본의 '원량(元良)'은 왕세자라는 뜻으로, 여기에서는 왕세제(王世弟)가 된 훗날의 영조 연잉군을 가리킨다. 《예기》〈문왕세자(文王世子)〉에 "한 사람이 크게 선하면 만방이 이로 인해 바르게 되니, 세자를 이른다.〔一有元良, 萬國以貞, 世子之謂也.〕"라는 내용이 보인다.

이에 지금까지 대국이 보존되었네	于今大國存
급작스런 변고는 따라서 운이 있고	駴機隨有運
훌륭한 공적은 거두어서 흔적이 없네	盛烈斂無痕
말년에 인자한 얼굴 풀고 기뻐하시니	晚景慈顔解
몸을 마치도록 동궁의 효성 두터웠네	終身睿孝敦
왕후에게 올린 존호는 성대했고[334]	徽稱隆太母
반희[335]는 증손[336]에까지 미쳤다오	斑戲逮曾孫
궁궐엔 화락한 기운이 가득하고	紫闥薰和氣
우리나라엔 상서로운 햇살 비췄다오	靑丘駐瑞暾
복록으로 편안함 본래 당연했건만[337]	自應綏福履
더더욱 겸손함과 온유함 지켰다오	彌克秉謙溫
외척 중에 준마 탄 이 누가 있었나	戚里誰乘駿
궁중 연회에 매번 술잔을 물렸다오	宮筵每却樽

---

334 왕후에게……성대했고 : 인원왕후는 생전에 여러 번에 걸쳐 존호를 받았다. 1713년(숙종39)에는 혜순(惠順)이란 존호(尊號)를 받았고, 1722년(경종2)에는 자경(慈敬), 1726년(영조2)에는 헌렬(獻烈), 1740년(영조16)에는 광선(光宣)·현익(顯翼), 1747년(영조23)에는 강성(康聖), 1751년(영조27)에는 정덕(貞德), 1752년(영조28)에는 수창(壽昌), 1753년(영조29)에는 영복(永福), 1756년(영조32)에는 융화(隆化)라는 존호를 받았다. 《英祖實錄 33年 3月 26日》

335 반희(斑戲) : 춘추 시대 초(楚)나라의 효자인 노래자(老萊子)가 70이 된 나이에도 색동옷을 입고 부모 앞에서 재롱을 피웠다는 고사에서 유래하여, 지극한 효성을 이른다. 《小學 稽古》

336 증손 : 영조의 손자인 훗날의 정조(1752~1800)를 가리킨다.

337 복록을……당연했건만 : 《시경》〈주남(周南) 교목(樛木)〉에 "즐거운 군자여, 복록으로 편안히 하도다.〔樂只君子, 福履綏之.〕"라는 구절이 보인다.

꽃가지로 한창 장수를 축원했는데	花籌方普祝
난새 수레로 갑자기 멀리 가셨도다[338]	鸞馭奄遐騫
울부짖는 소리 먼 하늘까지 닿고	籲絶攀穹昊
애통한 마음 두터운 땅을 가르네	悲連坼厚坤
구슬 수의[339]는 밤낮으로 깊이 있고	珠襦深日月
푸른 패옥은 아침저녁으로 조용하네	葱珮闃晨昏
상설이 두 능[340]과 나란히 연해있으니	象設雙陵並
장례 의식[341]에 많은 신하들 분주하네	蜃儀百隷奔
기물은 선왕의 검소함을 따르셨고	器仍先寢儉
재물은 백성의 근심을 풀어주었다오[342]	貨紓小民煩
아직도 그 근심한 뜻[343] 볼 수 있으니	尙見如傷意

---

338 난새……가셨도다 : 신선이 되었다는 뜻으로, 여기에서는 인원왕후가 승하한 것을 가리킨다.

339 구슬 수의(襚衣) : 저본의 '주유(珠襦)'는 왕이나 왕후, 귀족의 염복(殮服)을 이른다. 황금 실로 구슬을 연달아 꿰어 갑옷처럼 만든다. 《漢書 卷93 佞幸傳 董賢 顔師古注》

340 두 능 : 숙종과 인현왕후(仁顯王后) 민씨(閔氏)의 능을 이른다. 현재 경기도 고양시(高陽市)에 있으며, 능호는 명릉(明陵)이다. 인원왕후의 능도 함께 있다.

341 장례 의식 : 저본의 '신의(蜃儀)'는 장례식이라는 뜻으로, '신(蜃)'은 광중(壙中)에 관(棺)을 넣기 전에 습기를 방지하기 위해 먼저 조개껍질을 태워 그 재를 까는 것을 이른다. 《周禮 地官 掌蜃 鄭玄注》

342 기물은………풀어주었다오 : 인원왕후는 생전에 제전(祭奠)에 대해 모두 그릇 수를 정해 놓고 줄인 것이 많았으며, 자신의 사후 내탕고의 은자와 어고(御庫)의 비단을 도감(都監)에 내려주도록 하고 능전(陵殿)에 쓰는 은기(銀器)도 1720년(숙종46) 숙종이 승하했을 때 진용(進用)했던 것을 쓰도록 하였다. 《英祖實錄 33年 3月 26日》

343 그 근심한 뜻 : 《맹자》〈이루 하(離婁下)〉에 "문왕은 백성 보기를 다치기라도 할 듯 여겼다.〔文王視民如傷.〕"라는 내용이 보인다.

참으로 은혜를 다하지 않음이 없었네	眞無未究恩
문자의 기술[344]에 잘 칭술하였고	揄揚文子述
사신의 평에도 밝게 드러났다오	昭揭史臣論
묘혈 앞에서 용안이 애처로우니	臨穴天容慘
상여 붙잡고 하염없이 눈물 흘리시네	攀輴雨淚飜
활을 안으니[345] 남은 것은 관 뿐이라	抱弓餘舊物
곡하며 전송하노니 더욱 애통하도다	哭送倍傷魂

344 문자(文子)의 기술 : '문자'는 본래 문왕의 아들이라는 뜻으로, 뒤에는 훌륭한 임금의 자손을 일컫게 되었다. 여기에서는 숙종의 아들인 영조를 가리킨다. '문자의 기술'은 영조가 직접 지은 대행대왕대비 행록(大行大王大妃行錄)으로, 《영조실록》에 보인다. 《英祖實錄 33年 3月 26日》

345 활을 안으니 : 저본의 '포궁(抱弓)'은 임금이나 왕후의 죽음을 슬퍼한다는 뜻이다. 이와 관련하여 《사기(史記)》 권28 〈봉선서(封禪書)〉에 다음과 같은 내용이 보인다. "황제(黃帝)가 수산(首山)에서 구리를 캐어 형산(荊山) 아래에서 정(鼎)을 주조하였다. 정이 완성되자 수염을 늘어뜨린 용이 황제를 맞이하려 내려왔다. 황제가 용에 올라타자 신하들과 후궁 중에 70여 명이 따라서 올라탔으며, 용이 이에 날아 올라갔다. 나머지 소신들은 올라타지 못하여 모두 용의 수염을 붙잡자 용의 수염이 뽑혔고 소신들은 아래로 떨어졌다. 이때 황제의 활도 함께 떨어졌다. 백성들은 황제가 날아 올라간 것을 앙망하여 황제의 활과 용의 수염을 끌어안고 통곡하였다. 이 때문에 후세에 그곳을 '정호(鼎湖)'라고 부르고 황제의 활을 '오호(烏號)'라고 불렀다.〔黃帝采首山銅, 鑄鼎於荊山下. 鼎旣成, 有龍垂胡髥下迎黃帝. 黃帝上騎, 群臣後宮從上者七十餘人, 龍乃上去. 餘小臣不得上, 乃悉持龍髥, 龍髥拔, 墮, 墮黃帝之弓. 百姓仰望黃帝旣上天, 乃抱其弓與胡髥號. 故後世因名其處曰鼎湖, 其弓曰烏號.〕"

아침에 일어나니 강 얼음이 더 풀려있었다

朝起 江水益解

깊이 잠들어 비오는 줄 몰랐더니	眠深不覺雨
새벽에 일어나 보니 창문이 축축하네	曉看窓櫳濕
알겠구나 강에 얼음이 풀려서	知道江氷開
봄 소리가 먹 감는 오리 진동할 것을	春聲動浴鴨

두 번째
其二

봄바람이 쌓인 눈을 거두어가니　　　　　春風捲雪濤
내 창까지 푸른 기운 가득하도다　　　　泛我房櫳碧
아직은 고깃배를 띄우지 못하노니　　　　未可試漁舟
떠다니는 유빙이 자리만큼 크다오　　　　流澌大如席

이윤지 윤영 를 찾아갔는데 매화가 피기 시작하였다. 주인이 시를 지었기에 이에 차운하다[346]

訪李胤之 胤永 梅花始開 主人有詩 次韻

| 방에 들어서자 매화가 막 피었으니 | 入戶梅花動 |
| 병든 내가 올 때를 맞추었구나 | 應期病子來 |

346 이윤지(李胤之)를……차운하다 : 이 시는 이윤지가 38세 되는 1759년(영조35)에 지은 것으로 추정된다. 259쪽 주379 참조. '이윤지'는 이윤영(李胤永, 1714~1759)으로, 윤지는 자이다. 본관은 한산(韓山), 호는 단릉(丹陵) 또는 담화재(澹華齋)로, 이색(李穡)의 14대 손이다. 평소 단양(丹陽)의 산수를 좋아하여 구담(龜潭)에 정자를 짓고 단릉산인(丹陵散人)이라 자호하였다. 문인화가로 글씨에도 뛰어났는데, 특히 예서와 전서에 뛰어났으며 고기물(古器物)을 즐겼다. 현재 전하는 그림으로 〈청호녹음도(淸湖綠陰圖)〉, 〈경송초루도(經松草樓圖)〉, 〈삼척능파대(三陟凌波臺)〉, 〈고란사도(皐蘭寺圖)〉 등이 있으며, 시문집으로 《단릉유고(丹陵遺稿)》, 《단릉산인유집(丹陵散人遺集)》이 있다. 원운은 〈11월 2일에 감매가 꽃망울을 터뜨렸는데, 김정례가 마침 삼주에서 찾아왔기에 옛 기물 몇 가지를 꺼내어 보여주며 한 번 웃다〔十一月二日龕梅拆瓣金正禮適自三洲來訪出古器數種相示一笑〕〕이다. 이 제목 아래 래(來), 배(杯), 개(開), 회(迴)를 운자로 한 오언율시 5수가 실려 있는데, 첫 번째 시는 다음과 같다.

매화는 어이 그리 일찍 피었는지	梅花何太早
우연히 벗님께서 마침 오셨도다	偶值故人來
구름과 물 문양 기이한 돌을 품평하고	雲水評奇石
우레와 기 문양 옛 술잔을 변별하네	夔雷辨古盃
재주 없어 시대는 이미 날 버렸거니와	不才時已棄
일이 없어 벼루를 오히려 연다오	無事硯猶開
훗날 밤 조각배 타고 찾아오실 땐	他夜扁舟訪
달빛 속에 노저어 돌아가선 안 되리라	未應棹月迴

《丹陵遺稿 卷10 十一月二日龕梅拆瓣……》

좋은 향기가 약 솥에 더해지고	名香添藥鼎
고대 글자가 도배[347]에 보이누나	古籒出桃杯
나그네 걸상엔 겨울 기운 저물고	客榻玄陰暮
신선 술병엔 따뜻한 해가 뜨누나	仙壺暖日開
그윽한 집 다시 찾아와야 하리니	幽扉須再扣
끝내 이 밤에 돌아감이 애석하다오	終惜此宵廻

---

347 도배(桃杯) : 곤륜산(崑崙山)의 선녀 서왕모(西王母)가 한 무제(漢武帝)에게 주었다는 반도(蟠桃)의 씨로 만든 잔이라는 뜻으로, 반도는 3천 년에 한 번씩 열매가 열린다는 선도(仙桃)이다. 여기에서는 복숭아 모양의 작은 잔을 가리킨다. 선비나 관리들이 지방을 다닐 때 옹달샘이나 우물물을 마시기 위해 제작된 것으로, 작은 손잡이가 있었으며 고리를 만들어 허리춤에 매달 수 있었다.

윤지가 또 시를 가지고 왔기에 차운하여 전송하다[348]

胤之又以詩來 次韻以送

고요한 선비 그윽히 깃든 곳	靜士幽棲地
적막하기가 선방과도 같구나	寥寥似梵房
천시가 꽁꽁 문을 닫는 때이니	天時關戶密
나는야 늘상 이불만 끼고 있다오	吾道擁衾長
오래된 벽엔 명산 그림 걸려있고	古壁名山畫
기운 꽃병엔 늙은 국화 향이 풍기네	欹瓶老菊香
숲속의 햇살 쉬어가길 용납하니	林暉容息屨
그동안 바빴던 것을 새삼 알겠네	多覺向來忙

---

348 윤지(胤之)가……전송하다 : '윤지'는 이윤영(李胤永, 1714~1759)이다. 238쪽 주 346 참조. 원운은 《단릉유고》 권10에 실린 〈11월 2일에 감매가 꽃망울을 터뜨렸는데, 김정 례가 마침 삼주에서 찾아왔기에 옛 기물 몇 가지를 꺼내어 보여주며 한 번 웃다[十一月二日 龕梅拆撼金正禮適自三洲來訪出古器數種相示一笑]〉이다. 이 제목 아래 방(房), 장(長), 향(香), 망(忙)을 운자로 한 오언율시 5수가 실려 있는데, 첫 번째 시는 다음과 같다.

고상한 벗님 나를 돌아보며 웃으니	高人顧我笑
아침 해가 작은 서재 환히 비추네	朝日照文房
그윽한 꿈속에 산림으로 돌아가고	幽夢歸山迴
노년의 시름에 사서를 길이 읽네	老憂讀史長
흰 눈은 찾아온 신발에 쌓이고	雪埋來時屐
매화는 앉은 곳에 향기를 풍기누나	梅著坐處香
삼척의 키 작은 어린 종 아이가	三尺童奴短
시통 들고 시내를 건너느라 바쁘다오	傳筒渡澗忙

《丹陵遺稿 卷10 十一月二日龕梅拆撼……》

'래' 자 운으로 지은 시에 첩운하다[349]
疊來字

새로 핀 매화나무는 잘 있는지   好在新梅樹

밤새도록 눈이 갑자기 내렸는데   通宵雪驟來

추우면 응당 작은 화롯불 친히 할지니   寒應親小銼

광인이 어찌 가득찬 술 사모하리오   狂豈戀深杯

바닷가 산에 마음이 언제나 가고   海嶠神長注

속세의 성시엔 눈이 뜨이지 않네   塵城眼未開

그저 모름지기 몇몇 붕우들과   祗須與數子

세밑에 한 번 찾아갔다 와야 하리   歲暮往仍廻

---

349 래(來) 자……첩운하다 : 238쪽 주346 참조. 원운은 다음과 같다.

상쾌해라 앞 숲에 눈이 내렸는데   爽朗前林雪

맑은 우리 벗님께서 찾아오셨도다   清揚我友來

주사 갈아 옛 책에 글씨를 쓰고   研砂題古帙

국화 잡고 다 비운 잔을 비추누나   把菊照乾盂

병 많은 몸 뉘라서 안부 물으랴   多病誰相問

외론 회포 그대에게 열어 보이네   孤懷爾與開

구불구불 골목길로 찾아갔다가   逶迤通巷陌

신 끌고 하루에도 세 번을 돌아오네   短屐日三廻

《丹陵遺稿 卷10 十一月二日龕梅拆瓣……》

'방' 자 운으로 지은 시에 첩운하다[350]
疊房字

좁은 길에 화려한 수레 어지러우니	狹路交華轂
높은 문이 깊은 방을 마주 하였도다	高門對曲房
날씨가 싸늘하니 갖옷 소매 곱고	天寒裘袂艶
조회에서 물러나니 패옥소리 길도다	朝退珮聲長
병자의 베게엔 단구[351]의 꿈 어리고	病枕丹丘夢
책 상자엔 축국의 향이 풍기누나	書箱竺國香
예로부터 자신이 좋은 바를 따랐으니[352]	由來從所好
한가함과 바쁨을 따질 필요 없으리	不必較閒忙

350 방(房) 자……첩운하다 : 240쪽 주348 참조. 원운은 다음과 같다.

신선의 마을은 어디에 있는가	仙鄕何處有
청량한 이 방과 멀지 않다오	蕭灑不離房
옥 장식 상자엔 등불이 가늘고	玉笈燈光細
봉황의 단산엔 필의가 유장하다	丹山筆意長
항상 빈 방의 빛 속에 거처하고	恒居虛室白
홀로 늙은 매화 향기를 짝한다오	獨伴老梅香
참된 낙을 어떻게 보존하냐 묻는다면	借問存眞樂
마음을 바삐 치달리지 않는 거라오	不敎心下忙

《丹陵遺稿 卷10 十一月二日龕梅拆瓣……》

351 단구(丹丘) : 신선이 산다는 언덕을 이른다.

352 예로부터……따랐으니 : 《논어》〈술이(述而)〉에 "부(富)를 만일 구해서 될 수 있는 것이라면 내 말채찍을 잡는 것이라도 하겠지만, 구하여서 될 수 없는 것이라면 내가 좋아하는 바를 따르겠다.〔富而可求也, 雖執鞭之士, 吾亦爲之, 如不可求, 從吾所好.〕"라는 공자의 말이 보인다.

'방' 자 운으로 지은 시에 다시 첩운하다[353]

再疊房字

깊어가는 세밑이라 만물이 쉬니　　　　　窮陰群物息

나도 역시 깊은 방을 좋아한다오　　　　　余亦愛深房

온돌방에 이불을 펴니 편안하고　　　　　土埃鋪衾穩

호롱불에 《주역》 읽으니 소리가 길도다　　籬燈誦易長

강가 매화에 꿈에도 그리운 생각 보는데　　江梅句夢思

벽의 달빛은 내 마음을 아는구나　　　　　壁月會心香

끝내기 어려운 것은 오직 시 빚이라　　　　難了惟詩債

도리어 고요함 속에 바빠지누나　　　　　飜成靜裏忙

353　방(房) 자……첩운하다 : 240쪽 주348 참조. 원운은 다음과 같다.

맑은 창 아래 옥 벼루를 열고　　　　　晴窓開玉硯

고요히 물러나 연방을 닦노라　　　　　退墨拭蓮房

글씨는 광풍 우레처럼 빠르고　　　　　書法風霆厲

문장은 대해 산악처럼 장대하다　　　　文濤海嶽長

녹여 쓰는 건 석자의 눈이요　　　　　需來三尺雪

피어나는 건 한 줄기 향이로다　　　　薰却一絲香

아랑곳 없네 세상 사람 자랑하며　　　遮莫時人衒

흐린 세상에서 만 눈이 바쁜 것을　　　昏埃萬眼忙

《丹陵遺稿 卷10 十一月二日龕梅拆瓣……》

'방' 자 운으로 지은 시에 세 번째 첩운하다[354]
三疊房字

눈 속이라 서로 오가는 일 드무니	雪裏罕人事
맑은 매화 향 작은 방에 가득하도다	孤淸掩小房
마른 바둑판에서 사활의 공 거두고	枯棊收殺活
《주역》에서 소장의 이치 살핀다오	大易玩消長
땅이 도니 우레 소리가 잠겨 있고	地轉潛雷響
꽃이 다시 피니 옛 줄기가 향기롭네	花回古幹香
따뜻한 봄이 장차 머지 않았으니	陽春行不遠
군자는 그렇게 바쁘지 않으리라	君子未渠忙

---

354 방(房) 자……첩운하다 : 240쪽 주348 참조. 원운은 다음과 같다.

이웃이라 불러서 보기가 좋으니	鄰巷招看好
자주 대숲 속 방을 연다오	頻開竹裏房
바둑을 두니 달무리처럼 촉급하고	碁圍暈月急
붓을 놀리니 서린 뱀처럼 길도다	筆陣蟠蛇長
눈에 비치니 까만 먹처럼 윤기나고	暎雪玄煤潤
매화 곁이라 바둑 돌이 향기롭다	傍梅玉子香
한가함 속에도 다툼이 있으니	閒中猶有競
조정의 바쁨을 괴이타 마오	無怪市朝忙

《丹陵遺稿 卷10 十一月二日龕梅拆瓣……》

'래' 자 운으로 지은 시에 다시 첩운하다[355]

再疊來字

저물녘에 나서도 말할 이 하나 없으니	暮出無誰語
그저 내가 찾아감을 받아 주시리라	秖應與我來
주렴의 서리는 둥글게 무늬 이루고	簾霜圓結繡
처마의 달은 살며시 잔을 엿보누나	簷月細窺杯
오랜 나그네는 차가운 등불만 지키고	久客寒燈守
긴 그리움 달래려 옛 서책을 펼치네	長懷古帙開
밤새도록 말 타고 온 것 후회했으니	終宵悔鞍馬
헛되이 좋은 만남[356] 버리고 돌아왔다고	虛放二難廻

---

355 래(來) 자……첩운하다 : 238쪽 주346 참조. 원운은 다음과 같다.

조용히 거처하니 마음 홀로 한가한데	端居心獨遠
깊이 쌓인 눈이 섬돌을 다 덮었도다	深雪沒階來
시장에선 사람들 사소한 이익 다투고	朝市人爭蟻
천지에는 바다가 작은 잔 엎어놓은 듯	乾坤海覆盃
끝내 달아나는 산록을 따르다가	終隨山鹿逸
애오라지 열린 옥호로 들어왔다오	且入玉壺開
구름 낀 골짝에 오두막이 있으니	雲峽誅茅在
지난 밤 꿈에서 이미 돌아왔다오	前宵夢已廻

'산록(山鹿)'은《사기(史記)》권92〈회음후열전(淮陰侯列傳)〉의 "진(秦)나라가 그 사슴을 잃어버리자 천하 사람들이 모두 이를 쫓았다.〔秦失其鹿, 天下共逐之.〕"라는 구절에서 유래하여, 제위(帝位) 또는 부귀영화를 다투는 것을 비유한다. '옥호(玉壺)'는 신선이 사는 곳으로, 여기에서는 은거하는 곳을 비유한 것이다.《丹陵遺稿 卷10 十一月二日龕梅拆攤……》

356 좋은 만남 : 저본의 '이난(二難)'은 훌륭한 주인과 아름다운 손님이라는 뜻으로, 당(唐)나라 왕발(王勃)의 〈등왕각서(滕王閣序)〉에 "네 가지 아름다움이 갖추어지고 두 가지 어려움이 함께 했다.〔四美具, 二難竝.〕"라는 구절이 보인다. '사미(四美)'는 좋은 때, 아름다운 경치, 감상하는 마음, 즐거운 일을 이른다.

'래'자 운으로 지은 시에 세 번째 첩운하다[357]
三疊來字

부자가 지은 시 담긴 뜻이 오묘하니	夫子詩情妙
응당 도연명 사영운[358]에게서 나왔으리	應從陶謝來

---

357 '래(來)'자……첩운하다 : 238쪽 주346 참조. 원운은 다음과 같다.

문장은 애오라지 구차할 뿐이거니와	文章聊復爾
살아가는 계책 누구와 함께 했나	身計與誰來
사씨처럼 나막신 신고 산을 유람했고	謝氏游山屐
완공처럼 술잔 잡고 세상을 피하였네	阮公遁世杯
계절을 알고자 꽃밭을 가꾸었고	紀時花圃築
달빛을 맞고자 갈대 발을 열었네	延月蘆簾開
묵묵히 사는 깃 우리의 도이니	潛默成吾道
그대 만나 한바탕 웃고 돌아왔네	逢君一笑迴

'사씨(謝氏)'는 남조 송(宋)나라의 시인 사영운(謝靈運)을 이른다. '완공(阮公)'은 진 (晉)나라의 죽림칠현(竹林七賢) 가운데 완적(阮籍)을 가리킨다. 《丹陵遺稿 卷10 十一 月二日龜梅拆瓣……》

358 도연명(陶淵明) 사영운(謝靈運) : 저본의 '도사(陶謝)'는 일반적으로 도연명(陶 淵明, 365~427)과 사영운(謝靈運, 385~433)을 가리킨다. 도연명은 동진(東晉) 말 의 시인으로 전원시(田園詩)에 뛰어났으며, 사영운은 남조 송(宋)나라 때의 시인으로 산수시(山水詩)에 뛰어났다. 두보(杜甫)의 〈강에서 바다 같은 물을 만나 그 기세에 애오라지 단구를 읊다〔江上値水如海勢聊短述〕〉에 "어찌하면 도연명 사영운 같은 솜씨 가진 이를 얻어, 저로 하여금 시 짓게 하고 함께 노닐꼬.〔焉得思如陶謝手, 令渠述作與同 遊?〕"라는 구절이 보인다. 언해와 대부분의 주석에서도 도연명과 사영운으로 풀이하였 다. 다만 저본의 '사(謝)'는 남조 제(齊)나라의 사조(謝朓, 464~499)를 가리킨다고 볼 수도 있다. 사조는 영명체(永明體)라 불리는 오언체에 능하였고 청신(淸新)한 기풍 이 많았다. 이백(李白)이 사조의 시풍을 전수받았다고 하며, 조선 시대에도 사조의

꾸밈이 적으니 비단을 홑옷으로 싼 듯[359]	希文包褧錦
물처럼 담백하니 표주박 잔에 담긴 듯[360]	淡水貯匏杯
옛 글자는 술병과 소반에서 보이고	古籒彝盤出
새로운 그림은 바다와 산이 열렸네	新圖海嶽開
훗날에 부자의 묵적을 원한다면	他時要墨蹟
비단에 어지러이 그려서 돌려주시리	亂灑百縑廻

시를 많이 읊조렸다.

359 꾸밈이……듯 : 비단 옷 위에 다시 홑옷을 덧입어서 화려함을 감춘다는 뜻으로, 남에게 과시하지 않는다는 말이다. 《시경》〈위풍(衛風) 석인(碩人)〉에 "석인(碩人)이 키가 훤칠하니 비단 옷을 입고 홑옷을 덧입었도다.〔碩人其頎, 衣錦褧衣.〕"라는 구절이 보인다.

360 물처럼……듯 : 《예기(禮記)》〈표기(表記)〉에 "군자의 만남은 물과 같고 소인의 사귐은 단술과 같다. 군자는 담담함으로 이루어주고 소인은 달콤함으로 망가뜨린다.〔君子之接如水, 小人之接如醴; 君子淡以成, 小人甘以壞.〕"라는 내용이 보인다.

윤지가 또 시 두 수를 부쳐 보내 화답을 요구하다[361]
胤之又寄二詩索和

성에 추위 오니 날이 쉬이 저무는데	城寒易暮色
궁궐의 나무가 저 멀리 희미하도다	宮樹迥朧朧
남은 쌓인 눈에 푸른 안개 자욱하고	宿雪霏煙碧
돌아가는 새는 붉은 노을 끌고 가누나	歸禽曳日紅
강호에는 움직이는 사물이 없거니와[362]	江湖無動物

---

361 윤지(胤之)가⋯⋯요구하다 : '윤지'는 이윤영(李胤永, 1714~1759)이다. 238쪽 주346 참조. 원운은 《단릉유고》 권10에 실린 〈11월 2일에 감매가 꽃망울을 터뜨렸는데, 김정례가 마침 삼주에서 찾아왔기에 옛 기물 몇 가지를 꺼내어 보여주며 한 번 웃다〔十一月二日龕梅拆瓣金正禮適自三洲來訪出古器數種相示一笑〕〉라는 시이다. 이 제목 아래 롱(朧), 홍(紅), 공(功), 몽(蒙)을 운자로 한 오언율시 5수가 실려 있는데, 첫 번째 시는 다음과 같다.

서리 내린 아침 지창이 밝았는데	霜曉明紙戶
꽃은 잠이 들어 아직도 몽롱하네	花睡尙朦朧
하얀 부들자리에서 책 베고 눕고	蒲薦枕書白
붉은 불구덩이에 밤 구어 먹누나	地爐啖栗紅
가난을 지키니 끝내 치욕이 멀지만	守貧終遠恥
도를 구하니 공을 이룸이 적도다	求道少收功
지금은 생사 갈린 사우들이 서글프나니	師友悲存歿
누구 따라 나의 몽매함을 깨칠까	誰從擊我蒙

《丹陵遺稿 卷10 十一月二日龕梅拆瓣⋯⋯》

362 강호에는⋯⋯없거니와 : 날씨가 매우 추워서 인적이 끊긴 것을 이른다. 당나라 유종원(柳宗元)의 〈강설(降雪)〉에 "천개의 산엔 날아가는 새 끊겼고, 만개의 길엔 사람의 자취 없도다.〔千山鳥飛絶, 萬逕人蹤滅.〕"라는 구절이 있다.

천지의 운행은 공을 이룸이 있도다[363]   天地有成功

궁색한 오두막[364] 선비에 감탄하시니   感歎窮廬士

백두에도 완연히 소년의 기개라고   白頭宛稚蒙

363 천지의……있도다 : 생장수장(生長收藏)의 이치에 따라 겨울이어서 저장의 공이
이루어졌다는 말이다. 《주역》〈문언전(文言傳)〉 주희(朱熹)의 본의(本義)에 따르면
봄은 '생물의 시작〔生物之始〕'이고 여름은 '생물의 형통함〔生物之通〕'이며, 가을은 '생물
의 이루어짐〔生物之遂〕'이고 겨울은 '생물의 완성〔生物之成〕'이다. '생물'은 만물을 낳는
다는 뜻이다.

364 궁색한 오두막 : 저본의 '궁려(窮廬)'는 '가난한 사람이 사는 집'이라는 뜻이다.
후한(後漢) 제갈량(諸葛亮)이 아들을 경계하는 글에 "나이는 때와 함께 치달리고 뜻은
해와 함께 떠나가 마침내 시들어 버리면 궁색한 오두막에서 슬피 탄식한들 장차 무슨
수로 되돌릴 수 있겠는가.〔年如時馳, 意與歲去, 遂成枯落, 悲歎窮廬, 將復何及也?〕"라
는 내용이 보인다. 《小學 嘉言》

두 번째[365]
其二

소년 시절 글짓기를 배울 때에는	少年學詞賦
애초에는 이몸도 공명을 사모했다오	初亦慕功名
차츰차츰 벼슬길 험난함을 보고서	漸看雲塗隘
세상일이 가벼움을 알게 되었다오	仍知世累輕
미호 언덕엔 자그마한 서재가 있고	渼陂書屋小
단양 골짝엔 맑은 낚시 바위 있는데	丹峽釣磯淸
한 물줄기 따라서 거슬러갈 계책	一水沿洄計
편주로 어느 날에나 이룰 수 있을까	扁舟幾日成

---

365 두 번째 : 원운은 《단릉유고》 권10에 실린 〈11월 2일에 감매가 꽃망울을 터뜨렸는데, 김정례가 마침 삼주에서 찾아왔기에 옛 기물 몇 가지를 꺼내어 보여주며 한 번 웃다〔十一月二日龕梅拆瓣金正禮適自三洲來訪出古器數種相示一笑〕〉라는 시이다. 이 제목 아래 명(名), 경(輕), 청(淸), 성(成)을 운자로 한 오언율시 5수가 실려 있는데, 원운은 다음과 같다.

작은 누대에 하얀 눈이 쌓이니	小樓堆白雪
나는야 수정이란 이름을 사랑하노라	自愛水晶名
지는 달빛은 숲 사이로 가느다랗고	落月穿林細
돌아가는 기러기는 바다 건너 가볍네	歸鴻渡海輕
시서에 대한 마음은 이미 쇠하였거니와	詩書心已老
천석에 대한 고질은 모두 맑기만 하다오	泉石病俱淸
그래도 고상한 〈양춘〉곡이 있으니	尙有陽春曲
십년을 그대 기다려 이루어졌네	十年待爾成

《丹陵遺稿 卷10 十一月二日龕梅拆瓣……》

'래'자 운으로 지은 시에 네 번째 첩운하다[366]
四疊來字

새벽에 일어나 밤에 내린 비 생각하니	晨興念夜雨
미끄러운 길에 어느 누가 찾아오리오	泥滑有誰來
창문에 햇살 드니 얼음이 벼루에 녹고	牎旭氷銷硯
차 연기 피어나니 이슬이 잔에 어리네	茶煙露結杯
피곤하면 책 더미에 기대 눕기도 하고	倦憑書帙臥
틈나면 약주머니 잡아서 열어도 놓네	閒把藥囊開
이상도 하지 울울한 심사 사라졌으니	頗怪煩襟盡
지난밤에 은자를 만나고 돌아왔다오	前宵訪隱廻

---

366 래(來) 자……첩운하다 : 238쪽 주346 참조. 원운은 다음과 같다.

쓸쓸히 매화 곁에서 잠을 잤는데	寂寂梅傍宿
유유히 길따라 벗님께서 오시누나	悠悠陌上來
옥구슬은 갈옷 속에 감춰져 있고	天球懷布褐
개똥은 옥 술잔에 가득 담겨있구나	狗矢盛瑤杯
연단이 이미 늦은 것 애석하나니	已惜丹鑪晚
그래도 점집은 아직 열만 하다오	猶堪卜肆開
옥 봉우리는 천근함을 꺼려하니	玉峰嫌淺近
은자 찾아서 백 개의 못을 도네	訪隱百淵迴

'옥구슬은……담겨있구나'는, 겉에 허름한 갈옷 입은 벗님은 안에 옥같은 고상한 덕을 간직하고 있는데 겉으로 화려한 고관대작들은 안에 간직한 덕이 보잘 것 없다는 말이다. '점집'은 성인이 은거하는 곳을 이른다. 《사기(史記)》 권127 〈일자열전(日者列傳)〉에 "나는 들으니 옛날에는 성인(聖人)이 조정에 있지 않으면 반드시 점쟁이나 의원 가운데 있다고 들었다.〔吾聞古之聖人, 不居朝廷, 必在卜醫之中.〕"라는 내용이 보인다. 《丹陵遺稿 卷10 十一月二日龕梅拆瓣……》

'방' 자 운으로 지은 시에 네 번째 첩운하다[367]
四疊房字

바람은 열어구를 태우고 날아오고[368]	風行列禦寇
호리병은 비장방을 깊이 숨겼다오[369]	壺隱費長房
성시는 잠깐 동안 인연 따라 머물고	城市隨緣暫
운림은 언제나 꿈에서도 그린다오	雲林托夢長
돌아가는 기러기 등 너머로 바쁘고	歸鴻燈外急
우거진 계수나무 달 주변이 향기롭네	叢桂月邊香

---

367 방(房) 자……첩운하다 : 240쪽 주348 참조. 원운은 다음과 같다.

고요함 속이라 사물 보기가 좋으니	靜中觀物好
해가 다가도록 서재 닫고 앉았다오	終歲掩書房
늙은 말은 시름 겨운 울음 껄끄럽고	馬老愁啼澁
교만한 솔개는 뽐내는 날개짓 길어라	鳶驕恃翅長
햇빛을 쬐니 따뜻함에 취한 듯하고	負暄成白醉
붓을 휘두르니 그윽한 향기 떨어지네	揮翰落玄香
벗이 와도 마중하기 게을러지니	客至應門懶
매화가 피어 시 짓기 바빠서라오	梅開覓句忙

《丹陵遺稿 卷10 十一月二日龕梅拆瓣……》

368 바람은……날아오고 : 열어구(列禦寇)는 전국 시대 정(鄭)나라 사람으로 황제(黃帝)와 노자(老子)의 도를 존숭하였다. 바람을 타고 다녔다고 한다. 저서에 《열자(列子)》가 있는데, 당(唐)나라 때 충허진인(沖虛眞人)에 봉해져서 《충허진경(沖虛眞經)》이라고도 한다. 《장자(莊子)》〈소요유(逍遙遊)〉에 "저 열자는 바람을 타고 하늘을 날아다녀 가뿐가뿐 즐겁게 잘 날아서 15일이 지난 뒤에 땅 위로 돌아온다.〔夫列子御風而行, 泠然善也, 旬有五日而後反.〕"라는 내용이 보인다.

369 호리병은……숨겼다오 : 94쪽 주86 참조.

아침이 찾아오면 눈보라 사나우리니　　　　　　朝來風雪惡

떨치고 일어남[370]에 바쁘다고 말하랴　　　　　拂衣可道忙

370 떨치고 일어남 : 저본의 '불의(拂衣)'는 옷을 떨치고 떠난다는 뜻으로, 은거하는
것을 이른다.

'롱' 자 운으로 지은 시에 첩운하다[371]

疊朧字

비오는 창가에서 종일토록 꿈을 꾸니	雨窓終日夢
구름과 물이 한데 어우러져 흐릿하다	雲水與朦朧
창호지는 텅 비어 흰 빛을 투과하고[372]	紙幌虛通白
향로는 고요히 붉은 연기 머무르네	香鑪靜駐紅
정신을 편히 하느라 장기 놀이 구경하고	怡神觀象戲
질병에 방해되기에 글공부를 줄였다오	妨疾減書功
단지 두려운 건 아이들 이를 본받아	秖恐兒曹効

371 롱(朧) 자……첩운하다 : 249쪽 주361 참조. 원운은 다음과 같다.

숲속 누대에서 저물녘에 바라보니	林樓延夕望
밤하늘의 별과 달이 절로 흐릿하도다	星月自朦朧
먼 산굴은 온통 회부연한 듯하고	遠岫渾疑白
높은 산엔 가느다란 붉은 달빛 보이네	高峰細辨紅
등불은 밤을 돌리는 힘을 주관하고	燈知回夜力
매화는 양을 보호하는 공을 허락하네	梅許護陽功
바깥 경치 결국 부질없는 낙이니	外境歸虛樂
남은 경서에서 홀로 몽매함을 깨치네	殘經獨破蒙

《丹陵遺稿 卷10 十一月二日龕梅拆瓣……》

372 텅……투과하고 : 《장자(莊子)》〈인간세(人間世)〉에 "텅 빈 방에 밝은 빛이 비치니 길상은 고요한 곳에 머무른다.〔虛室生白, 吉祥止止.〕"라는 내용이 보이는데, 저본의 '허통백(虛通白)'은 '허실생백(虛室生白)'에서 유래한 것으로, 마음이 맑고 깨끗하여 욕심이 없는 것을 비유한다.

어릴 때 성인 공부[373] 그르치는 거라오 　　　　　　　深乖聖養蒙

---

373 어릴 때 성인(聖人) 공부 : 《주역》〈몽괘(蒙卦)〉에 "어릴 때에 바름을 기름이
성인이 되는 공부이다.〔蒙以養正, 聖功也.〕"라는 내용이 보인다.

'명' 자 운으로 지은 시에 첩운하다[374]
疊名字

고상한 현자가 어찌 세상을 끊으리오[375]　　　　　　　　高賢豈絶世

---

374 명(名) 자……첩운하다 : 251쪽 주365 참조. 원운은 다음과 같다.

썩은 쥐를 탐낸다고 누가 소리지르나	腐鼠誰見嚇
가시나무에 새겨 서로 공명을 다투누나	雕棘互爭名
통달한 선비는 천년을 빠르게 보고	達士千年速
호쾌한 새매는 만리를 가볍게 보네	豪鷹萬里輕
바위에 기대니 온 몸이 서늘하고	通身依石冷
병에 비치니 바닥까지 온통 맑도다	澈底暎壺淸
흰 머리에 입는 건 늘 갈옷이지만	頭白長衣褐
그래도 힘을 써서 성취할 수 있다오	猶能費力成

'썩은 쥐'는 하찮은 것을 비유한다. 전국 시대 장자(莊子)의 벗인 혜시(惠施)에 관한 일화에서 유래하였다. 혜시가 양(梁)나라의 재상으로 있을 때 장자가 자신의 재상 자리를 차지할지도 모른다는 말을 듣고 두려움에 장자를 찾아 온 나라 안을 뒤지자, 장자는 먼저 혜시를 찾아가 오동나무가 아니면 앉지 않고 감로천이 아니면 마시지 않는 원추(鵷鶵)를 본 올빼미가 자신의 썩은 쥐를 빼앗길까 꽥 소리를 냈다는 비유를 들어 재상의 벼슬은 자신에게는 썩은 쥐나 다름없음을 말하였다. '가시나무에 새긴다'는 것은 헛되이 애만 쓰는 것을 비유한 것으로, 전국 시대 때 송(宋)나라의 어떤 사람이 연(燕)나라 왕을 위해 가시나무 끝에 원숭이를 새겨서 후한 녹봉을 기대했다가 연나라 왕이 그 망녕됨을 알고 죽였다는 고사에서 유래하였다. 《丹陵遺稿 卷10 十一月二日龕梅拆瓣……》《莊子 秋水》《韓非子 外儲說左上》

375 고상한……끊으리오 : 공자를 비판했던 장저(長沮)와 걸익(桀溺) 같이 세상을 피해 숨어사는 은자를 사모하는 것은 아니라는 말이다. 《논어》〈미자〉에 천하가 온통 어지러운데 헛되이 변역(變易)시키려고 한다는 장저와 걸익의 말을 듣고, 공자가 "조수와 무리지어 살 수는 없다. 내가 이 사람의 무리와 함께 하지 않고 누구와 함께 하겠는가. 천하에 도가 있다면 내 더불어 변역시키고자 하지 않을 것이다.〔鳥獸不可與同群, 吾非

부귀영화를 좋아하지 않아서일 뿐이라오	要不愛榮名
약을 파니[376] 도성이 가까움을 알겠고	賣藥城闉近
구름 보니 면불이 가벼움을 알겠구나[377]	看雲冕紱輕
그대의 시 나의 속됨을 선하게 하고	詩篇聊爾俗
흰 머리와 수염은 사람을 맑게 하네	鬚髮使人淸
나도야 그대 따라 숨어살기 원하노니	我欲從之隱
금단을 함께 이룸을 허여해 주실런지[378]	金丹許共成

斯人之徒與而誰與? 天下有道, 丘不與易也.]”라고 말한 내용이 보인다.

376 약을 파니 : 94쪽 주86 참조.

377 구름……알겠구나 : 고관대작을 구름처럼 가볍게 본다는 말이다. 《논어》〈술이 (述而)〉에 “거친 밥을 먹고 물을 마시며 팔을 굽혀 베더라도 즐거움이 또한 이 가운데 있다. 의롭지 못하고서 부유하고 귀한 것은 나에게 뜬구름과 같다.〔飯疏食飮水, 曲肱而 枕之, 樂亦在其中矣. 不義而富且貴, 於我如浮雲.〕”라는 내용이 보인다. 저본의 ‘면불 (冕紱)’은 예관(禮冠)과 인끈이라는 뜻으로, 모두 고관대작이 착용하는 것이다.

378 금단(金丹)을……주실런지 : ‘금단’은 도가에서 말하는 복용하면 장생불사한다 는 단약(丹藥)으로, 여기에서는 진정한 학문을 이루는 것을 비유한다. 이와 관련하여 《주자대전(朱子大全)》 권84 〈원기중이 교정한 「참동계」의 뒤에 적음〔題袁機仲所校參 同契后〕〉에 “허송세월 백 년 인생 얼마나 되나? 영지가 한 해에 세 번 꽃 핌은 무엇을 위함인지. 금단은 만년이 다 되어도 소식 없으니, 운당포(篔簹鋪) 벽 위의 시를 거듭 탄식하노라.〔鼎鼎百年能幾時? 靈芝三秀欲何爲? 金丹歲晩無消息, 重歎篔簹壁上詩.〕”, 《농암집(農巖集)》 권4 〈자익의 시에 차운하다〔次子益韻〕〉 두 번째 시에 “늙으면 금단 을 이룰 수가 없으니, 그대들 기나긴 여정 향해 노력하시길.〔老矣金丹不可成, 諸君努力 向脩程.〕”이라는 구절이 보인다.

'롱' 자 운으로 지은 시에 다시 첩운하다[379]
再疊朧字

동호에 오늘 밤 달이 떠오르니	東湖今夜月
안개 낀 물결 드넓게 희미하도다	煙瀨浩朣朧
그 옛날 서루에선 눈이 상쾌했는데	雪憶書樓爽

---

379 롱(朧) 자……첩운하다 : 249쪽 주361 참조. 원운은 다음과 같다.

합격자 명단에 이름을 올리니	黃金名射榜
상서로운 해가 찬란히 빛나네	瑞日色蔥朧
고관의 기상은 검은 머리에 넘치고	氣象頭全黑
은혜로운 교지는 붉은 패지에 크도다	恩榮牌大紅
몸을 지키는 곧은 도를 품었고	衛身懷直道
세상을 구하는 기이한 공을 지녔도다	救世伐奇功
훗날에 동각 열고 재상이 되더라도	他日開東閣
공손홍처럼 쉬이 유혹되지는 마오	莫教擬發蒙

저자는 1759년(영조35) 38세 때 진사시에 합격하였는데, 이윤영의 시는 이 즈음에 지은 시로 보인다. '동각(東閣)'은 동쪽으로 열린 쪽문이라는 뜻으로, 재상이 현자(賢者)를 초치(招致)하는 것을 이른다. 한(漢)나라 공손홍(公孫弘)이 재상이 된 뒤에 "객관을 세우고 동쪽 협문을 열어서 어진 사람을 맞이하였다.〔起客館, 開東閣以延賢人.〕"라는 고사에서 유래하였다. 동합(東閤)이라고도 한다. 여기에서는 저자가 훗날 재상이 되리라고 가정하여 말한 것이다. '공손홍처럼 쉬이 유혹되지는 마오'는 회남왕(淮南王) 유안(劉安)이 모반할 때 한 말 중에 "한(漢)나라 조정 대신 중에 급암(汲黯)만이 직간(直諫)하기를 좋아하고 충절을 지켜 의리에 죽을 수 있으니 나쁜 것을 가지고 유혹하기 어려우며, 승상 공손홍 등을 설득하기는 마치 뒤집어 쓴 것을 벗기고 나뭇잎을 흔들어 떨어뜨리는 것처럼 쉽다.〔漢廷大臣, 獨汲黯好直諫, 守節死義, 難惑以非. 至如說丞相弘, 如發蒙振落耳.〕"라는 구절에서 유래하였다. 《丹陵遺稿 卷10 十一月二日龕梅拆瓣……》《資治通鑑 卷19 漢紀11 武帝 中之上 元狩 元年》《漢書 卷58 公孫弘傳》

지금은 낚싯배에 등불이 붉으리라   燈知釣艇紅

부모님 생각에 어수선한 꿈이 많고   思親多亂夢

나그네 생활에 참 공부가 적었다오   爲客少眞功

객지에서 남은 생애 꿈꾸는 것은   旅榻殘年計

몸을 따라 몽매함을 여는 거라오   隨身有啓蒙

'명'자 운으로 지은 시에 다시 첩운하다[380]
再疊名字

종소리에 거리가 씻긴 듯 조용하니[381]	鐘動街如洗
일천 집이 모두가 명리를 꿈꾸리라	千家夢利名
오동나무 뜨락엔 사람 그림자 드물고	梧庭人影小
은하수엔 기러기가 가벼이 날아가네	銀渚鴈飛輕
드넓은 대지는 이에 더없이 고요하고	大地於斯靜
공활한 하늘은 한결같이 맑고 맑아라	寥天一得淸
아침이 오면 일을 마치기 어렵나니	朝來難了事

---

380 명(名) 자……첩운하다 : 251쪽 주365 참조. 원운은 다음과 같다.

한가로이 숲 아래 앉아 닜노라니	蕭然林下坐
세간의 명예가 모두 잊혀지네	忘却世間名
달은 은하수에 얕게 도달하고	月到明河淺
구름은 대화봉에 가볍게 지나가네	雲移大華輕
임종은 세속을 끊은 것이 아니요	林宗非絶俗
중자는 스스로 청고함에 치우쳤네	仲子自偏淸
오늘의 우리 만남 어찌 이리 늦었나	相見今何晩
돌아가 밭 갈며 함께 할 날 기다리네	歸耕待耦成

'임종(林宗)'은 후한(後漢)의 명사(名士)인 곽태(郭太, 128~169)의 자이다. '중자(仲子)'는 전국 시대 은일(隱逸)로 유명했던 진중자(陳仲子)로, 오릉자중(於陵子仲)이라고도 한다. 《맹자》에는 그 절개를 다 지키려면 지렁이가 되어야 할 것이라는 비판을 받은 오릉중자(於陵仲子)로 나온다. 《丹陵遺稿 卷10 十一月二日龕梅拆瓣……》

381 종소리에……조용하니 : 1경 3점, 즉 밤 10시 30분 경에 종루(鐘樓)에서 치는 인정(人定) 종소리에 한양의 8개 도성 문이 일제히 닫히고 통행이 금지된 것을 이른다. 당시에는 28수(宿)를 본떠 큰 종을 모두 28회 쳤다.

작고 작은 이익에 성패를 다투누나³⁸²　　　　　　　錐末競虧成

382　작고……다투누나 : 저본의 '추말(錐末)'은 추도지말(錐刀之末)의 준말로, 작은 일이나 작은 이익을 이른다. 《춘추좌씨전(春秋左氏傳)》 소공(昭公) 6년(기원전 536) 조에 "터럭 같은 작은 이익도 모두 다투려 할 것이다.〔錐刀之末, 將盡爭之.〕"라는 내용이 보인다.

'명'자 운으로 지은 시에 세 번째 첩운하다[383]
三疊名字

저녁 식사 마치고 뜨락을 거니노라니	晚食庭中步
성근별 이름을 조금씩 붙일 수 있다오	疏星稍可名
돌아가는 구름은 새를 모두 데려가고	歸雲將鳥盡
흘러가는 달은 사람을 향해 가볍도다	流月向人輕
깊은 방에서 다시금 쉴 수 있으니	密室復堪息
차가운 등불 애오라지 절로 맑도다	寒燈聊自清
서쪽 성곽에 은거할 생각 있으니	有懷西郭隱
외로운 몸 언제나 이곳을 꿈 꾼다오	孤夢此間成

---

383 명(名) 자……첩운하다 : 251쪽 주365 참조. 원운은 다음과 같다.

손 가는대로 책 펴기도 게을러졌나니	隨手披書倦
상아 찌지에 이름을 붙이지도 않았다오	牙籤不定名
구름 속의 별은 문 앞에 빽빽하고	雲星當戶密
숲속의 눈은 주렴 아래 가볍도다	林雪下簾輕
진세에 떨어지니 현담이 길고	塵落玄談永
벗님이 찾아오니 백발이 맑아지네	朋來素髮清
수신에 힘쓰지 않음이 부끄러우니	自修慚少力
절차탁마 끝내 어떻게 이루리오	偲切竟何成

《丹陵遺稿 卷10 十一月二日龕梅拆瓣……》

'롱' 자 운으로 지은 시에 세 번째 첩운하다[384]

三疊朧字

외로운 심사 불현듯 즐겁지가 않으니	孤懷悠不樂
하늘이 취하였나[385] 한결같이 흐릿하도다	天醉壹朦朧
변방에는 사신 수레가 새까맣게 오가고	長磧星軺黑
중원에는 사냥 불길이 붉게 타오르네	中原火獵紅
영왕[386]은 군대 일으켜 북벌할 뜻 품었고	寧王鳴甲志

---

384 롱(朧) 자……첩운하다 : 249쪽 주361 참조. 원운은 다음과 같다.

아침에 놀라운 시어를 보니	朝來詩語警
몽롱한 한가롭던 잠이 깨누나	閑睡破朦朧
달을 낚으니 동쪽 호수가 파랗고	釣月東湖碧
꽃을 심으니 옛 골짝이 붉도다	栽花古峽紅
시대를 근심한 계책은 자주 내침 당하고	憂時頻黜策
농사를 배운 공은 말년에 거두누나	學稼晚收功
함께 은거하여 깊이 들어감을 기약하니	偕隱期深入
빽빽한 넝쿨이 어여쁘기도 하여라	雲蘿好密蒙

《丹陵遺稿 卷10 十一月二日龕梅拆瓣……》

385 하늘이 취하였나 : 세상이 어지러운 것을 이른다. 장형(張衡)의 〈서경부(西京賦)〉에 "옛날에 천제(天帝)가 진 목공(秦繆公)을 좋게 여겨 그를 회견하고서 천상의 음악으로 잔치를 베풀어주었다. 천제는 취하자 황금 책문(策問)을 만들어서 옹주(雍州) 지역의 땅을 하사하여 하늘의 순수(鶉首) 별자리 지역에 해당하는 하계(下界)의 토지를 잘라주었다.〔昔者大帝說秦繆公而觀之, 饗以鈞天廣樂. 帝有醉焉, 乃爲金策錫用此土而翦諸鶉首.〕"라는 내용이 보인다. 여기에서는 중원의 땅을 청나라에 준 것을 한탄하는 말이다.

386 영왕(寧王) : 하늘의 명을 받아 국가를 안정시킨 왕이라는 뜻으로, 여기에서는

파로는 창을 베고 설욕의 공 다짐했다오[387]   芭老枕戈功

이 일을 나도 오히려 기술을 하건만   此事吾猶述

소자의 어리석음이 못내 서글프구나   堪悲小子蒙

효종(孝宗, 1619~1659)을 가리킨다. 효종은 1636년(인조14)에 병자호란을 만나 이듬해 2월에 소현세자(昭顯世子)와 함께 인질로 심양(瀋陽)에 갔다. 1645년 4월에 먼저 귀국했던 소현세자가 갑자기 죽자 5월에 귀국하여 세자로 책봉되었고, 1649년에 인조가 죽자 즉위하였다. 청나라에서 여기저기 끌려 다니며 고생했던 효종은 즉위한 뒤로 평생을 김자점(金自點)을 비롯한 친청파(親淸派)를 파직시키고 김상헌(金尙憲)·송시열(宋時烈) 등 대청(對淸) 강경파를 중용하며 산성을 수리하고 군비를 증강하는 등 북벌계획을 강력히 추진하였으나 뜻을 이루지 못하고 41세를 일기로 승하하였다.

387 파로(芭老)는……다짐했다오 : '파로'는 '파곶(巴串)의 어른'이라는 뜻으로, 우암(尤庵) 송시열(宋時烈, 1607~1689)을 가리킨다. 병자호란 이후 낙향하여 10여 년 간 이곳에 은거하다가 1649년 효종이 즉위하여 척화파 및 재야학자들을 대거 기용하자 세자시강원 진선(世子侍講院進善) 등의 벼슬을 하였다. 이 때 올린 〈기축봉사(己丑封事)〉에서 존주대의(尊周大義)와 복수설치(復讐雪恥)를 역설한 것을 계기로 효종이 추진하는 북벌 계획의 핵심 인물로 발탁되어 효종과 함께 민생 안정을 우선하는 북벌계획을 추진하였다. 파곶은 충북 괴산군(槐山郡) 화양동(華陽洞)에 있는 화양구곡(華陽九曲) 중 하나이다.

'명'자 운으로 지은 시에 네 번째 첩운하다[388]
四疊名字

기린각[389]엔 초상화가 걸려있고	麟臺有繪像
문단에도 이름이 문채 난다오	藝苑亦蜚名
예로부터 길고 짧음 논하는 건	自古論脩促
나에게는 경중이 되지 못하네	於吾未重輕
봄바람은 안자의 누항[390]에 따뜻하고	春風顔巷暖
밤 달은 소옹의 안락와[391]에 맑은데	夜月邵窩淸

---

388 명(名) 자……첩운하다 : 251쪽 주365 참조. 원운은 다음과 같다.

모습은 쇠해 한창 기를 기르는데	形衰方養氣
도가 졸렬해 끝내 이름이 없다오	道拙遂無名
굽은 다리엔 차가운 물 빠르고	橋迴寒流迅
긴 성곽엔 저녁 노을이 가볍구나	城長暮靄輕
몸을 가지고 벽립천인을 생각하나	將身思壁立
웃음을 터뜨리며 백년하청에 비긴다오	發笑比河淸
감도 머무름도 인연 따라 바뀌나니	去住隨緣轉
물이 흐르다 개천을 이룸과 같다오	如渠水到成

'물이 흐르다 개천을 이룸과 같다오'의 원문은 '수도거성(水到渠成)'으로, 조건이 무르익
으면 일은 절로 이루어지게 된다는 말이다. 《丹陵遺稿 卷10 十一月二日龕梅拆瓣……》

389 기린각(麒麟閣) : 한 선제(漢宣帝)가 곽광(霍光), 장안세(張安世), 소무(蘇武)
등 공신 11인의 초상화를 걸어 놓았던 누각을 이른다.

390 안자(顔子)의 누항(陋巷) : 누추한 골목이라는 뜻으로, 여기에서는 저자가 사는
시골을 이른다. 《논어》〈옹야(雍也)〉에 "한 대광주리의 밥과 한 표주박의 물로 궁벽한
시골에서 사는 것을 남들은 그 근심을 견디지 못하는데 안회(顔回)는 그 즐거움을 고치
지 않는구나.〔一簞食, 一瓢飮, 在陋巷, 人不堪其憂, 回也不改其樂.〕"라는 내용이 보인다.

나에게 장한 뜻 없음이 부끄러우니 　　　　　　　　　愧汝無奇志

배워도 못 이룬다 누가 말하는가[392] 　　　　　　　　誰言學不成

391　소옹(邵雍)의 안락와(安樂窩) : '안락와'는 송나라 소옹(邵雍, 1011~1077)의 서
재 이름으로, 여기에서는 저자의 오두막을 이른다.

392　배워도……말하는가 : 성인(聖人)은 배워서 이를 수 있다는 말이다. 《맹자》〈등
문공 상(滕文公上)〉의 "맹자는 성(性)의 선(善)함을 말하였는데, 말할 때마다 반드시
요순을 칭하였다.〔孟子道性善, 言必稱堯舜.〕"라는 구절에 대한 주희(朱熹)의 주에 "인
의(仁義)는 밖에서 구함을 기다리지 않고 성인은 배워서 이를 수 있는 것임을 알아서
힘을 씀에 게을리 하지 않게 하고자 한 것이다.〔欲其知仁義不假外求, 聖人可學而至,
而不懈於用力也.〕"라는 내용이 보인다.

'롱' 자 운으로 지은 시에 네 번째 첩운하다[393]
四疊朧字

새벽이라 창가에서 옛 책을 꺼내니	晨窓抽古帙
자그마한 글자가 태반은 희미하구나	細字半朦朧
도학은 나의 평소 마음과 어긋나고	道術違心素
가는 세월은 붉은 얼굴을 손상시켰네	年華損頰紅
농사지어도 끝내 굶주리지 않나니	爲農終不餒
계책을 구해 뒤늦게 무슨 공 세우리오	干策晚何功
은거하는 우리 신선[394]께 매우 감사드리니	多謝仙壺子
새 시로 어리석음을 깨우쳐 주셨다오	新詩解牖蒙

---

393 롱(朧) 자……첩운하다 : 249쪽 주361 참조. 원운은 다음과 같다.

찬란한 아침 해가 솟아오르니	朝陽昇赫赫
자욱한 산안개가 흩어지누나	山霧罷朧朧
한 줄기는 흰 빛을 조금 더하였고	一線纔添白
천 꽃은 붉게 피어나길 기다리네	千花待放紅
함이 없어서 끝내 조화를 이루고	無爲終有化
쉬지 않아 마침내 공을 이루누나	不息乃成功
도 걱정에 더욱 게으른 몸 닦지만	憂道增修懶
백발에 정견 없음이 못내 부끄럽네	皓頭愧蔑蒙

《丹陵遺稿 卷10 十一月二日龕梅拆瓣……》

394 은거하는 우리 신선 : 이윤영(李胤永, 1714~1759)을 이른다. 저본의 '선호자(仙壺子)'는 94쪽 주86 참조.

강계승 정환 을 증별하다[395]

贈別姜季昇 鼎煥

천리 길 스승 찾아와 제생과 함께하니　　　　從師千里共諸生
두어 칸 오두막에서 삼복더위 지냈다오　　　　三伏炎蒸屋數楹
매번 바위 사이에 백학이 깃들 때마다　　　　每有巖間棲定鶴
밤 깊도록 글 읽는 소리 춤을 추었다오　　　　夜深飛舞讀書聲

395 강계승(姜季昇)을 증별하다 : 강계승은 강정환(姜鼎煥, 1741~1816)으로, '계승'
은 자이다. 본관은 진주(晉州), 호는 전암(典庵)으로, 저자의 아버지인 김원행(金元
行)의 문인이다. 《심경(心經)》·《근사록(近思錄)》·《주자대전(朱子大全)》 등을 강
론하면서 후진 양성에 힘썼으며, 이황(李滉)의 〈천명도(天命圖)〉를 토대로 〈심성도
(心性圖)〉와 〈대학강령도(大學綱領圖)〉 등 고금의 성리설에 관한 많은 도식과 차록(箚
錄)을 만들어 성리학에 이바지하였다. 저서에 《전암문집(典庵文集)》 8권이 있다. 《삼
산재집》 권8에 〈영귀정기(詠歸亭記)〉라는 글이 있는데, 강정환이 경남 칠원현(漆原
縣)에 있는 영귀정(詠歸亭)으로 돌아가면서 저자에게 글을 부탁해 지어준 것으로, 이
시 역시 이때 지은 것으로 보인다.

두 번째
其二

괴화 피는 시절이라 만인이 다 바쁘니[396]	槐花時節萬人忙
동작 나루가 소란함을 감당치 못하누나	銅雀囂塵不可當
오직 무이산[397] 아래 한 나그네 있어	獨有武夷山下客
일거에 은거하니 무단[398]이 시원하도다	一鞭歸臥舞壇涼

396 괴화(槐花)……바쁘니 : 당(唐)나라 때 6월의 과거 시험에 낙방한 응시생들이
귀향하지 않고 계속 서울에 머물며 글짓기를 공부하다가 시험을 본 그해 7월에 다시
한 번 글을 지어 올려서 천거를 구하는데, 이를 과하(過夏)라고 한다. 이때는 마침
해나무 꽃이 노랗게 되는 때이기 때문에 "괴화가 노랗게 되면 응시생들이 바빠진다.〔槐
花黃, 擧子忙.〕"라는 말이 생겨났다. 여기에서는 과거시험 보는 때를 가리킨다. 《古今事
文類聚 前集 卷26 仕進部 士子科目 槐黃赴擧》《說郛 秦中歲時記》

397 무이산(武夷山) : 강정환의 고향인 경남 칠원(漆原)과 가까운 고성군(固城郡)의
무이산을 가리킨다.

398 무단(舞壇) : 기우제를 지내는 무우(舞雩)의 단이라는 뜻으로, 도를 즐기며 벼슬
을 구하지 않음을 비유한다. 《논어》〈선진(先進)〉에 공자가 증점(曾點)에게 장래 포부
를 물어보자 "기수에서 목욕하고 무우에서 바람을 쐰 뒤 노래하며 돌아오겠다.〔浴乎沂,
風乎舞雩, 詠而歸.〕"라고 대답한 내용이 보인다. 여기에서는 강정환이 돌아가는 칠원현
(漆原縣)의 영귀정(詠歸亭)을 이른다. 《三山齋集 卷8 詠歸亭記》

홍극지[399] 낙진 가 와서 석실서원[400]에 머물다가 보름 뒤에
돌아간다고 하였다. 떠날 즈음에 시를 꺼내들며 화답을
요구하기에 보운[401]하여 작별하다
洪克之 樂眞 來留石室書院 半月而後告歸 臨行出詩索和 步韻爲別

강가의 가을 산 그림 병풍처럼 둘렀는데　　　　　　江上秋山繞畫屏

399 홍극지(洪克之) : 홍낙진(洪樂眞, 1735~1790)으로, '극지'는 자이다. 본관은 풍
산(豐山), 저자의 아버지 김원행(金元行)의 문인이다. 초명은 낙운(樂韻), 자는 화보
(和甫)였으나, 김원행이 이름과 자를 바꾸어 주었다. 《삼산재집》권8 〈홍생 극지가
남쪽으로 돌아가는 것을 전송하며 주는 글〔送洪生克之南歸序〕〉에 따르면, 이 시를 지
을 당시 홍낙진의 거주지는 전라도 나주목(羅州牧) 남평현(南平縣)으로, 홍낙진은 양
식을 싸들고 부모와 처자식을 떠나 석실서원에 와서 머물다가 떠난 것이 여러 차례였던
것으로 보인다. 특히 저자가 41세 되던 1762년(영조38)에는 석실서원에 와서 1년 동안
머물며 《대학》과 《논어》를 읽기도 하였다. 《淵泉集 卷32 學生洪公行狀》

400 석실서원(石室書院) : 122쪽 주138 참조.

401 보운(步韻) : 두 수 이상으로 된 다른 사람의 연작시 운을 따라서 차례대로 차운
(次韻)하여 시를 짓는 것을 이른다. 화답시 중에 뜻은 문답하는 것 같으나 다른 운부(韻
部)를 사용하는 것을 '화시(和詩)'라고 이르며, 운부는 같으나 글자가 다른 것을 '화운
(和韻)', 글자는 같으나 순서가 다른 것을 '용운(用韻)', 순서까지 모두 같은 것을 '보운
(步韻)'이라고 한다. 보운은, 훗날의 양 간문제(梁簡文帝)인 태자 소강(蕭綱,
503~551)의 〈몽예참회시(蒙豫懺悔詩)〉라는 시에 대해, 양 무제(梁武帝) 소연(蕭衍,
464~549)의 〈태자의 참회시에 화답하다〔和太子懺悔詩〕〉와 왕균(王筠, 481~549)의
〈황태자의 참회시에 화답하다〔和皇太子懺悔詩〕〉라는 화답시에서 처음 시작되었다. 섭
몽득(葉夢得, 1077~1148)에 따르면 당(唐) 이전에는 화답시에 같은 운을 쓰는 일이
없었고 그저 앞뒤로 이어서 지었을 뿐이라고 한다. 보운은 만당(晚唐)에 많이 따라
짓다가 송대(宋代)에 와서 더욱 성행하였다. 《圍爐詩話 卷1》《玉潤雜書》《古詩紀 卷
146 別集 統論下 雜體》

엷은 구름 서늘한 바람 소리 원정에 맑도다 　薄雲寒籟澹園亭

몇몇 제군 행장 꾸려 먼 집으로 돌아가는데 　數君步屧還遙院

구월 구일 꽃가지가 작은 뜰에 피어있네 　九日花枝也小庭

모래 언덕 단풍과 솔은 지는 해를 붙잡고 　沙岸楓松留急景

들 소반 떡과 과일은 은은한 향기 풍기누나 　野盤餻菓發微馨

이 속에서 내일 아침 이별을 말 못하는데 　此中未話明朝別

저녁 물가 슬픈 기러기 소리 견딜 수 없네 　叵耐哀鴻叫晚汀

차운하여 황영수 윤석 를 증별하다[402]

次韻 贈別黃永叟 胤錫

한강에 가을 오자 기러기 많아지니	江漢秋多鴈
나그네가 비로소 고향을 생각하네	遊人始憶家
풍랑이 이는 이때 배를 타고 떠나니	登舟此風浪
이별하면 곧 천애 멀리 떨어진다오	分袂卽天涯
나그네 가는 길엔 둥근 달 떠오르고	客路生圓月
이별하는 정자엔 늦은 국화 피었도다	離亭駐晚花
다시 만날 기약을 보장할 수 있다면	心期如可保
굳이 동거[403]를 노래할 것 있으리오	何必詠同車

---

402 차운하여……증별하다 : 이 시는 1759년(영조35) 저자 나이 38세 때 지은 시로, 황윤석의 화답시 3수가 《이재유고(頤齋遺稿)》에 실려 있다. 《승정원일기》에 따르면 저자는 1764년(영조40) 2월 22일에 호조 전부(戶曹典簿)에 임명되었고 동년 6월 30일에 보은 현감(報恩縣監)에 제수되었는데, 황윤석의 시는 저자가 호조 전부로 있던 기간에 뒤늦게 화답한 것이다. 황영수(黃永叟)는 황윤석(黃胤錫, 1729~1791)으로, 영수는 자이다. 본관은 평해(平海), 호는 이재(頤齋)·서명산인(西溟散人)·운포주인(雲浦主人)·월송외사(越松外史)이다. 저자의 아버지 김원행(金元行)의 문인이다. 1759년 31세 때 저자와 함께 진사시에 합격하고 1766년(영조42) 6월 18일에 은일(隱逸)로 장릉 참봉(莊陵參奉)에 임명되었다. 이후 목천 현감(木川縣監), 전생서 주부(典牲署主簿), 전의 현감(全義縣監) 등을 역임하였다. 저서에 《이재유고(頤齋遺稿)》·《이재속고(頤齋續稿)》·《이수신편(理藪新編)》·《자지록(恣知錄)》 등이 있다. 《삼산재집》 권8에 〈황영수의 장릉 지기 부임에 즈음하여 준 글[贈黃永叟赴直莊陵序]〉이 실려 있다. 《頤齋遺稿 卷3 追次金典簿正禮己卯臚行之作仰呈請敎》

403 동거(同車) : 《시경》〈패풍(邶風) 북풍(北風)〉에 "사랑하여 나를 좋아하는 이

와, 손잡고 함께 돌아가리라.〔惠而好我, 攜手同車.〕"라는 구절이 보인다. 이 시는 주희
(朱熹)의 주에 따르면 국가의 위란(危亂)에 좋아하는 귀한 이와 함께 떠나가서 난리를
피하고자 한 노래이다.

호남의 세 현자가 와서 서원[404]에 머물렀다. 이별에 즈음하여 써서 주다
湖南三賢來留院中 臨別書贈

강남이 승경이란 말을 들었으니	聽說江南勝
가을 오면 즐거움이 넘쳐난다고	秋來樂有餘
동산에선 귤과 유자를 수확하고	家園收橘柚
해안에선 새우와 물고기 줍는다네	海岸拾鰕魚
도가 졸렬하니 갈옷을 달게 여기고	道拙甘衣褐
시절이 위태하니 은거가 부럽다오	時危羨卜居
새벽 창에 지나가는 기러기 소리	晨窓聞過鴈
모두가 청주와 서주[405]를 향하누나	一一向青徐

---

404 서원(書院) : 양주(楊州)에 있는 석실서원(石室書院)을 이른다. 자세한 것은 122쪽 주138 참조.

405 청주(青州)와 서주(徐州) : 《계곡만필》에 우리나라의 남쪽 변두리는 중국의 청주와 서주의 동쪽 지경(地境)에 해당시킬 수 있다는 내용이 보인다. 중국의 청주와 서주는 지금의 산동성(山東省)과 강소성(江蘇省) 지방에 해당하는 지역으로, 여기에서는 호남 일대를 가리킨다. 《谿谷集 谿谷漫筆 卷1》

김생 천구[406]에게 주다
贈金生天衢

두 대가 장수 되어 군의 봉호 칭했는데[407]	兩世登壇號郡君
지금은 쇠락하여 청한한 가문 되었도다	秪今淪落爲淸門
농사든 부귀영화[408]든 모두가 여사이니	耕桑鍾鼎渾餘事
충효로 집안 전함이 훌륭한 자손이라오	忠孝傳家是令孫

406 김생 천구(金生天衢) : 1716~?. 본관은 김해(金海)이다. 김천구의 고조 김여수 (金汝水)의 서얼 현손으로, 1763년(영조39) 48세 때 무과에 급제하였다. 저자의 아버지 김원행(金元行)이 김천구의 부탁을 받고 지은 김여수의 비문과 증조 학림군(鶴林君) 김세기(金世器, 1631~1685)의 비문이 《미호집》에 실려 있다. 《渼湖集 卷16 北兵使海城君贈戶曹判書金公神道碑銘, 南兵使鶴林君金公神道碑銘》

407 두……칭했는데 : 김천구의 5대조 학성군(鶴城君) 김완(金完)과 고조 해성군(海城君) 김여수를 가리킨다. 김완은 황해도 병마절도사를 지내고 병조 판서에 추증되었으며, 김여수는 함경북도 병마절도사를 지내고 호조 판서에 추증되었다. 다만 증조 김세기 역시 학림군에 봉해졌기 때문에 군(君)에 봉해진 것은 실은 3대라고 볼 수 있다. 저본의 '등단(登壇)'은 한 고조(漢高祖) 유방(劉邦)이 한신(韓信)을 장수에 임명하면서 길일을 택하여 재계한 뒤에 단을 설치하고서 예(禮)를 모두 갖추어 임명한 것에서 유래하여 장수를 임명하는 것을 이르게 되었다. 《渼湖集 卷16 北兵使海城君贈戶曹判書金公神道碑銘, 南兵使鶴林君金公神道碑銘》《史記 卷92 淮陰侯列傳》

408 부귀영화 : 저본의 '종(鍾)'과 '정(鼎)'은 종묘의 제사에 쓰는 기물들로, 여기에서는 부귀영화를 비유한다.

두 번째
其二

월산[409]을 남쪽으로 바라보니 천 겹의 길이라	月山南望路千重
우리 할아버지 좋은 글 이 속에서 지어졌다오[410]	吾祖離騷作此中
바닷가 마을 가을이라 논바닥 게가 좋으리니	海國秋來稻蟹好
훗날 필마로 돌아가는 기러기 쫓아가리라	他時匹馬逐歸鴻

409 월산(月山) : 자세하지 않다.

410 우리……지어졌다오 : 저본의 '이소(離騷)'는 '근심을 만나다'라는 뜻이다. 춘추
전국시대 초(楚)나라 굴원(屈原)의 〈이소〉에서 유래하여 여기에서는 좋은 글을 비유하
였다. '이 속'은 어디를 가리키는지 자세하지 않다. 김창집(金昌集, 1648~1722)이 신임
사화(1721~1722)로 인하여 아들 김제겸(金濟謙), 손자 김성행(金省行)과 함께 죽음
을 당한 뒤, 저자의 종증조 김창흡(金昌翕, 1653~1722)과 증조 김창협(金昌協, 1653~
1722)이 양주(楊州)로 내려와 석실서원(石室書院)에서 문인을 양성하고 문장과 학문
에만 전념하며 저술한 것을 이른다고 볼 수도 있다.

병중에 벗의 시에 차운하다

病中 次友人韻

처마에서 참새들 시끄럽게 지저귀니	百囀簷間雀
맑은 햇살 지붕 동쪽에 가득 비추네	晴曦滿屋東
이불 끼고 있은 지가 꼭 열흘인데	擁衾恰旬日
문을 여니 봄바람이 좋기도 하여라	開戶好春風
깊숙이 홀로 있어 게으름만 피웠으니	幽獨只能懶
읊조리는 시가 어찌 다시 공교로울까	謳吟那復工
강가에서 지은 시들 한 번 보노라니	因觀湖上作
돌아갈 뜻 너무 커서 가누기 어렵도다	歸意浩難窮

두 번째
其二

아홉 갈래 길[411]엔 잔설이 녹아 있고	九陌融殘雪
층층의 성곽에는 노을이 흩어져 있네	層城散彩霞
가벼운 추위는 버들을 금하지 않고	輕寒不禁柳
가는 봄비는 꽃을 또 재촉하누나	小雨又催花
보이는 모든 것이 상심하게 만드니	滿目傷人事
미친 노래로 봄 풍경에 답이나 해볼까	狂歌答物華
꽃피는 시절 부지런히 즐겨야 하리니	芳辰勤取樂
밝은 태양을 기울게 하지 말고	白日莫教斜

411　아홉 갈래 길 : 저본의 '구맥(九陌)'은 '도성의 큰 길'이라는 뜻으로, 한(漢)나라 장안성(長安城) 안에 9개의 큰 길이 있었다는 데서 유래하였다.

가군과 늑천 송숙[412] 명흠 을 모시고 속리산을 유람하였다.
저녁에 복천암에서 유숙하며 삼가 송숙의 시에 차운하다[413]

412 늑천(櫟泉) 송숙(宋叔) : 송명흠(宋明欽, 1705~1768)으로, 본관은 은진(恩津),
자는 회가(晦可), 시호는 문원(文元)으로, 늑천은 호이다. 송준길(宋浚吉)의 현손이자
이재(李縡)의 문인으로, 저자의 아버지 김원행(金元行)의 이종사촌이다. 정조의 생부
인 사도세자(思悼世子)의 스승이다. 사화를 피하여 아버지를 따라 옥천(沃川), 도곡
(塗谷), 회덕(懷德)의 송촌(宋村) 등지로 옮겨 다니며 살았다. 학행으로 천거되어 벼슬
길에 여러 번 부름을 받았으나 모두 나아가지 않았다. 1763년(영조39) 59세 때 경현당
(景賢堂)에 입시하여 《중용》을 강하였는데, 경연 중 김시찬(金時粲) · 윤시동(尹蓍東)
등을 구원하다가 영조의 비위를 거슬러 전리(田里)로 방축되었다. 저서에 《늑천집(櫟
泉集)》이 있다.

413 가군(家君)과……차운하다 : 이 시는 저자의 나이 43세가 되던 해인 1764년(영조
40) 9월 보은 현감(報恩縣監)으로 있을 때 지은 것이다. 송명흠의 원운은 《늑천집(櫟泉
集)》 권3에 〈수정봉. 임유보의 시에 차운하여 김형 백춘에게 부치다[水晶峰次任幼輔韻
屬金兄伯春]〉라는 제목으로 실려 있는데, 다음과 같다.

오늘 유람 더 이상 소년의 유람은 아니나	今來非復少年遊
그래도 우리 형께서 정상에 계심이 기쁘다오	猶喜吾兄在上頭
십년 동안 묵은 책을 읽는 것보다 나으니	勝讀塵編消十歲
더구나 서리 맞은 단풍잎 삼추에 찬란함에랴	況當霜葉爛三秋
세조께서 경을 들으시던 곳엔 풀이 우거지고	草深光廟聽經地
우옹께서 《주역》을 강하던 누각엔 재만 차갑네	灰冷尤翁講易樓
수정봉에 해 질 무렵 머리 긁으며 묻노니	落日晶峰搔首問
천시가 옮겨감은 끝내 어디로 경유하는지	天時遷謝竟何由

'임유보'는 임상주(任相周)이다. '백춘'은 김원행의 자이다. '십년……나으니'는 《이정유
서(二程遺書)》 권18에 "옛 사람은 '그대와 하룻밤 나누는 이야기가 십년 동안 책을
읽은 것보다 낫다.'라고 하였으니, 만일 말을 하자마자 바로 깨닫는다면 어찌 십년 동안
의 독서에 맞먹을 뿐이겠는가.[古人云 : 共君一夜話, 勝讀十年書. 若於言下卽悟, 何啻
讀十年書?]"라는 구절을 원용한 것이다. '세조께서……우거지고'는 세조가 속리산 문장
대(文藏臺)에 올라 하루 종일 글을 읽었다는 고사를 이른다. '우옹'은 우암(尤庵) 송시

陪家君及櫟泉宋叔 明欽 遊俗離山 夜宿福泉菴 謹次宋叔韻

다행히 명승지 있어 좋은 유람을 제공하니	幸有名區供勝遊
나란히 만 봉우리에 지팡이 짚고 걸음하셨네	雙臨杖屨萬峰頭
잠시 공문서[414] 버려두고 맑은 새벽에 달려오니	暫抛朱墨來淸曉
마침 서리 맞은 단풍 만나 늦가을에 멈추었다오	恰値霜楓駐晩秋
해가 지자 솔숲 안개 저 멀리 산굴에 잠기고	日落松嵐沉遠岫
밤이 이슥하자 등롱이 깊은 누대에 걸렸도다	夜闌籠火在深樓
이 속에서 뗏목 타리란 탄식이 터져 나오니	此中正發乘桴歎
함께 시종한 이들 중에 어느 누가 중유이려나[415]	列侍何人是仲由

열(宋時烈)을 가리킨다. 저자는 동년 6월 30일에 보은 현감에 임명되어 1769년(영조45) 4월 29일 영동 현감(永同縣監)에 제수될 때까지 이후 5년 동안 보은 현감으로 재직하였다. 복천암(福泉菴)은 속리산 성불사(成佛寺) 내에 있는 암자이다. 《承政院日記 英祖 40年 6月 30日, 45年 4月 29日》《三山齋集 卷8 記游》

414 공문서 : 저본의 '주묵(朱墨)'은 장부를 작성하는데 사용하는 주필(朱筆)과 묵필(墨筆)이라는 뜻으로, 여기에서는 관청의 사무를 이른다.

415 이⋯⋯중유(仲由)이려나 : '뗏목 타리란 탄식'은 세상을 피해 은둔하겠다는 말이다. 《논어》〈공야장(公冶長)〉에 공자가 "도가 행해지지 않으니, 내 뗏목을 타고 바다로 가고자 한다. 이때 나를 따라올 사람은 아마 유(由)일 것이다.〔道不行, 乘桴浮於海. 從我者, 其由與!〕"라고 탄식한 내용이 보이는데, 정이(程頤)에 따르면 공자의 이 탄식은 천하에 어진 임금이 없음을 안타깝게 여겨 가정해서 한 말로, 자로(子路)는 의리에 용감하였기 때문에 자신을 따라올 것이라고 한 것이다. 중유는 자로를 이른다. 《論語集註 公冶長 朱熹注》

계산에서 조촐하게 모이다[416]
稽山小集

감당은 옛날을 노래한 것이요[417]	棠芾歌惟舊
간모는 또 오늘의 일이라오[418]	干旄事又今
불러서 고상한 모임을 가지니	招呼爲雅集
담소 속에 한 마음을 보겠도다	談笑見同心
등 앞에서 취한 일이 생각나고	酒憶燈前醉

---

416 계산(稽山)에서 조촐하게 모이다 : 이 시는 저자가 영동 현감(永同縣監)으로 있었던 1769년(영조45) 48세부터 1772년 7월 51세 때 부친상으로 인해 체직될 때까지의 기간 동안 지은 것으로 추정된다. '계산'은 충북 영동(永同)의 옛 이름이다.

417 감당(甘棠)은……것이요 : '감당'은 주(周)나라 때 백성들이 훌륭한 정사를 행했던 소공 석(召公奭)을 찬미한 노래이다. 《시경》〈소남(召南) 감당(甘棠)〉에 "무성한 감당 나무 자르지 말고 베지 말라. 소백께서 초막으로 삼으셨던 곳이니라.〔蔽芾甘棠, 勿翦勿伐, 召伯所茇.〕"라는 구절이 보이는데, 주희(朱熹)의 주에 따르면 백성들이 소공의 덕(德)을 그리워하여 소공이 순행하면서 잠시 머물렀던 나무마저도 아껴서 차마 손상하지 못한 것을 노래한 것이다. 여기에서는 한명윤(韓明胤, 1542~1593)과 같이 그 고을 백성들이 덕을 기렸던 전임 영동 현감을 말한다고 볼 수도 있다. 저자는 1769년(영조45) 4월 29일 영동 현감에 제수되었다.

418 간모(干旄)는……일이라오 : '간모'는 현자(賢者)를 초빙하는 것을 이른다. 《시경》〈용풍(鄘風) 간모(干旄)〉에 "우뚝 솟은 간모여, 준읍(浚邑)의 교외에 있도다. 흰실 짜서 매달고 양마 네 필을 멍에 하였구나. 저 아름다운 그대는 무엇으로써 보답해 주려고.〔孑孑干旄, 在浚之郊. 素絲紕之, 良馬四之. 彼姝者子, 何以畀之?〕"라는 구절이 보이는데, 주희(朱熹)의 주에 따르면 위(衛)나라 대부(大夫)가 물소 꼬리를 깃대에 맨 의장용 깃발을 수레 뒤에 꽂고 예(禮)를 지극히 하여 현자를 만나러 가는 것을 노래한 것이다. 여기에서는 이때의 모임을 가리킨다.

말 위에서 읊은 시를 전해주네   詩傳馬上吟
이 고을에 훌륭한 자취 남겨주오   茲鄕留勝躅
세월이 지난 뒤 후인이 찾아오리   日月後人尋

섣달 그믐날 밤에 벗들과 술을 마시다[419]

除夜 與諸友飲酒

오늘 밤 계산의 객관에 묵노라니	今夜稽山館
쓸쓸한 심정 못내 떨칠 수 없는데	孤懷殊未開
우연히 동지들과 모임을 이루니	偶成同志會
모두들 다른 고을에서 찾아왔다오	俱自異鄕來
차츰차츰 하늘의 별이 옮겨가고	冉冉天星轉
두둥두둥 나례[420]의 북소리 재촉하네	騰騰儺鼓催
흐르는 세월이 이와 같이 빠르니	流光有如此
동자들은 부디 잔을 멈추지 말라	童子莫停杯

419 섣달……마시다 : 이 시는 저자가 영동 현감(永同縣監)으로 있었던 1769년(영조 45) 48세부터 1772년 7월 51세 때 부친상으로 인해 체직될 때까지의 기간 동안 지은 것으로 추정된다. '계산'은 충북 영동(永同)의 옛 이름이다.

420 나례(儺禮) : 음력 섣달 그믐날 민가와 궁중에서 악귀를 쫓던 의식으로, 고려 정종(靖宗) 때 처음 시작되었다. 섣달의 대나(大儺)는 광화문(光化門)·홍인문(興仁門)·숭례문(崇禮門)·돈의문(敦義門)·숙정문(肅靖門)에서 행하는데, 대체적인 의식은 다음과 같았다. 관상감(觀象監) 관원이 나자(儺者)를 거느리고 새벽에 근정문(勤政門) 밖에 나아가면 승지가 역귀를 쫓을 것을 계청한다. 왕의 윤허가 떨어지면 관원이 나자를 인도하여 내정(內庭)으로 들어가서 서로 창화(唱和)하며 사방에다 대고 부르짖는다. 마치면 북을 치고 떠들면서 광화문으로 나온다. 사문(四門)의 성곽 밖에 이르면 봉상시(奉常寺)의 관원이 미리 수닭과 술을 준비하고 있다가 나자가 문을 나오려고 하면 문 가운데에 신(神)의 자리를 펴고 희생(犧牲)의 가슴을 갈라서 신의 자리 서쪽에 제사를 지낸다. 끝나면 닭과 축문을 땅에 묻고 예가 끝난다. 시간이 지나면서 뒤에는 기생·악공의 춤과 노래를 곁들인 오락으로 변하였다. 《高麗史 卷64 禮志 季冬大儺儀》 《林下筆記 卷16 文獻指掌編 儺禮》

정남위 동익 와 이명수 민철 가 시를 지어서 화답을
요구하기에 부쳐 보내다[421]

鄭南爲 東翼 李明叟 敏哲 有詩求和 却寄

계산[422]에 온 밤 내내 비가 오더니	稽山一夜雨
시냇가 버드나무 온통 푸르도다	綠遍溪邊柳
무엇으로 그대의 시름 위로할까	何用慰君愁
새로 익은 술이 반동이가 있다오	半壺新熟酒

---

421 정남위(鄭南爲)……보내다 : 이 시는 저자가 영동 현감(永同縣監)으로 있었던
1769년(영조45) 48세부터 1772년 7월 51세 때 부친상으로 인해 체직될 때까지의 기간
동안 지은 것으로 추정된다. 정동익(鄭東翼, 1737~1802)은 본관은 청주(淸州), 자는
남위(南爲), 호는 오재(寤齋)로, 한강(寒岡) 정구(鄭逑, 1543~1620)의 후손이다. 저
자보다 15세 어리다. 저자의 아버지 김원행(金元行, 1702~1772)의 문인이며, 아버지
정달제(鄭達濟)는 김원행과 교분이 두터웠다. 1777년(정조1) 생원시에 급제하였고,
영릉 참봉(英陵參奉), 사릉 참봉(思陵參奉) 등을 역임하였다. 저서에 《오재집(寤齋
集)》등이 있다. 이민철(李敏哲, 1740~?)은 본관은 성산(星山), 자는 명수(明叟)로,
저자의 아버지 김원행의 문인이다. 1780년 생원시에 합격하였다.

422 계산(稽山) : 충북 영동(永同)의 옛 이름이다.

두 번째
其二

관아 파하니 고요히 할 일 없는데	衙罷澹無營
담장 모퉁이 버들에 새가 지저귀네	鳥啼墻角柳
어찌하면 귀한 손님 오시도록 하여	何由致上客
함께 꽃밭에서 술 마실 수 있을거나	共瀉花間酒

두 현자께서 나에게 학문에 힘쓸 것을 권면하시기에 부쳐온
시에 차운하여 작별하고, 아울러 부끄럽고 고마운 뜻을
전하다[423]

兩賢勉余以學 政用見寄韻爲別 兼道愧謝之意

이곳에서 만나니 눈이 배는 밝아진 듯하고	此地相逢眼倍明
수많은 덕언으로 나를 일깨워 주셨다오	德言多少荷提醒
훗날 또 다시 서공의 걸상을 내려놓으면[424]	他時更解徐公榻
아마도 현가가 이 작은 고을에 가득하리라[425]	倘有絃歌滿武城

---

423 두……전하다 : 이 시는 저자가 영동 현감(永同縣監)으로 있었던 1769년(영조
45) 48세부터 1772년 7월 51세 때 부친상으로 인해 체직될 때까지의 기간 동안 지은
것으로 추정된다. '두 현자'는 정동익(鄭東翼, 1737~1802)과 이민철(李敏哲, 1740~?)
을 가리킨다. 285쪽 주421 참조.

424 서공(徐公)의 걸상을 내려놓으면 : 동한(東漢)의 명사(名士) 진번(陳蕃)이 예장
태수(豫章太守)로 있을 때 평소에는 빈객을 접대하지 않았으나 고사(高士) 서치(徐稚)
가 올 때만은 특별히 걸상을 하나 내려놓고 환담하다가 서치가 떠나면 바로 다시 걸어두
었다는 일화가 있다. 여기에서는 두 현자가 훗날 다시 저자가 현감으로 있는 영동(永同)
으로 방문해줄 것을 희망한다는 말이다. 《後漢書 卷83 徐稚列傳》

425 현가(絃歌)가……가득하리라 : '현가'는 현악에 맞추어 부르는 노래라는 뜻으로,
옛날에는 《시(詩)》를 전수할 때 모두 현악(絃樂)에 맞추어 노래하였기 때문에 예악교
화(禮樂敎化)를 지칭하는 말로 쓰이게 되었다. '무성(武城)'은 춘추 시대 노(魯)나라의
읍으로 지금의 산동성(山東省) 비현(費縣)에 해당한다. 자유(子游)가 무성의 읍재(邑
宰)가 되어 백성들에게 예악을 가르쳤으므로 곳곳마다 현가의 소리를 들을 수 있었다고
한다. 여기에서는 두 현자 덕분에 이 곳 영동도 교화를 입어 아름답게 변할 것을 바란다
는 말이다. 《論語 陽貨》

초강에서 배꽃을 구경하다. 김흠재 훈 에게 써서 보여주다[426]
草江觀梨花 書示金欽哉 勳

대초호 주변에 가득한 일천 그루 배나무	大草湖邊千樹梨
집집마다 꽃이 피어 성근 울에 비치누나	家家花發映疏籬
일 년에 한 번 와서 실컷 즐기고 떠나니	一年一至狂歡去
계산[427] 사람에게 남겨주어 습지[428]라 하네	留與稽人喚習池

---

426 초강(草江)에서……보여주다 : 이 시는 저자가 영동 현감(永同縣監)으로 있었던 1769년(영조45) 48세부터 1772년 7월 51세 때 부친상으로 인해 체직될 때까지의 기간 동안 지은 것으로 추정된다. '초강'은 금강 상류의 한 지류로, 충북 영동군(永同郡)의 심천면(深川面)과 황간면(黃澗面)에 있는 하천이다. 조선 시대에 대체로 심천(深川)으로 기록되어 있다. 1611년(광해군3) 박연(朴堧)·박사종(朴嗣宗)의 학문과 덕행을 추모하기 위해 영동군 매곡면에 세워졌다가 1676년에 심천면 초강리로 이건된 초강서원(草江書院)이 있다. 1665년(현종6)에는 김자수(金自粹)·송방조(宋邦祚)·송시영(宋時榮), 1695년(숙종21)에는 송시열(宋時烈), 1721년(숙종38)에는 윤황(尹煌)을 추가 배향하였다. '김흠재(金欽哉)'는 김훈(金勳, ?~?)으로, '흠재'는 자로 추정된다. 저자의 아버지 김원행(金元行)의 문인이다. 《미호전집》에 김훈이 공부에 전념하지 못하고 제방을 쌓는 일에 몰두하자 지리를 이용하여 은택이 백성에게 미치면 과거 공부에 얽매이는 것보다 낫다고 격려하는 내용이 보인다. 《渼湖全集 渼湖先生言行錄》

427 계산(稽山) : 충북 영동군의 옛 이름이다.

428 습지(習池) : 습가지(習家池)의 줄임말이다. 중국 호북성(湖北省) 양양(襄陽)에 있는 명승지의 하나로, 일명 고양지(高陽池)라고도 한다. 진(晉)나라 때 산간(山簡)이 양양 태수로 있을 때 그곳의 호족 습씨(習氏)가 가지고 있던 아름다운 원림(園林)에서 놀기를 좋아하여, 그곳 연못 이름을 '고양지'라 이름 짓고 번번이 가서 술에 취했다고 한다. 당시 동요에 "산공이 어디로 가시는가, 고양지로 가신다오. 날 저물면 두건을 거꾸로 쓰고 쓰러져 귀가하는데, 술에 흠뻑 취하여 아무 것도 모른다오.〔山公出何許? 往至高陽池. 日夕倒載歸, 茗芋無所知.〕"라는 노래가 있었다고 한다. 《晉書 卷43 山濤列傳 山簡》

한중문[429] 사유 의 운산서옥에 쓰다. 시축 속의 운을 쓰다
題韓重文 思愈 雲山書屋 用軸中韻

푸른 물결 한 굽이 드리운 낚싯대 거두니	滄浪一曲釣竿收
문 닫은 황량한 산에 푸른 시냇물 흐르네	門掩荒山碧澗流
책상의 서책을 모두 읽어도 아는 사람 없고	讀遍床書人不識
만 봉우리에 흰 구름만 춤추듯 날아가네	白雲飛舞萬峰頭

---

429 한중문(韓重文) : 한사유(韓思愈, ?~1799)로, '중문'은 자이다. 본관은 청주(淸州)이다. 조선 선조 때의 문신 한기(韓琦, ?~?)의 후손으로, 저자의 아버지 김원행(金元行)의 문인이다. 《濯溪集 卷10 輓韓重文》

이경유[430] 제상 의 산속 집을 찾아가다. 주인의 시에 차운하다
訪李景兪 濟翔 山居 次主人韻

한적한 울타리 주변으로 보리밭이 있는데 　　籬落蕭然麥隴傍
산나물로 손 대접하니 소반 가득 향긋해라 　　山蔬供客滿盤香
세간의 영화와 몰락 말할 필요 뭐 있으랴 　　世間榮落何須說
그저 산속 생활이 운치가 유장할 뿐이라오 　　只有林居韻味長

---

430 이경유(李景兪) : 자세하지 않다.

문중의 첨지 천행 어른께서 계산으로 나를 찾아와 시를 지어 화답을 요구하다[431]

宗老僉知 天行 過余稽山 有詩要和

씩씩한 마음은 백발과 함께 시들지 않았는데	壯心不與鬢俱化
분분한 인간사는 끊임없이 바뀜을 보았다오	人事紛紛閱代謝
즐겁게 찬 오이 먹으며 해산을 애기하노라니	快嚼氷瓜談海山
앉아있는 빈객으로 더운 여름 잊게 하시네	能令坐客忘朱夏

---

431 문중의……요구하다 : 이 시는 저자가 영동 현감(永同縣監)으로 있었던 1769년 (영조45) 48세부터 1772년 7월 51세 때 부친상으로 인해 체직될 때까지의 기간 동안 지은 것으로 추정된다. '문중의 첨지 어른'은 저자의 족숙 김천행(金天行)으로, 자는 천장(天章)이다. '계산'은 충북 영동군(永同郡)의 옛 이름이다.

수정봉⁴³²에 올라

登水晶峰

남여 타고 아득히 깊은 솔 숲 지나니	籃輿迢遞度深松
소슬한 산 기운에 첫 겨울이 보이누나	山氣蕭森見孟冬
올랐다가 저물녘에 돌아가라 하지 마오	莫道登臨還暮色
어느 누가 수정봉에서 달구경을 하였나	何人看月水晶峰

---

432 수정봉(水晶峰) : 충북 보은군(報恩郡)에 있는 속리산(俗離山)의 봉우리 이름이
다. 해발 566m이다.

내가 보은 현감으로 있을 때 가군과 늑천 송숙을 모시고
복천암에서 유숙한 지 이제 8년이 되었는데, 송숙이 벌써
별세하셨으니 감회가 일어 읊다[433]

余宰報恩時 陪家君及櫟泉宋叔 宿福泉菴 今爲八年 而宋叔已下世矣 感而
賦之

승지에 세 번째 찾아오니 머리 벌써 반백이라	三入靈區鬢已華
산사의 승려가 옛 현감을 알아보지 못하누나	山僧不識舊官家
복천암 속에서 경전 펴고 강론을 하던 곳에는	福泉菴裏橫經處
저물녘 대통 물소리가 여전히 크게 울리누나	筧水依然晩響多

433 내가……읊다 : 이 시는 저자의 나이 51세 되던 1772년(영조48)에 지은 것이다.
저자는 1764년(영조40) 6월 30일에 보은 현감에 임명되어 1769년(영조45) 4월 29일
영동 현감(永同縣監)에 제수될 때까지 5년 동안 보은 현감으로 재직하였는데, 영동
현감으로 있던 1764년 9월 43세 때 아버지 김원행 및 송명흠(宋明欽, 1705~1768)과
속리산을 유람하였고, 이듬해 3월 44세 때 김원행이 화양동(華陽洞)에 왔을 때 두 번째
속리산을 유람하였으며, 1772년 이때 세 번째로 속리산에 올랐다. 송명흠은 이 시를
짓기 4년 전에 별세하였다. 280쪽 주412 참조.

도연명(陶淵明)의 시 세 편[434]에 화운(和韻)하여 김계윤[435] 상숙 에게 수답(酬答)하다

434 도연명(陶淵明)의……편 : 도연명이 40세 되던 진 안제(晉安帝) 원흥(元興) 3년 (404) 봄에 고향인 심양(潯陽)에서 한거할 때 지은 시 〈머물러 있는 구름[停雲]〉, 〈사시의 운행[時運]〉, 〈무궁화나무[榮木]〉 세 편을 이른다. 《시경》의 형식을 모방한 사언시(四言詩)로, 모두 4장으로 이루어졌다. 제목은 첫 구의 두 글자를 딴 것으로, 시의 내용과는 관계가 없다. 이 시의 서문에 "〈머물러 있는 구름〉은 벗이 그리워서 지은 것이다. 술 단지에는 새로 담은 농주가 가득하고 정원에는 이제 막 꽃망울이 터진 꽃들이 즐비한데, 벗이 그리워도 만나지 못해 탄식하며 시름만이 흉회에 가득하다.〔停雲, 思親友也. 樽湛新醪, 園列初榮, 願言不從, 歎息彌襟.〕"라고 하였듯이 벗을 그리는 내용으로, 여기에서 유래하여 '정운(停雲)'이라는 말은 벗을 그리워한다는 뜻으로 쓰이게 되었다. 〈사시의 운행〉은 이 시의 서문에 "3월의 봄에 노니는 것을 읊은 시이다. 봄옷이 완성되고 보이는 경물도 아름다워졌기에 내 그림자를 짝하여 노니노라니 기쁨과 탄식이 마음에서 교차하였다.〔時運, 游暮春也. 春服既成, 景物斯和, 偶影獨游, 欣慨交心.〕"라고 하였다. 〈무궁화나무〉는 쉬지 않고 공부하고자 하는 저자의 의지를 읊은 시로, 이 시의 서문에 "〈무궁화나무〉는 장차 늙어가는 것에 감개하여 지은 시이다. 세월이 어느덧 흘러서 다시 또 여름이 되었는데, 머리 묶던 아이 때부터 성현의 도를 들었건만 머리가 희어진 지금 이룬 것이 없다.〔榮木, 念將老也. 日月推遷, 已復有夏, 總角聞道, 白首無成.〕"라고 하였다.

435 김계윤(金季潤) : 김상숙(金相肅, 1717∼1792)으로, '계윤'은 자이다. 본관은 광산(光山), 호는 배와(坯窩)·초루(草樓)이다. 저자보다 5살 위이다. 1744년(영조20)에 진사시에 합격하고, 1752년(영조28)에 명릉 참봉(明陵參奉)에 제수되었다. 그 뒤 장예원 봉사(掌隷院奉事)·사옹원 봉사(司饔院奉事)·한성부 참군(漢城府參軍)·종부시 직장(宗簿寺直長)·공조 정랑(工曹正郎)·낭천 현감(狼川縣監)·양근 군수(楊根郡守) 등을 거쳐 이 시를 지을 즈음인 1770년(영조46)에는 황간 현감(黃澗縣監)에 제수되고, 1773(영조49)에는 영평 현감(永平縣監)에 제수되었다. 두보(杜甫)의 시와 글씨에 조예가 깊었다. 현재 전하는 작품으로 〈영상황보인표문(領相皇甫仁表文)〉, 〈참판이희조표문(參判李喜朝表文)〉, 〈수타사서곡당선사탑비문(壽陀寺瑞谷堂禪師塔碑文)〉, 〈신흥사비문(新興寺碑文)〉 등이 있다.

和陶詩三篇 酬金季潤 相肅

아름다운 이 좋은 날에　　　　　　　　　　穆穆良辰

어둑어둑 산비가 내리누나　　　　　　　　陰陰山雨

이 내 말은 그리워하는데　　　　　　　　　我馬悠悠

냇물이 길을 막고 있도다　　　　　　　　　于澗之阻

저 그윽한 분을 생각하노니　　　　　　　　念彼幽人

걸상의 금만 홀로 타시리라　　　　　　　　床琴獨撫

휘장을 걷고 웃음 지으며　　　　　　　　　披帷而笑

수고로이 나를 기다리시리라[436]　　　　勞矣延佇

내가 삽령[437]을 넘어갈 제　　　　　　　我踰揷嶺

부슬부슬 봄비가 내렸다오[438]　　　　　零雨其濛

436 아름다운……기다리시리라 : 원운은 다음과 같다.

먹구름은 하늘에 가득하고　　　　　　　　靄靄停雲

봄비는 부슬부슬 내리누나　　　　　　　　蒙蒙時雨

천지가 온통 어두컴컴하니　　　　　　　　八表同昏

평탄한 길도 가로 막힌 듯　　　　　　　　平路伊阻

고요하게 동헌에 의지하여　　　　　　　　靜寄東軒

봄 막걸리 혼자서 마시노라　　　　　　　　春醪獨撫

좋은 벗들 머나 멀리 있으니　　　　　　　良朋悠邈

우두커니 머리를 긁적이네　　　　　　　　搔首延佇

437 삽령(揷嶺) : 추정되는 곳으로 강원도 강릉(江陵)의 삽운령(揷雲嶺)과 고성(固城)의 삽치(揷峙), 충남 공주(公州)의 삽치(揷峙)와 보령(保寧)의 삽현(揷峴), 경북 영천(榮川)의 삽현(揷峴)이 있다. 여기에서는 어디를 가리키는지 자세하지 않다.

내가 계단으로 올라와 보니	我陞自階
호탕한 강물이 넘실거리누나	浩如飜江
당 가운데 등불을 걸어놓으니	中堂懸燭
흐르는 구름이 창으로 들어오네	流雲入窓
편안히 밤중에 술을 마시니[439]	厭厭宵飲
하인들까지도 배가 부르도다[440]	飫及僕從

초연히 벗어난 우리 벗님은	超超我友
세상의 영화를 버리셨도다	遺外世榮
우연히 현감 인끈을 찼으나	偶寄縣綬
오직 산림만이 뜻이었다오	丘壑是情
장차 소매를 떨치고 일어나	逝將振袂

---

438 부슬부슬 봄비가 내렸다오 : 《시경》〈빈풍(豳風) 동산(東山)〉에 "내 동산에 가서 오랫동안 돌아오지 못했노라. 내 동쪽에서 돌아올 제 내리는 비 부슬부슬 하더니라.〔我徂東山, 慆慆不歸. 我來自東, 零雨其濛.〕"라는 구절이 보인다.

439 편안히……마시니 : 《시경》〈소아(小雅) 담로(湛露)〉에 "편안히 밤에 술을 마심이여, 취하지 않으면 돌아가지 않도다.〔厭厭夜飲, 不醉無歸.〕"라는 구절이 보인다.

440 내가 삽령(揷嶺)을……부르도다 : 원운은 다음과 같다.

하늘엔 먹구름이 가득하고	停雲靄靄
봄비는 부슬부슬 내려오네	時雨蒙蒙
천지가 온통 어두컴컴하니	八表同昏
평탄한 육지가 강이 되었네	平陸成江
술이 있도다 술이 있도다	有酒有酒
한가로이 동창에서 마시노라	閒飲東窓
그리운 이들 보고 싶거만	願言懷人
배도 수레도 통하지 않네	舟車靡從

내 그대와 더불어 가리라[441]	與子偕征
마음을 함께 하는 말로[442]	同心之言
평소의 뜻을 토로하리라[443]	吐我平生

비가 내린 뒤 날이 개니	旣雨以霽
깨끗한 정원의 나무로다	濯濯庭柯
시내와 산이 어리비치고	溪山掩映
구름과 해가 맑고 부드럽네	雲日澄和
여기에 차가운 샘이 있으니[444]	爰有寒泉

441 내……가리라 : 《시경》〈진풍(秦風) 무의(無衣)〉에 "왕명으로 군대를 일으키시
거든 우리 갑옷과 병기를 수선하여 그대와 함께 가리라.〔王于興師, 修我甲兵, 與子偕
行.〕"라는 구절이 보인다.

442 마음을……말로 : 《주역》〈계사전 상(繫辭傳上)〉에 "군자의 도가 혹은 나아가고
혹은 처하며 혹은 침묵하고 혹은 말하나, 두 사람이 마음을 함께 하니 그 날카로움이
금을 절단한다. 마음을 함께 하는 말은 그 향기로움이 난초와 같다.〔君子之道, 或出或
處, 或默或語, 二人同心, 其利斷金. 同心之言, 其臭如蘭.〕"라는 내용이 보인다.

443 초연히……토로하리라 : 원운은 다음과 같다.

동쪽 정원 안의 나무들	東園之樹
가지며 줄기가 무성하도다	枝條再榮
질세라 새롭고 고운 모습	競用新好
내 마음 손짓하여 부르누나	以招余情
사람들은 또 말을 하지	人亦有言
세월은 빨리 흘러간다고	日月於征
어찌하면 함께 자리하여	安得促席
평소의 뜻을 담론하리오	說彼平生

444 여기에……있으니 : 《시경》〈패풍(邶風) 개풍(凱風)〉에 "이에 차가운 샘물이 준
읍(浚邑)의 아래에 있도다.〔爰有寒泉, 在浚之下.〕"라는 구절이 보인다.

꽃과 나무가 매우 많도다 　　　　　　　　　　　　花木孔多

말에 멍에하고 함께 노닐면[445] 　　　　　　　　　駕言同遊

그 즐거움이 어떠하리오[446] 　　　　　　　　　　其樂如何

　　이상은 〈산비〔山雨〕〉이다. 도연명의 〈머물러 있는 구름〔停雲〕〉에 화운(和
　　韻)하였다.

맑고 깨끗한 산골짝 이내가 　　　　　　　　　　　溶溶谷嵐

이 맑은 아침에 어리광을 부리네 　　　　　　　　媚玆晴朝

잠깐 그윽한 곳을 찾아가니 　　　　　　　　　　薄言幽尋

좋을시고 교외의 방초로다 　　　　　　　　　　已欣芳郊

깨끗한 물은 땅에 가득하고 　　　　　　　　　　白水滿地

푸른 봉우리는 하늘에 늘어섰네 　　　　　　　　靑嶂列霄

참으로 아름답구나 저 농부여 　　　　　　　　　嘉彼農夫

---

445 말에……노닐면 : 《시경》〈패풍(邶風) 천수(泉水)〉에 "말에 멍에하고 나가 놀아
내 근심을 쏟아볼까.〔駕言出遊, 以寫我憂.〕"라는 구절이 보인다.

446 비가……어떠하리오 : 원운은 다음과 같다.

푸득푸득 작은 새가 날아서 　　　　　　　　　　翩翩飛鳥

우리 뜨락 나뭇가지에 쉬네 　　　　　　　　　　息我庭柯

날개를 접고서 한가히 앉아 　　　　　　　　　　斂翮閒止

고운 소리로 서로 화답하네 　　　　　　　　　　好聲相和

어찌 다른 사람이 없으리오 　　　　　　　　　　豈無他人

그대 생각 실로 가득하다오 　　　　　　　　　　念子實多

그리워도 만날 수가 없으니 　　　　　　　　　　願言不獲

한스러운 이 마음 어이하랴 　　　　　　　　　　抱恨如何

마지막 구절 '그 즐거움이 어떠하리오'는 《시경》〈소아(小雅) 습상(隰桑)〉에 "이미 군
자를 만나보니, 그 즐거움 어떠하리오.〔旣見君子, 其樂如何?〕"라는 구절이 보인다.

크게 노래하며 모에 물을 대네⁴⁴⁷　　　　　　浩歌灌苗

저 맑은 물가를 따라가　　　　　　　　　　遵彼淸漪
내 갓끈을 이미 씻었노라⁴⁴⁸　　　　　　我纓旣濯
구름 걸린 우뚝한 벼랑이　　　　　　　　　雲壁亭亭
나를 멀리 바라보게 하네　　　　　　　　　延我遐矚
이곳에서 정담을 나누노라니　　　　　　　晤言在茲
날로 더불어 흡족하도다　　　　　　　　　與日俱足
재잘재잘 지저귀는 산새도　　　　　　　　有鳥嚶嚶
저 좋은 것을 즐거워하누나⁴⁴⁹　　　　　亦樂其樂

447　맑고……대네 : 원운은 다음과 같다.

사시의 운행 끊임없으니　　　　　　　　　邁邁時運
고요한 좋은 아침이로다　　　　　　　　　穆穆良朝
내 봄옷을 차려 입고서　　　　　　　　　襲我春服
동쪽 교외로 나가볼거나　　　　　　　　　薄言東郊
산에는 남은 안개 걷혔고　　　　　　　　山滌餘靄
하늘엔 엷은 구름 떠있네　　　　　　　　宇曖微霄
남에서 바람이 불어오니　　　　　　　　有風自南
저 새 싹이 팔을 벌리네　　　　　　　　翼彼新苗

448　저……씻었노라 : 《맹자》〈이루 상(離婁上)〉에 "창랑의 물이 맑거든 나의 갓끈을 빨 것이요, 창랑의 물 탁하거든 나의 발을 씻으리라.〔滄浪之水淸兮, 可以濯我纓; 滄浪之水濁兮, 可以濯我足.〕"라는 내용이 보인다. '갓끈을 씻었다'는 것은 세속을 벗어나 고결함을 지키는 것을 비유한다.

449　저 맑은……즐거워하누나 : 원운은 다음과 같다.

봄물이 나루에 넘실거리니　　　　　　　洋洋平津
심신이 깨끗이 씻기도다　　　　　　　　乃漱乃濯

시詩 299

어찌 바람 쐬고 목욕하는 곳	豈其風浴
굳이 노나라 기수여야 할까[450]	必魯之沂
나에게 좋은 뜻이 있으니	我有好襟
애오라지 함께 돌아가리라[451]	聊與同歸
시가 이루어지면 함께 읊고	章成共咏
술잔이 오면 바로 들이키네	觴至卽揮
좋은 시절 빠르게 흐르나니	良辰冉冉
뉘라서 좇을 수 있다 하리오[452]	孰云可追

저 멀리 아득한 경치를	邈邈遐景
기쁜 마음으로 바라보노라	載欣載矚
내 마음과 꼭 들어맞으니	稱心而言
나도야 그저 흡족하다오	人亦易足
한 잔 술을 높이 들고서	揮茲一觴
흥겨이 나 홀로 즐기노라	陶然自樂

'저 좋은 것을 즐거워하누나'는 《대학》 전(傳) 3장에 "군자는 그 어짊을 어질게 여기고 그 친한 이를 친히 여기며, 소인은 그 즐겁게 해 준 것을 즐거워하고 그 이롭게 해 준 것을 이롭게 여긴다.〔君子賢其賢而親其親 小人樂其樂而利其利〕"라는 내용이 보인다.

450 어찌……할까 : 이와 관련하여 《논어》〈선진(先進)〉에 공자가 증점(曾點)에게 장래 포부를 물어보자 "늦봄에 봄옷이 이미 이루어지면 관(冠)을 쓴 어른 5, 6명 및 동자 6, 7명과 함께 기수(沂水)에서 목욕하고 무우(舞雩)에서 바람 쐬고 노래하면서 돌아오겠습니다.〔莫春者, 春服旣成, 冠者五六人, 童子六七人, 浴乎沂, 風乎舞雩, 詠而歸.〕"라고 대답한 말이 보인다.

451 나에게……돌아가리라 : 《시경》〈패풍(邶風) 북문(北門)〉에 "사랑하여 나를 좋아하는 이와 손잡고서 함께 돌아가리라.〔惠而好我, 携手同歸.〕", 〈회풍(檜風) 소관(素冠)〉에 "행여 흰 옷을 입은 사람을 볼 수 있을까? 내 마음 아프고 서글프니, 애오라지 그대와 함께 돌아가리라.〔庶見素衣兮, 我心傷悲兮, 聊與子同歸兮.〕"라는 내용이 보인다.

그립고 그리워라 파옹⁴⁵³이여　　　　　懷哉芭翁

이곳에 오두막을 지으셨도다⁴⁵⁴　　　　於焉結廬

그 남은 자취 찾아보노라니　　　　　　　我求遺躅

구름 속 나무만 아득하도다　　　　　　　雲木杳如

어이하면 띠풀을 베어다가　　　　　　　安得誅茅

이 방호⁴⁵⁵에 의탁할 수 있을까　　　　托玆方壺

452 어찌……하리오 : 원운은 다음과 같다.

흘러가는 물을 멀리 바라보며　　　　　　延目中流

아득히 맑은 기수를 생각하네　　　　　　悠想淸沂

아이와 어른이 공부를 마치고　　　　　　童冠齊業

한가로이 읊조리며 돌아왔다오　　　　　閑咏以歸

나는야 그 한적함이 좋으니　　　　　　　我愛其靜

자나 깨나 눈에 어른거리네　　　　　　　寤寐交揮

한스럽구나 시대가 달라서　　　　　　　但恨殊世

아득히 쫓아갈 수 없다오　　　　　　　　邈不可追

453 파옹(芭翁) : 우암(尤庵) 송시열(宋時烈, 1607~1689)을 이른다. 265쪽 주387 참조.

454 이곳에 오두막을 지으셨도다 : '이곳'은 충북 괴산군(槐山郡)에 있는 화양동(華陽洞) 계곡을 이른다. 우암은 충북 옥천군(沃川郡) 구룡촌(九龍村) 외가에서 태어나 26세(1632)까지 그 곳에서 살았으나, 뒤에 회덕(懷德)의 송촌(宋村)·비래동(飛來洞)·소제(蘇堤) 등지로 옮겨가며 살았으므로 세칭 회덕인으로 알려져 있다. 우암은 60세되던 1666년(현종7) 8월에 화양구곡(華陽九曲) 중 제2곡인 운영담(雲影潭) 위, 지금의 만동묘(萬東廟) 자리에 5칸짜리 초당을 짓고 화양계당(華陽溪堂)이라는 이름을 붙이고 이곳을 거처로 삼았다가, 같은 해에 다시 제4곡 금사담(金砂潭) 바위 벼랑 위에 정면 3칸 규모의 작은 서재를 짓고 북재(北齋) 또는 암재(巖齋)라고 불렀는데, 훗날 우암의 수제자인 권상하(權尙夏, 1641~1721)에 의해 암서재(巖棲齋)라는 이름이 붙었다. 이곳은 우암이 말년을 보내면서 후학을 양성하던 곳이었으며, 우암 사후 우암의 제자들에게 강학 장소로 활용되었다.

455 방호(方壺) : 신선이 산다는 산 이름으로, 방장(方丈)이라고도 한다. 여기에서는

저 〈고산구곡가〉의 싯귀절　　　　　　　　　高山之詩

세 번 반복에 나를 감동시키네[456]　　　　　　三復感余

　　이상은 〈골짝의 이내〔谷嵐〕〉이다. 도연명의 〈사시의 운행〔時運〕〉에 화운
　　하였다.

무성한 저 아름다운 나무여　　　　　　　　　菀彼嘉樹

이곳에 그늘을 펼쳐놓았도다　　　　　　　　布陰于茲

마침 그 그늘 땅에 가득했는데　　　　　　　適見滿地

돌아보니 어느새 사라졌구나[457]　　　　　　顧而失之

큰 조화가 남모르게 운행하니　　　　　　　　大化密運

선경(仙境)을 비유한다.

456　그립고……감동시키네 : 원운은 다음과 같다.

새벽부터 밤늦도록 이렇게　　　　　　　　　斯晨斯夕

오두막에서 조용히 지낸다오　　　　　　　　言息其廬

꽃과 약초는 줄을 이루고　　　　　　　　　花藥分列

숲과 대나무는 무성하도다　　　　　　　　　林竹翳如

청금은 걸상에 누워 있고　　　　　　　　　清琴橫床

탁주는 반단지가 남았도다　　　　　　　　　濁酒半壺

황제와 요 임금 좇을 수 없으니　　　　　　黃唐莫逮

나 홀로 이렇게 탄식하노라　　　　　　　　慨獨在余

'어이하면……감동시키네'는 율곡(栗谷) 이이(李珥)의 〈고산구곡가(高山九曲歌)〉에
"고산의 아홉 굽이 계곡 세상 사람들이 모르더니, 내가 와 터를 닦고 집을 짓고 사니
벗들이 모두 모여드네.〔高山九曲潭, 世人未曾知. 誅茅來卜居, 朋友皆會之.〕"라는 구절
이 보인다.

457　무성한……사라졌구나 : 저본의 '음(陰)'은 나무 그늘이라는 뜻 외에 광음(光陰),
즉 세월이라는 뜻도 내포하고 있다. 따라서 이 구절은 젊은 시절이 훌쩍 지나가버렸다는
탄식이 베어있다고도 볼 수 있다.

만물이 때를 따라 바뀌어가네	百物趁時
아침이 다가도록 책장 덮고서	終朝掩書
탄식하며 이 이치를 생각하네[458]	嘅其思而

울창한 저 아름다운 나무여	菀彼嘉樹
꽃 떨어져 뿌리로 돌아가네	花落辭根
지금 시듦은 마음 아프지만	雖傷今凋
봄이 오면 다시 살아나리라	春至更存
인생은 가고 또 가는 것	人生去去
여행길에 문을 나섬과 같네	如旅出門
불후한 것에 도가 있나니	不朽有道
오직 덕을 힘써야 하리[459]	惟德之敦

---

458 무성한……생각하네 : 원운은 다음과 같다.

무성한 저 무궁화나무여	采采榮木
뿌리를 이곳에 내렸구나	結根於玆
새벽에 그 꽃 눈부시더니	晨耀其華
저녁에 벌써 시들었도다	夕已喪之
인생도 잠시 유숙하는 것	人生若寄
시듦은 정해진 것이라오	憔悴有時
가만히 인생을 생각해보니	靜言孔念
마음이 어느덧 서글퍼지네	中心悵而

459 울창한……하리 : 원운은 다음과 같다.

무성한 저 무궁화나무여	采采榮木
이곳에 뿌리를 내렸구나	於玆托根
고운 꽃들 아침에 피었다가	繁華朝起
슬프게도 저녁엔 남지 않네	慨暮不存

어리석은 듯했던 안연은	顔氏如愚
저 누항을 달게 여겼고[460]	甘彼巷陋
싸움에서 이긴 자하는	子夏戰勝
모습이 예전과 달라졌다오[461]	顔貌改舊

강함과 약함은 자신에 달린 것	貞脆由人
화와 복은 정해진 문이 없다오	禍福無門
도 아니면 무엇에 의지하며	非道曷依
선 아니면 무엇에 힘쓰리오	非善奚敦

'불후한……하리'는 길이 없어지지 않는 세 가지 중에 최상인 덕행에 힘써야 한다는 말이다. 《춘추좌씨전(春秋左氏傳)》 양공(襄公) 24년(기원전 549) 조에 "덕행을 세우는 것이 최상이요, 공업을 이루는 것이 그 다음이요, 훌륭한 말을 남기는 것이 그 다음이다. 이 세 가지는 오랜 세월이 흘러도 없어지지 않으니, 이를 일러 썩지 않는 것이라고 한다.〔大上有立德, 其次有立功, 其次有立言, 雖久不廢, 此之謂不朽.〕"라는 내용이 보인다.

460 어리석은……여겼고 : 《논어》〈위정(爲政)〉에 "내가 회(回)와 더불어 온종일 이야기를 하였으나 내 말을 어기지 않아 어리석은 사람인 듯하였다. 그러나 물러간 뒤에 그 사생활을 살펴보니 가르친 것을 충분히 발명(發明)하니, 회는 어리석지 않구나!〔吾與回言終日, 不違如愚, 退而省其私, 亦足以發, 回也不愚.〕", 〈옹야(雍也)〉에 "어질다, 회여! 한 그릇의 밥과 한 표주박의 음료로 누추한 시골에 있는 것을 다른 사람들은 그 근심을 견뎌내지 못하는데, 회는 그 즐거움을 변치 않으니, 어질다, 회여!〔賢哉回也, 一簞食一瓢飮, 在陋巷, 人不堪其憂, 回也不改其樂, 賢哉回也!〕"라는 내용이 보인다. '회'는 안연의 이름이다.

461 싸움에서……달라졌다오 : 《한비자(韓非子)》〈유로(喩老)〉에 이와 관련하여 자하와 증자(曾子)의 다음과 같은 대화가 나온다. 증자가 자하를 만나 왜 살이 쪘느냐고 묻자, 자하는 자신이 싸움에서 이겼기 때문이라고 대답하였다. 다시 이유를 묻는 증자에게, 자하는 "내가 들어가서 선왕(先王)의 의리를 보면 이를 즐거워했지만 나와서 부귀의 즐거움을 보면 또 이것을 부러워했다. 이 두 가지가 가슴 속에서 싸워 승부가 나지 않았기 때문에 여위었는데, 지금은 선왕의 의리가 이겼기 때문에 살이 찐 것이다.

패옥을 참이 영화가 아니며　　　　　　　珮玉匪華

사마를 탐이 부귀가 아니라오[462]　　　　結駟匪富

나이 쉰에도 알려짐 없으니[463]　　　　　五十無聞

나는 이 때문에 부끄럽다오[464]　　　　　余是用疚

선현께서 이런 말씀을 하셨네　　　　　　先民有言

깊은 못에 임한 듯 삼가라고[465]　　　　　臨淵恐墜

〔吾入見先王之義則榮之, 出見富貴之樂又榮之, 兩者戰於胸中, 未知勝負故臞, 今先王之
義勝故肥.〕"라고 하였다.

462 패옥을……아니라오 : 사마(駟馬)는 네 필 말이 끄는 수레로, 패옥과 함께 고관
대작을 비유한다.

463 나이……없으니 : 《논어》〈자한(子罕)〉에 "후생이 두려울 만하니 앞으로 올 후생
들이 지금 나보다 못할 줄을 어찌 알겠는가. 그러나 나이 40, 50세가 되어도 알려짐이
없으면 또한 두려워할 것이 없다.〔後生可畏, 焉知來者之不如今也? 四十五十而無聞焉,
斯亦不足畏已.〕"라는 내용이 보인다.

464 어리석은……부끄럽다오 : 원운은 다음과 같다.

아아, 보잘 것 없는 나 소자는　　　　　　嗟予小子

이 고루한 품성을 타고 났도다　　　　　　稟茲固陋

가는 세월은 빠르게 흘러가고　　　　　　徂年旣流

학업은 끝내 더 진전이 없구나　　　　　　業不增舊

중단 없는 공부에 뜻을 두었으나　　　　　志彼不舍

날로 취하는 것에만 익숙해졌네　　　　　安此日富

내가 매번 이것을 생각하노라면　　　　　我之懷矣

서글퍼 안으로 부끄러워지네　　　　　　怛焉內疚

465 선현께서……삼가라고 : '선현'은 증자를 이른다. 《논어》〈태백(泰伯)〉에 "증자
가 병이 위중해지자 제자들을 부른 뒤에 말하기를 '나의 발과 나의 손을 보아라. 《시경》
에 이르기를 「두려워하고 조심하여 깊은 못에 임하듯이 하며 얇은 얼음을 밟듯이 한다.」

남겨주신 이 몸을 온전히 함에	持玆遺體
누가 감히 두려워하지 않으리오[466]	孰敢不畏
마치 천리 먼 길을 가는 데	如途千里
나에게 준마가 없는 것 같으니	我無良驥
힘쓸지어다 나의 벗님이여	勉勉我友
나를 이끌어 이르게 해주오[467]	提挈以至

　이상은 〈아름다운 나무[嘉樹]〉이다. 도연명의 〈무궁화나무[榮木]〉에 화운하였다.

라고 하였으니, 이제야 나는 이 몸을 훼상시킬까 하는 근심에서 면한 것을 알겠구나, 소자들아!'라고 하였다.〔曾子有疾, 召門弟子曰: 啓予足! 啓予手!《詩》云戰戰兢兢, 如臨深淵, 如履薄氷, 而今而後, 吾知免夫, 小子!〕"라는 내용이 보인다.《시경》〈소아(小雅) 소민(小旻)〉에 "두려워하고 조심하여 깊은 못에 임하듯이 하며 얇은 얼음을 밟듯이 한다.〔戰戰兢兢, 如臨深淵, 如履薄氷.〕"라는 구절이 보인다.

466　남겨주신……않으리오 :《예기》〈제의(祭義)〉에 "부모가 이 몸을 온전히 낳아주심에 자식이 이 몸을 온전히 해서 돌아가면 효성스럽다고 이를 수 있다. 그 신체를 손상하지 않고 그 몸을 욕되게 하지 않으면 온전히 했다고 이를 수 있다.〔父母全而生之, 子全而歸之, 可謂孝矣. 不虧其體, 不辱其身, 可謂全矣.〕"라는 내용이 보인다.

467　선현께서……해주오 : 원운은 다음과 같다.

선사께서 남기신 가르침을	先師遺訓
내 어찌 저버릴 수 있을까	余豈之隳
마흔에도 알려짐이 없다면	四十無聞
족히 두려워할 것도 없다오	斯不足畏
내 좋은 수레에 기름칠하고	脂我名車
내 좋은 천리마에 채찍질하면	策我名驥
천리가 비록 먼 길이라 하지만	千里雖遙
어느 누가 도달하지 못하리오	孰敢不至

도연명의 〈족조 장사공에게 드리다〉[468]에 화운하여 또 김계윤[469]에게 수답하다

和陶詩贈族祖長沙公韻 又酬金季潤

순박하고 순박한 이 사람이여	渾渾斯人
누구와 가깝고 누구와 소원한가	誰親誰疏
현자와 우인이 취향은 달리 하나[470]	賢愚殊趣
친구의 도는 처음 그대로 있네	友道伊初
나에게 기나긴 그리움 있나니	我有長懷
이 세월 흘러감에 서글퍼지네	感此年徂

---

468 도연명(陶淵明)의……드리다 : 〈족조 장사공에게 드리다[贈族祖長沙公]〉는 모두 4장으로 이루어졌다. 장자(長子)의 신분으로 종족의 유구한 역사와 전통의 미덕을 찬미하고, 아울러 장사공이 조상의 유업을 잘 잇고 끊임없이 덕업을 진전시키는 것에 찬탄하며 소식을 자주 전해주기를 희망하는 내용이다. 장사공(長沙公)은 원래 진(晉)나라 대사마(大司馬) 도간(陶侃)의 봉호(封號)인 장사군공(長沙郡公)으로, 《진서(晉書)》 권66 〈도간열전(陶侃列傳)〉에 따르면 이 시에서 말하는 족조 장사공은 도간의 5세손인 도연수(陶延壽)로, 도간의 4세손인 도연명과 동시대에 살았다. 이 시는 도연명이 동진(東晉) 안제(安帝) 13년(418)에 우연히 도연명의 고향인 심양(潯陽)에서 도연수를 만나게 되자 그 기쁨을 노래한 것으로, 시 서문에 "장사공은 나에게는 족조가 되는 분으로, 똑같이 대사마의 후손이다. 소목이 멀리 떨어져서 이미 길가다 만나는 사람과 다름없이 되었는데, 이번에 심양을 지나면서 만나게 되어 이별에 즈음하여 이 시를 올린다.〔長沙公於余爲族祖, 同出大司馬. 昭穆旣遠, 已爲路人, 經過潯陽, 臨別贈此.〕"라는 내용이 보인다.

469 김계윤(金季潤) : 294쪽 주435 참조.

470 현자와……하나 : 현자는 상대방인 김계윤을, 우인은 자신을 가리킨다.

마음 같은 이 만나기 어려우니　　　　　　同心難遇

그림자를 돌아보며 머뭇거리네[471]　　　　顧影躊躇

옛적에 내가 즐겁게 놀던 곳　　　　　　昔余遨嬉

수정봉[472] 속의 당우였다오　　　　　　水晶之堂

내가 처음 그대의 묵적을 보고　　　　　覽子墨跡

마치 규장[473]을 본 듯 놀랐었네　　　　驚若圭璋

빠른 세월 생사가 나뉘는 지금　　　　　忽忽存亡

귀밑머리는 서리 맞은 듯한데　　　　　有鬢如霜

뜻하지 않게 남쪽 구석에서　　　　　　不意南陬

그대 맑은 빛 접하게 되었네[474]　　　　爰接清光

471　순박하고……머뭇거리네 : 원운은 다음과 같다.

같은 근원에서 나와 갈라져 흘러오니　　　同源分流

인사도 변하고 세대도 소원하게 되었네　　人易世疎

잠 이루지 못하고 개연히 탄식하노니　　　慨然窹歎

생각하면 애초에는 같은 조상이었네　　　念茲厥初

예제 따라 입는 상복 마침내 끊어지고　　禮服邃悠

세월도 이를 따라 흘러서 아득해졌구나　　歲月眇徂

저 나그네처럼 멀어진 것에 탄식하노니　　感彼行路

돌아보며 차마 잊지 못하고 배회하노라　　眷然躕躇

472　수정봉(水晶峰) : 충북 보은(報恩)에 있는 속리산(俗離山)의 봉우리 이름이다.

473　규장(圭璋) : ‘규’는 제후가 천자를 알현할 때 드는 옥이며 ‘장’은 알현이 끝난 뒤에 드는 옥으로, 모두 귀중한 예기(禮器)이다. 고상한 덕을 비유한다. 《시경》〈대아(大雅) 권아(卷阿)〉에 “장중하고 드높은 기상, 규와 같고 장과 같도다.〔顒顒卬卬, 如圭如璋.〕”라는 구절이 보인다. 《禮記 禮器 孔穎達疏》

474　옛적에……되었네 : 원운은 다음과 같다.

새로운 벗[475]이 몹시 즐거우니	孔樂新知
그대와 나의 취미 같아서라오	韻味攸同
구름과 솔 언덕을 사이에 두고	雲松一岡
나는 서쪽 그대는 동쪽이라오	我西子東
마치 원진과 백거이 두 사람이	有如元白
소주 항주에서 강을 사이 둔 듯[476]	蘇杭隔江
새 시를 아침에 달려 보내고	新詩朝鶩
서신을 밤에도 주고 받는다오[477]	尺牘宵通

아, 심원하도다 아름다운 족친이여	於穆令族
진실로 조상의 유업을 잘 이었도다	允構斯堂
화락한 기운은 겨울날 햇빛과 같고	諧氣冬暄
고결한 덕은 깨끗한 규장과 같도다	映懷圭璋
업적은 봄꽃처럼 눈부시게 빛나건만	爰采春花
가을 서리 방비하듯 삼가고 삼가네	載警秋霜
참으로 사람을 감탄하고 감탄케 하니	我曰欽哉
그대는 실로 우리 종족 영광이라오	實宗之光

475 새로운 벗 : 저본의 '신지(新知)'는 새로 사귄 지기(知己)라는 뜻이다. 《초사(楚辭)》 〈구가(九歌) 소사명(少司命)〉에 "슬픔은 살아서 이별하는 것보다 더 큰 슬픔 없고, 즐거움은 새로 알게 된 것보다 더한 즐거움 없다네.〔悲莫悲兮生別離, 樂莫樂兮新相知.〕"라는 구절이 보인다.

476 마치……듯 : 백거이(白居易, 772~846)는 당 목종(唐穆宗)장경(長慶) 2년(822)에 항주 자사(杭州刺史)에 임명되고 825년에 소주 자사(蘇州刺史)에 임명되었는데, 이 기간에 원진(元稹, 779~831)을 알게 되어 이후 평생의 지기가 되었다. 당시 원백(元白)으로 불렸다.

477 새로운……받는다오 : 원운은 다음과 같다.

우연히 서로 만나게 되었으니	伊余云邂
어른 항렬로 동종을 잊었구나	在長忘同

술동이 놓고 즐거이 노님을	尊俎之懽
감탄을 하며 말하게 되었구나	喟爾成言
이 작은 녹봉478 받음이 부끄럽고	愧玆斗祿
저 명산에 사는 것 부럽다오	羡彼名山
비로소 깨달았네 옛날의 현자가	始悟昔賢
귀거래 읊고 홀쩍 떠난 이유를479	賦歸飄然
이 소원은 참으로 진심이니	此願甚眞
그대와 나 누가 먼저 이룰까480	君我誰先

담소하는 기쁨도 오래지 않아	笑言未久
동으로 서로 갈라져 떠나누나	逝焉西東
그대는 머나먼 호남으로 가고	遙遙三湘
나는 아득한 구강으로 돌아가네	滔滔九江
산천에 가로막혀 멀리 떨어지니	山川阻遠
소식 전하는 이 자주 보내주오	行李時通

478 이 작은 녹봉 : 저본의 '두록(斗祿)'은 '박한 녹봉'이라는 뜻이다. 이와 관련하여 도연명의 오두미(五斗米) 고사가 전한다. 310쪽 주479 참조.

479 귀거래(歸去來)⋯⋯⋯이유를 : 동진(東晉)의 시인 도연명(陶淵明, 365~427)과 관련하여 다음과 같은 일화가 전한다. 도연명이 팽택 현령(彭澤縣令)으로 있은 지 80여 일이 되었을 때 군(郡)의 독우(督郵)가 순시(巡視)를 나오게 되어 현리(縣吏)가 도연명에게 의관을 갖추고 독우를 뵈어야 한다고 하자, 도연명은 "내가 다섯 되의 하찮은 녹봉 때문에 시골의 소인에게 허리를 굽힐 수는 없다.〔我不能爲五斗米, 折腰向鄕里小兒.〕"라고 탄식하고는, 인끈을 풀어 던지고 〈귀거래사(歸去來辭)〉를 읊으며 고향인 율리(栗里)로 돌아갔다고 한다. 《晉書 卷94 陶潛列傳》

480 술동이⋯⋯⋯이룰까 : 원운은 다음과 같다.

무엇으로 이 마음을 표현할까	何以寫心
짧은 이 몇 마디를 남겨주네	貽此話言
흙 한 삼태기는 비록 작지만	進簣雖微

끝내는 커다란 산을 이룬다오   終焉爲山

떠나는 사람은 부디 삼가시길   敬哉離人

이별의 길 앞에서 쓸쓸해지네   臨路悽然

다시 만나 얘기할 일 아득하니   款襟或邈

그대 부디 소식 빨리 전해주오   音問其先

백마강에서 배를 타고 경호로 내려와 밤에 팔괘정481에서 유숙하였는데, 김 사문 계열482 상정 이 술을 들고 찾아와 이야기를 나누었다. 운자를 불러 함께 읊다

自白馬江舟下鏡湖 夜宿八卦亭 金斯文季說 相丁 携酒來話 呼韻共賦

휜히 트인 강호에서 피리를 부노니 　　　　　　　　吹笛江湖濶
우뚝한 정자의 기세 날아갈 듯하네483 　　　　　　　孤亭勢欲飛

481　팔괘정(八卦亭) : 충남 논산시(論山市) 강경읍(江景邑) 황산리(黃山里)에 있는 누정으로, 창살 무늬를 팔괘로 꾸며서 이런 이름이 붙었다고 한다. 1663년(현종4)에 송시열(宋時烈)에 의해 처음 지어졌다. 부근에 김장생(金長生)이 1626년(인조4)에 세운 황산서원(黃山書院)과 임리정(臨履亭)이 있는데, 처음에는 이이(李珥)와 성혼(成渾)을 제향하였으며, 김장생 사후 김장생을 추가 배향하였다. 황산서원은 1665년(현종6)에 '죽림(竹林)'이라는 편액을 하사받아 이후 죽림서원이 되었는데, 이때 다시 조광조(趙光祖)와 이황(李滉)을 추가 배향하고, 1695년(숙종21)에는 송시열(宋時烈)을 추가 배향하였다. 1871년(고종8) 대원군의 대대적인 서원 정비 때 훼철되었다.

482　김 사문 계열(金斯文季說) : 김상정(金相丁)으로, '계열'은 자이며 호는 청수(聽水)이다. 《승정원일기(承政院日記)》의 기록에 의하면 김상정은 1775년(영조51) 12월 20일에 영릉 참봉(寧陵參奉)에 제수되고, 1782년(정조6) 11월 27일에 선공감 감역(繕工監監役), 1783년 6월 24일에 한성부 주부(漢城府主簿), 동년 6월 25일에 사헌부 감찰(司憲府監察), 동년 11월 10일에 의빈 도사(儀賓都事), 1783년(정조7) 12월 18일에 청산 현감(靑山縣監)에 제수되었다. 《사마방목(司馬榜目)》이나 《문과방목(文科榜目)》에 이름이 올라있지 않은 것을 보면 음직으로 벼슬을 한 것으로 추정된다. 이외에는 자세하지 않다.

483　우뚝한……듯하네 : 《시경》〈소아(小雅) 사간(斯干)〉에 "대세(大勢)가 엄정함은 사람이 몸을 곧게 세워 공경하는 것 같고, 염우(廉隅)가 정돈됨은 화살이 곧게 날아가는 것 같으며, 동우(棟宇)가 높게 솟은 것은 새가 놀라 낯빛을 변한 것 같고, 처마가

하늘의 바람은 매놓은 닻줄에 불어오고[484]   天風收繫纜

바위에 뜬 달은 펄럭이는 옷에 비추네   巖月照披衣

유구한 땅이라 솔과 대 크게 자랐고   地老松篁大

시절이 위태로우니 도술이 미약하네   時危道術微

숲 너머에 남은 사당 아직 있으니   隔林遺廟在

거듭 탄식하며 함께 돌아가고 싶네[485]   三歎願同歸

화려하고 높은 것은 꿩이 날아오르는 것 같으니, 군자가 올라가서 정사를 다스릴 곳이로다.〔如跂斯翼, 如矢斯棘, 如鳥斯革, 如翬斯飛, 君子攸躋.〕"라는 구절이 보인다.

484 하늘의……불어오고 : 저본의 '계람(繫纜)'은 '닻줄을 맨다'는 뜻으로, 배를 정박하는 것을 이른다.

485 숲……싶네 : '사당'은 죽림서원을 이른다. '함께 돌아가고 싶다'는 것은 저자 자신도 이곳에 배향한 선현들처럼 되고 싶다는 말이다. 정이(程頤)의 〈동잠(動箴)〉에 "습관이 천성과 더불어 이루어지면 성현의 경지로 함께 돌아가리라.〔習與性成, 聖賢同歸.〕"라는 구절이 보인다.

심일지⁴⁸⁶ 정진 의 새 집에서 벗들과 함께 읊다

沈一之 定鎭 新宅 與諸友共賦

푸른 산은 성근 울타리로 들어오고	青山入疏籬
맑은 햇살은 높은 마루에 가득하네	霽日滿高軒
고요한 선비 부들과 대자리⁴⁸⁷ 깨끗하니	靜士莞簟潔
책상에는 복희와 문왕의 글⁴⁸⁸이 있구나	床有羲文言
친한 벗들 그대 위해 함께 모여서	親友爲君集
높다란 새집을 흐뭇하게 바라보네	欣瞻棟宇尊
마당에는 안장 없은 말 늘어서있고	中庭列鞍馬
안채에선 술잔과 술 단지를 내오네	內舍出杯樽
술에 취하자 노래가 터져 나오니	酒酣歌頌發

---

486 심일지(沈一之) : 심정진(沈定鎭, 1725~1786)으로, '일지'는 자이다. 본관은 청송(靑松), 호는 제헌(霽軒)이다. 아버지는 심사증(沈師曾)이며, 박필주(朴弼周)·김원행(金元行)의 문인이다. 1753년(영조29) 사마시에 합격하였다. 호조 좌랑(戶曹佐郎), 회덕 현감(懷德縣監), 송화 현감(松禾縣監), 동지중추부사(同知中樞府事) 등을 역임하였다. 저서에 《제헌집(霽軒集)》·《미호언행록(渼湖言行錄)》 등이 있다. 《삼산재집》 권9에 〈심일지에 대한 제문〔祭沈一之文〕〉이 실려 있다.

487 부들과 대자리 : 저본의 '완점(莞簟)'은 부들자리와 대자리를 이른다. 《예기》〈예기(禮器)〉에 "안락한 부들과 대자리가 있으나 제사 때에는 옛사람의 볏짚 자리를 진설한다.〔莞簟之安, 而藁鞂之設.〕"라는 내용이 보인다. 부들자리를 대자리 밑에 깔면 비교적 편안하기 때문에 '완점'은 뒤에 안락하다는 뜻으로 쓰이게 되었다.

488 복희(伏羲)와 문왕(文王)의 글 : 《주역》을 이른다. 복희는 황하(黃河)에서 나온 용마(龍馬)의 등에 그려진 하도(河圖)를 취해 팔괘(八卦)를 만들고, 문왕은 여기에 괘사(卦辭)를 지었다고 한다.

옛 의리 두터움을 서로 다투네	古義競相敦
가련하다 그대 생계 도모 졸렬하여	憐君身計拙
다 늙도록 돌아갈 전원이 없었다오	老大無田園
여강과 한강에서 떠돌아다녔건만	棲棲驪漢間
어디에서도 도화원을 찾지 못했네	無處覓桃源
표표히 흔들리는 바람 속 꽃도	漂搖風中花
세모 되면 옛 뿌리로 돌아간다오	歲暮還故根
아름답도다 서울의 동쪽이여	佳哉洛城東
예로부터 풍류 좋다 회자되었네	風流自古論
마을에는 낯익은 얼굴들이 많고	里閈多舊顔
형제는 훈호 불 듯[489] 화목하다오	塤篪叶弟昆
작은 오두막집 참으로 조촐하나	環堵信蕭瑟
구조는 자못 다시 보존되었구나[490]	經綸頗復存
연을 옮기니 못을 만드려는 듯[491]	移荷擬鑿沼

---

489 훈호(塤篪) 불 듯 : '훈호'는 훈지(壎篪)라고도 한다. 훈과 호는 모두 고대의 악기 이름으로, 합주할 때 두 악기 소리가 잘 어우러지기 때문에 뒤에는 형제가 친밀하고 화목한 것을 비유하게 되었다. 《시경》〈소아(小雅) 하인사(何人斯)〉에 "백씨는 훈을 불고 중씨는 지를 부네.〔伯氏吹壎, 仲氏吹篪.〕"라는 구절이 보인다.

490 작은……보존되었구나 : 규모는 작지만 옛 선비의 정취를 지니고 있다는 말이다. 저본의 '환도(環堵)'는 높이가 한 길 정도 되는 낮은 토담이라는 뜻으로, 작고 누추한 집을 비유한다. 《예기》〈유행(儒行)〉에 "유자는 1묘 정도의 터에 한 길 높이의 담장을 가진 집에서 산다.〔儒者有一畝之宮, 環堵之室.〕"라는 내용이 보인다.

491 연을……듯 : 주돈이(周敦頤)의 〈애련설(愛蓮說)〉에 "내 생각에 국화는 꽃 중에 은자이고, 모란은 꽃 중에 부귀한 자이며, 연꽃은 꽃 중의 군자이다. 아, 국화를 사랑하는 이는 도연명 이후에 또 있다는 말을 거의 듣지 못했으며, 연꽃을 사랑하는 이는

버드나무 옆에는 문을 내려하네⁴⁹²   傍柳將設門

때로 태창의 쌀 실어오기도 하니   時輸太倉米

밥 짓는 연기에 이웃들 놀란다오⁴⁹³   炊煙驚隣村

더구나 훌륭한 자제들⁴⁹⁴ 있으니   況有階庭物

글 배우느라 떠들썩함을 내버려두네   問字任啾喧

이 가운데 진정한 즐거움이 있나니   此中有眞樂

나와 같은 자가 몇이나 되는가? 모란을 사랑하는 이는 당연히 많을 것이다.〔予謂菊花之隱逸者也, 牡丹花之富貴者也, 蓮花之君子者也. 噫, 菊之愛, 陶後鮮有聞. 蓮之愛, 同予者何人? 牡丹之愛, 宜乎衆矣.〕라는 내용이 보인다.

492 버드나무……내려하네 : 도연명(陶淵明)의 〈오류선생전(五柳先生傳)〉에 "집 주변에 다섯 그루의 버드나무가 있어 이로 인해 '오류선생'이라고 자호하였다. 한정하여 말이 적었고 영리를 사모하지 않았으며, 독서를 좋아하였으나 세세히 따지려 하지 않고 마음에 드는 곳이 있으면 흔연히 밥 먹는 것을 잊었다.〔宅邊有五柳樹, 因以爲號焉. 閒靜少言, 不慕榮利, 好讀書, 不求甚解, 每有會意, 欣然忘食.〕라는 내용이 보인다.

493 때로……놀란다오 : 심정진이 낮은 벼슬을 하는 것을 이른다. 태창(太倉)은 광흥창(廣興倉)의 다른 이름으로, 조선조 벼슬아치의 녹봉을 맡아서 관리하는 호조에 딸린 정4품 아문이다. 태조 원년(1392)에 서울 서교(西郊) 와우산(臥牛山) 아래에 창고를 세웠다.

494 훌륭한 자제들 : 저본의 '계정물(階庭物)'은 뜰에 심은 지란옥수(芝蘭玉樹)라는 뜻으로, 여기에서는 훌륭한 자제를 이른다. 《진서(晉書)》 권79 〈사안열전(謝安列傳) 사현(謝玄)〉에 "사현(謝玄)은 어려서부터 영민하여 종형 사랑(謝朗)과 함께 숙부인 사안(謝安)에게 매우 소중하게 여겨졌다. 사안이 한번은 아들과 조카들에게 경계하는 말을 이르고 이어서 말하기를 '나의 자제가 또 남들과 무슨 상관이기에 남들보다 훌륭하기를 바라는가?'라고 하자 아무도 대답하는 사람이 없었는데, 사현이 대답하였다. '비유를 들자면 지란과 옥수가 나의 섬돌과 뜰에서 자라기를 바라는 것과 같습니다.'〔少穎悟, 與從兄朗俱爲叔父安所器重. 安嘗戒約子姪, 因曰: 子弟亦何豫人事, 而正欲使其佳? 諸人莫有言者. 玄答曰: 譬如芝蘭玉樹, 欲使其生於庭階耳.〕라는 내용이 보인다.

이것으로 세월을 보낼 수 있다오[495]   可以永晨昏

병든 이 몸은 강호에 멀리 있으니   病子江湖逈

이별한 뒤로 꿈속 혼만 수고롭다오   別來勞夢魂

만년의 기약은 모름지기 구로[496]이니   晚契須鷗鷺

예전의 언약을 어이 잊을 수 있으랴   前言能不諼

---

495 이것으로……있다오 : 저본의 ‘영신혼(永晨昏)’은 새벽부터 밤까지 하루를 길게
보낸다는 뜻으로, 영일(永日)과 같다. 《시경》〈당풍(唐風) 산유추(山有樞)〉에 “기뻐
하고 즐거워하며 또 날을 길게 보낸다.〔且以喜樂, 且以永日.〕”라는 구절이 보인다.

496 구로(鷗鷺) : 갈매기와 해오라기라는 뜻으로, 담박한 은거 생활을 이른다.

이 첨정 중옥 규진 이 《빙호첩》 속의 운으로 시를 지어 화답을 요구하다

李僉正仲玉 珪鎭 用氷湖帖韻 有詩要和

객 만류해 뜰 홰나무에 안장을 얹곤 하니	留客庭槐每覆鞍
강가의 거리가 완전히 쓸쓸한 건 아니라오	沙洲門巷未全寒
푸른 모전[497] 가업 있어 새로운 시가 많고	靑氈有業多新什
흰 머리로 인연 따라서 작은 벼슬 한다오	白首隨緣作小官
북리[498]는 상전벽해 속에 천겁이나 흘렀는데	北里滄桑千劫轉
동호는 빙월이 몇 번이나 다시 둥글었던가	東湖氷月幾回團
울타리 주변에 한창 복사꽃 물이 불었으니	籬邊正漲桃花水
노 저어 와 옛 즐거움 이을 수 있을런지	一棹能來續舊歡

---

497 푸른 모전 : 저본의 '청전(靑氈)'은 집안에 대대로 전해 내려오는 귀한 유물이라는 뜻이다. 진(晉)나라 왕헌지(王獻之)가 어느 날 밤 서재에 누워 있을 때 도둑이 그 방에 들어와서 다른 물건을 모조리 훔치고 침상에까지 올라오자, 왕헌지가 처음에는 아무 말도 하지 않고 있다가 천천히 말하기를 "청전은 우리 집에 대대로 전해 온 물건이니 그것만은 놓아두어야 한다.〔靑氈我家舊物, 可特置之.〕"라고 하였다는 일화에서 유래하였다. 여기에서는 대대로 문인을 배출한 집안임을 이른다. 《晉書 卷80 王獻之傳》

498 북리(北里) : 북쪽 마을이라는 뜻으로, 여기에서는 도성 안을 가리키는 듯하다.

장계군[499] 병에 대한 만사
長溪君 棅 挽

세 임금의 은우가 지친[500]에게 돈독했으니	三朝恩遇篤周親
학처럼 조정에 서있는 귀인을 보았다오	鶴立班聯見貴人
백발에도 여전히 강직한 성품[501] 보존하였고	皓髮猶存薑桂性
높은 벼슬[502]은 본래 뜬구름처럼 여기셨다오	朱軒自視水雲身
옛스러운 안평대군의 담담한 초서 병풍이요	安平淡草屛風古
따뜻한 봄날 철쭉꽃이 높이 핀 집이었다오	躑躅高花院落春
매번 이 낭관에게 같이 읊음 허락하셨는데	每許郎官攀嘯詠
오늘에 와 회상하니 이미 지난 일 되었다오	秪今回首已前塵

---

499 장계군(長溪君) : 이병(李棅, ?~1766?)의 봉호이다. 양부는 유천군(儒川君) 이정(李濎), 생부는 전산군(全山君) 이심(李深)으로, 조선 제14대 임금 선조의 현손이다. 영조 때 동지 사은 정사(冬至謝恩正使), 세손 책봉 주청사(世孫冊封奏請使)로 청나라에 다녀왔으며, 사옹원 제조 등을 역임하였다. 시호는 충헌(忠憲)이다. 《英祖實錄 43年 11月 14日》《承政院日記 英祖 6年 12月 25日》

500 지친 : 저본의 '주친(周親)'은 지친(至親)이라는 뜻으로, 이병이 왕실 후손임을 이른다. 《서경》〈태서 중(泰誓中)〉에 "지친이 있다 하나 어진 이가 있는 것만 못하다오.〔雖有周親, 不如仁人.〕"라는 내용이 보인다.

501 강직한 성품 : 저본의 '강계(薑桂)'는 생강과 계수나무라는 뜻으로, 사람의 성품이 강직한 것을 비유한다.

502 높은 벼슬 : 저본의 '주헌(朱軒)'은 붉은 칠을 한 수레라는 뜻으로, 고관대작이 탔다고 하여 높은 벼슬을 비유한다.

금수정[503]

金水亭

푸른 벼랑 저 멀리 아름다운데	翠壁遙看麗
높은 난간 숲 사이로 솟아있도다	危欄出樹間
시내와 산 이곳에서 돌아 모이는데	溪山此廻合
갈림길에서 잠시 걸어올라 왔다오	歧路暫躋攀
푸른 풀은 평평한 들에 아득하고	草綠迷平野
환한 꽃은 얕은 물굽이에 비치네	花明照淺灣
선옹께서 나를 기다려주지 않으니	仙翁不相待
서글피 구름 관문을 내려온다오	怊悵下雲關

503 금수정(金水亭) : 경기도 포천군(抱川郡) 창수면(蒼水面) 오가리(伍佳里) 영평천(永平川) 기슭에 있는 정자로, 김확복(金矱卜) 또는 김환(金奐)이 지었다고 한다. 계곡의 반석에 양사언(楊士彦)과 한호(韓濩)의 석각 글씨가 있으며, 시냇가에 박순(朴淳)의 사당이 있다. 《芝峰類說 文章部6 東詩》《記言 卷27 山川上 白雲溪記》

헐성루.[504] 청음 조고의 시판의 시[505]에 삼가 차운하다
歇惺樓 敬次淸陰祖考板上韻

높은 누에서 시름겹게 환한 설봉 마주하니	危樓悄對雪峰明
발 아래 미풍 불어 일만 골짝이 울리누나	脚底風微萬壑聲
한바탕 비에 응당 폭포가 더욱 불었으리니	一雨應添瀑布大
아침 오면 나막신으로 갠 풍광을 즐기리라	朝來理屐弄新晴

---

504 헐성루(歇惺樓) : 강원도 금강산(金剛山) 정양사(正陽寺) 경내에 있다. 정양사
는 백제 무왕(武王) 원년(600)에 관륵(觀勒)이 창건하고 신라 문무왕(文武王) 원년
(661)에 원효(元曉)가 중건하였다. 표훈사(表訓寺) 북쪽 산의 정맥(正脈) 고지대에
위치하여 시계(視界)가 트여서 금강산의 여러 봉우리를 모두 볼 수 있다고 한다. 다산
(茶山) 정약용(丁若鏞)의 시문집(詩文集)에 〈금강산 헐성루 중수 서문〔金剛山歇惺樓
重修序〕〉이 있다. 《與猶堂全書 詩文集 卷22 儷文 金剛山歇惺樓重修序》

505 청음(淸陰)……시 : '청음'은 저자의 6대조인 김상헌(金尙憲, 1570~1652)의 호
이다. '청음의 시'는 김상헌이 33세 되던 1602년(선조35) 함경도 고산 찰방(高山察訪)으
로 있을 때 중형(仲兄) 장단 부군(長湍府君) 김상관(金尙寬)과 함께 금강산에 들어왔
다가 비 때문에 발이 묶여 지은 것으로, 뒤에 김상헌의 손자 김수증(金壽增, 1624~
1701)이 시판(詩板)에 써서 헐성루 벽에 걸어 놓았다고 한다. 원운은 〈정양사에서 비를
만나 유숙하다〔正陽寺雨留〕〉로, 다음과 같다.

처마 끝에 내리는 비 밤새도록 쏟아지는데	淋浪簷雨夜連明
산 속에서 누워 들으니 일만 폭포 울리누나	臥聽山中萬瀑聲
옥봉우리 깨끗이 씻어 진면목을 드러내면	洗出玉峰眞面目
시인의 눈 붙여서 갠 풍광을 구경하리라	却留詩眼看新晴

《農巖集 卷23 東游記》《淸陰集 卷2 七言絶句 正陽寺雨留, 卷8 六言 題權僉知啓楓嶽錄》

정양사[506]에 유숙하였는데 계속 비가 오고 그칠 기미가
없었다. 장난삼아 김천계[507] 일묵 의 시에 차운하다
宿正陽寺 雨無霽意 戲次金天季 一默 韻

필마로 신령스런 곳을 찾아오니 　　　　　匹馬尋靈境

동쪽으로 온 길이 반 천리라오 　　　　　東來路半千

어찌해 굽어볼 수 있는 이곳에서 　　　　如何臨眺處

흐린 하늘 속에 주저앉게 하는가 　　　　坐我混沌天

506 정양사(正陽寺) : 321쪽 주504 참조.
507 김천계(金天季) : 자세하지 않다.

비온 뒤 헐성루[508]에 오르다

雨後 登歇惺樓

비 뒤에 높은 누대에서 바라보니 　　　　雨後高樓望

수많은 봉우리 무엇과 비슷한가 　　　　羣峰何所似

우뚝하게 솟은 새하얀 부용꽃이 　　　　亭亭白芙蓉

가을 계곡물에 씻겨서 나왔구나 　　　　洗出秋潭水

---

508 헐성루(歇惺樓) : 321쪽 주504 참조.

천계[509]와 이군 덕재[510]는 비로봉[511]에 올라갔는데 나는 따라가지 못하다

天季與李君德哉上毗盧 余未能從

빼어난 유람 오직 소년에게만 허락되니	奇遊獨許少年爲
중향성[512]에 해 질 때 지팡이에 기대네	落日香城倚杖時
신선들에게 알리노니 슬퍼하지는 마오	爲報群仙莫怊悵
해천의 밝은 달밤에 다시 찾아오리니	海天明月又前期

---

509 천계(天季) : 김일묵(金一默)이다. 자세하지 않다.

510 이군 덕재(李君德哉) : 자세하지 않다.

511 비로봉(毗盧峰) : 금강산의 주봉(主峰)으로 높이가 1,638m이다.

512 중향성(衆香城) : 마하연(摩訶衍) 뒤를 병풍처럼 에워싸고 있는 하얀 바위 봉우리를 가리킨다. 내금강의 주된 등성이이다. 마하연은 금강산 표훈사(表訓寺)에 딸렸던 암자로, 661년(신라 문무왕1)에 의상대사(義湘大師)가 창건하였다.

만경대에 오르다. 증조고의 일기를 보니 일찍이 이곳에 이름을 적으셨다는데[513] 지금은 찾을 수가 없다

登萬景臺 見曾祖考日記 嘗題名此處 而今不可求矣

우리 할아버지 일찍이 유람했던 이곳	吾祖曾遊地
황폐한 만경대 얼마의 세월을 겪었는지	荒臺閱幾秋
세찬 바람 속에 소나무는 키가 작고	剛風松檜短
맑은 햇빛 속에 바닷가 산은 빽빽하네	晴日海山稠
덩굴 덮인 이 길을 두루 다 다녔건만	蘿逕行應遍
이끼 긴 바위에는 남은 글자가 없구나	苔巖字不留
옛날의 자취를 물어볼 이 하나 없고	無人問往跡
생학 소리[514]만 저물녘 멀리서 들려오네	笙鶴晚悠悠

---

513 증조고(曾祖考)의……적으셨다는데 : '증조고'는 저자의 증조인 김창협(金昌協, 1651~1708)을 이르며, '일기(日記)'는 김창협의 〈동유기(東游記)〉를 가리킨다. 김창협은 1671년(현종12) 21세 때 아우 김창흡(金昌翕, 1653~1722)이 그해 늦여름에 혼자서 한 달여 만에 내금강(內金剛)과 외금강(外金剛)을 두루 구경하고 돌아오자, 유람이 어렵지 않다고 생각하여 맏형 김창집(金昌集)과 함께 같이 가기로 약속했으나 김창집이 병이 나자 동년 8월 11일 기축일에 단독으로 서울에서 출발하여 금강산 일대를 두루 구경하고 31일 만인 9월 9일 기미일에 서울에 도착하였다. 만경대에는 동년 8월 27일 병오일에 올랐는데, 이때 같이 유람한 사람들의 이름을 바위에 기록하고 내려왔다고 한다. 기록에 따르면, 이때 김창협이 가지고 간 서책은 《선당시(選唐詩)》 몇 권과 《와유록(臥游錄)》 한 권뿐이며, 함께 간 사람은 김성률(金聲律), 이유굴(李有屈), 임진원(任鎭元)과 임진원의 족숙(族叔), 그리고 산사의 중들이었다. 《農巖集 卷23 東游記》

514 생학(笙鶴) 소리 : 신선이 타고 떠났다는 선학(仙鶴)의 울음소리 또는 신선이 부는 피리 소리를 이른다. 주 영왕(周靈王)의 태자 진(晉), 즉 왕자교(王子喬)가 생황

을 불어 봉황의 울음소리를 내기를 좋아하였는데, 뒤에 신선이 되어 떠난 지 30여 년
만에 하남성(河南省) 구씨산(緱氏山) 정상에 백학(白鶴)을 타고 내려왔다가 며칠 머무
른 뒤 사람들과 작별하고 다시 떠났다고 한다. 《列仙傳 王子喬》

발연515에서 돌아오는 길에 아름다운 곳이 있어 잠시 쉬다
鉢淵歸路　得佳處小憩

남여 타고 깊숙한 일만 솔숲 돌아 나오니　　　　籃輿轉出萬松幽
어여뻐라 꽃잎 떠가는 물가에 앉았도다　　　　坐愛飛花泛綠流
서글퍼라 저녁 산새 길손을 보내는 소리　　　　怊悵暮禽啼送客
한 떨기 채운봉으로 얼마나 고개 돌렸는지　　　　彩雲一朵幾回頭
　　채운(彩雲)은 봉우리 이름이다516

---

515 발연(鉢淵) : 금강산에 있는 못 이름이다. 쌍으로 흐르는 상발연(上鉢淵)과 여섯
개의 웅덩이가 있는 하발연(下鉢淵)으로 이루어졌는데, 제5연(淵)이 바리때〔鉢〕처럼
둥글기 때문에 이렇게 이름을 붙인 것이라고 한다. 《林下筆記 卷37 蓬萊秘書》
516 채운(彩雲)은 봉우리 이름이다 : 351쪽 주557 참조.

옥류동[517]

玉流洞

골짝 넘고 숲을 지나길 몇 겹이나 하였던가　　　越壑穿林間幾重

동천 문이 열린 곳에 유람 지팡이 멈추었네　　　洞門開處駐遊笻

바위 위에 달려가는 물줄기들 구경하느라　　　貪看石上流離水

구름 사이 아득한 봉우리 몇 번이나 놓쳤는지　　　幾失雲間縹緲峰

517　옥류동(玉流洞) : 금강산에 있는 옥류동을 이른다.

총석정.[518] 천계[519]의 시에 차운하다

叢石亭 次天季韻

통주[520] 북쪽이라 땅이 다한 곳	地盡通州北
푸른 바다가 말 머리로 다가오네	滄溟馬首來
내 장차 큰 바다를 보려 하였더니	吾將窺大壑
하늘이 짐짓 높은 대를 만들었도다	天故設危臺
억겁의 세월[521]을 겪고 온 바위들	浩劫經來石
신선들[522] 앉았던 곳 이끼가 끼었네	神仙坐處苔
어찌하면 신선처럼 백학 타고서	何由驂白鶴
십주[523]를 두루 다 돌 수 있을까	遍踏十洲廻

---

518 총석정(叢石亭) : 강원도 통천군(通川郡) 고저읍(庫底邑) 총석리(叢石里) 바닷가에 있는 정자 이름으로, 금강산 북쪽에 있다. 넓은 의미에서는 주상절리(柱狀節理)로 이루어진 바위기둥들과 절벽을 일컫는다. 총석 중 바다 가운데 있는 사석주(四石柱)를 특히 사선봉(四仙峰)이라고 하는데, 신라의 술랑(述郞)·영랑(永郞)·안상랑(安詳郞)·남랑(南郞)의 네 화랑도가 이곳에서 놀며 경관을 감상하였다는 전설에서 이런 이름이 붙었다고 한다. 관동팔경(關東八景) 중 으뜸으로, 근대의 서화가 해강(海岡) 김규진(金圭鎭, 1868~1933)이 쓴 '총석정'이라는 현판 글씨가 남아 있다.

519 천계(天季) : 김일묵(金一默)이다. 자세하지 않다.

520 통주(通州) : 강원도 통천군(通川郡)의 옛 이름이다.

521 억겁의 세월 : 저본의 '호겁(浩劫)'은 '매우 긴 시간'이라는 뜻이다. 불경에서는 천지가 형성되어 소멸할 때까지의 시간을 일대겁(一大劫)이라고 한다.

522 신선들 : 신라 시대의 술랑·영랑·안상랑·남랑 등 네 신선을 이른다.《新增東國輿地勝覽 卷45 江原道 通川郡 樓亭 叢石亭》

523 십주(十洲) : 바다 속에 신선이 산다는 열 곳의 명산 승경지라는 뜻으로, 선경(仙

境)을 이른다. 십주는 동해의 조주(祖洲)·여주(瀛洲)·생주(生洲), 서해의 유주(流洲)·봉린주(鳳麟洲)·취굴주(聚窟洲), 남해의 염주(炎洲)·장주(長洲), 북해의 현주(玄洲)·원주(元洲)이다. 《海內十洲記》

또 읊다
又賦

기우는 하늘에다 뉘라서 적석으로 떠받쳤나[524]	誰將積石擬天傾
깎고 새긴 그 솜씨 귀신의 도끼로 이루어졌으리	刻削應經鬼斧成
두터운 땅에 꽂았으니 누가 감히 뽑을 수 있으랴	揷入厚坤誰敢拔
높은 물결 성내며 달려와 부질없이 서로 다투네	噴來高浪謾相爭
네 신선들[525] 아득히 떠나고 요화[526]는 시들었는데	四仙遠矣瑤花老
학만 홀로 날아가니 구름과 물이 평평하도다	獨鶴寥然雲水平
멀리서 온 길손이 저물어가는 때 편주를 타니	遠客孤舟當落日
알지 못하겠네 어느 곳이 봉래 영주 신선산인지	不知何處問蓬瀛

524 기우는……떠받쳤나 : 옛날에 천신(天神) 공공(共工)이 전욱(顓頊)과 상제(上帝)가 되는 것을 다투다가 성이 나서 부주산(不周山)을 들이받자 하늘을 떠받치는 기둥이 부러지고 땅을 매어둔 밧줄이 끊어졌다고 한다. 이 때문에 하늘이 서북쪽으로 기울어 일월성신이 자리를 옮기고 땅이 동남쪽에 가득차지 않아 물과 먼지가 모두 이곳으로 쏠렸다고 한다. 《淮南子 天文訓》

525 네 신선들 : 329쪽 주518, 주522 참조.

526 요화(瑤花) : 선화(仙花)를 이른다. 《초사(楚辭)》〈구가(九歌) 대사명(大司命)〉에 "신마(神麻)를 꺾음이여 선화가 피었도다. 장차 이를 가져다 은자에게 주려네.〔折疏麻兮瑤華, 將以遺兮離居.〕"라는 구절이 보인다. 홍홍조(洪興祖, 1090~1155)의 보주(補注)에 따르면 요화는 삼꽃〔麻花〕으로 그 색이 희기 때문에 옥〔瑤〕에 비유한 것이며, 이 꽃은 먹으면 장수할 수 있다고 한다.

바다에 배를 띄워 금란굴[527]을 찾아가다

泛海 訪金襴窟

총석정 앞에 바다 빛깔 짙푸른데	叢石亭前海色高
돛 바람 불어 가벼운 도포에 가득하다	帆風拂拂滿輕袍
금란굴의 멋진 구경 오히려 여사이니	金襴勝賞還餘事
호방한 정취에 푸른 파도 모노라[528]	自倚豪情駕碧濤

---

527 금란굴(金襴窟) : 총석정(叢石亭)에서 바다로 나가 남쪽으로 10여리 가면 있는 굴로, 나무 없는 민둥 봉우리의 낭떠러지에 있다. 너비는 7, 8척, 깊이는 10여 보(步) 쯤이며, 굴의 네 모퉁이의 석벽은 높이가 3척이다. 돌의 무늬는 노란색인데, 아롱져서 금색으로 무늬가 있는 가사(袈裟)와 같다고 한다. '총석정'은 329쪽 주518 참조. 《燃藜室記述 別集 卷16 地理典故 山川形勝 金襴窟》

528 푸른 파도 모노라 : 두보(杜甫)의 〈견우(遣遇)〉에 "경처럼 공손히 주인을 작별하고서, 돛을 펼쳐 큰 물결을 모노라.〔磬折辭主人, 開帆駕洪濤.〕"라는 구절이 보인다.

낙산사[529]

洛山寺

열흘 간 큰 바닷가 다니며 읊노라니	十日行吟大海邊
낙산사 너머론 더 이상 천지가 없구나	洛山寺外更無天
근래에 인간 세상 점점 좁게 느껴지니	年來漸覺區中隘
곧장 바람 타고 뭇 신선들 찾아가고파	便欲乘風訪列仙

---

529 낙산사(洛山寺) : 금강산 안에 있는 3대 사찰의 하나이다.

경포대, 지암 종숙부[530]의 시에 삼가 차운하여 강릉 부사[531] 족질 노순 에게 드리다[532]

鏡浦臺 謹次止菴從叔父韻 奉贈江陵府伯 族姪魯淳

명승지의 하루 놀이는 삼추에 해당하니	名區一日抵三秋
호해의 빼어난 경관을 이 난간에서 보네	湖海奇觀此檻頭
인물은 율옹[533] 같은 분 나옴이 당연하고	人物宜經栗翁出

---

530 지암(止菴) 종숙부(從叔父) : 저자의 7촌 재종숙부 김양행(金亮行, 1715~1779)
으로, 지암은 호이다. 자는 자정(子靜), 본관은 안동(安東)으로, 민우수(閔遇洙)의
문인이다. 벼슬에 뜻을 두지 않고 오직 학문 연구에 전념하여 성리학을 비롯해 예학과
역학에도 조예가 깊었다. 이조 참의와 형조 참판을 지냈으며, 이조 판서에 추증되었다.
문인으로 이우신(李友信)·민치복(閔致福)·박준원(朴準源) 등이 있다. 시호는 문간
(文簡)이다. 저서에 《지암집》 9권이 있다.

531 강릉 부사(江陵府使) : 김노순(金魯淳, 1721~?)을 가리킨다. 자는 증약(曾若),
본관은 안동(安東), 아버지는 김이적(金履迪)이다. 1763년(영조39) 진사시에 합격하
였으며, 1764년(영조40) 문과에 급제하였다. 1774년(영조50) 10월 4일에 강릉 부사에
임명되었다가 1776년(정조 즉위년) 11월 20일에 불법을 저질렀다는 죄목으로 파직되어
유배되었다. 1779년(정조3) 7월 15일에 사간원 대사간(司諫院大司諫)으로 재임용되었
다. 《承政院日記》

532 경포대(鏡浦臺)……드리다 : 이 시는 저자가 53~55세 때인 1774년에서 1776년
사이에 쓴 것이다.

533 율옹(栗翁) : 이이(李珥, 1536~1584)를 이른다. 자는 숙헌(叔獻), 호는 율곡(栗
谷)·석담(石潭)·우재(愚齋), 본관은 덕수(德水)이다. 사헌부 감찰을 지낸 이원수
(李元秀)와 사임당(師任堂) 신씨(申氏)의 셋째 아들로 외가가 있던 강원도 강릉(江陵)
에서 태어났다. 시호는 문성(文成)이다. 1682년(숙종8)에 성혼(成渾)과 함께 문묘(文
廟)에 배향되었다. 저술로는 《성학집요(聖學輯要)》·《율곡집(栗谷集)》 등이 있다.

난생은 영랑의 노닒을 아직까지 말하네[534]　　鸞笙尙說永郞遊

맑은 하늘에 먼 나무는 짙게 서로 비추고　　天晴遠樹濃相映

잔물결에 경쾌한 갈매기는 담담히 시름 않네　波暖輕鷗澹不愁

우리 종중의 어진 태수에게 말씀드리오니　爲語吾宗賢太守

내직[535]이 이 고을 원보다 낫지는 못하다오　承明未必勝斯州

534 난생(鸞笙)은……말하네 : '난생'은 생황의 미칭으로, 여기에서는 신선의 피리 소리를 이른다. 영랑(永郞)은 신라 효소왕(孝昭王) 때의 화랑으로, 술랑(述郞)·남랑(南郞)·안상랑(安詳郞)과 함께 신라의 사선(四仙) 중 한 사람이다. 경포대 한송정(寒松亭) 곁에 네 신선이 차를 달여 마시며 노닐었다고 하여 차샘〔茶泉〕·돌아궁이〔石竈〕·돌절구〔石臼〕 유적이 있다. 고종 때 윤종의(尹宗儀, 1805~1886)가 강릉 부사로 부임하여 '한송정신라선인영랑연단석구(寒松亭新羅仙人永郞鍊丹石臼)'라는 글자를 돌에 새겼다고 한다.《新增東國輿地勝覽 卷44 江原道 江陵大都護府 古跡》

535 내직(內職) : 저본의 '승명(承明)'은 한(漢)나라 미앙궁(未央宮)의 정전인 승명전(承明殿) 옆의 승명려(承明廬)를 이른다. 시신(侍臣)이 숙직하거나 천자를 알현할 때 조명(詔命)을 기다렸던 곳으로, 뒤에는 입조(入朝)하거나 조정의 관원이 되는 것을 지칭하게 되었다. 여기에서는 내직을 이른다.《漢書 卷64上 嚴助傳 顔師古注》《文選 應璩〈百一詩〉張銑注》

또 천계의 시에 차운하다[536]

又次天季韻

십리에 뻗친 긴 제방 높은 누대 감싸니   長堤十里抱危臺
바다 빛과 호수 빛이 안팎으로 열리누나   海色湖光表裏開
묻노니 흰 갈매기야 너는 대체 뭐기에   白鷗問汝何爲者
안개 낀 물결 위를 맘대로 날아다니느냐   隨意煙波飛去來

536 또……차운하다 : 322쪽 〈정양사에 유숙하였는데……(宿正陽寺……)〉 참조. '천
계(天季)'는 김일묵(金一默)이다. 자세하지 않다.

덕재[537]가 원주에서 먼저 돌아가니 작별에 즈음하여 써서 주다

德哉自原州先歸 臨別書贈

늙어서도 고상한 흥 일어나니	老去猶孤興
서로 따르는 그대 있어 기쁘다오	相隨喜有君
세 필 말을 서로 나란히 달려	聯翩三匹馬
일만 겹 구름 속을 들고 났다오	出入萬重雲
위태로운 산길에선 누차 붙들어주고	絶巘扶危屢
황량한 촌에선 정성스레 간호했다오	荒村護病勤
갈림길의 이별을 어이 견디리오	那堪歧路別
새 울음소리가 빗속에 들려오네	啼鳥雨中聞

---

537 덕재(德哉) : 이덕재(李德哉)이다. 자세하지 않다.

홍 첨지[538] 장한 에 대한 만사

洪僉知 章漢 挽

갑자기 돌아가셨단 말 바닷가에서 들었으니	海上聞公遽返眞
선친의 벗들 나날이 세상 뜸을 어이 견디리오	那堪先友日凋淪
외로운 삶[539] 흰 머리로 묵은 자취 더듬으니	孤生白首追陳跡
계관[540]에서 맞이한 일 또한 좋은 때였다오	稽館逢迎也勝辰

---

538 홍 첨지(洪僉知) : 홍장한(洪章漢)으로, 본관은 풍산(豊山), 자는 운기(雲紀), 호는 낙암(樂菴)이다. 저자의 아버지 김원행(金元行, 1702~1772)과 같이 이재(李縡)의 문인이다. 사옹원 주부(司饔院主簿), 함열 현감(咸悅縣監), 임천 군수(林川郡守), 합천 군수(陜川郡守), 첨지중추부사(僉知中樞府事)를 역임하였다. 《承政院日記》《陶菴集 卷45 贈貞夫人靑松沈氏墓誌》

539 외로운 삶 : 저본의 '고생(孤生)'은 고로(孤露)하다는 말로, 저자가 1766년(영조42) 45세 때는 어머니를 여의고 1772년(영조48) 51세 때는 아버지 김원행을 여의었기 때문에 이렇게 말한 것이다.

540 계관(稽館) : 계산(稽山)의 객관이라는 뜻으로, 계산은 충북 영동군(永同郡)의 옛 이름이다. 저자가 영동 현감으로 재직할 때 홍장한이 방문한 적이 있었던 듯하다. 282쪽 주416 참조.

두 번째
其二

높은 벼슬에 무관심한 채 늘 술잔 잡고서   常持盃酒懶簪纓
술에 취해 노래하며 만사를 가볍게 여기셨네   倚醉歌呼萬事輕
말년의 시끄러운 비방은 모두 소인들이요   末路訾嗷足兒輩
지난날 어울린 분들은 모두 호걸이었다오   向時追逐盡豪英

세 번째
其三

풍진 속에 노니느라 자주 관직 바꾸더니　　　　游戲風埃數轉官
붉은 명정 차가운 석양 속에 나왔구나　　　　丹旌寫出夕陽寒
이제와 소소히 영화와 쇠락을 논한다면　　　　如今瑣瑣論榮悴
구름 속에서 그저 박수치며 웃으시리라　　　　只好雲間拍手看

네 번째
其四

장맛비 내리는 황량한 강가 병석에 누운 새벽녘   伏枕荒江積雨晨
성 서쪽의 거마 소리 멀리서 마음을 아프게 하네   城西車馬遠傷神
흰 수염에 붉은 얼굴 마치 어제처럼 눈에 선한데   白鬚紅頰思如昨
애석하도다 푸른 저 산에 예스러운 분 묻히다니   可惜靑山葬古人

영덕 청심루[541]

盈德淸心樓

바닷가 외로운 성에 저녁노을이 비끼니	海上孤城夕照橫
붉은 난간에 해 그림자 강 반쪽이 반짝이네	朱欄影落半江明
영남루와 뛰어난 경치를 비교할 것 있으랴	南樓勝賞何須較
우선 술 단지에 기대 물소리에 누워볼거나	且倚金樽臥水聲

당시 나는 밀양 부사(密陽府使)로 있었는데,[542] 이곳의 청심루와 밀양의 영남루(嶺南樓)를 두고 그 우열을 논하는 자가 있었기 때문에 말한 것이다.

---

541 청심루(淸心樓) : 경상도 영덕현(盈德縣) 성(城) 서문(西門)에 있는 누각으로, 1423년(세종5)에 지현(知縣) 최우(崔宇)가 건축하였고, 1457년(세조3)에 현령 염상항(廉尙恒)이 중수하였다. 권람(權擥, 1416~1465), 이현보(李賢輔, 1467~1555)의 기(記)가 있다. 《新增東國輿地勝覽 卷25 慶尙道 盈德縣 樓停 淸心樓》《聾巖先生年譜 卷1》

542 밀양 부사(密陽府使)로 있었는데 : 저자는 1779년(정조3) 6월 14일부터 1780년(정조4) 2월 26일까지 밀양 부사(密陽府使)로 재직하다가 1780년 8월에 청주 목사(淸州牧使)에 임명되었다. 《承政院日記 正祖 3年 6月 14日, 正祖 4年 2月 27日》《申義澈, 外案考, 保景文化社, 2002》

나는 관직에서 해임되자 그 즉시 바다로 떠났다. 가는 도중에 읊다[543]

余旣罷官 卽發海上之行 路中有賦

인끈을 푸니 몸이 비로소 가볍고	解組身始輕
채찍을 드니 기운이 더욱 호방해라	揚鞭氣彌豪
신선들이 동쪽 바다 위에서[544]	仙人東海上
나를 불러 함께 노닐자 하네	呼我與遊遨
몰운[545]이란 이름 더욱 기이하니	沒雲名更奇
옛날부터 꿈에서도 수고로웠네	宿昔夢魂勞
갈수록 초목이 점점 무성하더니[546]	靡靡轉長薄
환히 트이며 봄 물결이 보이누나	曠然觀春濤
시절의 경물도 이미 무르익어	時物亦已芳

---

543 나는……읊다 : 이 시는 저자가 59세 때인 1780년(정조4) 2월 26일에 밀양 부사 (密陽府使)에서 해임되었을 때 지은 시이다. 저자는 약 1년 전인 1779년 6월 14일에 밀양 부사에 제수되었었다. 《承政院日記 正祖 3年 6月 14日》

544 신선들이……위에서 : 전설에 따르면 동해 가운데 봉래(蓬萊)·방장(方丈)·영주(瀛洲) 등 신선이 산다는 세 선산(仙山)이 있다고 한다. 《史記 卷6 秦始皇本紀》

545 몰운(沒雲) : 몰운대(沒雲臺)를 이른다. 345쪽 주548 참조.

546 초목이 점점 무성하더니 : 저본의 '장박(長薄)'은 끊임없이 이어지는 무성한 초목을 이른다. 《초사(楚辭)》〈초혼(招魂)〉에 "갈대 우거진 여강으로 난 길이여 왼쪽에는 초목이 무성하고, 강 따라 가다가 못 가운데 들어감이여 멀리 바라보니 아스라이 사람 없구나.〔路貫廬江兮左長薄, 倚沼畦瀛兮遙望博.〕"라는 구절이 보인다. 장박(長薄)을 지명으로 보기도 한다.

물가의 꽃이 나의 도포 비추네   汀花照我袍

슬프다 저 속진의 나그네들은   慨彼寰中客

얻고 잃음에 털끝도 다투누나   得喪競秋毫

손 저어 작별하고 떠나가노니   揮手謝之去

큰 노래에 백운[547]이 높도다   浩歌白雲高

---

547 백운(白雲) : 은거 생활을 비유한다. 《장자(莊子)》〈천지(天地)〉에 "저 흰 구름
타고서 상제의 고향에 이른다.〔乘彼白雲, 至於帝鄉.〕", 진(晉)나라 좌사(左思)의 〈초
은시(招隱詩)〉에 "흰 구름은 산마루 북쪽에 머무르고, 붉은 꽃은 산 남쪽에 빛나네.〔白
雲停陰岡, 丹葩曜陽林.〕"라는 구절이 보인다.

몰운대[548]에서 일출을 바라보다

沒雲臺 觀日出

다대포 앞이라 육지가 이미 다하였는데	多大浦前地已窮
누가 알았으랴 길이 홍몽[549]으로 들어감을	誰知有路入鴻濛
만 리에서 부는 바람 쇠한 머리 날리는데	長風萬里吹衰鬖
부상[550]에서 붉게 솟는 해를 누워 바라보네	臥看扶桑出日紅

---

548 몰운대(沒雲臺) : 부산 사하구(沙下區) 다대동(多大洞)에 있는 명승지로, 낙동 강(洛東江) 하구와 바다가 맞닿은 곳에 있다. 다대포(多大浦)와 인접하고 있으며 그 넓이는 14만평에 이른다. 이 일대는 안개와 구름이 자주 끼어 모든 것이 시야에서 가려지기 때문에 '몰운대'라는 명칭이 붙여졌다고 한다. 다대포와 몰운대는 조선시대 국방의 요충지로, 16세기까지는 몰운도(沒雲島)라는 섬이었으나 그 뒤 토사의 퇴적으로 인해 다대포와 연결되어 육지가 되었다고 한다.

549 홍몽(鴻濛) : 해가 뜨는 동방의 들이라는 뜻으로, 여기에서는 바다를 가리킨다. 《회남자(淮南子)》〈숙진훈(俶眞訓)〉에 "동방의 들을 천지를 측량하는 영주로 삼는다.〔以鴻濛爲景柱.〕"라는 내용이 보인다.

550 부상(扶桑) : 동해의 해가 뜬다는 나무 이름이다.

외숙 홍공 재 께서 부쳐 보낸 시에 삼가 차운하다[551]
謹次內舅洪公 梓 寄示韻

이 고을서 즐겁게 놀던 어릴 때가 기억나니	玆鄕樂事記童時
괴교를 지날 때마다 수레 멈추고 머물렀네	每度槐橋駐蓋遲
외숙의 못가에는 어여쁜 꽃나무 만발했고	從舅池塘好花樹
제공들 술잔 들며 몇 편의 시 읊었던가	諸公樽酒幾篇詩
지금 보니 마을에는 새로운 얼굴이 많고	卽看閭井多新面
오직 하나 암천만이 옛 친구와 같도다	惟有巖泉似舊知
남극성이 떨어짐은 빠르고 늦음 없나니[552]	南極一星無蚤暮

551 외숙……차운하다 : 이 시는 저자가 59세 때인 1780년(정조4) 8월에 청주 목사(淸州牧使)에 임명되어 동년 10월 9일 황주 목사(黃州牧使)에 제수되기까지의 기간 동안 지은 시로 추정된다. '외숙 홍공(洪公)'은 홍재(洪梓, 1707~1781)이다. 자는 양지(養之), 본관은 남양(南陽)이며, 아버지는 홍귀조(洪龜祚)로 저자의 외삼촌이다. 1753년(영조29) 정시 문과에 급제하고, 1757년 수찬으로 문과 중시에 급제하였다. 1769년(영조45) 동지부사(冬至副使)로 청나라에 다녀왔으며, 한성부 좌윤·대사헌 등을 역임하였다. 《삼산재집》 권9에 〈외삼촌 참판 홍공에 대한 제문〔祭內舅參判洪公文〕〉이 실려 있는데, 이 제문에 따르면 저자가 청주 목사로 있을 때 외숙인 홍자 또한 은퇴 후 청주에서 지내고 있어 그와 자주 왕래했으며, 저자에게는 부사(父師)와 같은 존재였다. 《承政院日記 正祖 4年 10月 9日》《申義澈, 外案考, 保景文化社, 2002》

552 남극성(南極星)이……없나니 : 남극성은 수명을 주관한다는 별 이름으로, 노인성(老人星) 또는 남극노인(南極老人)이라고도 한다. 《사기(史記)》 권27 〈천관서(天官書)〉에 "낭성(狼星)을 따라 남쪽으로 대지에 가까운 큰 별이 하나 있는데, 남극노인이라고 한다. 노인성이 나타나면 정치가 안정되고 나타나지 않으면 전쟁이 일어난다.〔狼比地有大星, 曰南極老人. 老人見, 治安; 不見, 兵起.〕"라고 하였는데, 장수절(張守節)의 정의(正義)에 "노인성은 호성(弧星) 남쪽에 있으며 일명 남극(南極)이라고도 한다.

보고파 허기진 이 마음 위로해주셨으면⁵⁵³　　願言瞻捊慰調飢

임금이 장수하는 징험이다.〔老人一星, 在弧南, 一曰南極, 爲人主占壽命延長之應.〕라
는 내용이 보인다. 여기에서는 죽는 것은 선후가 없다는 뜻이다.

553 보고파……위로해주셨으면 : 《시경》〈주남(周南) 여분(汝墳)〉에 "군자를 보지
못한지라, 허전하여 거듭 굶주린 듯 하노라.〔未見君子, 惄如調飢.〕"라는 구절이 보인다.

또 시축 중의 시에 차운하여 외숙에게 올리다

又次軸中韻 呈內舅

좋을시고 물러나 전원에서 늙으니　　　　　退老田廬好

자손들이 또 공 앞에 가득하네　　　　　　兒孫亦滿前

꽃밭 너머 길을 손잡고 거닐고　　　　　　提携花外逕

버들가 시내를 두루 구경하시네　　　　　流覽柳邊川

시를 읊조리며 긴 해를 보내고　　　　　　翰墨酬長日

높은 벼슬은 소년에게 맡기셨다오　　　　軒裳付少年

어지러운 덧없는 세상의 일들은　　　　　紛紛浮世事

회상하면 단지 가련할 뿐이라오　　　　　回首秖堪憐

나 사문 숙장 중회 이 고맙게도 멀리서 찾아와 소매에서 시한 수를 꺼내니 담긴 뜻이 매우 은근하였다. 이에 그 시에 차운하여 사례하다

羅斯文叔章 重晦 惠然遠訪 袖出一詩 屬意甚勤 因次其韻以謝之

사월이라 맑고 따뜻한 좋은 봄날이니　　　　好是晴暄四月時
관각에서 낮잠을 깨니 해가 더디도다　　　　睡餘官閣日遲遲
뜰 앞의 홰나무는 벌써 녹음이 짙은데　　　　庭前槐樹已繁蔭
담장 밖 장미는 아직도 몇 가지 남았네　　　　墻外薇花尙數枝
필마의 울음소리에 벗님인가 놀라고　　　　匹馬遙嘶驚好友
한 잔 술로 마주하여 회포를 얘기하네　　　　一樽淸對話離思
떠도는 고을살이 나의 즐거움 아니니　　　　棲棲縣邑非吾樂
묻노니 신인께선 이를 아는지 모르는지　　　　爲問山人知不知

달밤에 남석교[554]로 걸어 나오다
月夜步出南石橋

호각 소리에 일천 거리 고요하니	吹角千街靜
정원의 홰나무 위로 달이 뜬 때라오	庭槐月上時
애오라지 술병 하나 들고 나오니	聊持一壺出
몇몇 소년들도 함께 따라 나왔네	還有數君隨
안개 싸인 들녘 나무 아득히 멀고	野樹籠煙逈
새벽녘 여울 소리 슬피 울리누나	灘流近曉悲
삼절사[555]에 감개하여 탄식하노니	感嘆三節士
이곳에서 역적을 꾸짖다가 죽었다오	罵賊死於斯

---

554 남석교(南石橋) : 청주목(淸州牧) 상당군(上黨郡)에 있었던 돌다리 이름으로 옛
날 정진원(情盡院) 앞에 있었다고 한다. 지금은 충북 청주시(淸州市) 상당구(上黨區)
석교동(石橋洞) 육거리시장 내의 도로 지하에 매몰되었다. 현재까지 알려진 바로는
조선시대 이전의 다리로 우리나라에서 가장 긴 석교이다. 고려시대에 가설되어 이후
여러 차례 개축이 이루어진 것으로 보인다. 《신증동국여지승람》에는 대교(大橋)로 되
어 있다. 《輿地圖書 忠淸道 淸州 橋梁 大橋》《新增東國輿地勝覽 卷15 忠淸道 淸州牧
橋梁 大橋》《한국지명유래집, 국토해양부 국토지리정보원, 2010》

555 삼절사(三節士) : 충민공(忠愍公) 이봉상(李鳳祥, 1676~1728), 충장공(忠壯
公) 남연년(南延年, 1653~1728), 증(贈) 참판(參判) 홍림(洪霖, 1685~1728)을 이른
다. 이들은 1728년(영조4) 이인좌(李麟佐, ?~1728)가 반란을 일으켜 청주를 함락했을
때 항복을 권유하는 반란군에게 굽히지 않고 오히려 꾸짖다가 순절하였다. 이 삼절사를
기리기 위해 1731년(영조7)에 청주 읍성 북문 밖에 삼충사(三忠祠)를 건립하여 제향하
였으며, 1736년(영조12) 표충사(表忠祠)로 사액 받았다. 홍림은 1871년(고종8)에 충
강공(忠剛公) 시호를 추증받았다.

사인암[556]

舍人巖

천 길의 암대는 옥돌을 깎은 듯하고	巖臺千仞削瑤瓊
아래의 맑은 시냇물 배를 띄울 만하네	下有溪流淸可舲
꼭대기엔 분명 현학이 낡을 시름할 터[557]	絶頂定愁玄鶴翅
먼 창공엔 마치 옥피리 소리가 들리는 듯[558]	遙空疑有玉簫聲
사인은 이미 삼청의 손님[559]이 되었건만	舍人已作三淸客
처사는 여전히 반벽의 정자[560]에 남아있구나	處士仍留半壁亭

---

556 사인암(舍人巖) : 충북 단양군(丹陽郡)에 있는 기암절벽으로, 단양 8경 중 하나이다. 고려 시대 우탁(禹倬, 1262~1342)이 정4품 사인(舍人) 벼슬을 할 당시 이곳에서 자주 쉬어갔다고 하여 조선 성종 때 단양 군수 임재광이 우탁을 기리기 위해 이 바위를 사인암이라 명명했다고 한다. 정주학을 처음으로 연구하여 후진을 가르쳤던 우탁은 역학(易學)에도 조예가 깊어 호를 역동(易東)이라고 하였는데, 사인암은 바로 우탁이 《주역》을 읽던 곳이라고 한다. 《松南雜識 舍人易學》

557 꼭대기엔……터 : 퇴계(退溪) 이황(李滉)이 이곳을 유람할 때 마침 현학(玄鶴)이 봉우리 중간에서 날아와 몇 차례 빙빙 돌다가 멀리 구름 낀 하늘로 들어가는 것을 보고 그 봉우리 아래를 '채운(彩雲)', 가운데를 '현학(玄鶴)', 위를 '오로(五老)'라고 이름 붙였다고 한다. 《退溪集 卷42 丹陽山水可遊者續記》

558 먼……듯 : 신선의 피리 소리가 나는 듯하다는 말이다. 325쪽 주514 참조.

559 삼청(三淸)의 손님 : 삼청은 도교에서 말하는 옥청(玉淸)·상청(上淸)·태청(太淸)으로, 삼청의 손님은 신선을 이른다.

560 반벽(半壁)의 정자 : 사인암의 돌 사이에 있는 서벽정(棲碧亭)을 가리킨다. 지금은 터만 남아있다. 문인 화가 단릉(丹陵) 이윤영(李胤永, 1714~1759)이 지었다고 한다. 이윤영은 1751년(영조27) 단양 부사로 임명된 아버지 이기중(李箕重, 1697~1761)을 찾아 단양에 갔다가 그해 9월부터 1755년까지 단양에 머물렀다. 이윤영의 문집 《단

서글퍼라 한 잔 술 다시 홀로 드노라니   怊悵一杯還獨擧

흰 구름 붉은 단풍 모두 마음을 휘젓누나   白雲紅樹摠關情

릉유고(丹陵遺稿)》에 서벽정을 읊은 시 세 수가 전한다. 이윤지는 238쪽 주346 참조.

배를 타고 구담561으로 내려가다

舟下龜潭

하룻밤 된서리에 단풍나무 붉게 취하니	濃霜一夜醉丹楓
만 골짝 천 벼랑이 온통 비단 물결이네	萬壑千崖錦繡同
주릉562의 높고 낮은 동천을 두루 구경하니	踏遍朱陵高下洞
갓과 옷에 또다시 큰 강바람이 불어오네	衣巾又拂大江風

561　구담(龜潭) : 충북 단양군(丹陽郡) 서쪽 20리에 있다. 《新增東國輿地勝覽 卷14 忠淸道 丹陽郡 山川》

562　주릉(朱陵) : 도가(道家)에서 말하는 36동천(洞天)의 하나로, 호남성(湖南省) 형산현(衡山縣)에 있다. 주릉동천(朱陵洞天)이라고도 하며, 신선이 사는 곳을 비유한다.

또 읊다
又賦

열렸다 닫혔다 천 봉우리 일어나니	闔闢千峰起
구불구불 강 하나 그 속으로 통하네	縈廻一水通
배는 맑디 맑은 거울 위를 지나가고	舟行明鏡上
사람은 고운 비단 병풍 속으로 들어가네	人入錦屛中
두건을 젖히고 높은 절벽 바라보고	岸幘看危壁
노를 멈추고 고운 단풍에 취하누나	停橈倚好楓
구담이 이미 가까운 것을 알겠으니	龜潭知已近
빼어난 산 빛 맑은 하늘에 가득하네	秀色滿晴空

구담[563]
龜潭

빽빽한 산 달리는 강이 서로 양보치 않으니	峽束江奔兩不讓
구불구불 배가 꺾이며 길 따라 나아가네	舟行屈折隨所向
남쪽 벼랑 북쪽 절벽 번갈아 숨었다 나타나니	南崖北壁遞隱見
어지러이 지나온 길 흔들리는 풍등 같구나	歷亂有如風燈轉
선대[564] 아래 이르자 물결이 드넓게 열리니	僊臺之下波浪濶
술 마신 뱃사공의 높은 노랫가락 터져 나오네	篙師酌酒高歌發
장회나루에서 오래 묵은 단풍 뿌리에 배를 대니	長淮繫纜老楓根
아련히 닭과 개 짖는 소리 진인의 마을이로다[565]	鷄犬僾然秦人村

563 구담(龜潭) : 353쪽 주561 참조.

564 선대(僊臺) : 강선대(降仙臺)를 이른다. 가은암산(可隱岩山) 아래에 있는 큰 바위로, 구담 위 1리에 있다. 높이 15m의 층대가 있고 위에는 100여 명이 앉아 놀 수 있었다고 한다. 퇴계(退溪) 이황(李滉, 1501~1570)이 단양 군수로 있을 때 관기(官妓) 두향(杜香)과 정을 나누었는데, 두향은 뒤에 이황을 그리며 강선대 아래에 초막을 짓고 살다가 죽으면서 이곳에 묻어달라고 하였다는 전설이 전한다. 지금은 충주댐 건설로 수몰되고 두향의 묘소만 그 위로 이장하여 지금도 남아 있다.

565 아련히……마을이로다 : 도연명(陶淵明)의 〈도화원기(桃花源記)〉에 다음과 같은 내용이 있다. 한 어부가 복사꽃이 떠내려 오는 물줄기를 따라 거슬러 올라갔다가 진(秦)나라 때 난리를 피해 들어온 후손들이 사는 마을을 발견하게 되었는데, 그곳에는 광활한 땅에 비옥한 전답과 아름다운 연못이 있었고 닭과 개 짖는 소리가 들렸으며 노인과 아이가 모두 즐거워하는 이상향이었다고 한다. 뒤에 돌아왔다가 다시 그곳을 찾아갔으나 끝내 찾지 못했다고 한다. '진인(秦人)의 마을'은 여기에서 유래한 것으로, 세상을 피해 은둔하는 곳 또는 이상향을 이른다.

장엄도 하여라 신선이 들고 나는 관문이여　　　　壯哉神仙出入關

철을 깎아놓은 듯566 늠름히 허공에 솟았구나　　　削鐵凜凜霄漢間

푸른 소나무와 전나무도 자랄 수가 없으니　　　　蒼松翠栝不得生

차가운 서리와 눈이 태초부터 매서워서라오　　　太始霜雪寒崢嶸

교룡이 지키고 있는 깊고 깊은 굴집이니　　　　　蛟龍守護深窟宅

쌓인 음기567 가득한 곳 뇌우가 쌓였도다　　　　　積陰沖融雷雨蓄

우리 동한에 이처럼 기이한 구담이 있으니　　　　東韓有此龜潭奇

예전부처 들은 이름 지금에야 보는구나　　　　　昔聞其名今見之

술잔 들고 감히 멋대로 환호하지 못하노니　　　　持杯不敢恣歡呼

숙연히 이 내몸 엄사 곁에 앉은 듯하네　　　　　肅然坐我嚴師隅

어이하면 하얀 능라 일백 필을 얻어다가　　　　　安得霜綃一百匹

고륙568을 불러와 신필을 휘두르게 하여　　　　　呼來顧陸奮神筆

---

566 철을 깎아놓은 듯 : 저본의 '삭철(削鐵)'은 보검이라는 뜻으로, 산봉우리가 높게
솟아있는 모습을 형용한다. 송(宋) 소식(蘇軾)의 〈무창동검가(武昌銅劍歌)〉에 "물 위
로 나온 푸른 산 철을 깎은 듯, 신물이 나오려하니 산이 절로 갈라졌네.〔水上青山如削
鐵, 神物欲出山自裂.〕"라는 내용이 보인다.

567 쌓인 음기(陰氣) : 깊은 물을 이른다. 《회남자(淮南子)》〈천문훈(天文訓)〉에
"양(陽)의 열기가 쌓이면 불이 생기며 화기(火氣) 중에 정(精)한 것이 해가 된다. 음
(陰)의 한기가 쌓이면 물이 되며 수기(水氣) 중에 정한 것이 달이 된다.〔積陽之熱氣生
火, 火氣之精者爲日. 積陰之寒氣爲水, 水氣之精者爲月.〕"라는 내용이 보인다.

568 고륙(顧陸) : 동진(東晉)의 화가 고개지(顧愷之, 348~409)와 남조 송(宋)나라
의 화가 육탐미(陸探微, ?~485?)를 이른다. 고개지는 자는 장강(長康)으로, 강소성
(江蘇省) 무석(無錫) 사람이다. 초상화와 옛 인물을 잘 그려 중국 회화사에서 인물화의
최고봉으로 일컬어진다. 육탐미는 궁중 화가이며 고개지의 제자이다. 중국 회화사에
있어 서법(書法)을 그림에 도입한 최초의 인물로, 동한(東漢) 장지(張芝)의 초서를
그림에 운용하였다. 산수나 초목 등 두루 뛰어났으나, 그 중에서도 특히 초상화에 뛰어

그 그림 가지고 와 내 추수당⁵⁶⁹에 걸어두고 　　携歸掛我秋水堂
그 옆에서 먹고 마시며 기거할 수 있으리오 　　起居飮食於其傍

.

났다.

569　추수당(秋水堂) : 추수루(秋水樓) 또는 추수헌(秋水軒)이라고도 한다. 미수(渼
水)가에 있는 누대 이름으로, 석실서원(石室書院)과 가까이 있다. 석실서원은 122쪽
주138 참조. 《三山齋集 卷8 送尹伯常遊四郡山水序·書貞夫人金氏遺事後》

단구에서 돌아오니 정원미[570] 지환 가 율시 두 편을 부쳐 보내 화답을 요구하다

歸自丹丘 鄭元美 趾煥 以二律見寄求和

늙어서 하는 고을살이 어찌 평소의 마음이랴 老去爲州豈宿心
중년 이후 벼슬하지 않는 그대에게 부끄럽네 愧君中歲懶纓簪
십년간의 만남과 이별에 자손들은 다 컸고 十年逢別兒孫大
밭 갈고 고기 잡는 골짝엔 운수가 깊도다 一壑耕漁雲水深
술은 익고 노란 국화는 아직 손에 가득한데 酒熟黃花仍滿手
노래를 부르니 흰 새는 혹여 내 마음 알려나 歌成白鳥或知音
구월이라 푸른 강가 이내 사립문 닫고서 滄江九月柴門掩
긴긴밤 읊조리는 찬 교룡 소리 누워 듣노라 臥聽寒蛟永夜吟

---

570 정원미(鄭元美) : 정지환(鄭趾煥, 1730~?)으로, '원미'는 자이다. 본관은 영일(迎日), 조부는 정순하(鄭舜河), 부친은 정실(鄭實)이다. 1771년(영조47)에 문과에 급제하고, 홍문관 응교(弘文館應敎)·승정원 승지(承政院承旨)·사간원 대사간(司諫院大司諫) 등을 역임하였다. 《승정원일기》에 따르면, 정지환의 벼슬 기록은 1785년(정조9) 9월 26일 56세 때 남양 부사(南陽府使)에 제수되었으나 동년 10월 16일 신병(身病)을 이유로 올린 사직 상소가 가납된 것이 마지막이다. 《承政院日記 正祖 9年 9月 26日》

두 번째
其二

아침에 일어나 산을 보니 멀리 노닐고파	朝起看山思遠遊
산처럼 쌓인 문서 그대로 내버려 두었네	任教簿牒積如丘
푸른 지팡이 짚고 몇몇 손과 함께 나서	提携數客靑藜杖
붉게 물든 가을 천 봉우리를 들고 나네	出入千峰錦樹秋
오리 타고 섭현에 돌아감 말할 수 있으랴[571]	可說乘鳧歸葉縣
학 타고 양주로 올라감 다시 혐의하노라[572]	還嫌騎鶴上楊州
관문 가까운 곳에 가을 물결 높이 이니	官門咫尺秋濤水
밤마다 고향 생각에 달 아래 배를 띄웠네	夜夜鄕心月下舟

---

571 오리……있으랴 : 후한(後漢) 명제(明帝) 때 신선술이 있었다는 하동(河東) 사람 왕교(王喬)와 관련하여 다음과 같은 고사가 전한다. 왕교는 섭현(葉縣)의 수령으로 있을 때 매월 초하루와 보름이 되면 명제를 알현하러 갔는데, 명제는 그가 자주 올 뿐만 아니라 수레도 안 보이는 것이 이상하여 태사(太史)에게 비밀리에 그를 관찰하도록 하였다. 이에 태사는 왕교가 올 때는 늘 한 쌍의 들오리가 동남쪽에서 날아온다고 보고하였고, 들오리가 다시 날아올 때를 기다려 그물로 그 들오리를 잡았는데, 그물 속에는 몇 년 전 상서성(尙書省) 관리들에게 하사한 신발 한 짝만 들어 있었다고 한다. 《後漢書 卷112 方術列傳 王喬》

572 학……혐의하노라 : 다음과 같은 고사가 전한다. 한 번은 나그네들이 모여 각자 자신의 소원을 이야기 했는데, 어떤 사람은 양주 자사(揚州刺史)가 되는 것을 원하였고, 어떤 사람은 재물이 많기를, 어떤 사람은 학을 타고 올라가는 것을 원하였다. 이때 한 사람이 자신은 "허리에 십만 관(貫) 돈을 두르고 학을 타고서 양주로 올라가기를 원한다.[腰纒十萬貫, 騎鶴上揚州.]"라고 하여 앞사람들이 원했던 것을 모두 갖기를 원하였다고 한다. 여기에서 유래하여 '양주학(揚州鶴)'이라는 성어(成語)가 있는데, 실현하기 어려운 소원이나 일어날 수 없는 좋은 일을 비유한다. 《淵鑒類函 鳥部3 鶴3 上楊州》

심경락 순희 에게 수답(酬答)하다573

酬沈景洛 淳希

인끈 풀고 돌아와 푸른 산에 누워서	解綬歸來臥碧山
십년 만에 벗님 얼굴 기쁘게 대하였네	十年欣對故人顔
이제 다시 어초사574를 맺게 되었으니	如今更結漁樵社
깊은 정 아끼지 말고 자주 오갔으면	莫惜慇懃數往還

573 심경락(沈景洛)에게 수답(酬答)하다 : 이 시는 저자가 60세 때인 1781년(정조5) 가을에 지은 것이다. 저자는 동년 9월에 충주 목사(忠州牧師)로 재직하던 중 임낙주(任樂周)의 침학(侵虐)을 수수방관했다는 관찰사 이병모(李秉模)의 장계로 인해 동년 동월 18일에 충주 목사가 된지 채 4개월이 못 되어 해임되었다. 심경락은 심순희(沈淳希, 1726~1785)로, '경락'은 자이다. 본관은 청송(青松), 거주지는 양주(楊州), 호는 용와(庸窩)이다. 1777년(정조1) 52세 때 생원시에 합격하였다. 저자는 심순희가 양주 포천(蒲川)에 내려와 촌로(村老)로 살고 있을 때 처음 알게 되었고, 이후 저자가 벼슬에서 물러나 한가할 때 심순희가 포천에서 양주의 석실서원(石室書院)으로 이사 오면서 산기슭 하나를 사이에 두고 수시로 오가며 함께 술 마시고 속을 터놓고 애기했던 인물이다. 민백순(閔百順)·김이곤(金履坤)과 가장 친하게 지냈다. 저서에 《용와유고(庸窩遺稿)》 2권이 있다. 《承政院日記 正祖 5年 9月 18日》《三山齋集 卷8 庸窩遺稿跋》

574 어초사(漁樵社) : 고기 잡고 나무하는 맹세를 했다는 말로, 여기에서는 은거 생활을 이른다.

사충사에 알현하다[575]

謁四忠祠

임인년이 다시 돌아옴 어찌 차마 보리오	忍見寅年又一周
그 당시 아이였던 몸은 백발이 되었도다	當時孩子雪盈頭
어여뻐라 구비구비 사당 앞의 물이여	可憐百折祠前水
도성을 길이 안고 밤낮으로 흐르누나	長抱神京日夜流

575 사충사(四忠祠)에 알현하다 : 이 시는 저자가 61세 때인 1782년(정조6) 임인년에 지은 것이다. '사충사'는 1721년(경종1) 신축년과 1722년 임인년에 일어난 신임사화(辛壬士禍)로 사사(賜死)된 노론의 네 대신, 즉 영의정 김창집(金昌集), 좌의정 이이명(李頤命)·이건명(李健命), 우의정 조태채(趙泰采)의 사우(祠宇)이다. 1725년(영조1) 3월에 영조의 명으로 노량진(露梁津) 사육신(死六臣) 묘 입구 정문 옆에 건립되었다. 영조는 이들의 관작을 회복시키고, 김창집에게는 충헌(忠獻), 이이명에게는 충문(忠文), 이건명에게는 충민(忠愍), 조태채에게는 충익(忠翼)이라는 시호를 내림과 동시에 유생들의 상소를 받아들여 이곳에 사당을 세우고 사액(賜額)하였다. 1727년에 정미환국(丁未還局)으로 소론 정권이 들어서면서 훼철되었다가 소론 세력이 완전히 몰락한 1756년(영조32)에 중건되어 사충서원(四忠書院)으로 이름을 바꾸었다. 1786년(정조10)에 신임사화의 내력을 새긴 묘정비(廟庭碑)가 세워졌다. 1868년(고종5) 서원철폐령 때도 훼철되지 않고 존속되었다가, 1927년 봄에 철도용지(鐵道用地)로 편입됨에 따라 당시 고양군(高陽郡) 한지면 보광동, 현재의 서울시 보광동으로 이건하였다가 6·25때 파괴되었다. 1968년에 경기도 하남시(河南市) 상산곡동으로 이전되어 매년 봄·가을에 향사를 지내고 있다. 《國朝寶鑑 卷57 英祖朝1 乙巳》《醇庵集 卷7 四忠書院廟庭碑》

심일지가 술을 들고 찾아왔다가 돌아가는 길에 시 한 수를 부쳐주기에 삼가 그 시에 차운하여 답하다[576]

沈一之携酒來訪 歸以一詩見寄 謹次其韻爲謝

막막하고 깜깜한 길 어느 누구를 스승 삼으랴	倀倀冥塗我孰師
추운 겨울 궁벽한 오두막에 홀로 누워있었네	窮廬獨臥歲寒時
벗님께선 편지를 보내 안부를 자주 물었고	故人尺牘頻存問
선친께서 남긴 글도 함께 가지고 왔었다오	先子遺編共抱持
눈 쌓인 강가에는 말 울음 소리 멀리 들리고	積雪江干嘶馬逈
오경의 등불 아래엔 기러기 소리 슬피 들려오네	五更燈下過鴻悲
주옥같은 시 반복해 읽노라니 눈물만 더할 뿐	瓊章三復徒增涕
어떻게 미약한 재주로 깊은 정에 답하리오	那有微工答厚知

---

576 심일지(沈一之)가……답하다 : 이 시는 저자가 61세 때인 1782년(정조6) 겨울에 지은 것이다. 심일지는 심정진(沈定鎭, 1725~1786)으로, '일지'는 자이다. 314쪽 주486 참조.

영릉 영 이공이 바람에 막혀 유숙하며 이야기를 나누다가
배 안에서 지은 시 한 편을 읊기에 그 시에 차운하다[577]
寧陵令李公阻風留話 誦其舟中作一篇 輒次其韻

밤새도록 비바람이 까닭 없이 휘몰아치니	夜來風雨太無端
앉아서 어여쁜 꽃 떨어지는 것을 슬퍼하네	坐惜芳菲凋好顔
우리 벗님 조각배를 띄울 수가 없어서	故人扁舟未可放
창문 열고 함께 강 위의 산을 바라보누나	開軒共眺江上山
인생사 늙어가며 부지런히 만나야 할지니	人生老去勤會合
혹여 산수 간에서 술잔을 잡을 수 있을런지	或持杯酒水石間
그대 지금 돌아가려 함은 무엇 때문인가	君今欲歸爲何事
분분한 세상사가 모두 쓸데없는 일이라오	世故紛紛渾是閑

577 영릉 영(寧陵令)……차운하다 : 이 시는 저자가 61세 때인 1782년(정조6) 겨울부
터 62세 때인 1783년 3월까지 사이에 지은 것이다. 영릉 영(寧陵令) 이공(李公)은 이수
인(李壽仁)으로, 1782년(정조6) 6월 20일에 종5품 영릉 영에 임명되었다. 영릉은 효종
과 효종의 비 인선왕후(仁宣王后) 장씨(張氏)의 능으로, 경기도 여주(驪州)에 있다.
《承政院日記 正祖 6年 6月 20日》

서쪽 이웃에 사는 유군 한순 에게 장난삼아 보여주다[578]
戱示西隣兪君 漢順

삼월이라 미강[579]은 푸르기가 기름 같고	渼江三月綠如油
무수한 수양버들은 먼 모래섬에 나부끼네	無數垂楊拂遠洲
묻노니 바위틈에서 낚시를 하는 그대여	借問巖間持釣者
머리 흩고 높은 누대에 기대봄이 어떠리	何如散髮倚高樓

578 서쪽……보여주다 : 이 시는 저자가 62세 때인 1783년(정조7) 3월에 지은 것이
다. 유군(兪君)은 자세하지 않다.

579 미강(渼江) : 경기도 양주(楊州)의 석실서원(石室書院) 부근에 있는 미호(渼湖)
를 이른다.

유여사 지양 에게 화답하여 부치다[580]

和寄柳汝思 知養

인간사 본래 근심과 우환 많으니	人事足憂患
천애 멀리에서 꿈속 혼만 애달파라	天涯傷夢魂
어떻게 기약하랴 관외의 나그네가	那期關外客
다시금 눈 쌓인 마을에 찾아줄 것을	重到雪中村
바람 속의 나무는 껍질만 남았는데[581]	風樹餘殘殼
문장을 보며 옛 은혜를 생각하시네[582]	門墻憶舊恩
등불 앞에서 취해 쓴 글을 보노라니	燈前看醉墨
흐르는 눈물에 태반은 얼룩이 졌도다	流淚半成痕

---

580 유여사(柳汝思)에게 화답하여 부치다 : 이 시는 저자가 62세 때인 1783년(정조7)에 지은 것이다. 유여사는 유지양(柳知養, 1733~?)으로, '여사'는 자이다. 본관은 전주(全州)이며, 저자의 아버지 김원행(金元行)의 문인이다. 1762년(영조38) 문과에 합격하였다. 사간원 정언(司諫院正言), 이조 좌랑(吏曹佐郎), 서천 군수(舒川郡守), 종부시 정(宗簿寺正), 북청 부사(北靑府使) 등을 역임하였다.

581 바람……남았는데 : 부모는 모두 돌아가시고 자신만 살아 있음을 탄식한 말이다. 《한시외전(韓詩外傳)》 권9에 "나무는 고요하고자 하나 바람이 그치지 않고, 자식은 봉양하고자 하나 어버이가 기다려주지 않네.〔樹欲靜而風不止, 子欲養而親不待也.〕"라는 구절이 보인다.

582 문장(門墻)을……생각하시네 : '문장'은 문과 담장이라는 뜻으로, 스승의 문하를 비유한다. 《논어》〈자장(子張)〉에 "선생님의 담장은 수 길이나 된다. 그러므로 그 문으로 들어가지 못하면 종묘의 아름다움과 백관의 많음을 볼 수가 없다.〔夫子之牆數仞, 不得其門而入, 不見宗廟之美、百官之富.〕"라는 내용이 보인다. 이 구절은 유지양이 보내온 시에 유지양에게는 스승인 저자의 아버지 김원행의 은혜를 생각하는 내용이 있었던 것을 말하는 것으로 보인다.

우연히 읊다[583]

偶吟

단풍 그늘 종일토록 발에 가득하고	楓陰終日滿簾
버들 솜은 바람 따라 문에 들어오네	柳絮隨風入戶
책상의 서책 두루 읽고 탄식하노니	讀遍床書一嘆
아득한 나의 그리움 천고에 있도다	遙遙我思千古

---

583 우연히 읊다 : 이 시는 저자가 62세 때인 1783년(정조7) 가을에 지은 것이다.

나숙장이 미호 가로 나를 찾아와 4개월 동안 머물다가 돌아갈 때 시 한 수를 꺼내 화답을 요구하니, 이별을 앞두고 이를 써서 애오라지 서로 권면하는 뜻을 보이다[584]

羅叔章訪余渼湖之上 留四月而後歸 間出一詩求和 臨別書此 聊見相勉之意

어여뻐라 그대 세상과 어울리지 못하고	憐子不諧世
황량한 강으로 멀리 찾아와 주었구나	荒江遠見求
끝내 송백 같은 곧은 성정 간직하여	終持松栢性
생계를 도모하는 것 부끄러워 하였다오	恥作稻粱謀
천명에 맡겨 늙어감을 편안히 여기고	委命安窮老
몸가짐 조심하여 허물을 멀리 하였다오[585]	循身遠悔尤
금계[586]의 저 물굽이로 돌아가시거든	歸歟錦溪曲
부디 노력하여 봄밭 두둑을 잘 다스리소[587]	努力理春疇

584 나숙장(羅叔章)이……보이다 : 이 시는 저자가 63세 때인 1784년(정조8) 봄에 지은 것이다. 나숙장은 나중회(羅重晦)를 이른다.

585 몸가짐……하였다오 : 《논어》〈위정(爲政)〉에 "말에 허물이 적으며 행실에 후회할 일이 적으면 녹은 그 가운데에 있다.〔言寡尤, 行寡悔, 祿在其中矣.〕"라는 내용이 보이며, 《포박자(抱朴子)》〈박유(博喻)〉에 "쓰임이 있는 것은 사람들의 쓰임이고 쓰임이 없는 것은 나의 쓰임이다. 몸을 따르는 자는 이름으로 화기를 없애지 않고, 삶을 기르는 자는 외물로 자신을 얽매지 않는다.〔有用, 人之用也; 無用, 我之用也. 循身者, 不以名汩和; 修生者, 不以物累己.〕"라는 내용이 보인다.

586 금계(錦溪) : 충남 금산군(錦山郡)의 옛 이름이다.

587 부디……다스리소 : 도연명(陶淵明)의 〈귀거래사(歸去來辭)〉에 "농부가 와서 봄이 왔다 알려주니, 서쪽 밭두둑에 농사일이 있으리라.〔農人告余以春及, 將有事於西疇.〕"라는 구절이 보인다.

여사에게 화답하여 부치다[588]

和寄汝思

강호라 한 해가 저물어가는 때	江湖歲云暮
쓸쓸히 사립문을 닫고 앉았다오	寥落掩門初
약 주머니는 많은 병에 제공되고	藥裹供多病
매화가지는 외로운 삶을 짝하도다	梅枝伴索居
산림의 운치를 그리워 하였더니	有懷林下韻
촛불 앞의 편지를 기쁘게 읽누나	欣把燭前書
다시금 〈계명〉[589] 시를 읽노라니	更讀鷄鳴什
밤새도록 마음이 두려워진다오[590]	終宵意惕如

---

588 여사(汝思)에게 화답하여 부치다 : 이 시는 저자가 63세 때인 1784년(정조8) 겨울에 지은 것이다. '여사'는 유지양(柳知養, 1733~?)의 자이다. 365쪽 주580 참조.

589 계명(鷄鳴) : 《시경》〈정풍(鄭風) 여왈계명(女曰鷄鳴)〉을 이른다. 모서(毛序)에 따르면 "덕을 좋아하지 않음을 풍자한 시이다. 옛 의(義)를 말하여 당시 사람들이 덕을 좋아하지 않고 여색을 좋아하는 것을 풍자한 것이다.〔刺不說德也. 陳古義, 以刺今不說德而好色也.〕"

590 마음이 두려워진다오 : 저본의 '척여(惕如)'는 '두려워하다'라는 뜻으로,《주역》〈건괘(乾卦)〉구삼(九三) 효사(爻辭)에 "군자가 종일토록 힘쓰고 힘써 저녁까지도 두려워하면 위태로우나 허물이 없으리라.〔君子終日乾乾, 夕惕若, 厲, 無咎.〕"라는 내용이 보인다.

두 번째

其二

물러난 선비께서 연잎 옷[591]을 입으니	退士芰荷服
추운 겨울 당초의 뜻 이룸[592]이 기쁘다오	天寒喜遂初
언덕과 동산은 그대로 읍내 마을이지만	丘園仍邑里
지초와 국화 있으면 곧 신선의 거처라오[593]	芝菊卽仙居
낡은 상자에는 어사대의 초고 있고[594]	舊篋霜臺草

---

591 연잎 옷 : 저본의 '기하(芰荷)'는 '마름 잎과 연잎'이라는 뜻으로, 여기에서는 깨끗한 은자의 옷을 이른다. 《초사(楚辭)》〈이소(離騷)〉에 "연잎 따다 마름질해 상의를 짓고, 연꽃을 모아서 하의를 짓네.〔製芰荷以爲衣兮, 集芙蓉以爲裳.〕"라는 구절이 보인다.

592 당초의 뜻 이룸 : 저본의 '수초(遂初)'는 벼슬을 버리고 은거하는 것을 이른다. 진(晉)나라 때 손작(孫綽)이 젊었을 때 허순(許詢)과 함께 고상한 지취가 있었는데, 회계(會稽)에 살면서 산수를 유람한 지 10여 년이 지나자 마침내 〈수초부(遂初賦)〉를 지어 당초의 뜻을 표명했다는 일화가 있다. 《晉書 卷56 孫楚列傳 孫綽》

593 언덕과……거처라오 : 저본의 '구원(丘園)'은 시골 마을이라는 뜻으로, 은거하는 곳을 이른다. 《주역》〈비괘(賁卦) 육오(六五)〉에 "언덕과 동산에서 꾸밈이니, 묶어놓은 비단이 재단되어 있듯이 하면 부끄러우나 끝내 길하리라.〔賁於丘園, 束帛戔戔, 吝, 終吉.〕"라는 내용이 보인다. 저본의 '지국(芝菊)'은 신선이 사는 곳에 있다는 향초이다. 《초사(楚辭)》〈이소(離騷)〉에 "아침에는 목란(木蘭)에서 떨어지는 이슬 마시고, 저녁에는 추국(秋菊)에서 떨어지는 꽃잎 먹네.〔朝飮木蘭之墜露兮, 夕餐秋菊之落英.〕"라는 구절이 보인다. '목란'은 지초(芝草)와 마찬가지로 향초이다. 이 구절은 은거하는 곳은 사람들이 많이 사는 읍내에 있지만 마음이 멀면 신선이 사는 곳과 다름없다는 말이다. 도연명(陶淵明)의 〈음주(飮酒)〉에 "사람들 사는 곳에 오두막을 지었으나, 거마의 시끄러운 소리 없다오. 묻노니 어찌 그렇게 할 수 있는가? 마음이 멀면 땅은 절로 궁벽해진다오.〔結廬在人境, 而無車馬喧. 問君何能爾? 心遠地自偏.〕"라는 구절이 보인다.

밝은 창가에는 공자의 서책 있도다　　　　　　　明窓孔氏書

가업 이을 기린 같은 아들도 있으니[595]　　　　承家又麟子

아이의 학업은 근래에 어떠한지　　　　　　　　毛質近何如

---

594 낡은⋯⋯있고 : 저본의 '상대(霜臺)'는 사헌부의 별칭으로, 당시의 정치에 관하여 논평하고 관리들을 감찰하는 일을 담당하였다. 유지양은 사헌부의 벼슬을 한 기록이 보이지 않는다. 여기에서는 유지양이 1766년(영조42) 10월 6일 사간원 정언(司諫院正言)에 제수된 것을 이르는 것으로 보인다. 사간원은 임금에게 간하는 일을 주로 담당하였다.

595 가업⋯⋯있으니 : 저본의 '인자(麟子)'는 《시경》〈주남(周南) 인지지(麟之趾)〉에서 유래한 것으로, 훌륭한 자손을 이른다. 기린의 발은 살아있는 풀을 밟지 않고 살아있는 벌레를 밟지 않는다고 한다.

세 번째
其三

쌓인 눈이 시내와 육지를 덮었는데	積雪埋川陸
미약한 양이 다시 처음을 회복했네[596]	微陽亦復初
하늘의 운행에 서로 빼앗음 보나니	天時看互猷
우리의 도는 단정히 처함에 있다오[597]	吾道在端居
태평성세라 나 같은 미물도 용납하니	聖世容微物
궁벽한 오두막에 옛 책이 남았도다	窮廬有舊書
벗님께서 자주 안부를 물어주시니	故人勤問訊
이내 신세 정말이지 산승과도 같다오	身事定僧如

---

596 미약한……회복했네 : 하나의 양(陽)이 다시 생기는 동지(冬至)를 이르는 것으
로, 《주역》〈복괘(復卦)〉가 이에 해당한다. 70쪽 주57 참조.

597 우리의……있다오 : 양(陽)이 처음 나올 때는 이 미약한 양을 잘 기르기 위해
외출하지 않고 잘 길러야 한다는 말이다. 《주역》〈복괘(復卦) 상(象)〉에 "우레가 땅
속에 있음이 복(復)이니, 선왕이 보고서 동짓날에 관문을 닫아 장사꾼과 여행자가 다니
지 못하게 하며 임금은 사방을 시찰하지 않는다.〔雷在地中復, 先王以, 至日閉關, 商旅
不行, 后不省方.〕"라는 내용이 보인다.

삼가 어제시 〈서연에서 기쁨을 기록하다〉에 이어
화운하다[598]
謹賡御製書筵志喜韻

성조[599]께서 서연을 연 것 마침 오세였는데	聖祖開筵適五齡
중양이라 가절에 요임금 책력이 돌아왔다오[600]	重陽令節返堯蓂
동궁께서 성조 고사 이으신 일 성대하니	靑宮繼述於斯盛
노란 국화 주변에 다시 《효경》이 있도다	黃菊花邊又孝經

598 삼가……화운하다 : 이 시는 저자가 64세 때인 1785년(정조9) 을사년 9월 9일 중양절(重陽節)에 4살 된 문효세자(文孝世子, 1782~1786)가 사부(師傅)·빈객(賓客)과 공묵합(恭默閤)에서 상견례(相見禮)를 행하고 처음으로 《효경(孝經)》을 강(講)하자, 정조가 시를 지어 기쁨을 표시함과 동시에 세자시강원(世子侍講院)의 신하들에게 화운시(和韻詩)를 짓도록 하여 그 명에 응하여 지은 것이다. 이 해는 1665년(현종6) 을사년 중양절에 숙종(肅宗, 1661~1720)이 세자였을 때 5살 나이로 처음 《효경》을 강했던 때로부터 꼭 120년 만이어서 그 기쁨이 더욱 컸던 것이다. 저자는 이 때 호조참의(戶曹參議)로서 한 해 전인 1784년 7월 11일에 세자시강원의 정3품 벼슬인 찬선(贊善)에 제수되었는데, 거듭 사직 상소를 올렸으나 윤허를 받지 못하였다. '서연(書筵)'은 왕세자가 독서하고 강론하는 자리이다. 《玄宗改修實錄 6年 9月 9日》《正祖實錄 8年 7月 11日, 9年 9月 9日》

599 성조(聖祖) : 숙종을 이른다.

600 중양(重陽)이라……돌아왔다오 : 숙종이 처음 서연을 시작한 을사년 중양절이 120년 만에 다시 돌아왔다는 말이다. 저본의 '요명(堯蓂)'은 요(堯)임금 뜰에 난 상서로운 풀이라는 뜻으로, 명협(蓂莢) 또는 역협(歷莢)이라고도 한다. 이 풀은 매월 초하루면 한 잎씩 났다가 16일이면 다시 한 잎씩 떨어져 월말이면 모두 다 떨어지기 때문에 이 잎의 숫자로 날짜를 알 수 있었다고 한다. 여기에서는 요 임금 때의 책력을 이른다. 《竹書紀年 卷上 帝堯陶唐氏》

공경히 동궁께서 하사하신 책력을 받다. 또 앞 시의 운을 쓰다[601]

祇受東宮賜曆 又用前韻

초야의 몸이라 오직 동궁의 보령을 축원할 뿐	野外惟知祝睿齡
은택을 기쁘게 우러르며 새 책력을 안고 있네	欣瞻渥澤抱新蓂
동루[602]에 점점 봄 햇살 길어짐을 기뻐하노니	銅樓漸喜春暉永
훌륭한 궁료들[603] 몇 분이 함께 경을 잡을까	幾箇英僚共執經

---

601 공경히……쓰다 : 이 시는 저자가 64세 때인 1785년(정조9) 가을에 지은 것이다. 372쪽 주598 참조.

602 동루(銅樓) : 동(銅)으로 된 용(龍) 장식이 있는 문루(門樓)라는 뜻으로, 세자궁을 이른다. 동용루(銅龍樓)라고도 한다.

603 훌륭한 궁료(宮僚)들 : 세자시강원의 동료 관원들을 이른다.

삼가 어제시에 이어 화운하다. 하사하신 《포충윤음》
권말에 쓰다[604]

604　삼가……쓰다 : 이 시는 1784년(정조8) 10월 11일 저자가 양주(楊州) 남면(南面)
미호(渼湖)에 있을 때 《포충윤음(褒忠綸音)》 1책을 하사받고 어제시에 이어서 지은
것이다. 윤음은 왕이 관민에게 내리는 훈유(訓諭) 또는 그 문서를 말한다. 《포충윤음》
은 영조가 1724년 갑진년 8월 30일 창덕궁(昌德宮) 인정문(仁政門)에서 즉위한 것을
기려, 정조가 1784년 갑진년 8월 29일에 선원전(璿源殿)에 전배(展拜)하고 인정문에
나아가 조참(朝參)을 받을 때 참석한 백관에게 반포한 것이다. 신임사화(辛壬士禍,
1721~1722) 때 희생된 건저사대신(建儲四大臣)의 충정을 기리고 치제(致祭)의 전말
을 정리하면서 백관으로 하여금 그들을 본받아 더욱 근신 권면할 것을 훈유한 윤음으로,
〈포충윤음(褒忠綸音)〉, 〈어제유조참일입정백관윤음(御製諭朝參日入庭百官綸音)〉, 〈어
제치제문(御製致祭文)〉, 〈어제시(御製詩)〉, 〈제신사상전(諸臣謝上箋)〉, 〈입시제신
(入侍諸臣)〉, 〈발(跋)〉로 이루어져 있다. 〈포충윤음〉의 내용은 다음과 같다. "갑진년
8월 29일은 바로 나의 선대왕께서 등극하신 같은 해 같은 달 같은 날로, 내일이 바로
이 날이다. 돌아보건대 나의 슬프고 그리운 정이 어떻겠는가. 더구나 선대왕께서 즉위
하신 곳도 바로 이 대궐 이 문이었음에랴. 이날 이 문에 임하는 것은 실로 자리에 올라
예를 행하는 의리에 부합하는 것이다. 내일 먼저 진전에 나아가 전배하고 이어서 인정문
에 나아가 백관의 조참을 받을 것이니, 해당 부서는 그리 알라.〔甲辰八月二十九日,
卽我先大王御極之若年若月若日, 而明日卽是日也. 顧予愴慕之情, 當作何懷? 況先大王
御極, 亦在是闕是門? 以是日臨是門, 實合踐位行禮之義. 明日先詣眞殿展拜, 仍臨仁政
門受百官朝參, 該房知悉.〕"이때 지은 정조의 어제시가 《포충윤음》에는 〈어제시〉로,
《홍재전서》에는 〈진전에서 초하룻날 아침의 전알을 행하고서 네 대신과 세 장신과
네 절도사 및 달성 집안의 자손들을 소견하여 절구 한 수를 읊어 보이고 인하여 여기에
화답하게 하다〔眞殿行朔朝展謁召見四大臣三將臣四節度及達城家子孫唫視一絶仍令賡
此〕〉라는 제목으로 실려 있는데, 다음과 같다.

대궐문 아침에 열리니 슬픔이 새로운데	殿門朝闢愴懷新
세월은 그대로 흘러 다시 갑진년이로다	月日依然舊甲辰
미약한 후손 지금 다행히 남아 있으니	零落雲仍今幸在
본받는 이들은 옛 충신과 같아야 하리	典型應似古忠臣

謹賡御製韻 題內賜褒忠綸音卷後

성조께서 등극하시어 빛나는 공업 새로운데   聖祖龍飛赫業新

갑진년이 다시 돌아오니 또 창성한 때라오   天回前甲又昌辰

미약한 후손으로 누가 이날 눈물 없으리오   屠孫此日誰無淚

글자마다 은혜의 말씀 옛 신하 생각하시누나[605]   字字恩言念舊臣

《英祖實錄 卽位年 8月 30日》《正祖實錄 8年 8月 29日, 10月 10日》《承政院日記 正祖
8年 10月 11日》《褒忠綸音 御製詩》《弘齋全書 卷5 眞殿行朔朝展謁召見四大臣三將臣四
節度及達城家子孫唫視一絶仍令賡此》

605 글자마다……생각하시누나 : 정조가 《포충윤음》을 통해 사대신(四大臣)의 충정
을 기린 것을 이른다. 자세한 내용이 《정조실록》8년(1784) 8월 29일 기사에 보인다.

두 번째
其二

사관이 명을 전해주니 성상 은총 새로운데	史官傳命寵光新
담황색 책갑을 대궐에서 멀리 내려주셨다오	緗帙遙頒自北辰
성상의 은택 나를 사랑해서라고 감히 말하랴	敢道天恩私一物
천고의 충신 되라 권면하심을 깊이 아노라	深知千載勸爲臣

매화를 읊다

詠梅

또록또록 고운 구슬 삼삼오오 달렸으니　　　　落落明珠綴五三

늙은 매화 꽃 피기를 탐해서는 안 되리라　　　　老梅作藥不能貪

어여뻐라 저 매화 풍류의 모습이 아니니　　　　憐渠未是風流相

산집에서 고담한 사람을 짝함이 마땅하다오　　　宜向山家伴槁淡

소나무를 읊다

詠松

모래언덕에 비스듬히 단풍 가지에 기댔나니   側生沙岸倚楓支
눈에 눌려 구불구불한 가지 땅까지 늘어졌네   雪壓虯柯到地垂
어찌 큰집을 부지할 장대한 마음 있으리오   豈有壯心扶大廈
그래도 추운 겨울에 서로 마주할 만 하다오   也堪相對歲寒時

문효세자에 대한 만사[606] 올리지 않다
文孝世子輓詞 不呈

극억은 주나라 사람의 노래와 같았고[607]　　　克嶷周人頌

중륜은 한나라 때의 상서로움과 같았다오[608]　　　重輪漢代祥

어린 나이에 동쪽 궁궐[609]에서 지내니　　　冲年開震邸

606 문효세자(文孝世子)에 대한 만사(輓詞) : 이 시는 저자가 65세 때인 1786년(정조 10)에 지은 것이다. 문효세자(1782.9.7.~1786.5.11.)는 휘는 순(㬂), 시호는 문효(文孝), 묘호(廟號)는 문희(文禧), 묘호(墓號)는 효창(孝昌)이다. 정조의 장남으로 어머니는 의빈 성씨(宜嬪成氏, ?~1786.9.14)이다. 1784년 7월 2일 두 살 때 왕세자에 책봉되었고, 1786년 5월에 5세의 나이로 훙서하여 동년 윤7월 19일 양주(楊州) 효창묘(孝昌墓)에 장례하였다. 《正祖實錄 6年 9月 7日, 8年 7月 2日, 10年 5月 22日・6月 20日・윤7月 19日・9月 14日》

607 극억(克嶷)은……같았고 : '극억'은 어려서 총명한 것을 이른다. 《시경》〈대아(大雅) 생민(生民)〉의 "실로 기어 다닐 때부터 능히 총명하셨네.〔誕實匍匐, 克岐克嶷.〕"라는 구절에서 유래하였다. 당(唐)나라 한유(韓愈)의 〈본성을 미루어 밝히다〔原性〕〉라는 글에 "후직은 태어났을 때 어머니를 아프게 하지 않았으며, 처음 기어 다니게 되었을 때부터 총명하였다.〔后稷之生也, 其母無災. 其始匍匐也, 則岐岐然嶷嶷然.〕"라는 내용이 보인다.

608 중륜(重輪)은……같았다오 : '중륜'은 해와 달의 가장 자리에 나타나는 둥근 빛으로, 제왕의 덕을 상징한다. 후한(後漢) 명제(明帝)가 태자로 있을 때 악공이 〈일중광(日重光)〉, 〈월중륜(月重輪)〉, 〈성중휘(星重輝)〉, 〈해중윤(海重潤)〉이라는 4장의 노래를 지어 태자의 덕을 찬미한 데에서 유래하였다. 천자의 덕이 해처럼 빛나고 달처럼 둥글고 별처럼 찬란하고 바다처럼 윤택한데, 태자의 덕도 여기에 비견되기 때문에 중(重)이라는 글자를 더한 것이라고 한다. 여기에서는 동궁을 가리킨다. 《古今注 卷中 音樂》

609 동쪽 궁궐 : 저본의 '진저(震邸)'는 세자궁을 이른다. 《주역》〈설괘전(說卦傳)〉

온 나라가 세자의 덕610을 앙모하였다오   率土仰离光

본래부터 아름다운 징조가 빛났으니611   自有休徵炳

바야흐로 보록612이 창성하리라 여겼었네   方看寶錄昌

우리 성상 근심할 일 없게 되었으니   無憂我聖上

세자를 편히 할 계책 날로 찬란했다오613   貽燕日煌煌

제5장의 "상제(上帝)가 진(震)에서 나온다.〔帝出乎震.〕"라는 구절에서 유래한 것으로,
진괘(震卦)는 방위로는 동방에 해당한다.

610 세자의 덕 : 저본의 '이광(离光)'은 성인의 밝음이라는 뜻으로, 《주역》〈이괘(離
卦) 상(象)〉에 "밝음이 둘인 것이 이(離)가 되니, 대인이 보고서 밝음을 이어 사방을
비춘다.〔明兩作離, 大人以, 繼明, 照于四方.〕"라는 구절에서 유래하였다. 정이(程頤)
의 전(傳)에 따르면 여기에서 말하는 대인은 덕으로 말하면 성인(聖人)이고 지위로
말하면 왕이다.

611 본래부터……빛났으니 : 문효세자는 1782년(정조6) 9월 7일에 태어났는데, 여기
에서는 1752(영조28) 9월 22일에 태어난 정조 및 1694년(숙종20) 9월 13일에 태어난
영조와 같은 달에 태어난 것을 이르는 것으로 보인다. 《正祖實錄 6年 9月 7日》

612 보록(寶錄) : 봉황이 황제(黃帝)와 요(堯) 임금에게 주었다는 도록(圖錄)으로,
천명을 상징한다. 여기에서는 장수를 뜻한다.

613 세자를……찬란했다오 : 《시경》〈대아(大雅) 문왕유성(文王有聲)〉에 "후손에게
계책을 남겨 주어, 공경하는 아들을 편안하게 하시니, 무왕은 훌륭한 군주이시도다.〔詒
厥孫謀, 以燕翼子, 武王烝哉.〕"라는 구절이 보인다.

두 번째
其二

성대한 일 명릉 뒤를 이어 하셨으니	盛事明陵後
황화가 강하는 자리에 날리는 때였네[614]	黃花拂講筵
옥체의 예복은 검은 색의 곤룡포였고[615]	身章玄袞服
왕가의 강경은 《효경》의 글이었네	家學孝經篇
하늘의 운행은 요 임금 책력이 돌아왔고[616]	天運回堯曆
백성의 마음은 어진 계[617]를 받들었다오	人心戴啓賢

614 성대한……때였네 : 문효세자(文孝世子)가 1785년(정조9) 을사년 9월 9일 중양절(重陽節)에 숙종이 1665년(현종6) 을사년 중양절에 처음 서연(書筵)을 시작하여 《효경》을 강했던 일을 뒤이어서 서연을 처음 시작했다는 말이다. 372쪽 주598 참조. '명릉(明陵)'은 숙종과 정비 인현왕후(仁顯王后) 민씨(閔氏), 계비 인원왕후(仁元王后) 김씨(金氏)의 능이다. 여기에서는 숙종을 가리킨다.

615 옥체의……곤룡포였고 : 왕세자는 서연복(書筵服)으로 왕과 같은 익선관(翼善冠)을 쓰고 검은 비단[黑緞]으로 만든 곤룡포에 옥대(玉帶)를 두른다. 이때 곤룡포는 앞뒤와 좌우 어깨에 금으로 된 사조원룡보(四爪圓龍補)를 붙이며, 옥대는 아로새기지 않은 옥으로 만들고 검은 비단으로 싸며 금으로 선을 넣는다. 《國朝續五禮儀補序例 卷2 王世子書筵服制度》

616 하늘의……돌아왔고 : 을사년 중양절이 다시 돌아온 것을 이른다.

617 어진 계(啓) : 계는 하(夏)나라 우왕(禹王)의 아들이다. 우왕은 요 임금과 순 임금의 선위(禪位) 전통을 이어 자신의 치수(治水)를 도와 공이 컸던 백익(伯益)에게 선위하고자 하였다. 그러나 백익이 사양하고 기산(箕山)으로 피한데다 민심도 계를 따랐기 때문에 계가 우왕을 이어 즉위하게 되었다. 여기에서는 문효세자를 가리킨다. 《書經 舜典》《孟子 萬章上》

온 뜰에 금수가 다 같이 춤을 추니[618]　　　　　　滿庭同獸舞

송축하는 노래가 팔방에 전하였다오　　　　　　歌詠八方傳

---

618 온……추니 : 성인의 교화가 커서 신이(神異)한 짐승들마저 춤을 춘다는 말이다.
《서경》〈우서(虞書) 익직(益稷)〉에 "당 아래에는 관악기와 도고(鼗鼓)를 진열하고 음
악을 합주하고 멈추되 축(柷)과 어(敔)로 하며 생(笙)과 용(鏞)을 번갈아 울리니, 새와
짐승이 너울너울 춤을 추며 〈소소(簫韶)〉가 아홉 번 이루어지자 봉황이 와서 춤을
추었다.〔下管鼗鼓, 合止柷敔, 笙鏞以間, 鳥獸蹌蹌, 簫韶九成, 鳳皇來儀.〕"라는 내용이
보인다. 〈소소〉는 순(舜) 임금의 음악이다. 일설에 생(笙)은 새의 날개 모양이고 용
(鏞)의 틀은 짐승의 모양이기 때문에 생과 용을 번갈아 울리자 새와 짐승이 너울너울
춤을 춘다고 한 것이며, 《풍속통(風俗通)》에 "순이 소생(簫笙)을 만들어 봉을 형상했
다.〔舜作簫笙以象鳳.〕"라고 하였으니, 그 모습과 소리가 비슷함으로 인해 연주가 화음
을 이룬 것을 형상한 것일 뿐 참으로 조수와 봉황이 와서 춤을 춘 것은 아니라고도
한다. 이와 관련하여 봉의수무(鳳儀獸舞)·봉황래의(鳳凰來儀) 등의 성어가 있다.

세 번째
其三

다음날 완쾌되자 모두들 기뻐했는데[619]	翼日瘳咸喜
어이하여 일이 이 지경에 이르렀나	胡然事至斯
온갖 신령 보위한단 말만 들었는데	徒聞百靈衛
끝끝내 만민을 비탄에 잠기게 하였네	竟使萬人噫
사직을 생각하면 눈물 흘릴 만하니	社稷堪流涕
푸른 저 하늘 과연 이것을 아시는지	穹蒼果有知
동궁[620]의 새벽 문안 어렵게 되었으니	龍樓難曉寢
위로의 말씀을 무엇으로 올려야 할지	陳慰欲何辭

---

619 다음날……기뻐했는데 : 문효세자는 1786년(정조10) 5월 3일 홍역을 앓기 시작하였다. 곧바로 의약청(議藥廳)을 설치하여 동월 6일에는 거의 완쾌되어 8일에는 열을 내리는 약을 중지하였으나, 이틀 만에 갑자기 병이 심해져서 동월 11일에 창덕궁(昌德宮) 별당(別堂)에서 훙서하였다. 《서경》〈주서(周書) 금등(金縢)〉에 "주공(周公)이 돌아가 신에게 고한 축책(祝冊)을 금등의 궤 안에 넣자 성왕(成王)이 다음날 병이 나았다.〔公歸, 乃納冊于金縢之匱中, 王翼日乃瘳.〕"라는 내용이 보인다. 《正祖實錄 10年 5月 3日, 6日, 8日, 11日》

620 동궁 : 저본의 '용루(龍樓)'는 원래 한대(漢代) 태자궁의 문 이름이다. 문루(門樓) 위에 동용(銅龍) 장식이 있었기 때문에 이런 이름이 붙었다고 한다. 뒤에는 세자가 거처하는 집 또는 세자를 가리키게 되었다. 《漢書 卷10 成帝紀 顔師古注》

네 번째
其四

효성은 엿 물고 기르던 때부터였고[621]	孝德含飴際
문사[622]는 말을 배우기 전부터였다오	文思學語前
놀 때에도 서책을 가까이 하였으니	嬉游親汗簡
인자한 자전에게 사랑을 받으셨다오	愉悅荷慈天
아름다운 시호는 조정에서 바치고[623]	美謚朝廷獻
애절한 윤음은 일월처럼 걸렸도다	哀綸日月懸

621 효성은…… 때부터였고 : 저본의 '함이(含飴)'는 엿을 입에 물고 어린아이를 희롱한다는 뜻으로, 손주를 기르는 즐거움을 이른다. 복파장군(伏波將軍) 마원(馬援)의 딸이자 한 장제(漢章帝)의 황후인 명덕황후(明德皇后)가 "내가 엿을 물고 손주를 희롱하며 다시는 정사에 관여치 않을 것이다.〔吾但當含飴弄孫, 不能復關政矣.〕"라고 한 데서 유래하였다. 여기에서는 문효세자가 정조의 어머니 혜경궁 홍씨(惠慶宮洪氏, 1735~1815)에게 사랑받았던 것을 이른다. 《後漢書 卷10上 明德馬皇后紀》

622 문사(文思) : 드러난 문장(文章)과 심원한 생각이라는 뜻이다. 《서경》〈우서(虞書) 요전(堯典)〉에 "옛 요 임금을 상고하건대 방훈(放勳)이시니, 공경하고 밝고 문채나고 생각함이 편안하고 편안하셨다.〔曰若稽古帝堯, 曰放勳, 欽明文思安安.〕"라는 내용이 보인다.

623 아름다운……바치고 : 조정에서 1786년(정조10) 5월 14일에 처음 올린 시호는 '온효(溫孝)'였는데, '덕성이 너그럽고 온화하며 인자하고 어버이를 사랑한다.〔德性寬和曰溫, 慈惠愛親曰孝.〕'라는 뜻이다. 동년 동월 22일에 '온효'라는 시호가 매우 아름답지는 않다고 하여 다시 '문효(文孝)'로 바꾸었는데, '강유(剛柔)가 알맞으며 인자하고 어버이를 사랑한다.〔剛柔相濟曰文, 慈惠愛親曰孝.〕'라는 뜻이다. 《正祖實錄 10年 5月 14日, 5月 22日》

덕을 기린 것은 이에 여한이 없으나 揄揚斯不憾

복 없는 백성 갑절이나 비통하다오⁶²⁴ 無祿倍悽然

---

624 복……비통하다오 : 《시경》〈소아(小雅) 정월(正月)〉에 "마음에 울울히 근심하
여 복이 없음을 생각하노라. 죄 없는 백성들 모두다 신복(臣僕) 되리니. 슬프다 우리
사람들, 어디를 따라 복 받을까?〔憂心慘慘, 念我無祿. 民之無辜, 並其臣仆. 哀我人斯,
於何從祿?〕"라는 구절이 보인다.

다섯 번째
其五

아득히 먼 강호에 머무는 몸이지만	滯跡江湖逈
꿈속에서도 세자궁⁶²⁵에 올라간다오	銅闈夢裏攀

아득히 먼 강호에 머무는 몸이지만　　　　　　　　　　滯跡江湖逈

꿈속에서도 세자궁⁶²⁵에 올라간다오　　　　　　　　銅闈夢裏攀

화 땅의 봉인 부질없이 송축했으니⁶²⁶　　　　　　　　華人空有祝

구산의 학⁶²⁷은 끝내 돌아오지 않네　　　　　　　　　縱鶴竟無還

옛 상자에는 단오절 부채가 남아 있고　　　　　　　　　舊篋端陽扇

헛된 직함은 시강원 벼슬을 띠었도다　　　　　　　　　虛銜侍講班

오직 만 줄기 흐르는 눈물 가져다　　　　　　　　　　惟將萬行淚

가을 산을 향하여 흩뿌릴 뿐이라오　　　　　　　　　　霑灑向秋山

625　세자궁 : 저본의 '동위(銅闈)'는 문에 동룡(銅龍)을 장식한 궁이라는 뜻으로, 세자나 세자궁을 이른다. 한(漢)나라 때 태자궁을 동룡루(銅龍樓)라고 한 데서 유래하였다.

626　화(華)……송축했으니 : 화 땅의 봉인(封人)이 요 임금에게 세 가지의 축원, 즉 장수[壽]·부유함[富]·아들 많은 것[多男子]을 축원하자, 요 임금이 이 세 가지는 덕을 기르는 것이 아니며 "아들이 많으면 두려움이 많아지고 부유하면 일이 많아지고 장수하면 욕됨이 많아진다.[多男子則多懼, 富則多事, 壽則多辱.]"라고 하여 모두 사양했다는 고사가 있다. 여기에서는 장수를 축원한 말이 모두 부질없게 되었다는 말이다. 《莊子 天地》

627　구산(緱山)의 학 : 저본의 '구학(緱鶴)'은 주 영왕(周靈王)의 태자 왕자교(王子喬)가 구산(緱山)에서 학을 타고 떠나 신선이 되었다는 데서 유래하여, 사람이 죽은 것을 비유한다. 《列仙傳 王子喬》

여사가 북청으로 부임하는 것을 전송하며[628]

送汝思之官北青

병석에서 그대가 북주로 간다는 말 들으니 　病枕聞君向北州

천리 먼 북방 구름이 꿈에서도 아득하다오 　朔雲千里夢悠悠

임지에서 성상 은택에 무엇으로 답하리오 　到處君恩何以答

응당 먼 변방까지 교화를 두루 펴야 하리 　也應儒化遍荒陬

---

628 여사(汝思)가……전송하며 : 이 시는 저자가 65세 때인 1786년(정조10) 9월에
지은 것이다. '여사'는 유지양(柳知養, 1733~?)의 자이다. 365쪽 주580 참조. 유지양은
1786년 9월 25일 북청 부사(北青府使)에 제수되어 1790년(정조14) 12월 2일 신광호(申
光祜)가 북청 부사에 임명될 때까지 4년 동안 북청 부사로 재직하였다. 《承政院日記
正祖 10年 9月 25日, 14年 12月 2日》

심군 정능 공정 과 함께 배를 타고 은석사를 찾아가다. 정능이 시를 지었기에 화답하다[629]

同沈君靜能 公定 乘舟 尋銀石寺 靜能有詩 和之

초야의 벗이 조각배로 술 싣고 찾아와	野友扁舟載酒來
맑은 가을에 나를 불러 호수에 배 띄웠네	淸秋呼我泛湖回
어여뻐라 깨끗한 산사 숲 끝에 걸렸으니	爲憐蕭寺懸林表
다시 남여 불러 시내 모퉁이 건넜다오	更喚籃輿度澗隈
병든 몸이지만 그래도 오늘은 실컷 취하였고	病肺猶成今日醉
시를 지었지만 도리어 소년의 재주 겁나네	揮毫却怕少年才
돌아와서는 예전 그대로 사립문을 닫아두고	歸來依舊柴門掩
홀로 읽던 책 가져다 눈빛에 비춰 펼치노라	獨把殘書映雪開

---

629 심군 정능(沈君靜能)과……화답하다 : 이 시는 저자가 65세 때인 1786년(정조 10)부터 68세 때인 1789년 사이에 지은 것이다. 심공정(沈公定)은 자세하지 않다. 은석사(銀石寺)는 충남 천안시(天安市) 북면(北面) 은지리(銀芝里) 은석산(銀石山)에 있는 사찰로, 신라 문무왕(文武王) 때 원효(元曉)가 창건했다고 한다. 조선 시대에는 인조 때의 문장가인 백곡(栢谷) 김득신(金得臣)을 비롯하여 많은 문인들이 즐겨 찾았다. 영조 때의 암행어사 박문수(朴文秀)의 묘가 옆에 있다.

장헌세자의 원을 옮긴 데 대한 만사[630] 올리지 않다

莊獻世子遷園挽詞 不呈

관[631]이 다시 세상에 나오자 만인이 에워싸니	前和出世萬人環
구산이 마치 돌아오는 학가를 맞이하는 듯하네[632]	縱嶺如迎鶴駕還
지척 거리 도성에 있다가 한강 길을 따라	咫尺神京江漢路
신선의 행차가 또 한산을 향함 견딜 수 없네	不堪仙蹕又寒山

630 장헌세자(莊獻世子)의……만사(挽詞) : 이 시는 저자 나이 68세 되는 해인 1789년(정조13) 10월 7일 장헌세자의 묘인 현륭원(顯隆園)을 경기도 수원(水原)의 화산(花山)으로 옮길 때 지은 것이다. 장헌세자(莊獻世子, 1735~1762)는 휘는 선(愃), 자는 윤관(允寬), 호는 의재(毅齋)로, 사도세자(思悼世子)라고도 한다. 영조의 둘째 아들이자 정조의 생부이다. 비는 홍봉한(洪鳳漢)의 딸 혜경궁(惠慶宮) 홍씨이다. 이복 형인 효장세자(孝章世子, 1719~1728)가 일찍 죽자 2세 때 왕세자로 책봉되었다. 노론과의 갈등으로 영조의 명에 따라 뒤주에 갇혀 9일 만인 1762년(영조38) 윤5월 21일 28세의 나이로 세상을 떠났다. 동년 7월 23일 양주(楊州) 배봉산(拜峰山) 아래 언덕에 예장(禮葬)되었으며, 1764년(영조40) 5월 19일 처음으로 묘호(墓號)를 수은묘(垂恩廟)로 정하였다. 1776년(정조 즉위) 3월 20일에는 영우원(永祐園)으로 개칭하고, 존호도 사도(思悼)에서 장헌(莊獻)으로 개칭하였다. 1789년(정조13)에는 다시 '현부(顯父)를 융성하게 높이다'라는 뜻의 현륭원으로 바꾸고, 동년 10월 7일 현 위치로 이장하여 왕릉에 버금가는 수준으로 치장하였다. 고종 광무(光武) 3년(1899) 11월에 장종(莊宗)으로 추존되고 무덤도 융릉(隆陵)이라는 능호를 받았으며, 그해 12월에는 장종에서 장조(莊祖)로 묘호가 다시 바뀌었다. 《英祖實錄 40年 5月 19日》《正祖實錄 卽位年 3月 20日, 13年 10月 7日》

631 관(棺) : 저본의 '전화(前和)'는 관의 앞부분이라는 뜻으로, 전화두(前和頭)라고도 한다. 화(和)는 관 양 옆의 돌출된 부분이다.

632 구산(縱山)이……듯하네 : 저본의 '학가(鶴駕)'는 주 영왕(周靈王)의 태자 진(晉), 즉 왕자교(王子喬)가 백학을 타고 산머리에 머물렀다고 하여 태자의 거가(車駕)를 칭하게 되었다. 386쪽 주627 참조.

두 번째
其二

아름다운 기운 가득 쌓인 수성⁶³³의 언덕이니   葱葱佳氣隋城原
하늘이 만든 명산이라 예로부터 말하였네   天作名山自古云
귀신이 숨기고 아껴두어 기다릴 줄 알았으니   鬼秘神慳知有待
지금에 와서 우리 옛 저군을 장사지내누나   今來葬我舊儲君

---

633 수성(隋城) : 수천(隋川) 또는 수주(水州)라고도 한다. 고려 때 경기도 수원(水原)의 이름이다.

세 번째
其三

가는 세월 유수 같아 삼십년 되었으니[634]	逝水悠悠卅載忙
아득한 백운향[635]에서 신선놀이 하셨네	眞遊杳邈白雲鄉
성자를 후히 내려[636] 종통을 이으시니	篤生聖子承宗統
동방에 창성한 혁업 빛나게 열었도다	光啓東方赫業昌

634 가는……되었으니 : 경기도 수원(水原)으로 장헌세자의 묘를 이장한 이 해는 장헌세자가 세상을 떠난 지 27년째 되는 해이다. 389쪽 주630 참조.

635 백운향(白雲鄉) : 신선이 사는 하늘나라라는 뜻이다. 《장자(莊子)》〈천지(天地)〉에 "저 흰 구름을 타고 상제의 고향에서 노닌다.〔乘彼白雲, 游於帝鄉.〕"라는 말에서 유래하여 신선의 고향을 지칭하게 되었다. 송(宋)나라 소식(蘇軾)의 〈조주한문공묘비(潮州韓文公廟碑)〉에 "공의 정신 옛날 백운향에서, 용을 타고 손으로 은하수 열어 하늘의 문장을 나누니, 직녀성이 구름 비단으로 치마를 짜주었네.〔公昔騎龍白雲鄉, 手抉雲漢分天章, 天孫爲織雲錦裳.〕"라는 구절이 보인다.

636 성자(聖子)를 후히 내려 : 하늘이 장헌세자에 이어 아들 정조를 후히 내려주셨다는 말이다. 《시경》〈대아(大雅) 대명(大明)〉에 "문왕을 이어 무왕을 또 후히 낳게 하시어 보우하고 명하셨다.〔篤生武王, 保右命爾.〕"라는 내용이 보인다.

네 번째
其四

우리 임금님 효성스러워 자식의 도리 다하시니	吾王聖孝盡人倫
예제에 정한 궁원의 명칭 굴신이 있어서라오[637]	禮制宮園有屈伸
편안히 모시는 일 십 년을 계획하고 추진했으니	十載經營安厝事
애절한 성상의 윤음[638]에 신민들 눈물 흘린다오	絲綸悽切泣臣民

637 예제(禮制)에……있어서라오 : 장헌세자의 사당을 처음부터 궁이라 칭하지 못하고 예제(禮制)에 따라 처음에는 수은묘(垂恩廟)라고 하였다가 경모원(景慕園)으로 고치고, 다시 경모궁(景慕宮)으로 고친 것을 이른다. 장헌세자의 사당은 1764년(영조40) 봄에 서울 북부 순화방(順化坊)에 처음 세웠던 것을 그 해 여름에 동부 숭교방(崇敎坊)에 옮겨 수은묘(垂恩廟)라 칭하였다. 1776년(정조 즉위) 8월에는 도감(都監)을 설치하여 경모궁을 완공하고 정조가 직접 현판 글씨를 썼다. 1780년에는 궁의 외장(外墻)을 쌓았고, 1784년에는 사당의 이름을 경모원(景慕園)으로 고쳤다가 1794년에는 또 지금의 명칭인 경모궁으로 고쳤다. 능호에 관해서는 389쪽 주630 참조.

638 애절한 성상의 윤음 : 자세한 내용이 정조가 지은 〈어제지문(御製誌文)〉과 〈현륭원행장(顯隆園行狀)〉에 보인다. 《正祖實錄 13年 10月 7日》 《弘齋全書 卷16 顯隆園誌, 卷18 顯隆園行狀》

다섯 번째
其五

높은 언덕의 상설[639]들 만 사람의 공이니　　　　　崇岡象設萬夫功
좋은 날 좋은 때 면례[640]를 잘 마쳤도다　　　　　日吉辰良禮有終
백성들 간절한 소원 거의 위로되리니　　　　　　　庶慰邦人祈望切
면과의 시편은 또 우리 동방 얘기라오[641]　　　　縣瓜詩什又吾東

---

639 상설(象設) : 능(陵)이나 원(園)에 사람이나 짐승의 형상을 본떠서 만들어 놓은 여러 가지 석물(石物)과 시설(施設)을 이른다.

640 면례(緬禮) : 이장(移葬)을 이른다.

641 백성들……얘기라오 : 주(周)나라처럼 계속해서 성군이 나와 국운(國運)이 장구하기를 바라는 백성들의 소원에 부응하리라는 말이다. 《시경》〈대아(大雅) 면(縣)〉에 "면면히 이어지는 외넝쿨이여, 주나라에 사람이 처음 산 것이, 저수(沮水)와 칠수(漆水) 강가로부터였네.〔縣縣瓜瓞, 民之初生, 自土沮漆.〕"라는 구절이 보인다.

지은이 김이안(金履安)

1722(경종2)~1791(정조15). 18세기에 활동한 문인으로, 본관은 안동(安東), 자는 원례(元禮), 호는 삼산재(三山齋), 시호는 문헌(文獻)이다. 서울 지역에 세거한 안동 김문의 적통으로서 김창협(金昌協)의 증손자이자 김원행(金元行)의 아들이다. 가학을 잘 계승하여 김장생(金長生)과 김집(金集) 부자에 비유되곤 하였다. 1759년(영조35) 38세에 진사시에 합격하여 이후 보은 현감, 금산 군수, 밀양 부사 등을 역임하였다. 학행(學行)으로 천거되어 경연관에 기용되었다. 63세 되던 1784년(정조8)에는 지평, 보덕, 찬선 등을 거쳐 1786년 좨주에 제수되었으나 모두 사직소를 올리고 나가지 않았다. 북학파 학자인 홍대용(洪大容), 박제가(朴齊家), 아버지의 문인이자 성리학자인 박윤원(朴胤源), 이직보(李直輔), 오윤상(吳允常) 등과 교유를 맺었다. 예설과 역학에 조예가 깊었다. 저서로 《삼산재집》 12권이 있다.

옮긴이 이상아(李霜芽)

1967년 전북 정읍에서 태어났다. 공주사범대학 중국어교육과, 성균관대학교 한문고전번역협동과정 석사와 박사과정을 졸업하였다. 민족문화추진회 부설 국역연수원 연수부 및 상임연구부에서 한문을 수학하였다. 한국고전번역원 번역전문위원을 거쳐 현재 성균관대학교 대동문화연구원에 재직하고 있다. 석사 논문으로 〈다산 정약용의 『가례작의』 역주〉, 박사 논문으로 〈다산 정약용의 『제례고정』 역주〉가 있다. 공역서로 《일성록》, 《국역 기언 1》, 《대학연의 1, 2, 3》, 《국역 의례(상례편)》, 《교감학개론》, 《주석학개론 1, 2》, 《사고전서 이해의 첫걸음》 등이 있고, 번역서로 《무명자집 7, 8, 15, 16》이 있다.

권역별거점연구소협동번역사업 연구진

연구책임자　안대회(성균관대학교 한문학과 교수)
공동연구원　이희목(성균관대학교 한문학과 교수)
　　　　　　진재교(성균관대학교 한문교육과 교수)
　　　　　　이영호(성균관대학교 HK 교수)
책임연구원　강민정
　　　　　　김채식
　　　　　　이규필
　　　　　　이상아
　　　　　　이성민
선임연구원　이승현

교열　　　　정태현(한국고전번역원 명예교수)
윤문　　　　정미경

삼산재집 1

김이안 지음 | 이상아 옮김
2016년 12월 30일 초판 1쇄 발행
편집·발행 성균관대학교 출판부 | 등록 1975. 5. 21. 제1975-9호
주소 (03063) 서울시 종로구 성균관로 25-2
전화 760-1252~4 | 팩스 762-7452 | 홈페이지 press.skku.edu
조판 김은하 | 인쇄 및 제본 영신사
ⓒ한국고전번역원·성균관대학교 대동문화연구원, 2016
Institute for the Translation of Korean Classics·Daedong Institute for Korean Studies

값 25,000원
ISBN 979-11-5550-205-1　94810
　　　979-11-5550-204-4 (세트)